El roce de
la oscuridad

El roce de la oscuridad

Jesús Valero

Papel certificado por el Forest Stewardship Council®

MIXTO
Papel procedente de
fuentes responsables
FSC® C117695

Penguin
Random House
Grupo Editorial

Primera edición: abril de 2023

© 2023, Jesús Valero
Autor representado por Editabundo, Agencia Literaria, S. L.
© 2023, Penguin Random House Grupo Editorial, S. A. U.
Travessera de Gràcia, 47-49. 08021 Barcelona

Printed in Spain – Impreso en España

ISBN: 978-84-666-7565-9
Depósito legal: B-2.912-2023

Compuesto en Llibresimes

Impreso en Rotoprint by Domingo, S. L.
Castellar del Vallès (Barcelona)

BS 7 5 6 5 9

A todos los hombres y mujeres científicos
e investigadores y artistas y creadores.
Vosotros construís un mundo mejor

1

Año 1213

Andrea de Montebarro detuvo su montura en un claro del bosque. La luna derramaba una luz pastosa que impregnaba la noche con un velo blanquecino. El caballero escudriñó la cabaña desvencijada, en cuyo interior una lámpara se esforzaba en disipar la oscuridad.

Descabalgó con sigilo y ató su caballo a las ramas bajas de un roble tratando de evitar que sus pasos hicieran crujir las hojas que tapizaban el suelo. En unas pocas zancadas se plantó ante la puerta y la abrió con brusquedad.

El estrépito ahogó el grito de la campesina, que retrocedió hasta una esquina de la cabaña. La joven reconoció de inmediato al caballero que, aquella mañana, la había seguido con la mirada en el mercado. Los ojos de lujuria dejaban claras sus intenciones. La campesina levantó las manos a modo de súplica.

Andrea de Montebarro no había venido a negociar. Apartó de una patada una endeble mesa, que se rompió en pedazos junto con los enseres que en ella reposaban, y contempló anhelante a la asustada joven. Sus pechos se elevaban agitados por el miedo y esa visión del terror le provocó a Andrea una erección que avivó aún más su deseo. Sin embargo, el deseo descontrolado es un mal consejero, confunde el entendimiento.

El caballero se abalanzó sobre la joven sin ver el cuchillo que esta empuñaba. Un destello en la oscuridad le avisó demasiado tarde. No pudo evitar el lacerante corte en su rostro y al momento sintió deslizarse por su mejilla la sangre espesa y cálida. La vista se le nubló, no fruto del dolor, ni siquiera de la ira. Experimentó la misma sensación que lo había acompañado varias veces en su vida, como aquel día, antes de retorcer el cuello del indefenso pajarillo que había caído en sus manos cuando era niño.

Avanzó hacia la joven que, aterrorizada, dejó caer el cuchillo. Andrea de Montebarro no recordaría más tarde lo que había sucedido, solo retazos en los que su deseo se mezclaba con los gritos de la mujer y con sus propios gemidos. Luego, la aceptación de ella que, sin embargo, apagó su virilidad. No era la primera vez que le sucedía y la campesina pareció percibirlo. Andrea de Montebarro creyó entrever una sonrisa despectiva iluminando su rostro.

El resto se lo narró su tío aquella misma noche: cómo lo habían encontrado golpeando el rostro irreconocible de la mujer, ya muerta, ambos empapados de la sangre de la víctima y del verdugo.

—¡Vete! —le había dicho su tío.

—¿Adónde iré? —suplicó él.

Su tío le tendió una carta. Andrea la leyó en silencio.

—Debes alejarte de aquí o permitiré que seas colgado hoy mismo. Tu padre y tu abuelo lucharon con los templarios en Tierra Santa. Quizá Dios te perdone si luchas por él.

Y así fue cómo Andrea de Montebarro siguió los pasos de su ilustre abuelo André de Montebarro, gran maestre de la Orden del Temple, y de su padre, caballero templario muerto en Hispania en circunstancias no aclaradas. Pronto descubriría que un apellido ilustre abre muchas puertas y que un monje guerrero tiene no pocas oportunidades para dar rienda suelta a sus instintos. Ascendió en el escalafón de la orden, hasta que una misión cambió su vida. El destino lo cruzó con el hombre que con mayor clarividencia supo entender sus capacidades: el legado papal, Guy Paré.

2

Año 2022

Los barcos fondeados en la bahía cabeceaban con mansedumbre enfilando su proa hacia el norte, como si estuvieran prestos a partir. El mar, irisado por la última luz de la tarde, oscilaba entre el azul petróleo y el gris plata.

Marta Arbide estaba apoyada en la barandilla sintiendo el frescor de la brisa vespertina. Sola. En silencio. Cualquier espectador hubiese visto a alguien disfrutando del paisaje, de un escenario hipnótico que a ella solía generarle calma, como si el tiempo se ralentizara hasta detenerse. Aquel día no. La frustración se había apoderado de su ser, incapaz de hallar alguna pista que arrojase luz acerca del arca de la alianza. Un año de búsqueda infructuosa que estaba poniendo en riesgo su relación con Iñigo.

Recordó la reliquia que había encontrado dos años antes en el monasterio de Silos y la que había localizado un año más tarde y que descansaba en Asís, en manos de las hermanas clarisas. Ambas debían de tener un propósito que aún no había descubierto. Sabía que estaban relacionadas con el arca de la alianza, igual que aquel extraño símbolo, el nudo de Salomón. Se le había ocurrido que podían ser llaves, pero ¿qué abrirían?

Por aquel secreto habían muerto varias personas, incluso ella había estado cerca. Al sacar a la luz aquel misterio de dos mil años de antigüedad, había resucitado a un monstruo dormido, la Hermandad Blanca, y aunque habían desactivado una de sus células, la hermandad seguía viva, buscando lo mismo que ella, fracasando como ella.

Marta estaba tan concentrada que no se percató de que un hombre se había situado a su lado. Se sobresaltó al escuchar su voz. No la miraba, compartían la contemplación del mar.

—Precioso, ¿verdad?

Ella asintió echando un vistazo a su interlocutor. Era un hombre joven, con barba densa y algo desarreglada. Vestía ropa informal: unos pantalones vaqueros desgastados y una camisa a cuadros, roja y negra. Era de baja estatura y con un ligero sobrepeso.

—Yo también vengo aquí a pensar —continuó el desconocido—, aunque prefiero el *Peine del Viento*. Allí la naturaleza se expresa de un modo más salvaje.

El hombre se volvió y miró fijamente a Marta. Sus ojos brillaban inteligentes. «No está intentando ligar», pensó ella. Aquello la intrigó porque le pareció que, sin embargo, buscaba algo.

—Yo solo disfrutaba del paisaje —respondió.

—Por supuesto.

La sonrisa del desconocido la incomodó. Parecía fingida y evidenció que sus intenciones no eran inocentes. Marta hizo amago de alejarse.

—Si me disculpa, llego tarde a una cita.

Apenas había comenzado a andar cuando escuchó unas palabras que la hicieron detenerse, como si se hubiese golpeado contra un muro.

—¿En el Vaticano?

Marta se volvió, dio unos pasos decididos hacia el hombre y puso los brazos en jarras.

—¿Quién es usted?

Su interlocutor reaccionó con tranquilidad. Sacó una tarjeta de su bolsillo y se la tendió.

—Me llamo Mikel Baiona, periodista, y me gustaría que respondiese a algunas preguntas.

Marta lo miró horrorizada y por un instante no supo qué decir. Él aprovechó su momento de duda.

—¿Qué hacía usted en el Vaticano el día de la muerte del papa? ¿Por qué visitó usted la biblioteca secreta? ¿Por qué fue acusada hace dos años del robo de tesoros arqueológicos durante un extraño incidente que supuso la muerte de dos personas?

La expresión de Marta pasó del horror al pánico. Balbuceó una disculpa y se volvió para alejarse lo más rápido que pudo. Aún escuchó durante unos instantes la voz del periodista lanzando preguntas que jamás creyó que nadie le fuera a hacer.

3

Año 35

María Magdalena contempló la reliquia que descansaba inocente sobre la mesa desconocedora de las muertes y desvelos que había causado. Parecían dos piedras de río que se hubiesen traspasado la una a la otra.

La miró con desconfianza. Era un legado peligroso, deseado por muchos, pero que a Santiago, el mejor amigo de Jesús, le había costado la vida. Había tenido que huir, cruzar el mundo hasta la lejana Hispania para esconderla de Pedro. Y ahora ella recibía la segunda reliquia. ¿Tendría que huir como había hecho Santiago? ¿Tendría que pagar también con su vida? Se volvió hacia María, la madre de Jesús, que la miraba en silencio.

—¿De qué sirve esta reliquia sin la que Santiago ha ocultado en Hispania?

—Algún día ambas volverán a unirse —respondió la madre de Jesús—. Solas no tienen utilidad, juntas llevan hasta el arca de la alianza.

—¿Y qué hay dentro del arca? ¿Dónde está escondida?

—No lo sé. Nadie lo sabe. Mi hijo se llevó el secreto. Algún día las dos reliquias serán necesarias. Tu deber es protegerla hasta entonces.

Al lado de la reliquia estaba el último testamento de Santiago, el Evangelio que había escrito durante su regreso de la lejana Hispania. Magdalena cogió la reliquia sin mirarla y la guardó bajo su vestimenta. Se despidió de María y salió de la casa sin un destino fijo.

«Jesús me guiará», se dijo.

Se alejó de la casa, sin rumbo, repitiendo aquellas palabras como si por el hecho de hacerlo fuera a suceder. En lo más profundo de su ser sabía que no habría nadie para guiar sus pasos.

Su memoria retrocedió quince años, al día en que había conocido a Jesús. Le habían llamado la atención sus ojos, la forma en que la había mirado cuando ella pasó camino del río por delante del taller de carpintería de su padre. Recordaba que no había podido dormir aquella noche, ni las siguientes, hasta que lo había conocido en persona. Aún guardaba solo para ella las primeras palabras que habían intercambiado.

«Siempre fuiste tú».

En aquel momento ella no las había entendido. Después tendría tiempo de acostumbrarse. Jesús era un joven callado, a veces taciturno, muchas veces meditabundo, pero cuando hablaba, cuando te miraba, transmitía magnetismo, la inconfundible sensación de que podía ver el futuro.

Ese encuentro había tenido lugar junto al río, donde Jesús había acudido a escuchar al profeta Juan, que exhortaba a cualquiera que quisiera hacerle caso a unirse a su movimiento. Magdalena había presenciado aquel discurso que mezclaba a Dios, el fin del mundo y la resistencia a Roma. No prestaba atención, con su mirada puesta en Jesús, que seguía las palabras del profeta, pero que de vez en cuando se volvía hacia ella.

Cuando Juan terminó, todos lo acompañaron hasta el río. El profeta entró en el agua hasta la cintura y comenzó a bautizar a los presentes.

Magdalena levantó la mirada y se encontró con Jesús a su lado. Él le dirigió aquella frase que desde entonces reverberaba en su cabeza.

«Siempre fuiste tú».

Juntos entraron en el agua y juntos, de la mano, recibieron el bautismo del profeta. Cuando salieron, Jesús pronunció una única frase que selló su unión.

«Juntos liberaremos a nuestro pueblo».

De aquello hacía quince años, pero después la había abandonado. Jesús la había abandonado para siempre. Caminaría sola por la vida, sin respuesta a las preguntas que había dejado abiertas, llevando el peso de aquella extraña reliquia.

Poco a poco, la luz fue abriéndose paso en el corazón de Magdalena. No podía conformarse. No quería hacerlo. Buscaría respuestas, haría lo que fuese. Un plan comenzó a forjarse en su cabeza. Seguiría la huella de Jesús, de sus pasos, y descubriría los secretos que se había llevado con él, aquellos que no había querido confesar a nadie. No había logrado que le dijese dónde había pasado los diez años previos a su inesperado regreso a Jerusalén. Era el momento de tener una conversación con María, la madre de Jesús. Quizá ella supiera sacarla de aquella oscuridad.

4

Año 2022

Iñigo Etxarri abrió la puerta de su casa y el silencio acudió a recibirlo. Sin embargo, sabía que Marta estaba allí. Reinaba la oscuridad, pero al fondo del pasillo, por debajo de una puerta cerrada, se percibía una luz difusa. Una vez más, Marta se había recluido en su propio mundo. Salvo para trabajar, no salía de allí y dedicaba toda su atención y tiempo libre a aquella maldita reliquia.

Iñigo se sentía al límite. ¡Qué lejos habían quedado los tiempos en que ella había entrado en su vida para trastocarla! Tres años, dos aventuras y después, la decadencia, con una Marta hundiéndose, arrastrada por un objeto con dos mil años de historia.

Dejó las bolsas de la compra sobre la mesa de la cocina y comenzó a guardar las cosas en el frigorífico. La puerta de la habitación del fondo se abrió y Marta asomó la cabeza.

—¿Ya estás aquí? ¡Qué pronto!

—Había poca gente. ¿Algún avance?

Marta negó con la cabeza.

—Ha vuelto a llamar el periodista. Insiste. Sabe que estuvimos en el Vaticano investigando algo...

—No sabe nada —respondió Iñigo molesto—. Ya se cansará y se olvidará de nosotros. Yo me encargo de la cena. Puedes seguir con lo tuyo.

Le tensaba aquella situación, pero prefería cocinar solo a aguantar otro monólogo de Marta sobre las reliquias y el arca de la alianza. Ya era bastante duro soportar su obsesión, y aquel periodista había venido a complicarlo todo.

—Tienes razón —respondió Marta mirando la hora—. Aún es pronto, seguiré un rato.

—Quizá podríamos...

La frase de Iñigo fue interrumpida por el sonido de la puerta al cerrarse. Se quedó en silencio un instante mientras sentía la angustia subir por su garganta. Tomó una decisión. Cogió las llaves y salió a dar un paseo.

Sus pies lo llevaron al pequeño parque situado al lado de su casa. Le gustaba aquel lugar. Había sido una finca que se extendía hasta lo alto de una colina. En la cumbre, se hallaba una vieja casona destruida por el fuego mucho tiempo atrás. Hacía unos años, toda la finca había sido reconvertida en parque urbano y solo una piedra, que formaba parte de la vieja entrada, seguía en el mismo lugar. El nombre de la antigua casa, Castilblanco, aún tallado en aquella piedra, le resultaba evocador. El rescoldo de una historia que, como la suya propia con Marta, luchaba por sobrevivir.

Subió la cuesta hacia la cumbre y se sentó en uno de los bancos en el mismo instante en que el sol se ocultaba tras el monte Igueldo. Se quedó allí quieto, inmerso en sus propios pensamientos. Debió de transcurrir un rato, porque, cuando se percató, ya era de noche. El parque estaba en silencio y se sobresaltó al escuchar una voz a su lado.

—Un lugar tranquilo, ¿verdad?

Dio un respingo y se volvió hacia la joven que le había hablado. Asintió.

—Bueno para pensar —respondió.

—Si le he molestado... —dijo la mujer retrocediendo.

—No, no, a veces es mejor no pensar demasiado —respondió Iñigo con una sonrisa forzada.

La joven le devolvió la sonrisa y se sentó en la otra punta del banco. Por primera vez Iñigo la observó. Era pequeña y delgada. Se había colocado el pelo negro y largo por detrás de sus delicadas orejas. La nariz recta y algo respingona culminaba un labio superior carnoso. La mandíbula angulosa le daba un aire de segura determinación. Era atractiva, pero de ese raro modo en que algunas mujeres no parecen darle importancia.

—A mí también me gusta pasear por los parques al atardecer —dijo sin mirar a Iñigo—. Es un buen momento para tener conversaciones.

Una alarma se encendió en la mente de Iñigo. Había aprendido a no creer en las casualidades. Decidió tantear a la recién llegada.

—¿De qué tipo de conversaciones estamos hablando?

La joven se volvió hacia él, lo miró de frente y mantuvo sus ojos fijos más allá de lo que parecía educado. Iñigo tuvo la sensación de que estaba jugando con él.

—Conversaciones sobre los problemas... y sus soluciones.

—Entiendo. ¿Y cuáles son sus problemas?

La joven respondió con una carcajada limpia y franca ante el evidente intento de Iñigo de desviar la conversación hacia ella.

—Mi problema es que mi jefa se enfadará conmigo si no logro cumplir mi misión.

En esos momentos la alarma de Iñigo sonaba ya con toda intensidad. Estuvo a punto de levantarse y alejarse con alguna excusa, pero la curiosidad le venció. Quizá se trataba de alguna colega del periodista y podía aprovechar la ocasión para pedirle que los dejaran tranquilos.

—¿Y cuál es esa misión?

La joven se acercó más a Iñigo y bajó la voz.

—Convencerlo.

Iñigo se agitó inquieto. Estaba seguro de que aquella mujer no era periodista. Ya no le quedaban dudas de que la conversación tenía que ver con la reliquia.

—No estoy interesado en que nadie me convenza de nada —respondió.

—¡Oh, sí! Lo está. Si no, ¿por qué sigue aquí, hablando conmigo?

Lo que más inquietaba a Iñigo era la aparente tranquilidad de la mujer. Tuvo que reconocerse que ella estaba en lo cierto.

—¿Y de qué se supone que debe convencerme?

—En realidad, sería un intercambio. Yo le ayudo a usted y usted me ayuda a mí. Es un hombre inteligente. Ayudó a Marta a encontrar la primera reliquia y a desmantelar la Hermandad Blanca.

Las sospechas de Iñigo se materializaron.

—¿Y a quién representa usted, si es tan amable de indicármelo?

La joven sonrió relajada, como si estuviese satisfecha del rumbo de la conversación.

—No se preocupe. Somos de los buenos. ¿No quiere saber lo que gana usted si nos ayuda? A Marta.

—Yo no he perdido a Marta.

La sonrisa de su interlocutora se ensanchó y pareció no poder evitar una leve mueca de desdén.

—Claro. Por eso está solo en un parque a las nueve de la noche hablando con una desconocida.

Iñigo no supo qué responder. Aquella mujer tenía razón. Sin embargo, recordaba lo que había sucedido con Ayira. ¿Cómo podía tener la certeza de no estar cometiendo el mismo error? Por un instante pensó en Marta. Quizá ella se estuviera preguntando porqué tardaba tanto en regresar. Dudó un segundo.

—De acuerdo —dijo volviéndose hacia la desconocida—. Pero con una condición.

La joven asintió satisfecha.

—Dispare.

—Ahora yo haré todas las preguntas que considere oportunas y usted las responderá sin dudar y sin evasivas. Si tengo la más mínima sospecha de que oculta información, nuestro acuerdo habrá muerto antes de empezar.

La joven dirigió a Iñigo una mirada de respeto y extendió la mano hacia él.

—Me llamo Ruth.

5

Año 35

María y Magdalena se habían sentado una frente a la otra. Compartían sendos cuencos de jugo de dátiles y algo más, un silencio espeso, incómodo y prolongado. En el caso de María era, además, obstinado.

—No hagas que te suplique —dijo Magdalena alargando su mano hasta colocarla con suavidad sobre la de María.

La madre de Jesús apartó la vista y Magdalena creyó ver que su mirada se perdía al recordar a su hijo. Un halo de tristeza ensombreció su semblante y, finalmente, dejó escapar un suspiro de resignación.

—Está bien, te contaré la historia.

En aquel instante alguien golpeó la puerta. Ambas mujeres se sobresaltaron. La llamada había sido apresurada, casi urgente, pero a la vez segura.

—Pedro —dijo María como si no tuviera duda alguna.

—¿Qué busca aquí? —preguntó Magdalena sin evitar una mueca de desagrado.

María volvió a suspirar y se levantó para abrir la puerta.

—La reliquia, información, controlarnos a todos.

Viene cada tarde con la excusa de que se preocupa por mí, pero su fachada no puede ocultar la traición ni su ambición.

—¿No conocerá la existencia de la segunda reliquia?

La voz de Magdalena sonó aguda, con un deje de angustia.

—No lo creo —negó María tranquilizadora.

Al abrirse la puerta, Pedro mostró una sonrisa cordial que, al ver a Magdalena, se transformó en un gesto de incomodidad, casi de hostilidad, que no intentó ocultar.

Magdalena sabía que Pedro la despreciaba. No era el único. Varios apóstoles la repudiaban, la trataban como a una prostituta. Habían guardado las formas delante de Jesús, pero ahora que este había muerto ya no ocultaban su desconsideración. Ella tampoco se sentía orgullosa de su vida. Su memoria regresó a aquel aciago día, un año después del bautizo de Jesús, cuando este había pronunciado las palabras que, como cuchillos, se habían clavado en su corazón.

—Ahora debo partir —había dicho—, pero regresaré, y desde ese día nadie podrá separarnos.

Nunca había entendido por qué Jesús la había abandonado. No había escuchado sus ruegos y de sus labios no había salido ninguna explicación. Magdalena lo había esperado durante tres largos años antes de ceder al deseo de su padre y desposarse con Najum, un hombre veinte años mayor que ella cuya primera mujer había fallecido en el parto de su cuarto hijo. Había tenido que cuidar de tres niños que no eran suyos y protegerse de los torpes acercamientos de aquel hombre al que no amaba, ni nunca podría amar.

Todo había cambiado cuando, diez años después de su partida, Jesús había regresado inesperadamente. Magdalena no lo había dudado ni un instante y había abandonado a Najum, para gran escándalo. Jesús y ella habían vuelto a estar juntos, a pesar de todo y de todos, incluidos la mayor parte de los apóstoles.

Volvió de sus pensamientos al escuchar la voz de Pedro dirigiéndose a ella.

—¿Aún sigues aquí? —gruñó mientras miraba a Magdalena con ademán despectivo.

—¡Pedro! —respondió María con voz cortante—. No te permito que vengas a mi casa a insultar a la elegida de mi hijo.

Pedro entrecerró los ojos en un gesto taimado y esbozó una falsa sonrisa hacia las dos mujeres.

—No me malinterpretes. No deseo ningún mal a Magdalena. Solo protejo el legado de Jesús.

—El legado de mi hijo era de tolerancia, bondad y amor. No veo cómo puedes protegerlo despreciando a quienes lo amaban.

Pedro se envaró, molesto por la dura corrección de María. Decidió cambiar de asunto.

—¿Y de qué hablabais, si puede saberse?

—De nada que sea de tu incumbencia —respondió Magdalena.

Pedro la miró y le dedicó una mueca cruel que heló el corazón de la mujer. «Este hombre está carcomido por el odio y el resentimiento», pensó Magdalena.

—Todo cuanto sucede es de mi incumbencia. Jesús puso sobre mis hombros una gran responsabilidad, construir su Iglesia. Cualquier información, especialmente sobre la reliquia que Santiago robó...

Magdalena sintió que la rabia y el asco subían por su garganta. Fue a responder, pero María se adelantó.

—Santiago no robó nada. Jesús se lo dio porque lo

consideró conveniente. No eres quién para poner en duda su decisión.

Pedro parecía haber llegado al límite y apenas pudo contener su creciente ira.

—Espero por vuestro bien que no me ocultéis nada. Todo cuanto sucede en Jerusalén llega a mis oídos.

Acto seguido, se dirigió a la puerta y salió dando un portazo y dejando a las dos mujeres en un silencio incómodo.

—Debes huir —dijo María poniendo una mano sobre el brazo de Magdalena—. Este hombre es capaz de todo. Temo que mañana mismo te acuse de adulterio y mueras lapidada solo por satisfacer el odio que lo envenena.

—¿Y adónde iré? —preguntó Magdalena mientras se dejaba caer en la silla desalentada y con la mirada perdida.

—Yo te diré adónde irás. ¿Querías saber qué hizo Jesús durante los diez años que estuvo desaparecido? Escucha atentamente y prepárate para un largo viaje.

6

Año 2022

Marta miraba la pared con el ceño fruncido. Sentía que algo se le escapaba, algo que estaba allí, delante de ella, pero no podía verlo. La sensación le generaba una profunda irritación. ¿Qué podía ser?

Fijó su mirada en el centro, donde había colocado el nudo de Salomón. A su lado, una imagen del arca de la alianza, de la que surgían innumerables flechas que señalaban todas y cada una de las teorías que, a través de los siglos, habían tratado de explicar dónde estaba oculta.

Había descartado las más insensatas, y había donde elegir, hipótesis que planteaban que los nazis la habían escondido, que era obra de los extraterrestres o que los caballeros templarios la habían llevado a América. Otras parecían tener algo más de rigor, pero su búsqueda seguía siendo infructuosa.

Sabía que había alguna pieza de aquel intrincado rompecabezas que no encajaba. ¿Cuál era la relación entre las reliquias y el arca? No había sido capaz de encontrarla. No creía que las reliquias fueran las llaves que abrían el arca; según las Escrituras, se necesitaban doce piedras preciosas para abrirla. La pregunta sin respuesta era evidente: si no eran las llaves del arca, ¿cuál era su función?

Hizo un último esfuerzo para concentrarse, aunque su mente gritaba que iba a ser en vano. Frustrada, salió de la habitación. La casa estaba a oscuras y parte de la compra seguía sobre la mesa de la cocina.

—Habrá ido a tirar la basura —se dijo rompiendo el silencio, como si quisiese alejar una premonición que, de repente, la había asaltado.

Terminó de guardar las cosas mientras pensaba en Iñigo. «Últimamente le he dejado un poco de lado», se culpó. Aún recordaba su última discusión y las duras palabras de él: «Estás obsesionada».

Quizá estaba en lo cierto. Quizá todo aquello era una pérdida de tiempo y debía volver a su vida normal.

El silencio continuaba rodeándola. «¿Cuánto tiempo se tarda en tirar la basura?». El presentimiento de que algo malo había sucedido comenzó a ocupar su mente. «A lo mejor se ha encontrado con algún vecino», se esforzó en autoconvencerse. Miró el móvil por si le había enviado un mensaje. El alivio la invadió al ver que, en efecto, tenía un mensaje de Iñigo. Lo abrió y tuvo que leerlo dos veces: «No llame a la policía. La estamos vigilando. Tenemos a Iñigo. Espere instrucciones».

De pronto, su tranquilo mundo se había vuelto oscuro y peligroso. Las preguntas y las dudas se agolparon en su mente. Pensó en llamar al teniente Luque, pero recordó la advertencia del mensaje. No podía poner en peligro la vida de Iñigo. Entonces se le ocurrió otra idea. Sabía exactamente lo que tenía que hacer.

7

Año 1214

Las puertas de la biblioteca y del *scriptorium* se abrieron de par en par y Jean de la Croix respiró el inconfundible aroma de la piel curtida mezclado con el punzante olor de las velas de sebo y el más leve de la tinta. Sus oídos se deleitaron al escuchar el rasgado de las plumas y el esporádico movimiento del pergamino copiado o de los grandes volúmenes al ser consultados. La luz era tenue y las sombras de las mesas y de los hombres a ellas sentados se movían como barcos en medio del oleaje.

Vino a su mente el recuerdo del *scriptorium* de Silos, donde había trabajado una noche hacía más de diez años, antes de esconder la reliquia en la tumba del santo. Allí seguía, oculta para el mundo, a salvo de todos aquellos que la ansiaban, y allí estaría mientras no fuera necesaria.

Contempló la magnífica biblioteca, creada diez años antes bajo el impulso del rey Alfonso IX. A diferencia de las de otros monasterios que conocía, estaba abierta a estudiantes de cualquier procedencia. Jean se entretuvo leyendo las palabras grabadas sobre el arco de entrada:

STUDII SALMANTINI

—Adelante, hermano —dijo el monje al interpretar su inmovilidad como timidez.

Jean no contestó. Se recogió la túnica para no tropezar y avanzó unos pasos. No terminaba de acostumbrarse al hábito de los hermanos menores, pero era impensable entrar allí como el perfecto cátaro que era.

—Decís que estáis interesado en estudiar algunos de los escritos atesorados entre nuestros muros. Todo el que ansía saber es recibido con los brazos abiertos. ¿Cuál es el objeto de vuestro estudio?

Jean sonrió con vergüenza fingida.

—Quizá os parezca extraño, pero me interesa conocer todo cuanto tengáis sobre la cultura y la historia del pueblo árabe.

El monje miró a Jean con desconfianza.

—Disponemos de varios volúmenes arrebatados a los infieles, pero vuestra petición es inusual. Tal vez deba pedir permiso...

—Por supuesto —respondió Jean anticipándose a la objeción—. Como sabéis, pertenezco a la Orden de los Hermanos Menores, instituida por nuestro fundador, Francisco de Asís. Nuestra misión es convertir a los infieles, enseñarles el verdadero camino de la fe —dijo señalando el cielo para darle más énfasis a sus palabras—. Para ello es necesario conocer cómo piensan, cómo viven y encontrar así las incoherencias de su creencia.

El rostro del monje se relajó visiblemente y su boca se descolgó; estaba impresionado por la elocuencia de Jean, que había preparado aquel discurso con mimo.

—Desde luego, hermano. Una tarea loable, sin duda. *Claustrum sine armario, quasi castrum sine armamentario.* Los libros serán vuestras armas contra los infieles. Mas tened cuidado, dicen que los musulmanes son perros rabiosos que destripan a todos aquellos que capturan.

—Exageraciones, sin duda. Su fe es errada, pero también son criaturas de Dios.

El monje no replicó, aunque su gesto no dejaba lugar a dudas. Consideraba que Jean no estaba en sus cabales.

—Iré a buscar al maestro bibliotecario, él os orientará sobre lo que buscáis.

Jean esperó en la biblioteca. Se acercó a contemplar los ejemplares que, abiertos, descansaban sobre algunas de las mesas a la espera del retorno del estudioso que los examinaba.

—Me dicen que os interesáis por textos de infieles —dijo una voz a su espalda.

Jean se volvió con una sonrisa estudiada y observó al que debía de ser el bibliotecario. Era un hombre alto, grande, de poderosa estructura ósea, casi un gigante. Sus manos se extendían en consonancia; parecían poco adecuadas para escribir, pero idóneas para mover los grandes volúmenes de la biblioteca. Su rostro era severo, de cejas profusas y encrespadas y ojos vivaces que miraban desde arriba produciendo a su interlocutor la sensación de estar siendo examinado.

—Así es. Es una rama menor del conocimiento. Sin embargo, en algunas áreas el conocimiento del pueblo árabe supera incluso al nuestro.

El bibliotecario asintió en silencio.

—Veo que sois hombre versado en la cultura árabe. Aquí disponemos tan solo de cuatro manuscritos. No conozco el idioma y no puedo orientaros sobre su contenido, pero podéis trabajar en todos ellos.

Jean asintió esperanzado. Quizá allí lograse la respuesta que llevaba buscando dos años. Había recorrido media

Europa a la caza de antiguos manuscritos que le proporcionaran alguna indicación acerca del objeto que ansiaba. Sabía que las reliquias eran llaves, pero había sido incapaz de averiguar para qué objeto habían sido diseñadas.

Al día siguiente a su llegada a Salmantia, Jean comenzó su tarea. Aún lo desconocía, pero iba a dedicar tres meses de su vida al estudio de aquellos cuatro volúmenes y solo al final, cuando ya la esperanza empezaba a consumirse, iba a encontrar lo que buscaba.

El primer manuscrito era un tratado titulado *Al-qanun fi al-tibb, el canon de medicina*, de Ibn Sina. Aunque Jean pensaba que no iba a hallar nada de utilidad, dedicó dos semanas a su estudio. Se sorprendió de los conocimientos tan avanzados acerca de la sanación que poseían los musulmanes. Se explicaban en detalle remedios para tratar la tuberculosis, el cáncer o el mal de amores.

El segundo volumen había sido escrito por Musa ibn Maymun. Era un tratado filosófico llamado *dalālat al-ḥā'irīn*, que Jean tradujo como *Guía de perplejos*. Bebió de él y de sus implicaciones teológicas y filosóficas, algunas de las cuales socavaron sus propias convicciones. Cuando terminó su lectura, solo una cuestión rondaba su cabeza: nunca volvería a ser la misma persona.

El tercer manuscrito era un texto al que Jean dedicó un mes entero. Estaba escrito en un estilo difícil de comprender, confuso, y el discurso era caótico, pretencioso y excéntrico. Jean lo terminó a duras penas sin obtener ninguna información de utilidad.

Habían transcurrido casi tres meses y Jean comenzaba a preocuparse por tener que abandonar Salmantia con un nuevo fracaso cuando abrió el cuarto tomo. Era el mejor conservado de todos, encuadernado con una bella piel teñida de un rojo sangre, remachado con clavos de hierro y decorado con una extraña solapa que Jean nunca había visto y que parecía servir al propósito de proteger el libro del polvo y la humedad.

Su título era *Tarikh aldawlat alruwmamat wawalat alyahudia: Historia del Estado romano y los preceptos del judaísmo*. Atrajo de inmediato su interés. Era un tratado sobre la historia de Palestina durante la ocupación romana. Narraba hechos relevantes que, según la rápida estimación que hizo, habían transcurrido entre el siglo I antes del nacimiento del Señor y cuarenta años después de su muerte.

Lo primero que llamó su atención fue que no nombraba a Jesús en ningún momento. El hecho le produjo una sensación incómoda, desasosegante. No entendía que la figura más importante de la historia no mereciese ni una línea en aquel manuscrito.

«El autor lo ha hecho de forma deliberada —pensó—. Quizá ignorando al dios cristiano creía defender mejor su fe».

Hacia el final del libro encontró lo que estaba buscando. Para cualquier otro hubiese sido una información sin importancia, pero para Jean tenía un significado único. Era una de las piezas del rompecabezas que había empezado a construir tiempo atrás. Aún no las tenía todas, pero ya sabía por dónde continuar. Cogió el tintero y una pluma e hizo varias anotaciones en un trozo de pergamino, un esquema que le ayudase a entender lo que había descubierto y el más que probable recorrido del arca de la alianza a lo largo del tiempo. Había hecho un hallazgo asombroso que cambiaba el curso de dos milenios de enigmática desaparición. Ahora debía confirmarlo y, para ello, debía descartar que el arca siguiese en Jerusalén. Necesitaba ayuda y sabía quién podía ofrecérsela.

Dos meses después, Jean regresó a Carcasona. La ciudad lucía esplendorosa, con los estandartes del conde Raymond ondeando al viento sobre las murallas y los soldados atisbando el horizonte con gesto marcial, como si de cada uno de ellos dependiese el desenlace de aquella guerra interminable.

Jean cruzó la puerta de la ciudad y saludó a los guardias, que no le dieron el alto. Sus constantes viajes, sus salidas inesperadas y sus regresos sin previo aviso ya no sorprendían. Nadie le preguntaba dónde había estado o lo que había hecho; si alguien hubiese osado hacerlo, no habría obtenido respuesta y, de haberla obtenido, habría sido tan críptica que no hubiese sido de utilidad.

Sin embargo, en esa ocasión Jean sí estaba dispuesto a compartir información. No toda, por supuesto. Solo aquella que sirviese a sus propósitos.

Se reunió con el caballero negro y con Philippa frente a la chimenea del salón principal del castillo, donde Philippa había mandado colgar un gran tapiz, tejido por ella misma, que representaba la victoria de las tropas del conde de Toulouse sobre Simón de Montfort tres años atrás. Había demasiada información en aquel tapiz, pero Philippa no había querido escuchar sus consejos y una parte de la historia de las reliquias estaba a la vista de todo aquel que supiera mirar. Jean se observó a sí mismo frente a las murallas sosteniendo la reliquia y su martillo de cantero, y recordó otro tapiz tejido por Philippa que los mostraba a todos ellos, incluida Esclarmonde, y que era aún más explícito que aquel.

Jean dejó que el fuego de la chimenea calentase su cuerpo y le devolviese la tibieza que el duro invierno le había arrebatado.

—He viajado lejos —dijo con la mirada perdida en las

llamas, que saltaban inquietas, como peces capturados en una red—. Y he buscado aquello que ansiaba Esclarmonde.

El caballero negro le miró con el ceño fruncido, quizá cansado de que aquellos extraños objetos siguiesen siendo el centro de sus vidas. Él se dedicaba en cuerpo y alma a la defensa de Occitania en la guerra contra el rey de Francia y el enviado papal, y todo lo que no contribuyera a la victoria había dejado de importarle. Philippa, sin embargo, observaba a Jean con los ojos repletos de esperanza.

—¿Qué has averiguado? —preguntó.

—Un rastro. Hasta el arca. Conozco el lugar donde permanece oculta en Jerusalén. Allí la encontraréis.

—¿Encontraréis? —preguntó el caballero negro—. No pensarás que vamos a cruzar el mundo para seguir un difuso rastro de un objeto con más de dos mil años que has descubierto en unos viejos pergaminos perdidos.

Philippa, que permanecía con la mirada fija en Jean, hizo caso omiso a la respuesta del caballero negro.

—¿Dónde está? —preguntó con obstinación.

—En la Cúpula de la Roca. En la profunda cripta que se esconde en su interior.

Philippa se volvió hacia el caballero negro.

—Por mi hermana.

Fue todo lo que dijo. El rostro del caballero negro mostraba lo que pensaba, que era una mala idea, no podían desaparecer durante meses en plena guerra. Pero también sabía que Philippa necesitaba respuestas, sentir que había hecho todo lo posible por lograr lo que su hermana no había conseguido. Y él la amaba demasiado como para negarle aquello.

—Está bien. Iremos.

8

Año 2022

El ser humano es extraño. En las circunstancias más extremas, en los momentos de mayor tensión, puede desviar su atención hacia lo irrelevante, hacia detalles insignificantes que, de pronto, cobran una importancia de la que carecían instantes antes. Quizá sea una forma de protegerse de la realidad.

Marta había pasado la noche sin dormir, angustiada por la ausencia de mensajes, encogida en el sofá, aguardando a que un sonido de su móvil le trajese esperanza, o al menos información. Y, sin embargo, solo podía fijarse en la luz que entraba por la única rendija abierta en la persiana del salón. Le parecía un incómodo recuerdo de lo que iba mal en su vida, de cómo nada se ajustaba a lo preestablecido, de cómo había desperdiciado el tiempo convencida de que ocurriría algo que no había sucedido. La inspiración no había llegado para resolver el enigma del arca y aquella rendija que no se podía cerrar era un símbolo de su fracaso.

Dio un respingo cuando, de pronto, el teléfono vibró y se iluminó. Se quedó mirándolo con temor. Contempló confusa un mensaje tan corto como enigmático. No era una amenaza, ni una demanda, ni siquiera una advertencia. Lo que contemplaba era una imagen con un texto y un extraño símbolo.

Gredos Ms

Aún tenía el ceño fruncido cuando su móvil volvió a sonar alertando de un nuevo mensaje. Marta lo abrió y entonces no le quedó ninguna duda de que todo aquello tenía ver con el arca. Era otra imagen, en esa ocasión con un símbolo que habría reconocido en cualquier lugar. Lo había visto en Silos dos años antes y lo había vuelto a ver en Peyrepertuse un año atrás. En ambos casos la había guiado hacia la verdad. Era la marca de cantero de Jean.

Aquello tuvo un extraño efecto en ella, pulsó algún botón en su cerebro y la angustia remitió. Su mente entró en ebullición y comenzó a procesar el primer mensaje. ¿Qué significaba «Gredos»? ¿Y aquel extraño símbolo que, sin embargo, no le resultaba del todo desconocido? Una idea pugnaba por abrirse paso, un recuerdo de mucho tiempo atrás aleteó como una mariposa y desapareció como si nunca hubiese asomado.

«Déjalo para más adelante —se dijo—. Volverá».

Su mirada regresó a la palabra «Gredos». Frunció el entrecejo. Sabía que era el nombre de una sierra en la provincia de Ávila, pero aquello no tenía sentido. ¿O sí? Quizá era una localización. Decidió preguntar a su teléfono y el buscador le devolvió lo que necesitaba. No podía ser una casualidad. Gredos era también el nombre del repositorio documental de la Universidad de Salamanca.

Se levantó como impulsada por un resorte, cogió su ordenador y lo encendió. Entró en la página web y accedió a la biblioteca digital. Como no podía introducir el símbolo introdujo las letras, «Ms», y, obediente, el sistema le ofreció más de cuatro mil referencias. Pero Marta solo tuvo que mirar la primera para saber que había acertado.

Era un documento datado en el año 1400, titulado *Postillae super Vetus et Novum Testamentum*. Pero lo más importante venía después del título. La anotación «Ms 1691» identificaba el documento. Allí estaba la segunda respuesta: «Ms» significaba «manuscrito». Alguien la guiaba hacia un antiguo manuscrito de la biblioteca de la Universidad.

Volvió a observar el extraño símbolo, que parecía lo más difícil de resolver. Abrió un buscador de imágenes, pero no obtuvo ningún resultado útil.

La inspiración no acudía en su ayuda y recordó cómo un año antes se había enfrentado a un jeroglífico similar en una profunda cueva del sur de Francia. En Peyrepertuse, el mensaje de un monje medieval había estado durmiendo durante ochocientos años antes de que ella llegase.

En ese mismo instante se le encendió una luz, como si Jean la hubiera iluminado. La palabra «medieval» había sido la clave. Recordó un hilo de Twitter que había leído tiempo atrás. Tomó su móvil y buscó entre sus tuits guardados. Afortunadamente, tenía la manía de guardar todo aquello que llamaba su atención. ¡Allí estaba! Esa era la información que había acudido a su mente hacía un momento antes de volver a esfumarse.

Era un estudio del Departamento de Matemáticas del University College de Londres. Explicaba cómo los monjes cistercienses del siglo XII habían inventado un sistema que permitía representar cualquier número entre 1 y 9999 usando variaciones de un solo símbolo. Accedió al ingenioso sistema y probó a traducir el símbolo. Se sorprendió de lo sencillo que fue. ¡Con qué facilidad se podía transmitir un mensaje para que solo lo entendiera quien conociera la clave para descifrarlo! Pero ¿quién se lo enviaba? ¿Qué intenciones tenía? Habían secuestrado a Iñigo y la estaban obligando a seguir una pista. No tenía alternativa: debía jugar aquel singular juego.

Una sensación incómoda la invadió. Salvar a Iñigo era importante para ella, pero se había dado cuenta de que también anhelaba la oportunidad de descubrir la solución al enigma del arca. La excitación superaba al miedo y aquello la asustó, pues le mostraba algo sobre sí misma que no le gustaba.

Miró la hoja de papel en la que había garabateado el número 2552. Trató de olvidar las ideas que cruzaban su mente. Tenía que preparar un viaje a Salamanca.

9

Año 35

Magdalena abrió la puerta de la casa de María y observó la noche cerrada que esperaba amenazadora, como una fiera salvaje atenta a que su presa quede expuesta. La madrugada parecía lejana y Jerusalén dormía tranquila, ignorante de que una de sus habitantes la iba a abandonar, quizá para no regresar nunca.

Miró hacia atrás, a María, que hizo un gesto afirmativo con la cabeza para animarla a huir en la noche, como había hecho Santiago un año antes.

«No estoy huyendo —se dijo Magdalena con determinación—. Voy a buscar una respuesta».

Aquel pensamiento la ayudó y, ya sin volverse, desapareció en la oscuridad. Pronto se aguzaron sus sentidos y empezó a escuchar el roce de sus sandalias, el canto de algún ave nocturna y el silencio, que se le antojaba lo más sonoro de todo. Tomó una senda y comenzó a descender dejando atrás las últimas casas de Jerusalén. Se sentía sola, deseaba como nunca tener a Jesús a su lado de nuevo. Sintió que las lágrimas regresaban a sus ojos y trató de apartar aquellos pensamientos que no le hacían bien.

La noche fue larga y solitaria, pero con la primera luz

de la mañana llegó a Belén, donde, siguiendo las instrucciones de María, se acercó a una humilde casa de adobe, como tantas otras, y llamó a la puerta. Sentía sus manos temblar. ¿Cómo sería recibida? Intentó calmarse y respirar hondo. Tras unos segundos de espera, se abrió una rendija de la puerta y unos ojos recelosos la observaron en silencio.

—¿Quién eres? —preguntó una mujer.

—Me envía María. Mi nombre es Magdalena.

Un destello de reconocimiento brilló en los ojos de la mujer.

—¿Tú eres...? —interrumpió la pregunta, quizá al darse cuenta de que no había forma agradable de terminarla.

Magdalena asintió en silencio.

—¡Ven, pasa! —dijo la mujer transformando su gesto de desconfianza en una sonrisa amable—. Me llamo Dalia. ¿Cómo está María?

Dentro de la modesta casa el ambiente era acogedor, y el miedo que había pasado de noche se fue mitigando hasta desaparecer.

—Es una mujer fuerte —respondió Magdalena—, pero la muerte de Jesús ha sido un duro golpe para ella.

Dalia encendió el fuego y calentó agua para preparar un té que ambas bebieron en silencio.

—Necesito ayuda —dijo Magdalena sin saber muy bien cómo comenzar.

Una vez pronunciadas aquellas palabras, un torrente imparable de muchas otras le siguió y pronto hubo contado a Dalia su situación y su destino final. Esta asintió antes de responder. Parecía querer comprender, pero su gesto era de preocupación.

—María y yo somos primas. Jesús venía con ella cuando nos visitaba. Era un niño especial. ¿Sabías que nació aquí mismo?

Magdalena asintió. Aquel recuerdo de Jesús la reconfortó un poco. Una sonrisa asomó a su rostro.

—María me dijo que podías ayudarme. Tu marido es comerciante. Necesito ir al sur.

El rostro de Dalia se iluminó de pronto.

—Entonces has llegado en el momento propicio. Ehud está preparando todo para partir hoy mismo hacia el mar, a la lejana Rafah.

Magdalena no sabía dónde se encontraba Rafah, pero si aquel hombre iba en su misma dirección, parecía un buen comienzo. Cuando Ehud se presentó, una hora más tarde, Magdalena y Dalia ya charlaban como dos buenas amigas. Sin dejar apenas reposar a su marido, Dalia le informó de las intenciones de Magdalena y de que su misión sería conducirla sana y salva hasta Rafah. Dalia no lo formuló como una petición, sino como un hecho.

Ehud parecía sorprendido. Se rascó la cabeza, en la zona donde el cabello empezaba a ralear, y miró a Magdalena con los ojos muy abiertos. Puede que no estuviera muy convencido, pero, fuese cual fuese su preocupación, la apartó de un manotazo. No parecía dispuesto a contrariar a Dalia y pronto se mostró como un hombre simpático y dicharachero.

—Te conduciré hasta Rafah si ese es tu deseo. Vendrás en nuestra caravana y nos ayudarás con la comida y el campamento. Así el camino se nos hará más ameno.

Unas horas más tarde, Magdalena se despedía de Dalia como si lo hiciese de una vieja amiga. Dalia, quizá por discreción, no le había preguntado el porqué de su viaje y Magdalena apreció la ayuda desinteresada en aquel instante de soledad que estaba viviendo.

Magdalena nunca se había alejado de Jerusalén y jamás hubiera pensado hacerlo en compañía de desconocidos. La aprensión que sintió al ser presentada a los compañeros de Ehud tardó en desaparecer. La caravana estaba compuesta por tres hombres, además del marido de Dalia, cuatro asnos que ya veían lejana su juventud y una carreta tirada por bueyes que renqueaban por el pedregoso y duro suelo.

Al lado de Ehud caminaba Zait, su capataz. Era un hombre entrado en años, de tez olivácea, gestos secos y expresión extrañamente ceñuda. Saludó a Magdalena sin prestarle atención, como si estuviese viendo otra roca del paisaje. Detrás de Ehud y Zait iba el más joven del grupo, Yahil, un muchacho risueño pero tímido que miraba a hurtadillas a Magdalena sin atreverse a dirigirle la palabra. Cerraba el grupo Tzavar, que conducía el carro de bueyes. Era bajo y grueso, con unos ojos saltones sobre un rostro cetrino y una mirada penetrante que inquietó a Magdalena.

Cada vez que ella desviaba su vista hacia atrás, se encontraba a Tzavar con los ojos fijos en su cuerpo y la boca entreabierta, una boca de labios rosas y carnosos que le resultaba repugnante. Lo evitaba en la medida de lo posible, pues solo la cercanía de Ehud parecía intimidar al boyero, que en su presencia transformaba su sonrisa libidinosa en un falso gesto adusto.

Los tres primeros días transcurrieron en una monótona calma. Magdalena se ocupaba de la comida y de la limpieza, y Ehud parecía contento con el trato. Avanzaban a buen ritmo y el mercader le dijo que, si continuaban así, en siete días alcanzarían Rafah, su destino y el lugar donde se separarían.

Magdalena tenía la sensación de que Ehud hablaba

con preocupación de ese día, casi con compasión, como si pensase que su viaje era una mala idea. Ella misma tenía dudas. A la luz del día, en el conocido entorno de Jerusalén, le había parecido la decisión correcta. Pero por las noches, arrebujada en su manto, en el inquieto silencio de un mundo oscuro, se preguntaba si hacía bien o si debía regresar a Jerusalén y olvidar todo aquello. Sin embargo, sabía que eso no era posible. Había sido rechazada por todos como la concubina de Jesús, la ocultadora del secreto de aquella reliquia; cualquier lugar en el mundo parecía mejor que Jerusalén. Se equivocaba.

La aparente tranquilidad del viaje cambió la noche del quinto día. Se acercaba a un riachuelo para lavar los enseres de la cena cuando sintió una mirada clavada en su nuca y el sonido de una respiración heló su sangre; todo el vello de su cuerpo se erizó. Trató de mantener la calma y de abrir el pliegue de su sayo para extraer un pequeño cuchillo que siempre llevaba consigo. A duras penas logró sacarlo y vio cómo temblaba en sus manos. Jamás lo había utilizado: era una mujer frágil y no se sentía capaz de enfrentarse a nadie. Sin embargo, la rabia se había instalado en su garganta y un fuego antes desconocido en ella encendió sus ojos. Se volvió con el cuchillo levantado y se enfrentó a Tzavar, que la contemplaba con un brillo de lujuria en la mirada y con su lengua sonrosada asomando entre unos dientes negros. Al ver el cuchillo, Tzavar emitió un gorjeo, una risa despreciativa que no hizo sino fortalecer la determinación de Magdalena.

Tzavar avanzó resuelto, pero era un hombre grueso, que se movía lentamente. Magdalena lo esquivó con facilidad y se parapetó tras un árbol, que quedó entre ambos.

—Te gusta jugar —dijo él resoplando por el esfuerzo—. A mí también, así se disfruta más de la recompensa.

Tzavar rodeó el árbol y Magdalena, sin su protección, retrocedió aterrorizada. Detrás solo tenía el riachuelo y el bosque, cuya oscuridad era aún más amenazante. Cruzó el río poco profundo y escuchó el sonido ahogado de algo o alguien al caer al agua. A pesar del miedo, se volvió y pudo ver a Tzavar que, quizá por haber tropezado con una rama, estaba tirado en el río bocabajo. Por un instante respiro aliviada y pensó que aún tenía opción de salir bien parada. Se giró para echar a correr, pero luego se lo pensó mejor. Retrocedió con fuego aún en la mirada y alcanzó a Tzavar justo en el instante en que este sacaba la cabeza del agua.

Se colocó detrás de él, lo agarró del pelo y tiró de su cabeza hacia atrás. Colocó el cuchillo en su garganta y escuchó atónita su propia voz.

—Vuelve a intentarlo y no tendré piedad de ti.

Magdalena dejó un rato el cuchillo en el cuello de Tzavar, esperando que hubiese entendido sus palabras y que no notase el temblor que le recorría el cuerpo. Luego lo retiró y dejó caer la cabeza del hombre. Regresó al campamento y, aquella noche, durmió tranquila.

10

Año 1215

El conde Raymond de Toulouse, aun en la derrota, emanaba un halo de poder y dignidad difícil de resistir. Su rostro, esculpido en mármol, escuchaba al tribunal de Letrán, que lo juzgaba y sentenciaba, como si aquella pública humillación no pudiese hacer mella en él.

Recordó la victoria frente a Simón de Montfort tres años atrás, cuando la guerra parecía sonreírle y la ciudad de Toulouse al completo había acudido en su ayuda y había obligado a su advenedizo enemigo a huir derrotado.

Aquella jornada, después de varios años de guerra cruenta y cruel, los castillos de todo el Languedoc habían abierto sus puertas al ejército occitano, y los vítores y una alegría desbordante habían invadido la región. Pero todo había cambiado un fatídico día un año después, en la batalla de Muret. Un nombre de infausto recuerdo para él que quedaría clavado en su corazón hasta que la muerte se lo llevase.

El rey Pedro II de Aragón había acudido en su ayuda en la que iba a ser la batalla definitiva. El monarca desprendía un aura de imbatibilidad. Llegó al Languedoc a lomos de su victoria frente a los musulmanes en las Navas de Tolosa, lo que lo había convertido en el paladín de la cristiandad.

Pedro II había creído que bastaría con su sola presencia y con un ejército que superaba en número al de Simón de Montfort, pero su arrogancia había sido su perdición. Se había expuesto sin motivo y los hombres de Simón de Montfort, curtidos en una guerra que parecía no tener fin, habían aprovechado la oportunidad. Con su rey y paladín muerto, a Raymond solo le había quedado la rendición, aunque si hubiese conocido las consecuencias, quizá hubiese preferido morir en el campo de batalla también.

—Sois culpable de herejía, de oponeros al único Dios verdadero y a su emisario en el trono de Roma.

Quien hablaba era el legado papal, Guy Paré, y su sonrisa triunfal se clavó en Raymond como una daga. Tuvo que apretar los puños para no saltar por encima de la mesa y ahogarlo con sus propias manos.

—Habéis sido juzgado con clemencia —continuó Guy Paré, aunque su desprecio desmentía la afirmación. La muerte hubiese sido un castigo más justo.

Raymond miró al resto del tribunal del Concilio de Letrán y solo vio frío en sus miradas, el mismo que había tenido que soportar aquel día de invierno mientras esperaba el veredicto. Recordó los latigazos, las batallas, los amigos y súbditos que había perdido. Lo había dado todo por defender su país y las costumbres y creencias de sus gentes; todo excepto la vida. Y era un precio que estaba dispuesto a pagar.

Guy Paré se sentó y otro de los miembros del tribunal tomó la palabra para leer la sentencia. Raymond contempló al hombre. De baja estatura y cuerpo voluminoso, parecía más dado a la buena mesa que a dar de comer a los necesitados. Era el tipo de hombre que decía representar a Dios en la Tierra, pero cuya dignidad no le hacía acreedor de limpiar las letrinas de una leprosería.

—Seréis desposeído de todos vuestros territorios, incluido Toulouse. Los que hasta ahora eran vuestros vasallos no os deberán obediencia. —El hombrecillo hizo una pausa y miró a Raymond, pero no pudo sostener la mirada del conde—. Entregamos todos los derechos sobre los mismos a Simón de Montfort como premio por su dedicación y entrega a la lucha contra la herejía.

Raymond sintió el amargor de la bilis en la garganta. Siempre había soñado con dejar su legado a su primogénito Raymond VII, y ahora sería un desheredado.

—Asimismo, todas las tierras del condado de Toulouse le deberán vasallaje, a excepción de Narbona, que pasará a manos del legado papal Guy Paré.

El conde Raymond volvió su mirada hacia Guy Paré. Aquello había sido una sorpresa para el conde y, por lo que pudo ver, Simón de Montfort tampoco sabía nada. Su gruñido de insatisfacción se escuchó en toda la sala.

—Por último —dijo el portavoz sin poder evitar un tono demasiado agudo en su voz—, deberéis abandonar el Languedoc, adonde no regresaréis jamás, y juraréis no levantar las armas contra quienes lo defiendan para el verdadero cristianismo.

Se hizo un silencio denso y todos los presentes se volvieron a contemplar el rostro de Raymond, esperando quizá un estallido de ira que, sin embargo, no llegó.

El conde Raymond estaba tranquilo y, sin premura, abandonó la estancia en compañía del caballero Roger de Mirepoix, su fiel capitán, el caballero negro como ya todos le llamaban. Se fue sin mover un músculo. No se percató del leve gesto que Guy Paré hizo con la cabeza hacia el fondo del salón, hacia un caballero templario que le contestó con idéntico ademán y se deslizó en dirección a la salida tras los pasos del conde y del caballero negro.

Raymond caminaba ensimismado. En su mente solo había lugar para una cosa. Tenía una misión. Sabía que nada duraba para siempre y que algún día su hijo recuperaría lo que era suyo. Para eso lo estaba entrenando. Podía esperar. Llegaría su oportunidad. Lo que no sospechaba era que recibiría una última puñalada, una que iba a llegar del lugar más inesperado.

—Conde Raymond —comenzó a decir el caballero negro, que sentía cómo su corazón se iba desagarrando—, tengo algo que demandaros.

El conde captó de inmediato la importancia en el tono de voz de su capitán.

—¡Habla! Después de lo que ambos hemos vivido juntos te has ganado el derecho a pedirme lo que desees. Poco puedo darte, sin embargo, ya que todo me ha sido arrebatado.

—Philippa y yo deseamos partir. Sabéis cuánto añora a su hermana Esclarmonde. Ella tenía un sueño, viajar a los Santos Lugares y buscar lo que ya sabéis. Todo el mundo habla de la próxima cruzada a Jerusalén de Inocencio III.

Esta vez el conde Raymond sí acusó el golpe. Para un hombre como él, había algo más importante que las posesiones: la fidelidad.

—Eso no será pronto —dijo recomponiéndose, conocedor de que ya había dado su palabra—. Al menos habrán de transcurrir dos años para que los primeros barcos zarpen hacia Tierra Santa. Cumpliré mi palabra y te daré lo que deseas. Solo te pido que hasta que llegue el día en que partas, sigas a mi lado entrenando a mi hijo.

El caballero negro suspiró aliviado.

—Prometido.

Apenas unos metros detrás de los dos hombres, Andrea de Montebarro frunció el ceño. Algo se le escapaba de la conversación entre ambos. Hablaban de una búsqueda y de Jerusalén, pero sus palabras le llegaban amortiguadas por la distancia y no se atrevía a acercarse más.

Frustrado, encaminó sus pasos hacia las habitaciones de Guy Paré, que esperaba su llegada. Como siempre que estaba ante el legado papal, sintió un escalofrío de desagrado, un precio nimio a pagar a cambio de lo que podía obtener de aquel hombre si cumplía las misiones que le encomendaba.

—¿Qué información me traes?

El templario le contó los retazos de la conversación y se sorprendió de la reacción del legado papal. Este se volvió hacia él con los ojos muy abiertos y con una expresión que hizo que Andrea de Montebarro diese un paso hacia atrás.

—¡Síguelos! —dijo apremiante—. ¡Cuando tengas noticias de que parten hacia Jerusalén, hazlo tú también y averigua qué traman!

El templario no pareció convencido. No entraba en sus planes cruzar el mundo para espiar a un soldado. Desconocía un dato que Guy Paré le iba a proporcionar para darle la motivación que necesitaba.

—¿Sabes quién es el caballero negro? —preguntó Guy Paré con una sonrisa cruel—. Andrea de Montebarro negó con la cabeza, pero la sonrisa del legado papal había atraído toda su atención—. Es el hombre que mató a tu padre. —Pronunció la frase con frialdad y dejó que la información penetrase en la mente del templario—. Lo sé —continuó cuando vio que el rostro de Andrea se había contraído en una mueca de ira— porque yo estaba allí.

Yo lo perseguía para recuperar algo que había robado y tu padre me ayudaba. Se encontró con él por casualidad, entre las sombras de la noche, y el caballero negro lo atacó a traición. Tu padre lo pagó con su vida.

Andrea de Montebarro no pronunció palabra alguna. No era necesario. Se volvió y salió de la estancia. Él no era un espía, pero la venganza era premio suficiente para compensar aquel viaje.

11

Año 35

Magdalena vio el mar, por primera vez en su vida, ocho días después de salir de Belén.

Aquella vastedad la sobrecogió y la hizo sentirse pequeña, casi insignificante, y el mundo le pareció de pronto inmenso. ¿Cómo haría ella sola para recorrerlo? Hasta ahora había avanzado protegida por Ehud, pero pronto estaría sola, a merced de su suerte, en un mundo peligroso y desconocido.

—Aquí se separan nuestros caminos —dijo Ehud cuando hubo dejado su carga en el puerto y se preparaba para volver.

—¿Cómo podré agradecerte la ayuda?

Ehud se encogió de hombros y sonrió.

—Si algún día regresas a Belén, dile a Dalia que yo te ayudé. Eso será suficiente.

Magdalena no pudo evitar estremecerse al escuchar aquella frase: «Si algún día regresas...». Ehud se volvió para comenzar la marcha, pero entonces pareció pensárselo y, como si se le hubiese ocurrido una idea, se dio de nuevo la vuelta.

—Quiero darte dos consejos antes de partir. Ve al

puerto y busca allí alguna caravana que se disponga a cruzar el desierto del Sinaí. No muchas se atreven a hacer el trayecto, pero alguna encontrarás. Y asegúrate de que toma el camino de la costa, es más seguro.

Magdalena asintió.

—¿Y el segundo?

—Desconfía de los hombres que hablan con palabras lisonjeras y miran a su izquierda mientras lo hacen. He comerciado con suficientes como para saber que no son de fiar.

Magdalena se envolvió en su manto y se dirigió hacia el puerto, que bullía de actividad. Centenares de hombres se afanaban en cargar y descargar mercancías ajenos a aquella joven que, indecisa, pululaba sin atreverse a acercarse a ninguno de ellos.

—¿Puedo ayudarte, bella joven?

Una voz suave sonó a su espalda y cuando Magdalena se giró, se enfrentó a un hombre de corta estatura, enjuto, con la piel curtida por el sol del desierto, que la miraba sonriente.

Estuvo a punto de echar a correr, pero recordó que tenía una misión, alcanzar Alejandría, para lo que, tarde o temprano, tendría que confiar en algún desconocido. Ehud no estaría allí para ayudarla.

—Busco alguna caravana que se dirija al oeste cruzando el desierto del Sinaí por el camino de la costa.

El hombre la observó detenidamente, como intentando decidir si merecía la pena. Magdalena se sintió incómoda, como se debía de sentir una oveja en el mercado antes de ser comprada. No fue capaz de discernir si el hombre miraba a la izquierda o a la derecha y se dijo que no estaba preparada para sobrevivir en aquel mundo.

—Sé cocinar y no me importa trabajar duro. Haré lo que haga falta.

Se arrepintió al instante de sus últimas palabras, pero ya era demasiado tarde.

—De acuerdo, de acuerdo —respondió el hombre, que tomó una súbita resolución y le hizo gestos con las manos para que lo siguiera—. Mi nombre es Nadir. Date prisa, partiremos enseguida. Ayuda a cargar la mercancía —añadió señalando a un grupo de camelleros.

Magdalena asintió y se dirigió hacia el grupo aliviada por haber encontrado compañía de forma tan rápida. No vio que, a sus espaldas, Nadir cabeceaba sonriente mientras se pasaba la mano por la barbilla. Calculaba cuánto podía valer aquella joven. El mercader levantó la mirada y se encontró con la de otro hombre que lo observaba en la distancia. Lo conocía. Dysthe era su nombre. Decían que era peligroso. Nadir sintió un escalofrío, pero volvió a sus quehaceres y la mirada escrutadora de Dysthe se perdió en los pliegues de su memoria.

12

Año 1217

Habían transcurrido dos años desde el Concilio de Letrán. Dos años en los que Occitania había sido entregada a los enemigos de los cátaros. Dos años en los que Simón de Montfort había extendido su poder por la región y desencadenado una represión de la fe cátara tan cruel como la propia guerra. Los herejes habían sido perseguidos a fuego y espada.

El conde Raymond había tenido que abandonar el país y se había instalado en un pequeño castillo de un familiar lejano, cerca de Marsella, a la espera de que el viento de la historia volviese a soplar a su favor. En el patio de armas de aquel castillo, cada día, desde hacía dos años, su hombre más fiel seguía cumpliendo su palabra. Cada mañana, el caballero negro entrenaba al futuro conde sin condado, tratando de enseñarle cuanto sabía, deseando que fuera suficiente.

Aquel día, ajenos a que algo importante iba a suceder, ambos cumplían con su deber. El caballero negro había detenido la estocada de su rival con la habilidad que lo caracterizaba y se había preparado para dar el golpe que derribaría a su adversario. Sin embargo, fue muy lento, su rival se anticipó, giró sobre sí mismo y descargó un golpe hacia arriba con la empuñadura de su espada que impactó de lleno en el rostro del caballero negro. Un murmullo se elevó entre los presentes. El joven Raymond VII se acercó y le tendió una mano para ayudarlo a levantarse.

—¡Suerte! —dijo el caballero negro—. Me he tropezado —añadió señalando una piedra inexistente mientras notaba cómo la sangre manaba de una herida en su rostro.

Él sabía que no había sido suerte. Raymond VII, el conde sin condado, hijo del hombre al que había servido durante años, ya era más diestro que él. Debería sentirse satisfecho por haber cumplido su misión, el joven estaba preparado para suceder a su padre, y, sin embargo, lo que el caballero negro sentía era frustración.

—Ni mucho menos —respondió Raymond—. Te he vencido en buena lid. Quizá es que te estás haciendo viejo.

El caballero negro gruñó ante lo atinado de la afirmación. Se acercaba a los cuarenta años y, aunque aún se sentía joven, había perdido fuerza y reflejos.

Cuando levantó la cabeza, se encontró de frente con Philippa, que venía corriendo con el rostro enrojecido por el esfuerzo. Frenó de golpe al ver la sangre, pero el caballero negro la tranquilizó con un gesto.

—Ha llegado el día —dijo Philippa tratando de controlar su respiración—. Se ha declarado la cruzada. Partimos hacia Jerusalén.

13

Año 2022

Santiago Espinosa caminaba con prisa. Llegaba tarde a una cita. Avanzaba a grandes pasos por las vacías y oscuras calles de Lourdes, moviéndose entre las sombras. No era necesario, pero se había convertido en una costumbre heredada de sus años en lugares peligrosos en los que ser visto podía significar la muerte.

Cuando llegó a la parte baja de la ciudad, se adentró en la zona iluminada por la estridente luz de las tiendas de souvenirs religiosos, ahora desiertas. Aquellos establecimientos le generaban un doble rechazo. Por un lado, creía que prostituían la fe. Por otro, verlas vacías le parecía una ignominia, un insulto a Dios, como si este fuera de quita y pon.

En aquel momento, los turistas habían abandonado el lugar para dirigirse a la basílica del Rosario. Solo unas pocas personas se cruzaron en su camino. Se apartaban, primero asustadas por su estatura, después aliviadas al reconocer en él, gracias al alzacuellos blanco, a un sacerdote. Él sabía que siempre causaba aquella sensación. Le producía una secreta satisfacción impresionar a la gente por su físico, pero aún más la manera en que luego le devolvían una confiada sonrisa, ignorantes de que podía ser más mortífero que cualquier persona que hubiesen conocido en su vida. Ahora todo aquello había quedado atrás, en un pasado que no quería que volviese. Aun así, no podía evitar sentirse superior.

Llegó a la gran plaza frente a la basílica y la encontró atestada. Cientos, no, miles de personas caminaban sujetando portavelas, como pequeñas luciérnagas en la noche. Algunos rezaban, otros cantaban. Rostros alegres unos, serios otros, extasiados los más.

¿Por qué había sido citado allí? Todo era extraño. Primero, el lugar: aquella ciudad del sur francés que atraía cada año a millones de fieles esperando un milagro. Después, el secretismo: una carta sin membrete que había aparecido sobre su camastro en el seminario. Sabía que había ocasiones en que era mejor no hacer preguntas. Él era un soldado, ahora un soldado de Dios, e iba a encontrarse con un hombre del que desconocía hasta su identidad.

Se detuvo en mitad de la plaza y esperó. Vio aparecer una comitiva. Portaban una cruz y una virgen iluminada. Detrás, caminaban cientos de personas con sus portavelas. Tres euros la unidad, recordaba haber visto en las tiendas. Aquello le hizo rememorar su Sevilla natal, las procesiones. Su Santísimo Perdón de Cristo. El fervor que había compartido desde niño. El dolor y la alegría. Solo quien lo había vivido podía comprenderlo.

Esperó varios minutos en medio de aquel mar de fe hasta que su teléfono sonó. Un mensaje. Lo abrió y apareció una ubicación. Se dirigió hacia allí rodeando el escenario que habían montado en el centro de la plaza y subió por una de las rampas laterales. Se alejó de las luces y regresó a la oscuridad. Sintió alivio.

El segundo hombre vio cómo Santiago Espinosa

avanzaba por la plaza. Su altura lo delataba, incluso inmerso en aquel rebaño de fieles. Le pareció más alto de lo que el informe mencionaba. Sonrió. Tenía ganas de conocerlo y comprobar si había elegido bien. *A priori* era perfecto: joven, con experiencia militar, exlegionario. Había estado en Afganistán y en varios países africanos y había dejado el ejército a su regreso. Según decía su informe psicológico, sufría estrés postraumático por lo que allí había vivido, aunque no revelaba qué había sido. Era de familia humilde, profundamente cristiana. Devoto. Mal estudiante, poco brillante pero despierto. Su vida se había encaminado hacia la religión, que había abrazado con terquedad, casi se diría que con furia.

Por debajo de la capucha que ocultaba su identidad, lo vio ascender por la pendiente. Así debía ser, el anonimato era su escudo. Ambos hombres se detuvieron a pocos pasos el uno del otro, sin decir nada, pero sin dudar ninguno de que tenían enfrente a la persona adecuada.

—Llega puntual —dijo el segundo hombre.

—Yo siempre llego puntual. Me lo enseñaron en...

El segundo hombre levantó su mano cortando la respuesta.

—Lo sé todo de usted. Solo me interesa conocer su fidelidad a Dios.

Santiago Espinosa fue a responder, pero el segundo hombre volvió a interrumpirlo. Se aproximó a la barandilla que daba a la plaza y le hizo un gesto para que se acercara. Santiago se puso a su lado, a una distancia prudencial, y contempló la plaza. Esperó. Sabía que lo estaba poniendo a prueba.

—¿Ve a todos esos fieles? —preguntó el segundo hombre señalando la masa humana que, en ese mismo instante, entonaba un cántico.

—Sí, los veo.

El encapuchado asintió. Le gustaba aquel joven. Pocas palabras.

—No son como nosotros. Son ovejas. Nuestro rebaño. Nosotros somos pastores. Es importante no confundirse.

—Pastores —repitió Santiago.

—Sí. Deben ser guiados, pero no necesitan saber hacia dónde. Y unos pocos, los elegidos, somos los encargados de hacerlo. ¿Quiere ayudarme?

Santiago tardó un instante en responder. No porque no supiera la respuesta, sino porque creía que no debía parecer ansioso.

—Por supuesto.

El segundo hombre se retiró unos pasos dejando sobre el pretil un sobre.

—Aquí tiene todo lo que necesita saber. Partirá de inmediato hacia Salamanca. Allí está su objetivo. Memorice todo cuanto hay en el disco y destrúyalo.

Santiago Espinosa se acercó al sobre y lo miró con intensidad. Lo guardó en el bolsillo de su sotana y se volvió hacia el segundo hombre. Ya no estaba allí.

14

Año 1218

El caballero templario Andrea de Montebarro sonrió en la soledad de su tienda disfrutando de antemano del momento que iba a vivir.

Se consideraba un líder. Nacido en una familia poderosa, había sido llamado a realizar grandes hazañas y había encontrado en los hermanos templarios la catapulta que necesitaba. Acercarse al legado papal también había sido una buena idea. Gracias a él, ocupaba un puesto de honor en la orden. Aún no sabía cómo Guy Paré lo había logrado, pero una oportuna carta manuscrita del mismísimo Inocencio III había hecho que todos los caballeros templarios de Tierra Santa respondieran ante él.

Antes de abandonar la tienda, irguió el mentón y apretó la mandíbula mientras se acariciaba la barba que se había dejado crecer para aparentar una mayor fiereza. Era atractivo y lo sabía. Su cuerpo era delgado y bien proporcionado y les sacaba una cabeza a la mayor parte de los hombres. Incluso la cicatriz que adornaba su rostro le daba un aire misterioso y peligroso que encantaba a las mujeres. Sin embargo, su gallardía no era equiparable a su ambición.

A pesar de ocupar el más alto rango entre los templarios de Tierra Santa, no había olvidado su misión. Había seguido a aquel caballero occitano que, vestido de hermano hospitalario y acompañado de su bella mujer, parecía esconder un secreto que él aún no había podido desentrañar.

«Quizá no sea necesario —pensó—. Bien podría morir en esta larga guerra, dejando a una bella viuda a la que yo pueda consolar».

Se dirigió hacia el resto de los capitanes de la cruzada, que lo aguardaban con gesto contrariado.

«No les gusta esperar —se dijo—. Ya pueden acostumbrarse».

Hermann von Salza, gran maestre de la Orden Teutónica, no estaba contento. Miró a Andrea de Montebarro y maldijo en silencio tener como compañero de armas a aquel arrogante bastardo. Había recibido órdenes del rey de Hungría de dirigir las tropas de las tres órdenes militares hacia el monte Tabor, asediar el castillo y aguardar. No le gustaba aquel advenedizo que había sido enviado en lugar del gran maestre templario Guillaume de Chartres, con quien había combatido hombro con hombro y al que apreciaba.

—Nos desplegaremos ante el monte Tabor. Allí esperaremos órdenes.

Andrea de Montebarro lanzó un bufido despreciativo.

—¿Qué somos, doncellas?

Hermann von Salza se volvió hacia él y masticó sus palabras como quien mastica una comida desagradable.

—¡Acataremos las órdenes!

Unas horas más tarde, un numeroso contingente de caballeros templarios, hospitalarios y teutónicos comenzó a marchar hacia Tabor. El caballero negro y Philippa formaban parte del nutrido grupo de hermanos hospitalarios y cabalgaban silenciosos, atentos a posibles emboscadas.

—¿Lo conoces? —susurró Philippa al caballero negro—. El caballero negro negó en silencio. Sabía a quién se refería Philippa—. No te quita la vista de encima.

El caballero negro gruñó incómodo. Hacía días que sabía que aquel caballero lo vigilaba. Sabía su nombre y también dónde lo había visto antes. En Letrán, hacía dos años, al servicio de Guy Paré. No creía en las casualidades. Sin embargo, algo más le rondaba por la cabeza. El hombre le recordaba a alguien, pero no conseguía traerlo a la memoria, se le escapaba entre los pliegues del tiempo. Desechó la idea. Quizá estaba confundido, el templario era demasiado joven.

Esa misma noche, todo desapareció envuelto en la sangre y la furia de la batalla. Y del fracaso. No debían haber atacado. Aquel no era el plan, sino asediar la fortaleza del monte Tabor, pero los caballeros templarios habían desobedecido la orden y se habían lanzado al ataque, arrastrando tras ellos al grueso del ejército cristiano. La batalla se había torcido desde el primer instante, abrumados por la desventaja en número y el desconocimiento del terreno. El caballero negro no tenía dudas de quién había sido el culpable: aquel irascible y arrogante templario. Habían perdido a cientos de buenos hombres. Tardarían años en recuperarse de aquel desastre.

El caballero negro retiró el sudor de su frente y notó

cómo el cansancio y el desánimo se apoderaban de él. Miró a su alrededor y contempló a sus compañeros, apenas una docena, cubiertos de barro y sangre, con los ojos desencajados por la derrota, la muerte y la culpabilidad por haber sobrevivido, mientras que algunos de sus hermanos jamás regresarían a sus hogares.

Huían en mitad de la noche, temerosos de que los defensores del monte Tabor salieran en su persecución y les diesen caza antes de alcanzar San Juan de Acre.

El ejército cristiano había caído al completo y en el fragor de la lucha, el caballero negro se había visto separado de Philippa y no sabía si su mujer yacía muerta en el campo de batalla. Vivía con la angustia de la incertidumbre, pero en su pequeño grupo algunos estaban heridos y se turnaban para ayudarlos, resistiéndose a la tentación de dejarlos atrás. En aquellas horas funestas una sola idea ocupaba la mente del caballero negro: regresar a Acre y volver a ver a Philippa con vida.

Cuando la primera luz del alba asomó a sus espaldas iluminando la más alta torre del castillo de San Juan de Acre, su calor calentó el corazón del caballero negro. Allí, una figura solitaria miraba al este. Como cinco años antes en Béziers, el caballero miró hacia arriba y vio a Philippa.

Se preguntó cuánto tiempo lo habría esperado ella antes de darlo por muerto. De haber sido al revés, él ya sabía la respuesta: toda la vida.

Llevaban juntos cinco años, desde la victoria en Toulouse, y él ya no imaginaba la vida sin ella. Juntos habían luchado por el conde Raymond y sufrido derrotas dolorosas, como la de Muret, hasta que habían decidido unirse a la cruzada a los Santos Lugares. Querían encontrar las respuestas que Esclarmonde no había logrado obtener y pensaban que en Jerusalén las hallarían. Buscaban el arca de la alianza.

El caballero negro cruzó la puerta de la muralla sin presentir que momentos después su vida iba a dar un vuelco que los alejaría de Jerusalén y de su búsqueda. Entró en el patio de armas del castillo y Philippa, con el brazo en cabestrillo, se abalanzó sobre él y lo abrazó. Su cansancio desapareció al instante y solo el gesto preocupado de Philippa le impidió esbozar una sonrisa.

—¿Cómo estás? —preguntó ella.

—Ahora mejor —respondió el caballero negro sin importarle lo más mínimo las risas de los soldados.

Hacía tiempo que todos habían aceptado a aquella extraña pareja, a la que respetaban por su arrojo y valor. Quienes habían luchado junto a Philippa conocían su pericia y muy pocos osaban competir con ella.

Philippa y el caballero negro se dirigieron hacia la muralla.

—Hay noticias —dijo Philippa con gesto sombrío—. No vamos a Jerusalén.

El caballero negro la miró con extrañeza. Quizá la derrota en el monte Tabor había hecho meditar a los capitanes de la cruzada.

—Nos dirigiremos a Egipto —continuó ella.

El caballero negro asintió con un suspiro.

—Ya lo he visto antes. Cuando las cosas se tuercen, la misión cambia y la cruzada busca un objetivo más fácil y rentable.

—¿Qué vamos a hacer? —preguntó Philippa con un deje de ansiedad en la voz que extrañó al caballero negro.

—Vinimos aquí para alcanzar Jerusalén en busca de lo que ya sabes —dijo casi susurrando—. Nada hay en Egipto de interés para nosotros. Regresemos al Languedoc.

El rostro de Philippa se relajó, como si temiese verse arrastrada por Roger en aquella cruzada sin rumbo.

—¿Te parece bien? —preguntó el caballero negro.

Philippa asintió. En su rostro se dibujó una sonrisa y las comisuras de sus labios se elevaron de aquella forma tan especial que tanto gustaba al caballero negro. Sin poder reprimirse, la besó.

—Iré a lavarme —dijo cuando se separaron.

La mano de Philippa, que descansaba sobre el brazo del caballero negro, lo retuvo, y este se volvió extrañado.

—Tengo otra noticia —dijo dulcificando su rostro—. Estoy embarazada.

15

Año 2022

La catedral de Salamanca siempre despertaba en Marta una sensación extraña. Dos catedrales superpuestas, separadas por siglos de existencia, pero compartiendo espacio y propósito. Era como si la vieja catedral hubiera dado a luz a la nueva y velara a su retoño para que creciese alto y espigado, sin apartarse y morir como le hubiese correspondido a un progenitor generoso.

¿Por qué habían decidido mantener la catedral vieja en pie? ¿Quién había tomado tal decisión?

Marta contempló la alta torre del campanario y luego continuó su marcha. Regresaría más tarde, quizá con la última luz de aquel frío día de invierno, cuando la piedra adquiría su tonalidad favorita, metálica, como la de una armadura.

Se arrebujó en su abrigo y maldijo la gélida temperatura. ¿Cómo podían soportarla los lugareños? Luego recordó lo difícil que era para otros soportar la sempiterna lluvia de su ciudad.

Antes de llegar a su destino no pudo resistir la tentación de acercarse a contemplar la puerta de entrada a las escuelas mayores, con su célebre rana tallada. Cuando la vio, se arrepintió de inmediato. Ya había olvidado que el animal reposaba sobre una calavera. Aquella alegoría tenía para ella un significado especial. Marta estaba envuelta en una aventura en la que la muerte la acechaba y ahora era la vida de Iñigo la que estaba en juego. Apartó la vista de la calavera y trató de hacer lo mismo con su mente, distanciarla de aquellos funestos pensamientos. Decidida, se dirigió hacia la biblioteca.

Una vez en el interior, se acercó al mostrador de recepción, donde enseñó la carta que su antiguo director de tesis, el profesor Vendrell, le había preparado para facilitarle el acceso a los fondos de la biblioteca, únicamente a disposición de investigadores acreditados. La recepcionista miró el papel sin mucho interés y le señaló la escalera de piedra y pasamanos de madera que ascendía al segundo piso. Una vez allí, una de las bibliotecarias leyó la carta con detenimiento y llamó a la responsable de la biblioteca, que apareció instantes después.

Era una mujer joven, vestida moderna e informal, que la recibió con una amplia sonrisa.

—Me llamo Isabel —dijo tendiendo la mano—. Su petición es inusual. Por lo general, solo el personal acreditado tiene acceso a los fondos antiguos. El profesor Vendrell fue muy obstinado.

Marta sonrió recordando al viejo profesor.

—Tozudo sería una palabra más precisa.

La bibliotecaria respondió con una risa clara y abierta.

—Cierto. Me amenazó con insistir cada día hasta que accediese. Por supuesto, cedí —continuó ensanchando aún más su sonrisa—. Aunque ha despertado mi curiosidad. ¿Puedo preguntarle a qué se debe su interés en nuestro manuscrito?

Marta estaba preparada para la pregunta.

—Encontré una referencia al manuscrito en el trabajo de restauración de una iglesia medieval. Soy muy meticulosa y me gusta documentarlo todo correctamente.

La bibliotecaria asintió.

—La entiendo. Conoce las reglas, ¿verdad? Nada de fotos.

Marta enseñó su cuaderno de notas y su bolígrafo, a lo que la mujer asintió de nuevo.

Siguió a la bibliotecaria por varios pasillos hasta llegar a una puerta antigua que, para sorpresa de Marta, daba paso a otra blindada, como la que cabría esperar en un banco. Isabel tecleó una clave y empujó la puerta hasta abrirla. Ambas entraron en una pequeña estancia, de apenas unos pocos metros cuadrados, repleta de estanterías con libros antiguos. En el centro, una sencilla mesa y una silla completaban el mobiliario.

—La Universidad decidió hace años habilitar esta pequeña cámara acorazada para proteger nuestro tesoro. Se han dado casos de robos en otras universidades y no queríamos correr el riesgo. Debo pedirle que me entregue su móvil y me enseñe el contenido de su bolso.

Marta no pudo evitar sentirse como una adolescente ante un guardia de seguridad desconfiado. Cuando se quedó a solas en la cámara, suspiró aliviada. Contempló el manuscrito que Isabel había depositado sobre la mesa. Era de tamaño considerable, recubierto de cuero rojo ya ennegrecido en algunas partes y con remaches metálicos ahora oxidados. Lo abrió por la primera página después de enfundarse los guantes de látex que le había facilitado la bibliotecaria. Estaba nerviosa cuando apartó la silla y se sentó. ¿Qué descubriría entre aquellas páginas? ¿Qué nuevo misterio la esperaba?

Habían transcurrido dos horas desde que Marta había abierto el manuscrito, y ya se acercaba al final sin haber descubierto por qué había sido guiada hasta él. No entendía nada, estaba escrito en árabe, y, a pesar de su esfuerzo, no encontraba ningún mensaje oculto, ninguna pista. No podía creerse que la hubiesen hecho desplazarse hasta allí en vano.

Quedaban unas pocas páginas cuando ya había decidido que quizá la pista no estaba en el manuscrito. Preguntaría si existía alguna traducción disponible, tal vez algún estudio sobre el mismo que arrojara una mínima luz.

Entonces tropezó con algo sorprendente. Casi al final del manuscrito había una hoja suelta. Había sido añadida tras la encuadernación, pero era muy antigua, por eso no había sido eliminada en la época moderna. Marta la contempló con los ojos muy abiertos. No podía creer lo que estaba viendo, pero no tuvo dudas. Era de puño y letra de Jean.

Un dibujo ocupaba la mayor parte y en el centro había dos símbolos. Cuando los vio juntos, Marta sintió que se le cortaba la respiración: eran la marca de cantero de Jean y el nudo de Salomón. Alrededor de ellos había un pequeño mapa, apenas trazado, pero que sin duda representaba el mar Mediterráneo. En el este, no lejos del mar, aparecía dibujada una cruz. «Jerusalén», se dijo Marta.

Otros tres símbolos figuraban junto a la cruz. Dos eran nudos de Salomón y el tercero, un pequeño cuadrado. Del primer nudo partía una línea que terminaba en el Finisterre español y que regresaba al este, al sur de Francia. Marta lo comprendió de inmediato: ¡era el trazado del recorrido de la reliquia! Su mirada se fue ansiosa hasta Jerusalén. Del segundo nudo de Salomón salía otra línea que terminaba en el norte de Italia. ¡La segunda reliquia! Marta sintió que su corazón se aceleraba. Miró el tercer símbolo. ¡Ya sabía lo que era! No era un cuadrado, ¡era el arca!

Tres flechas salían de ella. La primera giraba sobre sí misma y acababa en Jerusalén. Junto a esta primera flecha, una palabra en francés y un extraño signo que no reconoció en un primer momento: «Rocher⸮». La segunda iba hacia el sur y viraba bruscamente al oeste, hacia la costa sur del Mediterráneo. No aparecía nada escrito, solo aquel símbolo de nuevo. ¿Que había allí? Debía de ser la costa egipcia. Un trazo del mapa podía representar el Nilo. Marta no podía consultar en su móvil, pero apostaría a que allí se encontraba Alejandría. La tercera flecha señalaba a España, al sur de la península, y mostraba otra palabra, «Cordue», al lado del mismo símbolo.

Una sonrisa se dibujó en el rostro de Marta. Para otra persona quizá aquello fuese incomprensible, pero para ella no. Sabía cómo pensaba Jean, tanto como si hubiese llegado a conocerlo. Él también buscaba el arca y ese era su cuaderno de notas, tal vez olvidado entre las páginas de aquel viejo manuscrito, puede que escondido a propósito.

Para Marta era el mapa del tesoro. Ya había conseguido identificar el extraño símbolo que aparecía junto a los tres posibles destinos del arca. *Punctus interrogativus*, los interrogantes de la Edad Media. Recordaba haberlos visto antes, en otros manuscritos antiguos.

Sabía por dónde empezar. Solo un detalle le preocupaba. ¿Cómo y por qué la habían dirigido hasta allí? ¿Qué esperaban que hiciera a continuación?

16

Año 35

El desierto del Sinaí es una vasta superficie de tierra que abarca tanto espacio que nadie puede presumir de conocerlo en toda su extensión. Hay lugares en los que la vista se pierde en una planitud infinita, hostil, casi inhumana. En otros, las montañas áridas y pedregosas se extienden como si no tuvieran fin, y la angustia seca la garganta del desdichado que ha tenido el infortunio de perderse en aquella inmensidad.

Para fortuna de Magdalena, Nadir parecía conocer bien la zona y la caravana de camellos avanzaba aprovechando el frescor de la mañana y protegiéndose de los implacables rayos del sol cuando este se mostraba inmisericorde.

En los escasos momentos libres de los que disponía, se mantenía prudentemente alejada de Nadir y de sus hombres. Conoció a Lalla, una joven esclava bereber taciturna y huidiza. Eran las primeras en levantarse, antes de que el sol se imaginara siquiera en el horizonte, y las últimas en acostarse. Cuando se derrumbaba en su lecho, con el cuerpo dolorido por el trabajo y las horas sobre el camello, se consolaba pensando en que pronto llegaría a su destino y encontraría el rastro de Jesús y la respuesta a sus preguntas. ¿A qué había ido Jesús a Alejandría? ¿Qué había encontrado allí? ¿Era el origen de las dos extrañas reliquias? ¿Dónde estaba el arca? ¿Qué contenía?

No podía imaginarse que pronto todos aquellos interrogantes se alejarían de su mente y que sobrevivir iba a ser su única preocupación.

Esa noche hicieron un alto antes de lo previsto. El día anterior se habían alejado de la costa, pero Magdalena no se había atrevido a objetar. Nadie le hubiese hecho caso. El grupo estaba silencioso, ensimismado, y Magdalena tuvo la innegable certidumbre de que todos, excepto Lalla, rehuían su mirada. Cenaron sin prisa, como si esperasen algo, y su sospecha se vio confirmada cuando unas amenazadoras sombras se materializaron en la noche.

Nadir no parecía sorprendido por la presencia de los recién llegados e incluso sonrió. Se levantó y los saludó con familiaridad, como si ya hubiese hecho tratos con ellos anteriormente.

Magdalena los observó con atención. Eran cuatro hombres de piel oscura y extraños ropajes. Portaban unos largos arcos y unas carcasas de flechas que les daban un aire feroz, y cubrían su rostro con telas de color blanco, que solo dejaban al descubierto sus ojos. Se movían inquietos y desconfiados, como si temieran ser objeto de una emboscada.

—Iuntiu —dijo Lalla a su oído—. Son una tribu del desierto. Crueles y despiadados.

Magdalena siguió observando a los iuntiu con curiosidad, hasta que la voz de Lalla hizo que todo el vello de su cuerpo se erizase.

—Debemos huir.

Magdalena se volvió hacia ella, pero Lalla ya se había

alejado. Nadir y los iuntiu se sentaron y comenzaron a comer y beber. Si bebían lo bastante, pensó, quizá tuviesen una oportunidad para escapar, pero ¿adónde se dirigirían solas en medio de la noche y perdidas en lo más profundo del desierto? Acabarían muriendo de sed o siendo presa de los chacales.

La noche se prolongaba y Magdalena seguía dudando, cuando sintió una mano sobre su hombro. Era Lalla, que le hizo un gesto para que la siguiera. Abandonaron la tienda temblando de miedo y la noche las acogió con su quietud y sus extraños sonidos. Cuando Magdalena consideró que habían alcanzado la distancia suficiente, se acercó a Lalla y le susurró al oído.

—¿Adónde iremos?

Lalla la miró con unos ojos profundos que le transmitían la tristeza de quien hace lo que debe, aunque ha perdido la esperanza. No respondió y reanudó su marcha. En medio de la noche, Magdalena perdió la orientación y la noción del tiempo y confió en que su compañera supiese lo que estaba haciendo. Tras unos minutos, tal vez horas, que se le hicieron interminables, Lalla se detuvo y comenzó a buscar algún escondite entre las rocas.

Asustadas y sin resuello, compartieron unos pocos alimentos que la bereber había tenido el sentido común de tomar prestados.

—Íbamos a ser vendidas como esclavas a los iuntiu.

Lalla había pronunciado aquella frase con desapego, como si solo constatase un hecho de forma desapasionada. Magdalena negó con la cabeza. Necesitaba negar la realidad.

—Los iuntiu aprecian mucho a las mujeres extranjeras. Entre ellos supone un estatus.

—¿Cómo sabes tanto de ellos?

Lalla miró a Magdalena como si la respuesta fuese obvia.

—Son guerreros enemigos de los númidas, mi pueblo. Seríamos sus esclavas y jamás lograríamos escapar con vida.

—Pero Nadir prometió llevarme a Alejandría —protestó.

Su voz le sonó extremadamente aguda y las lágrimas pugnaron por abrirse paso hasta sus ojos. No era por miedo o desesperanza, sino por la rabia de haber sido traicionada.

—¿Qué haremos ahora? —preguntó al sentir que la ira la abandonaba y ocupaba su lugar una fría determinación.

—Continuar hacia el oeste —respondió Lalla con un vago gesto de la mano—. Son tres días, si no nos encuentran antes.

Un silencio pesado se adueñó de la noche y fue Magdalena quien lo rompió.

—¿Por qué haces esto? Tú ya eres esclava de Nadir.

Lalla levantó sus ojos hasta Magdalena con una mirada triste, casi vacía.

—Nadir es cruel conmigo. Me hace daño. Con los iuntiu no sería mejor. Prefiero morir en medio del desierto que vivir como lo hago.

Magdalena sintió la angustia que transmitía Lalla. Juntas quizá tuvieran una oportunidad.

—Caminemos mientras la noche nos protege —dijo con resolución.

Se levantaron y se sonrieron con timidez, impulsadas por el consuelo de tenerse la una a la otra. Salieron de su escondite en el mismo momento en que, frente a ellas, tres sombras surgían en la noche. Tres guerreros iuntiu, inmóviles como estatuas, derrumbaron sus escasas esperanzas.

17

Año 2022

La Torre del Gallo de la catedral vieja de Salamanca está recubierta por escamas, como si su constructor hubiese querido darle vida y protegerla; un pez, un reptil, un dragón. Treinta y dos ventanas, que Marta se había entretenido contando, aligeraban su peso y le daban un aire esbelto. «Como el cuello de un dragón», pensó Marta. El gallo que la coronaba y le daba nombre se recortaba desafiante en el cielo.

Marta bajó la mirada y se dirigió al interior de la catedral. Se había prometido visitarla antes de continuar su viaje tras las huellas de Jean. Entró junto a otros turistas, sin percatarse de que un hombre la observaba desde la terraza de una cafetería de la plaza.

Santiago Espinosa no la siguió: dentro del templo no pasaría desapercibido y no le interesaba llamar la atención. Estaba sorprendido por el interés de aquella mujer por las iglesias y las catedrales. Sabía, por el detallado informe que contenía el disco USB, que no había llegado a destruir, que era atea y que había actuado a espaldas de los intereses de la Iglesia católica, cuando no contra ellos. Sintió rabia al verla profanar aquel lugar santo, pero la rabia se difuminó de forma rápida. Había visto en su vida cosas mucho peores.

Esperó pacientemente observando a cada persona que circulaba por la plaza como un depredador a sus presas, un león que mira desde su atalaya trófica saciado de hambre, pero siempre atento. Le gustaba aquella imagen que había descubierto en una de las misiones por las que había sido enviado a África.

Treinta minutos después vio salir a Marta y se levantó de inmediato para seguirla. Por el momento no había recibido órdenes de cómo actuar, solo debía seguirla e informar de sus movimientos, lo cual hacía cada día a través de mensajes de móvil al hombre que había visitado en Lourdes. No sabía su nombre, no había visto su cara, lo que le producía una incómoda sensación. Le gustaba ver el rostro de los demás: le ayudaba a comprender. Aquello le había sido muy útil en Afganistán, donde había aprendido a detectar cuándo alguien mentía, cuándo ocultaba algo, cuándo tenía intenciones de matar. Era bueno en eso.

Cruzó la plaza tras Marta, a una prudente distancia, observando a su alrededor. Un anciano caminaba con aire cansino, dos mujeres hablaban en animada conversación, un grupo de niños jugaba alborozado, un hombre disparaba su cámara de fotos hacia la torre de la catedral. Vio a Marta salir de la plaza y aceleró el paso para no perderla. No vio cómo, detrás de él, el hombre de la cámara de fotos se giraba y dirigía el objetivo en su dirección. Una ráfaga de fotografías que revisó con satisfacción.

—Interesante —murmuró el fotógrafo—. ¿Quién será?

Decidió seguir a aquel hombre que vigilaba a Marta Arbide. Necesitaba descubrir quién era.

18

Año 1218

Philippa de Péreille odiaba los barcos. A lo largo de su vida no había tenido la necesidad de embarcarse. Era una mujer de interior y navegar le había parecido al principio una aventura, pero la forma en que aquellos cascarones se agitaban y saltaban al menor soplo de viento le seguía produciendo náuseas, a pesar de que ya llevaba dos meses a bordo.

Miraba cómo la costa se acercaba con lentitud y ansiaba regresar a su hogar a la vez que temía lo que encontraría al llegar.

Roger y ella habían partido unos meses antes de la toma de Toulouse por Raymond VII. Philippa aún se sorprendía de las vueltas que había dado aquella guerra interminable. Raymond VI ya era mayor y se hallaba hundido por una vida de batallas sin fin, pero su hijo había tomado el relevo e, impulsado más por el valor y por la determinación que por la pericia, había, contra todo pronóstico, arrebatado Toulouse a Simón de Montfort. Además, la muerte de Inocencio III en extrañas circunstancias había alejado a los carroñeros de Roma de Occitania, pero Philippa no dudaba de que volverían.

Notó una presencia a su espalda y sintió las manos de Roger deslizarse por su cintura hasta su tripa, que ya evidenciaba su embarazo.

—¿Qué piensas, Philippa?

El calor de su cuerpo la reconfortó del frío soplo del viento en cubierta.

—En el pasado. Y en el futuro.

Sonrió. Aquella frase había sido una de las primeras que le había dirigido a Roger en Béziers. Se había convertido en un juego entre ellos y conocía la respuesta de él de memoria.

—No hay pasado. No hay futuro. Solo aquí y ahora.

Philippa se giró y lo besó. Ambos se rieron ante el alboroto de la tripulación, que vitoreó con envidia la suerte de Roger.

—¿Qué clase de mundo encontrará nuestra hija? —preguntó Philippa, a cuyo semblante había regresado una expresión seria.

—Un mundo difícil, pero será una mujer dura, como su madre. Aunque albergo esperanzas de que sea un varón.

—En todo caso, será occitana. Rebelde e indomable. Y quizá algún día cumpla la misión que yo no he podido cumplir.

Se quedaron en silencio, perdidos en sus recuerdos o tal vez tratando de imaginar el futuro. No dijeron nada, pero Esclarmonde había acudido a su memoria.

El puerto de Narbona fue tomando forma ante sus ojos y Philippa respiró el aire de su hogar, como si así pudiera absorber todo cuanto había sucedido durante su ausencia.

Al aproximarse al muelle, contemplaron atónitos cómo las personas que se encontraban en tierra gritaban y bailaban. Saludaban al barco mientras atracaba. Parecía que había una celebración. Cuando el barco estuvo asegurado, se acercaron al capitán para informarse de lo que sucedía.

—¿Qué celebran con tanta algarabía? —preguntó el caballero negro.

—La muerte —respondió el capitán—. Hace una semana, una catapulta, dicen que disparada por una mujer, arrebató la vida al asesino en Toulouse.

—¿El asesino? —preguntó Philippa sin comprender.

El capitán se volvió hacia ella, como si la respuesta a aquella pregunta fuese obvia.

—Montfort. Simón de Montfort ha caído.

Andrea de Montebarro también había regresado a Occitania. Se sentía agradecido por haberlo logrado. Aún se despertaba por las noches con pesadillas por lo que había sucedido en el monte Tabor. Se le aparecían como fantasmas aterradores antiguos compañeros de armas y otros desconocidos, pero todos masacrados por sus enemigos, los rostros desfigurados, los miembros amputados. Muertos que seguían acusándolo de haberlos abandonado en el momento en que todo se había torcido. Cuando se despertaba, sentía que jamás llegaría a arrancarse de la piel el sudor, el polvo y la sangre. Y luego estaba la vergüenza: una vergüenza íntima, personal, que nadie podía echarle en cara porque nadie había sobrevivido para hacerlo.

Para cualquiera que lo contemplase, vestido con su indumentaria templaria, con el porte orgulloso del soldado curtido, Andrea de Montebarro era la imagen de la gallardía, y la culpa, la vergüenza y el oprobio quedaban en lo más profundo de su ser, un lugar que ocultaba a todos, incluso a sí mismo.

La puerta de los aposentos del legado papal en el castillo de Narbona se abrió y dio paso a una estancia amplia decorada con evidente ostentación, como si su dueño, lejos de avergonzarse, quisiese hacer gala de ella. Sentado tras una enorme mesa de madera, tan pulcra y brillante como su cabeza, Guy Paré escribía en un pergamino. Levantó la mirada y, durante unos instantes, observó al templario con detenimiento, como si así pudiese adivinar cuánto tenía que contar y que ocultar.

—Regresáis antes de lo esperado, caballero de Montebarro. ¡Que yo sepa la cruzada sigue en Tierra Santa!

—Así es, pero mi misión allí terminó en el mismo momento en que los comandantes decidieron que el precio a pagar por tomar Jerusalén era demasiado oneroso.

Guy Paré asintió. En realidad, él ya sabía todo aquello.

—Sois joven. Tendréis más oportunidades de morir en Tierra Santa.

Andrea de Montebarro se estremeció, pero recuperó la compostura y le devolvió un gesto de desagrado.

—Son hombres como yo los que recuperan los Santos Lugares para el Dios verdadero, no aquellos que se esconden tras mesas lujosas en salones decorados con ricos tapices.

Guy Paré sonrió divertido, pero para Andrea fue solo una mueca irritante.

—¿Qué hay del caballero negro? Supongo que habréis seguido su rastro como os ordené.

—Así es. Acaba de regresar al Languedoc con su esposa Philippa de Péreille. Parece que han abandonado la búsqueda que perseguís.

Guy Paré miró a su alrededor. Aquellas reliquias no

le habían traído más que sinsabores. Su posición actual, la riqueza de la que se rodeaba, no provenía de las mismas, sino de la tenacidad que había mostrado en la lucha contra la herejía cátara, mucho más rentable. Quizá era el momento de olvidar aquellos objetos inalcanzables.

—Bien —dijo Guy Paré contrariado—. Tengo otras misiones para vos.

El caballero templario lo miró con un gesto de descontento que el legado papal supo interpretar de inmediato.

—No os preocupéis. Seguid vigilando al caballero negro, pero no actuéis contra él. No me vale muerto. Sé que sois joven e impulsivo y que vuestra sed de venganza aún no ha sido saciada. Vuestro momento llegará.

19

Año 35

Los ojos de Lalla eran profundos y oscuros, grandes y redondos, y Magdalena podía verlos, o quizá solo sentirlos, puestos en ella, aterrorizados en la oscuridad de la tienda.

Estaban asustadas, habían sido llevadas contra su voluntad por aquellos temibles y silenciosos guerreros que las habían arrastrado sin miramientos, maniatadas, hasta sus tiendas, donde las habían dejado solas, aunque sospechaban que vigiladas.

El silencio era absoluto, como si los omnipresentes sonidos de la noche temiesen enfadar a los iuntiu. A ratos, escuchaban las profundas voces de sus captores, que parecían hablar en susurros. A través de pequeños agujeros en las telas, penetraba la frágil luz de la hoguera, iluminando el rostro de ambas.

Magdalena trató de soltar sus ataduras mientras Lalla la miraba con asombro, quizá impresionada por la valentía de su compañera. No era valor, se reconoció Magdalena, sino necesidad de creer que hacía algo por su vida o por su libertad.

De pronto, la sangre se heló en sus venas. Escuchó a

sus espaldas un sonido casi imperceptible, el inconfundible rasgado de un cuchillo en la tela.

Ambas se miraron, más sorprendidas que atemorizadas, ya que poco podía empeorar su situación. Cuando el agujero fue lo suficientemente grande, asomó una cabeza y, a pesar de que la luz de la tienda apenas permitía ver, unos profundos ojos verdes se clavaron en Magdalena, a quien le recordaron los de Jesús. La tristeza de la añoranza se adueñó de ella.

El joven no habló, se limitó a llevarse el dedo índice hasta los labios. Magdalena levantó las manos, mostrando sus ataduras y el joven asintió, dando a entender que había comprendido. Agrandó el agujero y, una vez dentro, comenzó a cortar las cuerdas de ambas. Cuando lo hubo logrado, Magdalena lo miró a los ojos y musitó:

—Gracias.

—Dámelas si salimos vivos de aquí —respondió en un susurro.

Abandonaron la tienda en medio de un temible silencio y se adentraron en la oscuridad con la palpitante sensación de que en cualquier momento aparecerían de nuevo los iuntiu para capturarlos.

El joven abría la marcha sigilosamente, con los movimientos precisos del que sabe adónde va y no quiere perder un instante. Transcurrida lo que pareció una eternidad, los tres llegaron a un pequeño campamento, donde otro joven los esperaba con dos camellos ensillados. Sin intercambiar ni una sola palabra, como si todo aquello estuviera meticulosamente planeado, las ayudaron a subir a sus monturas. Cuando estuvieron preparadas, su salvador las condujo hacia el norte mientras el otro hombre, subido a su camello, tomaba el camino por el que habían venido.

—¿Cómo te llamas? —preguntó Magdalena cuando el miedo dejó de atenazarla y se convirtió en un vago martilleo en el fondo de su cabeza.

—Dysthe —respondió él volviendo hacia ella sus ojos verdes.

María Magdalena sintió que recuperaba el valor perdido.

—¿Hacia dónde se dirige tu compañero?

Dysthe tardó un segundo en responder y esbozó una sonrisa antes de hacerlo.

—Borrará nuestras huellas y luego irá hacia el oeste. Hará creer a los iuntiu que habéis huido con él. Eso nos dará el tiempo que necesitamos.

—Pero... —balbuceó María Magdalena—. ¿Eso no lo pondrá en peligro?

Dysthe volvió a sonreír, esta vez de forma abierta.

—¿Qué sentido tiene la vida si no hay riesgo? No hay premio ni recompensa para el cobarde.

Magdalena no respondió, inquieta al no saber por qué aquel joven las consideraba una recompensa. Miró a Lalla, que cabalgaba silenciosa a su derecha y que parecía aceptar con resignación cuanto sucedía.

«Pues bien —pensó María Magdalena—. Yo no me resignaré a aceptar el destino. Yo lo elegiré».

20

Año 1228

Gregorio IX se levantó del sillón papal y al instante fue imitado por todos los presentes en el salón pontificio. Entre los asistentes a la ceremonia se encontraba Guy Paré, que había sido invitado a la canonización de san Francisco de Asís, fallecido dos años antes. El abad estaba deseoso de que finalizase para tener, por fin, un encuentro privado con el papa.

La voz de Gregorio IX se elevó en el silencio.

—En honor a la Santísima Trinidad, para exaltación de la fe católica y crecimiento de la vida cristiana, con la autoridad de nuestro Señor Jesucristo, de los santos apóstoles, Pedro y Pablo, y con la nuestra, después de haber reflexionado largamente, invocando muchas veces la ayuda divina, y oído el parecer de numerosos hermanos en el episcopado, declaramos y definimos santo al beato Francisco de Asís y lo inscribimos en el catálogo de los santos, y establecemos que en toda la Iglesia sea devotamente honrado. En el nombre del Padre, y del Hijo y del Espíritu Santo. Amén.

Cuando el rito hubo terminado, Guy Paré fue conducido ante la presencia de Gregorio IX. Se postró ante él y besó su mano. Recordó cuando, veinte años antes, lo había hecho con Inocencio III. Los papas cambiaban, pero él seguía allí.

—Conozco la razón por la que habéis solicitado audiencia.

Guy Paré levantó la vista y contempló un rostro alargado, con una densa barba que clareaba y una nariz recta, prolongada, como un muro de piedra que separa los dos lados de una casa. Su mirada era tranquila y transmitía la confianza de un muy querido padre a sus hijos.

Sin embargo, Guy Paré no se hacía ilusiones. Al nuevo papa, elegido apenas unos meses antes, no le temblaba el pulso. No bien había alcanzado el pontificado, había excomulgado al emperador Federico II. Era un hombre de principios, pero eso podía ser bueno o malo. Dependía de qué principios defendiera.

—Mi tío me puso al corriente de nuestro asunto.

Guy Paré asintió. Su seguridad crecía. Sabía que Gregorio IX era sobrino de Inocencio III y había dicho «nuestro asunto». Eso significaba que estaba al tanto de la reliquia y quizá desease seguir con su búsqueda.

—Venid, contadme en qué punto estamos de esa sagrada búsqueda que habéis convertido en guía de vuestra vida. Y contadme también cómo va la guerra contra los herejes en vuestros territorios.

Dos horas más tarde Guy Paré abandonó entusiasmado el salón papal. Gregorio IX le había escuchado, le había anunciado que enviaría una nueva cruzada a Tierra Santa y, por encima de todo, le había informado de su intención de crear la Inquisición pontificia, una nueva arma para erradicar la herejía en el Languedoc que actuaría en defensa del orden sagrado.

Inició el regreso a Narbona. Tenía que hablar con Andrea de Montebarro. Quería saber si había cumplido su misión de vigilar al caballero negro. Recuperaría el rastro perdido.

Habían transcurrido diez años desde el regreso del caballero negro y Philippa de Tierra Santa. Diez años en los que habían sido padres dos veces. Dos niñas, Arpaix y la pequeña Esclarmonde. El caballero negro disfrutaba de verlas crecer y se había prometido a sí mismo que cuidaría de ellas, que nunca las dejaría solas. Sin embargo, ahora iba a incumplir su promesa.

Vestido con el uniforme de los caballeros hospitalarios, observaba la escena que tenía lugar frente a él con un semblante pétreo, aunque por dentro notaba cómo se rompía en pedazos.

Él, que había visto morir a tantos hombres y mujeres que ya era incapaz de recordar, sentía en ese momento un dolor físico ante una separación temporal. Sabía que era lo que debía hacer.

Delante, Philippa, arrodillada frente a su hija mayor, no había podido contener su emoción, a pesar de que había prometido hacerlo. Las lágrimas se deslizaban por sus mejillas, enrojecidas por el desconsuelo. Intentaba sonreír a Arpaix, que la miraba con el rostro serio, consciente, a sus nueve años, de que no volvería a ver a sus padres en mucho tiempo.

—Prométeme que obedecerás a Jean en todo.

Arpaix asintió con gesto severo y luego se giró para mirar al hombre que tenía detrás, las manos sobre sus hombros.

—Regresaréis pronto —dijo Jean con voz amable—. Y yo cuidaré de Arpaix y de Esclarmonde.

Philippa levantó sus ojos hasta el perfecto cátaro y su

corazón se apaciguó. Había cogido cariño a aquel hombre serio, circunspecto, que ocultaba sus secretos, pero que parecía haber encontrado su lugar en el mundo.

—Nadie sabe cuánto tardará en caer Jerusalén, si lo hace. Ni cuánto tardaremos en encontrar el arca, si es que está allí.

—Jerusalén caerá esta vez. Y vosotros encontraréis el arca.

El caballero negro intervino por primera vez. Su voz sonó seca, aunque su tono fue afectuoso.

—No reconozco en tu optimismo al peregrino asustadizo que conocí hace ya demasiados años.

Jean rio con alegría, con una carcajada fácil, que era su seña de identidad desde que se había librado del peso de la reliquia. Aquel nuevo Jean era tan diferente del anterior que el caballero negro desconfiaba, como si no se acabara de creer la transformación.

—Yo tampoco te reconozco, mi buen Roger —respondió con un brillo juguetón en la mirada—. A lo mejor es porque tu pelo y tu barba comienzan a clarear.

—Volveremos —fue todo lo que respondió el caballero negro—. Si es que partimos ya. No creo que las tropas del emperador Federico II esperen por nosotros.

Philippa se incorporó después de abrazar una vez más a Arpaix. Cogió su espada de las manos del caballero negro y ambos subieron a sus monturas. Abandonaron la ciudad de Carcasona sin mirar atrás.

Arpaix los observó partir sin derramar lágrima alguna. «Digna hija de su madre —pensó Jean—. Tan pequeña y ya se ha construido una coraza».

—¿Por qué se van? —preguntó Arpaix.

Jean hizo volverse a la niña y se agachó hasta colocarse a su misma altura.

—Tienen una misión. A veces uno no puede hacer lo que desea, sino lo que debe. Eso es una misión.

Arpaix no respondió, pero frunció sus labios y los movió de un lado a otro en un gesto personal que había heredado de su madre y que hacía cuando meditaba.

—¿Y qué haremos nosotros ahora?

—Esperarles. Y prepararnos. Tú —continuó Jean colocando su mano sobre el hombro de Arpaix— también tienes una misión. Estás llamada a triunfar donde todos los demás han fracasado. Tú encontrarás el arca. Ven —dijo ofreciendo a la niña su mano—, nos espera una ardua tarea.

21

Año 35

La inmensidad de un desierto solo es comparable a la de la soledad. Ambos producen un vértigo que disuelve la realidad y aplasta los sentidos haciéndolos añicos.

Magdalena contempló una eterna línea del horizonte. Una vez había escuchado que un antiguo sabio griego, cuyo nombre no recordaba, había afirmado que el mundo era una gran bola. Entonces se había reído ante la ocurrencia, pero ahora no estaba tan segura.

—¿Qué miras?

La voz de Dysthe, que se había acercado por detrás, hizo que Magdalena diera un respingo. Se volvió hacia él.

—Nada —respondió regresando de sus pensamientos—. Pensaba en lo grande que es el mundo.

Dysthe cambió su gesto jovial por uno adusto.

—Tan grande que ningún hombre puede vanagloriarse de conocerlo por completo.

Magdalena asintió.

—¿Cuándo llegaremos a Alejandría?

Dysthe señaló hacia el noroeste.

—¿Ves aquella línea oscura en el horizonte? Es el confín del desierto. Cuatro días después llegaremos a la mayor ciudad jamás levantada por el hombre.

El joven había hablado con orgullo, como si él mismo hubiese ayudado a construirla.

—¿Qué harás cuando lleguemos allí? —preguntó Dysthe.

Magdalena no respondió de inmediato. Había pensado mucho en ello. No conocía a nadie en Alejandría y encontrar el rastro de Jesús quizá no fuera sencillo.

—No lo sé —reconoció—. No sé a quién busco. No conozco la ciudad.

—Tal vez yo pueda ayudarte.

Magdalena percibió un tono de anhelo en la voz de Dysthe. Recordó las palabras de Ehud acerca de desconfiar de los desconocidos y aquel joven lo era, pero también la había salvado de la muerte. O de algo peor. No tenía muchas opciones. Bajó la cabeza y asintió.

—Va a ser difícil para Lalla y para ti sobrevivir en Alejandría. A lo mejor si os hacéis pasar por... —Ella clavó la mirada en Dysthe, que parecía incómodo. De repente, el joven pareció ganar seguridad— mis esclavas —sentenció como si no hiciesen falta más explicaciones. Magdalena lo contempló horrorizada y él se apresuró a matizar—: No me malinterpretes. No os pediré que hagáis nada que no deseéis y podréis iros cuando lo consideréis.

Magdalena dudó. Sabía que no podía confiar en nadie, pero era un arreglo que le permitiría llegar a Alejandría. Una vez allí, siempre podía cambiar de opinión. O al menos eso era lo que ella creía.

22

Año 1229

El emperador de toda la cristiandad, *stupor mundi*, Federico II Hohenstaufen, levantó su cabeza del pergamino y miró hacia la entrada de sus aposentos sin poder evitar un gesto de contrariedad. Dejó caer la pluma de su mano y se mesó la abundante barba que cubría su rostro huesudo, de nariz recta y prominente y ojos inteligentes, nerviosos, que parecían observar el mundo divertidos, como si reinar fuera solo un juego para él. En cierta forma, así era. Sus deberes no le dejaban dedicarse a lo que su verdadera alma tanto añoraba: las mujeres y la poesía.

Escrutó el estoico rostro de su consejero, Hermann von Salza, maestre de la Orden Teutónica; tenía una expresión indescifrable.

—El sultán al-Kamil Muhammad al-Malik ha llegado —dijo el maestre—. Os espera en su tienda, a las afueras del castillo.

—¿Habéis preparado mi guardia?

Hermann von Salza asintió molesto.

—Tal y como habéis solicitado. Sin embargo...

—Sé que vos y vuestra orden estáis capacitados para protegerme. Si he decidido hacerme acompañar por representantes de todas las órdenes militares no es por miedo, sino para enviar un mensaje nítido al sultán.

El maestre frunció el ceño, pero no replicó. Sabía cuál era el límite.

—Os esperan frente a la puerta del castillo representantes de la Orden del Temple, de la Hospitalaria y de la del Santo Sepulcro. Y yo mismo iré como representante de la Orden Teutónica.

Federico II asintió complacido, tanto por ver cumplidas sus órdenes como por la cara de disgusto de su consejero. La rivalidad entre las órdenes militares era legendaria, a pesar de que todas aseguraban atender al mismo Dios. «No es Dios quien los separa —pensó Federico II—, sino el poder y el dinero». Bien sabía él del apego de la Iglesia al poder terrenal. Había sido excomulgado por Honorio III por no someterse a sus designios. Esa, entre otras, era la razón por la que estaba allí, intentando recuperar Jerusalén para el cristianismo. Y para sí mismo.

A unos metros del emperador y de su consejero, frente a la puerta del castillo, el caballero negro esperaba incómodo. Vestía, como siempre que acudía a los Santos Lugares, su hábito de la Orden de los Hermanos Hospitalarios. Se lo había ganado combatiendo con ellos en Crac de los Caballeros años atrás. Había sido escogido para representarlos y, aunque había estado cerca de negarse, Philippa lo había animado.

—Quizá así consigas saber si nos dirigiremos a Jerusalén en breve.

Había accedido a regañadientes y en ese momento se encaminaba como escolta personal del emperador Federico II a una reunión con la delegación musulmana.

Habían sido presentados por el maestre de la Orden Teutónica. El caballero negro estaba nervioso, conocedor de que el gran maestre de su orden, Garin de Montaigu, no había acudido a Palestina a causa de la reciente excomunión del emperador.

Sin embargo, había un detalle que lo incomodaba más. A su lado, representando a los caballeros templarios, mirándole con los ojos encendidos de odio, estaba Andrea de Montebarro. No ocultaba su hostilidad, pero el caballero negro hacía caso omiso. No quería dar a su nuevo enemigo la ventaja de averiguar que conocía la razón de su inquina. Sabía que allí no podía hacer nada, pero también que debía vigilarse las espaldas. Tal vez los alfanjes musulmanes no fuesen el mayor peligro que le acechara.

—Como representante de los caballeros hospitalarios —dijo Hermann von Salza tras presentar al resto—, nos acompañará Roger de Mirepoix, caballero occitano de renombre por sus servicios en Tierra Santa.

El emperador miró al caballero negro con curiosidad, como si estuviera tratando de recordar algo. Luego su rostro se transformó y a él asomó una sonrisa juguetona.

—¿Acaso no sois el caballero que se hace acompañar por su mujer, aquella que dicen que es diestra en el manejo de la espada además de poseer gran belleza?

El caballero negro tardó un segundo en contestar. En su cabeza pugnaban por abrirse paso varias respuestas afiladas y otras más prudentes.

—Yo no me hago acompañar por ella. Ella está aquí porque su espada es más valiosa para el cristianismo que la de muchos de los hombres a vuestro servicio.

El maestre de la Orden Teutónica iba a intervenir, enfadado por el tono de la respuesta del caballero negro, pero el emperador lo retuvo.

—Yo dejo decir de todo a mis sujetos —alardeó Federico II con una sonrisa divertida— con tal de que ellos me dejen hacer de todo a mí. Será un placer conocerla cuando ella lo tenga a bien. Pero olvidémonos, de momento, de futuros deleites y continuemos con lo que nos trae hasta aquí.

Las puertas del castillo se abrieron y la comitiva se dirigió hacia la tienda del sultán. Las miradas de los soldados eran feroces, sus ojos estaban entrenados para detectar cualquier señal de traición.

El sultán esperaba con gesto relajado. Era un hombre alto, huesudo, con los ojos saltones hundidos en unas cuencas profundas y, aunque sonreía, sus densas ojeras indicaban que estaba afectado por su delicada situación. Recordaba a un esqueleto andante, pero su porte era elegante. Estaba rodeado de telas y tapices de bella manufactura. Llevaba una cimitarra a la cintura y sus movimientos indicaban que no era de adorno.

Se dirigió al emperador en árabe y esperó a que el traductor terminase antes de esbozar una falsa sonrisa. El caballero negro no necesitaba traductor, sus años en Tierra Santa hacían que comprendiera el idioma a la perfección.

—Dicen mis informantes que vos sois el hombre más importante de la cristiandad.

El emperador miró al sultán y respondió en un árabe perfecto que sorprendió a su interlocutor.

—Sin embargo, a mí me dicen que vuestro sobrino el sultán de Damasco, An-Nasir Dawud, es más poderoso que vos.

Al-Malik encajó el comentario y su semblante se petrificó. El caballero negro lo vio hacer un gran esfuerzo por controlarse.

—Por eso estamos ambos aquí —respondió tras recuperarse—, porque nos necesitamos el uno al otro. ¿No es así?

—Así es. Estas son mis condiciones. Me entregaréis Nazaret, Belén, Jerusalén y todos los territorios situados al oeste.

El rostro del sultán se contrajo de ira e hizo amago de dar por finalizada la conversación. El caballero negro miró al emperador, que sostenía una sonrisa burlona, como si conociera el desenlace de antemano.

—Diez años —dijo inesperadamente el sultán—. Durante ese tiempo contendréis cualquier intento de mi sobrino por extender sus dominios.

El caballero negro miró a Federico II y vio que consideraba que había ganado. Parecía disfrutar con aquella situación. El placer de un gato jugando con un ratón. Finalmente asintió.

—Diez años. Durante ese tiempo juráis no volver vuestras armas contra nosotros.

El sultán sonrió mientras sus ojos se achicaban inteligentes.

—Así será —respondió.

El caballero negro fue consciente de que aquella promesa valía menos que la arena del desierto, pero Federico II parecía satisfecho.

—Acordado entonces.

El sultán juntó sus manos y sus dedos juguetearon nerviosos.

—Salvo un pequeño detalle —respondió—. Algo insignificante que sin duda no tendréis problema en aceptar.

—Hablad. —La voz del emperador pareció una orden más que una invitación.

—Os entregaremos toda Jerusalén excepto un pequeño recinto de vital interés religioso para nosotros, la Cúpula de la Roca. Tendréis prohibida la entrada y deberéis garantizar el acceso de todos los musulmanes.

Federico II asintió y el silencio se extendió entre los presentes. Al caballero negro se le heló la sangre. Su misión allí ya no tenía sentido.

23

Año 2022

La larga cola del aeropuerto de Tel Aviv avanzaba con pesada lentitud. Marta tuvo aún que soportar la revisión completa de su maleta y el análisis de explosivos en su móvil antes de ser liberada y poder subir a un taxi con destino al centro. Estaba deseando llegar al hotel y salir a correr por la playa de aquella ciudad moderna, bulliciosa y joven que buscaba olvidar la guerra interminable en la que se hallaba envuelta.

Quince minutos más tarde, Santiago Espinosa pasaba el mismo control de seguridad. Esperó a que el policía israelí hiciera su trabajo con las manos cruzadas a la espalda y las piernas ligeramente separadas, igual que hubiera hecho en el ejército ante una revisión sorpresa de su taquilla. El policía terminó su chequeo y lo miró con el rostro serio, quizá importunado por la pose hierática del hombre que tenía enfrente. Después, sin pronunciar palabra alguna, hizo un gesto con la cabeza para ordenar a Santiago que avanzara y otro hacia el siguiente en la cola.

Santiago recogió sus pertenencias y se deslizó hasta una mesa contigua para ordenar de nuevo su maleta.

Colocó en el fondo su par de zapatos adicional, con los calcetines pulcramente doblados en su interior. Encima, dispuso los pantalones, apilados uno sobre el otro como si fueran copias perfectas. Las camisas, abrochadas y dobladas para evitar las arrugas, dejaban espacio al neceser, el cual volvió a revisar para asegurarse de que nada se había movido de su lugar. Satisfecho, cerró la maleta.

Al igual que Marta, cogió un taxi. En ese mismo instante sonó un mensaje en su móvil. Santiago indicó al taxista la dirección del hotel que había reservado Marta y abrió el mensaje. No le había llegado a través de una plataforma convencional, sino por medio de una aplicación especial, desconocida para la inmensa mayoría de las personas y que requería triple nivel de acceso: reconocimiento facial, una clave y un código que era enviado en paralelo mediante otro sistema de mensajería. Santiago procedió a cumplir con los trámites y la aplicación le entregó un mensaje que leyó con rapidez. Solo tenía cinco minutos para hacerlo. Luego desaparecería sin dejar rastro. Los ojos de Santiago se abrieron de par en par. No sabía lo que aquella misión iba a suponer y las órdenes recibidas no eran de su agrado: volver a matar. Reflexionó durante unos instantes. Por algo lo habían elegido, nada era inocente.

Había dejado el ejército cansado de llevar a cabo misiones sin sentido, de eliminar enemigos contra los que no tenía nada. Ahora era diferente, tendría que demostrar que él no era un miembro más del rebaño, que merecía ser pastor. Y si para ello era necesario hacer lo que mejor sabía, no dudaría. Para eso había sido enviado a esa tierra cristiana, en ese momento mancillada por otras religiones que la reclamaban como suya. Pero algún día volvería a las manos de la única fe verdadera. Y él habría aportado su granito de arena. Se había convertido en un soldado de la fe y a ella debía entregar sus capacidades como Jesucristo había entregado su vida.

24

Año 1229

Philippa de Péreille contempló asombrada las bellas murallas de Jerusalén. Había visto otras más grandiosas o más elegantemente rematadas, pero aquellas transmitían una historia y una magia de la que era imposible abstraerse. Para ella, como para todos los cruzados, poder verlas era un anhelo hecho realidad.

En unos instantes se abrirían las puertas de la ciudad y atravesarían las calles hasta la iglesia del Santo Sepulcro, un lugar que muy pocos cristianos con vida habían visitado.

Philippa miró a su derecha, hacia Roger, uno de los que podían presumir de tal hazaña. Le encantaba verlo con el hábito de los hermanos hospitalarios. Le seguía pareciendo tan atractivo como cuando lo había visto por primera vez, veinte años atrás, en Béziers. Aunque sus sienes comenzaban a clarear, al igual que su barba, tenía el mismo porte orgulloso pero a la vez relajado y la mirada intensa que ella anhelaba que la traspasara, como hacía cada día desde entonces.

—¿Estás bien, Philippa?

Las palabras del caballero negro la devolvieron a la

realidad justo en el momento en que se abrían las puertas de Jerusalén.

—Sí —dijo devolviéndole la sonrisa—. Pensaba en Arpaix y en la pequeña Esclarmonde —mintió.

El caballero negro la miró con preocupación. Vestida con su cota de malla seguía siendo una mujer soberbia, su alma gemela, su igual. Cada día se recordaba la suerte que había tenido desde el día en que había llegado a Béziers. Se esforzó en alejar esos pensamientos y en volver al mundo actual. El ejército comenzaba a ponerse en marcha y a recorrer las primeras calles de la ciudad.

Señaló a Philippa los rostros de algunos de los lugareños.

—No parecen felices con nuestra llegada.

—Para ellos somos un ejército invasor. Viven en un mundo donde eso no suele traer buenas noticias.

El caballero negro asintió.

—Sé por propia experiencia que la dominación de un territorio sin la aquiescencia de la población local es compleja. El emperador deberá ser hábil o no duraremos mucho aquí.

—No necesitamos mucho tiempo. ¿Has estado antes en la Cúpula de la Roca?

El caballero negro negó sombrío.

—No pasé mucho tiempo en Jerusalén la vez anterior. Pero tengo un plan. Y empezaremos hoy mismo.

Philippa lo miró enarcando ligeramente una ceja. Él comprendió de inmediato la pregunta tácita.

—Esta tarde hablaré con el emperador. Si todo sale bien, tendremos una oportunidad.

Dos horas después, el caballero negro no podía dejar de pensar que se había equivocado. Trataba de mantener la calma, pero la larga espera para ser recibido por Federico II había tensado sus nervios. Tenía entendido que era un hombre inteligente y culto.

—Si actúas como Jean lo haría, todo saldrá bien —se dijo.

Había visto cómo Jean, el nuevo Jean, no al que se había encontrado perdido y sin memoria, había manejado situaciones como aquella con el conde de Toulouse, e incluso con Guy Paré en su encuentro frente a las murallas de la ciudad, cuando había engañado a todos destruyendo una copia de la reliquia. Aquel era un secreto que conocían pocas personas. Hubiera deseado que estuviera allí con él. Tenía el presentimiento de que algo malo iba a suceder.

La puerta de los aposentos de Federico II se abrió y salió el maestre Von Salza, que lo conminó a pasar con un gesto brusco.

—Mi buen Roger de Mirepoix —comenzó a decir el emperador, como si fuesen viejos amigos—. ¿A qué se debe el honor de vuestra visita? Veo que habéis venido solo, cuando prometisteis presentarme a vuestra esposa, Philippa de Péreille, ¿no es así?

El caballero negro apartó de su mente el inapropiado interés del emperador y trató de regresar al asunto principal.

—Mi señor, como sin duda sabréis, conozco bien a la población local, estuve casi diez años en Palestina tiempo atrás.

El emperador hizo un leve movimiento con la mano para que siguiese hablando y obvió la imperdonable omisión de no haber contestado a su pregunta directa. El gesto animó al caballero negro a continuar.

—Necesitamos convencerlos de que la situación ha mejorado para ellos, apaciguarlos, y evitar así una rebelión.

—Y ¿cómo os planteáis hacerlo?

Había sido el maestre quien había hablado, con un deje de desprecio que al caballero negro no le pasó desapercibido. Decidió responderle mirando al emperador.

—Enviad a algunos soldados desarmados con la misión de confraternizar con los habitantes de la ciudad, que vayan a comprar en sus mercados. Y a ser posible que hablen árabe.

—¿Como vos?

La voz del emperador era engañosamente agradable, como si jugara con él y en realidad no le importara lo que le estaba proponiendo.

—Sí, como yo. Conozco bien el terreno y si me hago acompañar por...

El caballero negro dejó la frase en el aire, molesto por traer a colación el único asunto que parecía interesar al emperador.

—¿Por la dama Philippa?

La incomodidad del caballero negro iba en aumento y dudó sobre cómo manejar la situación. Jean hubiera sabido qué hacer. El emperador continuó hablando.

—No estoy muy seguro de que lo que proponéis sea buena idea.

El emperador se mostraba indeciso, pero el brillo en sus ojos no dejaba lugar a dudas. Era la oportunidad que había estado esperando. El caballero negro contuvo el aliento.

—Quizá —continuó Federico II escogiendo sus palabras— si discuto los detalles con Philippa, pueda ella convencerme de lo contrario.

El caballero negro regresó a sus aposentos desolado. Su presentimiento de que algo malo iba a suceder había tomado una forma que jamás hubiera podido prever. Al llegar, Philippa lo estaba esperando.

—¿Cómo fue?

No podía ocultarle la verdad. La orden del emperador había sido inapelable. Le hizo un resumen de la conversación.

—Había pensado que podíamos huir de Jerusalén, pero nuestro plan habrá fracasado antes de comenzar.

Philippa se mostró calmada. Al caballero negro siempre le sorprendía su autocontrol.

—¿Cuándo he de presentarme ante él? —preguntó.

—Al anochecer.

—Vamos entonces —dijo Philippa—. Aprovechemos la tarde para acercarnos a la Cúpula de la Roca. Cada minuto cuenta.

25

Año 35

Magdalena levantó la mirada una vez más y volvió a parpadear. No acababa de asimilar lo que estaba viendo. Nada en su vida la había preparado para aquello.

Unos centenares de pasos la separaban de una inmensa torre que se elevaba hasta el cielo. La piedra, del color de la arena del desierto, refulgía como el sol.

A su lado, Dysthe la contemplaba con una sonrisa, disfrutaba de la sorpresa de Magdalena y de Lalla. El faro de Alejandría hacía sentirse insignificante a cuanta persona se acercaba a él.

—Soy una hormiga al lado de un árbol —concluyó Magdalena.

—Dicen que tardaron cinco años en construirlo y que las piedras que lo coronan fueron traídas en barco desde la lejana isla de Rodas, de la misma cantera que las del Coloso que vigilaba la entrada al puerto.

Magdalena sintió que se mareaba y bajó la mirada para depositarla en la calle que cruzaba Alejandría de este a oeste. Sus náuseas no mejoraron. Su cerebro no era capaz de aceptar que aquel lugar pudiera existir. Miles de personas se movían, ocupadas en sus quehaceres, discutiendo y gesticulando o negociando en los cientos de puestos de mercaderes que ofrecían sus productos a voz en grito.

Pensó en Jesús y en su viaje allí diez años antes. Quizá se había detenido en aquel mismo punto y contemplado, como ella, el pulso de aquella ciudad que latía viva y exuberante.

—Es impresionante, ¿verdad? Y dicen que lo era aún más en tiempos de su última reina, Cleopatra, cuando vibraba con la llama de la pasión entre ella y Marco Antonio. Hace ochenta años de aquello; ahora la luz de Alejandría parece apagarse poco a poco.

—¿Adónde iremos? —preguntó Magdalena, para la que aquellos nombres casi desconocidos no significaban nada.

—A mi casa. Está cerca. Allí podremos descansar.

Magdalena sintió un poco de aprensión, pero se sorprendió del tamaño de la vivienda y de los muchos esclavos que salieron a recibirlos. Dos de ellos se ocuparon de los caballos, mientras dos mujeres atendían las órdenes de Dysthe y las conducían a dos pequeñas habitaciones del ala de los esclavos.

—Mi nombre es Sagira —dijo una de ellas, ya entrada en años—. Y esta es Nailah.

Magdalena les sonrió con timidez, pero la más joven de las dos no respondió a su sonrisa y mantuvo el ceño fruncido, como si la llegada de las nuevas la incomodase.

—Te odia —dijo Lalla cuando las esclavas abandonaron los aposentos.

—No puede ser. No me conoce de nada —negó Magdalena, a quien el comentario le pareció absurdo.

—No hace falta —respondió la númida—. Ha visto cómo te mira Dysthe. Eso es suficiente. Cuídate de ella.

26

Año 2022

Las estrechas calles de la ciudad vieja de Jerusalén son un catálogo religioso imposible de encontrar en ningún otro lugar del mundo.

Marta vio alejarse a un hombre con la inconfundible indumentaria de los judíos ultraortodoxos: pantalón y chaqueta negra, y sombrero que dejaba ver sus *payot*, los clásicos tirabuzones que tantas veces había visto en películas y noticiarios. Caminaba sin mirar a su alrededor, enfrascado en sus pensamientos o quizá evitando mirar a dos mujeres árabes vestidas con sus abayas y el nicab cubriendo cabeza y rostro.

Aún sorprendida por el contraste de aquellas dos religiones tantas veces enfrentadas, Marta se dio de bruces con un grupo de turistas cristianos. Caminaban portando palmas y ramas de olivo mientras entonaban hosannas en el trayecto hacia la iglesia del Santo Sepulcro.

Ella tenía un destino diferente. Se dirigió hacia otro de los lugares de culto más famosos del mundo: el Muro de las Lamentaciones. Observó con perplejidad a hombres y mujeres separados en sendos espacios. Levantó la cabeza y distinguió, brillante frente al cielo azul de la ciudad, la dorada Cúpula de la Roca. Era la razón por la que había ido hasta Jerusalén. Esperó su turno para acceder a la pasarela de madera que se elevaba sobre el muro y ascendía hasta la plaza superior. Llegó a la escalera de piedra y pasó junto a las columnas que sujetaban los arcos de acceso. Se detuvo al lado de una y no pudo evitar la tentación de extender su mano y tocarla. Estaba fría, a pesar del ambiente caluroso, y pulida por el paso del tiempo y, quizá, por el roce de otras manos. ¿Quién habría hecho aquel gesto antes de ella? Aquella ciudad había vivido tantas vicisitudes que los nombres se agolpaban en su mente.

Frente a ella se abrió la Explanada de las Mezquitas, una amplia plaza en medio de la cual se alzaba majestuosa la Cúpula de la Roca. Marta la contempló absorta. Parecía llenar aquel espacio vacío, como si este no pudiese, no necesitase, acoger nada más. Jamás había visto un edificio como aquel. Había visto fotos, incluso vídeos, pero nada la había preparado para lo que estaba viendo.

La cúpula del edificio era lo primero que atraía la mirada. Lo coronaba brillando como el oro macizo. Por debajo, la diversidad cromática de los mosaicos era inabordable. Predominaba el color azul, su favorito, que junto con el verde y el amarillo completaban la franja superior. La parte inferior era del color beis del mármol, lo que producía un extraño efecto, como una flor surgiendo de la tierra.

La planta era octogonal, y a Marta le vino a la cabeza la imagen de un perfecto cofre de madera que contuviera un tesoro, como los que se vendían en muchas tiendas de Toledo, damasquinados con motivos mozárabes, cristianos y hebreos. En realidad, aquel edificio, según la tradición bíblica, había protegido el mayor de los tesoros: el arca de la alianza, traída por Moisés, había descansado allí.

En ese instante su cabeza estableció una conexión. Pensar en la mezquita como un cofre relacionado con el arca de la alianza hizo que viese todo de manera diferente. ¿Y si las reliquias no abrían el arca, sino simplemente un pequeño cofre donde estuviera oculto el secreto, el lugar donde esta había sido escondida? Tenía que reflexionar sobre ello, pero ahora tenía una misión más importante. Debía entrar en la mezquita.

En uno de los laterales del templo se abría la única puerta de acceso, vigilada por dos columnas que sostenían un pequeño pórtico. Marta la miró con ansia, aunque sabía que aquel terreno era prohibido para ella. Solo los musulmanes podían entrar y ella sería detenida de inmediato si lo intentaba. Había solicitado permiso, pero había sido rechazado de forma inflexible. Aun así, se acercó distraídamente hasta situarse a pocos metros. Un hombre surgió del interior y se situó en el vano de la puerta sin hablar, pero mirándola con una intensidad que no dejaba lugar a dudas. No era bienvenida.

Marta sabía, a grandes rasgos, cómo era por dentro, ya que había visto una recreación. Dos estructuras superpuestas, la exterior octogonal imitando a la fachada, la interior circular protegiendo la Roca.

La Roca. Ese era el lugar donde, según las Escrituras, Abraham había estado a punto de sacrificar a su hijo por orden de Dios; el sanctasanctórum, la parte más sagrada del templo de Jerusalén para los judíos; el punto desde el cual Mahoma había ascendido a los cielos para los musulmanes.

En un lado estaba el acceso a la cripta. Allí era donde estaba la clave, a donde Marta hubiera querido ir, donde hubiera tratado de encontrar algún símbolo, alguna señal inocente para otros, pero con algún significado para ella... o para Jean.

Sonrió. Ya pensaba en Jean como en un amigo, un compañero de aventuras, uno de los de verdad, de los que la vida te entrega pocos. Miró su reloj y vio que era tarde. Se alejó con pena.

Desde el otro lado de la explanada un hombre la contemplaba. De su cuello colgaba una cámara de fotos con teleobjetivo. Cualquiera que hubiera reparado en él hubiera pensado que era un turista. Sacó algunas fotos más a Marta y siguió sus pasos.

Treinta minutos más tarde, Marta cruzaba la puerta del campus de la Universidad Hebrea de Jerusalén y se detenía frente a un plano de situación, a escasa distancia de un grupo de soldados israelíes. A Marta le impresionó mucho su juventud, pero entonces recordó que en aquel país el servicio militar era obligatorio y prolongado. Buscó en el mapa el edificio del Instituto de Arqueología y encaminó sus pasos hacia allí.

Una vez dentro, preguntó por el profesor Eleazar Mayer y la amable recepcionista le indicó que estaba en su despacho de la tercera planta.

—Verá su nombre en la puerta —aclaró la mujer en un pulcro inglés.

Tras darle las gracias, Marta subió la escalera y recorrió el largo pasillo comprobando los nombres en las puertas, hasta que vio el del profesor. Llamó suavemente y esperó, pero nada sucedió. Volvió a llamar sin éxito. Miró a ambos lados del pasillo, pero no había nadie. Empujó la puerta, que se deslizó en silencio. Notó un soplo de aire en el rostro y vio la ventana abierta y la cortina ondeando suavemente. El despacho estaba vacío.

Una sensación extraña se apoderó de ella. Un presentimiento funesto. Avanzó unos pasos y se asomó a la ventana. Tardó un instante en comprender. Abajo, en el pequeño patio interior, con los ojos abiertos en medio de un charco de sangre, estaba el profesor Mayer.

27

Año 1229

La Cúpula de la Roca era un edificio imponente que dominaba una amplia explanada de Jerusalén, no lejos de la iglesia del Santo Sepulcro.

El caballero negro y Philippa se acercaron y contemplaron la cúpula a una respetuosa distancia. El mármol que la recubría y los azulejos que la decoraban le daban un aspecto suntuoso que contrastaba con el aire desvencijado del resto de la plaza.

—Dicen que donde hoy está la cúpula, Dios creó el mundo y al primer hombre, Adán.

Philippa asintió, aunque su mente estaba alejada de Jerusalén. Pensaba en su hermana y en lo que hubiera dado por estar en su lugar. El caballero negro, que a veces parecía leer su mente, la devolvió a la realidad.

—¿Por qué crees que Esclarmonde pensaba que el arca podía estar aquí oculta?

—Decía que en este lugar estaba el templo judío. Jesús lo era, como todo su pueblo, y por lo tanto era el sitio más lógico para ocultarlo. ¡Ven, vamos! —dijo Philippa como si se le acabase de ocurrir una idea.

Tomó al caballero negro de la mano y lo arrastró al

centro de la plaza. Miró los puestos de los comerciantes que atestaban el entorno y escogió uno. Se acercó y tomó una manzana mientras sonreía a un complacido tendero.

El caballero negro no pudo evitar sonreír. La belleza de Philippa atraía las miradas de los hombres, pero era su sonrisa la que suponía un salvoconducto que abría cualquier puerta. Rara vez hacía ella uso de ese poder. Al caballero negro le parecía estar contemplando a una despreocupada campesina a la que todos los hombres querrían satisfacer en sus más insignificantes caprichos.

El caballero negro se acercó al tendero y pagó generosamente una docena de manzanas, lo que aumentó aún más la dicha del comerciante. No resultó difícil convencerlo de que el caballero negro era un erudito y filósofo cristiano interesado en conocer más sobre la cultura musulmana y, eventualmente, visitar el que decían era el más deslumbrante edificio jamás construido.

Las lisonjeras palabras terminaron de ablandar al hombre, que se ofreció a entrar con ellos y a mostrarles cómo los verdaderos creyentes adoraban al único dios.

Se aproximaron a la puerta, únicamente custodiada por un mendigo ciego al que el caballero negro dio unas monedas. Avanzaron con paso resuelto, sin percatarse de que alguien vigilaba sus movimientos.

Andrea de Montebarro sonrió.

—O sea, que aquí es donde creéis que se oculta lo que buscáis —dijo para sí mismo.

Mientras el caballero templario decidía su siguiente paso, el imán de la Cúpula de la Roca recibía al caballero negro y a Philippa tras aceptar la explicación del erudito cristiano y ver una oportunidad de convencer a un hereje de la verdad.

—Frente a nosotros se encuentra la Piedra Fundacional, lugar en el que el profeta Mahoma comenzó su viaje nocturno a lomos de un buraq, una bestia blanca y alada.

El caballero negro asintió interesado. Aquel recinto era el que los judíos conocían como sanctasanctórum.

—Dicen —contestó tratando de mostrar el mayor respeto— que también se la conoce como piedra horadada porque debajo hay una cueva.

El imán sonrió asintiendo.

—Así es, mas no está permitida la entrada. Solo el imán tiene tal privilegio.

El hombre se mostró inflexible a los ruegos del caballero negro e inmune a la sonrisa de Philippa, y ambos abandonaron la Cúpula de la Roca cabizbajos y pensativos mientras la tarde caía y la luz disminuía con rapidez.

—¿Qué haremos ahora? —preguntó Philippa que había vuelto a su semblante serio.

—Volver mañana. E intentarlo de nuevo.

—¡Acompañadnos!

La voz había sonado a sus espaldas. Cuando Philippa y el caballero negro se volvieron, se encontraron con cuatro soldados de la guardia del emperador.

El caballero negro evaluó la situación y su cuerpo se tensó preparado para la lucha. Captó entonces un imperceptible movimiento de cabeza de Philippa que fue suficiente para que desistiera.

—Os acompañaremos —replicó rindiéndose a la evidencia de que nos les convenía complicar la situación estando tan cerca de su objetivo.

—No, vos no —respondió uno de los soldados—. Solo ella —dijo señalando a Philippa.

El caballero negro iba a negarse, pero sintió la mano de Philippa sobre su antebrazo.

—No te preocupes, Roger. Espera mi regreso en el castillo.

La frialdad y el control de Philippa, junto con el hecho de que ambos iban desarmados, convencieron al caballero negro de que no había alternativa.

Philippa acompañó a los soldados sin dirigirles la palabra. Su porte era digno, casi altanero, con la barbilla levantada, como si nada ni nadie pudiera doblegarla. Una vez en el castillo, los soldados se dirigieron con presteza a los aposentos del emperador y la dejaron frente a la puerta, donde otros dos hombres franquearon su paso.

De pronto, Philippa se halló a solas con Federico II. Escuchó la puerta cerrarse a su espalda, como la de una trampa que captura a un animal salvaje.

Federico II era un hombre poderoso, el más poderoso del mundo, y estaba acostumbrado a que los demás se plegaran a sus intereses. Por eso, cuando se volvió y contempló a Philippa, cuya belleza superaba con creces lo que sus informantes le habían contado, estuvo seguro de que aquella mujer sería suya.

Philippa también evaluaba al emperador y no era ajena a sus pensamientos. Sería un emperador, pero no era más que un hombre. Sus ojos transparentaban su alma y esta no era poderosa, sino un desierto yermo en el que solo crecía la lujuria.

—Vos sois Philippa de Péreille, dama occitana a mi servicio —dijo recalcando las últimas palabras.

Philippa no respondió y esperó tranquila a que el emperador siguiera hablando. Este enarcó una ceja sorprendido.

—Me imagino que en el lugar del que venís os enseñan que no contestar a una pregunta del emperador es de muy mala educación.

Philippa miró a los ojos a Federico II, pero su mirada fue distante, como si no estuviera allí.

—Pensaba que no era una pregunta, sino una afirmación.

El emperador se aproximó a Philippa decidiendo cuál sería la mejor forma de acercarse a ella. Lo miraba desafiante y eso la hizo aún más atractiva a sus ojos. Las presas más difíciles eran las más apreciadas.

—Dice el caballero de la Orden Hospitalaria, Roger de Mirepoix, que debería enviar a mis hombres a confraternizar con la población local para calmar su sed de revuelta. ¿Vos que opináis?

—Nadie conoce esta región como Roger. Haríais bien en atender su consejo.

—Tal vez lo haga. Y de vos —dijo acercándose a Philippa —dicen que sois excelente con la espada. Solo así se entiende que los demás soldados acepten a una mujer entre ellos.

—Eso dicen —respondió Philippa con tranquilidad.

Federico II se acercó aún más y dio una vuelta alrededor de Philippa esperando una reacción que no se produjo.

—Sois diestra con la espada y de una indudable belleza. Quizá —Federico II hizo una pausa, como si se le acabase de ocurrir lo que iba a decir— este no sea el destino ideal para vos. Si yo os ofreciese un lugar a mi lado, a mi servicio...

Philippa se volvió hacia el emperador y le sostuvo la mirada.

—Sería un honor y un privilegio el que me concederíais, pero debo declinar vuestra propuesta. Mi sitio está en Occitania, junto a mi esposo y mis hijas.

Federico II estalló en una sonora carcajada.

—Creo que me habéis interpretado mal. Un emperador no invita a sus súbditos. Ordena y ellos obedecen. Y ahora yo os ordeno que os desnudéis —dijo subiendo su mano y deslizándola por el cuello de Philippa.

Philippa se movió con una agilidad vertiginosa y antes de que el emperador pudiese reaccionar, se había colocado tras él y sujetaba un cuchillo en su garganta. La sangre se heló en el rostro de Federico, que tardó un minuto en poder hablar.

—¿Cómo... cómo os atrevéis?

—Escuchadme bien, porque no voy a repetirlo —dijo Philippa con fuego en la mirada y hielo en la voz—. Tenéis dos opciones. O bien salgo por esa puerta y nunca volvemos a hablar de este incidente, o bien os ahogáis en vuestra propia sangre antes de que podáis emitir un suspiro pidiendo ayuda.

Federico II tenía los ojos desorbitados, como si no pudiera aceptar lo que estaba sucediendo.

—¿Y bien?

El cuchillo de Philippa punzó el cuello de Federico II y un hilo de sangre se deslizó por la piel del emperador.

—¡Po-podéis iros! —dijo a duras penas.

Philippa siguió presionando, pero su intención ya no era matar. Como le había enseñado Roger, aquello sería suficiente para que el emperador se desmayase. Eso le daría a ella un tiempo precioso.

Cuando sintió que el cuerpo se aflojaba y el hombre perdía el conocimiento, Philippa lo recostó sobre unos cojines y salió de los aposentos. Miró a los guardias, que le lanzaron una mirada interrogante.

—El emperador —dijo con una sonrisa pícara— ha pedido que no se le moleste. Necesita descansar.

Philippa se alejó con el corazón latiendo desbocado mientras escuchaba los comentarios jocosos de los guardias. Tenía que actuar rápido. Quizá no tuvieran otra oportunidad.

28

Año 35

El sueño de Magdalena había sido inquieto y repleto de recuerdos de Jesús. Pasaba su primera noche en Alejandría en el jergón de su pequeño cubículo. Yacía despierta mientras la oscuridad y el silencio la envolvían y la mañana se le antojaba lejana aún. Recordó sus años de juventud, cada hora pasada con Jesús. Soñó con sus días y sus noches y despertó con su abandono, cuando él había partido hacia algún sitio lejano, el mismo al que ella acababa de llegar.

De pronto, un escalofrío recorrió su cuerpo. Vio una sombra deslizarse en la penumbra de su habitación. Alguien la observaba en silencio, sin moverse, y Magdalena trató de contener su corazón desbocado y hacerse la dormida. Por su cabeza pasó la mirada de Dysthe, quizá sugestionada por las palabras de Lalla y por el ceño fruncido de Nailah. Recordó que su puñal descansaba en el hatillo y se culpó por no haberlo dejado junto a ella. Una resolución súbita se encendió en su interior. Lucharía por su vida y por su virtud.

La sombra se acercó y Magdalena esperó el momento justo. En el último instante comprendió la situación y reconoció el rostro de Sagira inclinado sobre ella.

—Despierta —dijo la anciana esclava—. Hay que ir al aljibe en busca de agua. Acompáñame y así sabrás el camino.

La mujer dio un paso atrás al ver la expresión de Magdalena.

—Disculpa —balbuceó esta—. Me has asustado.

Magdalena se levantó y se vistió apresuradamente para seguir los pasos de Sagira y de Lalla por las aún oscuras callejuelas de Alejandría. Otras sombras, como ellas, se deslizaban presurosas mientras la ciudad se desperezaba. En aquel momento, por primera vez desde su llegada a la ciudad, Magdalena se sintió como en casa al acordarse de cuando acompañaba a su madre a buscar agua al pozo en Jerusalén.

El recuerdo se desvaneció enseguida. Salieron a la avenida principal y Magdalena tuvo la misma sensación de vértigo que el día anterior. Se detuvo y miró a lo lejos. Sagira siguió su mirada y regresó hasta donde ella estaba.

—¿Qué es aquello?

Magdalena señaló un enorme edificio, el más grande que jamás había contemplado.

—El Museion —respondió Sagira sin mostrar mucho interés—. Se cuenta que allí enseñan filósofos y sabios.

La anciana hizo un gesto con la mano, como si aquello fuese una pérdida de tiempo, y reanudó la marcha con una pensativa Magdalena detrás. Rememoró su conversación con María, en lo que ahora parecía mucho tiempo atrás.

«Jesús fue a Alejandría a estudiar con sabios y filósofos en un lugar llamado Museion», le había dicho.

«Allí es adonde debo ir», pensó. Miró de nuevo hacia atrás, al colosal edificio que parecía devolverle una inexpugnable mirada. Ahora sabía por dónde empezar.

Magdalena no tuvo aquel día ni un momento para urdir

su plan. Lalla y ella fueron llevadas de un lado para otro, cuando no les asignaban alguna dura tarea. Por la noche se derrumbó en su jergón y apenas cerró los ojos, la despertaron para comenzar un nuevo día que aún no se insinuaba en el horizonte. Aquello duró cuatro jornadas, durante las que no vio a su anfitrión, que la había dejado a merced de una exigente Sagira y de una Nailah cuyo rencor no parecía atenuarse. De vez en cuando coincidía con Lalla, que había aceptado su situación con un alegre conformismo.

La mañana del quinto día Dysthe regresó y Magdalena aprovechó que bajaba del caballo en el patio y que el resto de los criados se apresuraban a ayudarle para dirigirse a él.

—Soy tu esclava. Y no debería serlo. Me lo prometiste.

Esperaba una disculpa y por eso no vio venir el bofetón. Sintió que el mundo perdía consistencia. El sonido del golpe reverberó en su cabeza.

—¿Cómo te atreves?

Escuchó la voz de Dysthe a través del eco distorsionado de su dolor, pero se levantó y lo miró desafiante. No había recorrido el mundo para dejarse vencer tan cerca de su objetivo.

Dysthe la agarró del brazo y la llevó al interior de la vivienda. Antes de que se cerrara la puerta, Magdalena pudo ver la sonrisa de Nailah desde el patio. Para su sorpresa, Dysthe levantó su brazo de nuevo, pero en esa ocasión sin intención de golpearla. Acercó la mano a su mejilla.

—Disculpa —musitó el joven con timidez—. No era mi intención. Pero no puedes desafiarme delante de mis esclavos. No como lo acabas de hacer.

Magdalena dio un paso atrás sin comprender lo que acababa de suceder. Se echó a llorar y entre sollozos dejó escapar un hilo de voz.

—Prometiste que me ayudarías.

Se dejó caer sobre el jergón y se cubrió el rostro con las manos. Dysthe se agachó junto a ella.

—Dime qué puedo hacer por ti —dijo resignado.

—Busco a alguien que conociera a Jesús de Nazaret. Vivió aquí hasta hace unos años. Lo único que sé es que estuvo en un lugar que se llamaba Museion.

Dysthe asintió en silencio.

—Conozco el lugar, pero no te será fácil entrar allí. Solo pueden hacerlo sabios, filósofos y estudiantes.

Magdalena lo miró. Una pizca de esperanza buscaba abrirse paso entre sus lágrimas.

—Me haré estudiante —dijo con resolución.

Dysthe lanzó una carcajada.

—Me temo que no es tan sencillo. Solo aquellos que pueden permitirse pagar logran ser acogidos por algún maestro.

Magdalena se quedó callada, sin atreverse a proponerle a Dysthe lo que había pasado por su cabeza. Sin embargo, antes de que pudiera hablar, el joven se adelantó.

—Quizá puedas lograr que alguno te acepte. Eres judía, ¿no?

Asintió temerosa de escuchar la propuesta de Dysthe.

—Ve al barrio judío y pregunta por el filósofo Filón. Tal vez él pueda ayudarte.

Cuando aquella noche Magdalena se acostó, lloró acunada por el desconsuelo, la incomprensión y la fatiga. Solo el recuerdo de Jesús y la leve esperanza de encontrar a alguien que lo hubiese conocido le permitieron conciliar el sueño ya bien entrada la noche.

29

Año 1229

Philippa corrió por los pasillos del castillo de Jerusalén notando cómo la angustia se apoderaba de ella. El emperador no tardaría en actuar y todo su ejército se lanzaría tras ellos. El castigo sería la muerte.

«Quizá —pensó Philippa—, si hubiese accedido a sus deseos, todo sería diferente. Podía haberme evadido y haber esperado a que pasase, y vivir con ello guardado en algún pequeño rincón de mi mente, aquel que no comparto con nadie».

Apartó ese pensamiento de su cabeza. Antes hubiera hundido su cuchillo en la garganta del emperador y asumido las consecuencias.

Mientras corría, escuchó una voz a sus espaldas.

—¡Philippa!

Se volvió y se encontró con Roger, cuya expresión cambió al ver el rostro alterado de ella.

—¿Qué ha sucedido? —preguntó el caballero negro.

—¡Nada! —respondió quizá demasiado rápido—. Debemos huir con presteza. Ya te lo contaré.

—¿No habrás...?

—¡No! —respondió Philippa con los ojos muy abiertos—. Pude matarlo, pero no lo hice.

El caballero negro pasó su mano por la mejilla de Philippa y le sonrió con afecto. Tomaron sus pertenencias y huyeron sin hablar y sin mirar atrás. La noche era ya cerrada y no se encontraron con nadie ni los guardias los detuvieron. Se sumergían ya en las calles de Jerusalén cuando del interior del castillo comenzaron a escucharse voces y órdenes lanzadas a gritos.

La pareja se dirigió hacia la Cúpula de la Roca. Sabían que era su única oportunidad. Esquivaron a los pocos soldados que hacían guardia deslizándose en silencio en la oscuridad y comunicándose con gestos ensayados. En una de las pausas, el caballero negro se acercó a Philippa.

—¿Me vas a contar lo que ha sucedido?

—Intenté mantener la calma, pero entonces se acercó y... me tocó.

—¿Y qué hiciste? —preguntó el caballero negro temiendo la respuesta.

—Coloqué mi puñal en su cuello. Nada más, te lo juro. Luego me marché.

El caballero negro no pudo evitar reír. Su risa sonó clara en la noche y alivió la tensión de Philippa.

—Hiciste lo que debías.

—Lo sé —respondió agradecida—, pero ahora nuestra misión...

—Se precipita. ¡Ven, vamos! Es nuestra oportunidad.

Cuando llegaron a la plaza, se quedaron inmóviles escudriñando. Nada se movía y la explanada estaba vacía a excepción de un hombre. El caballero negro lo reconoció, era el mendigo ciego que les había hablado horas antes. Seguía en el mismo lugar, como si aquella esquina fuese su hogar. Philippa y el caballero negro se miraron y asintieron. Era el momento.

El caballero negro fue el primero en moverse. Se acercó a la puerta seguido por Philippa. Nada alteró el silencio de la plaza.

—¿No habéis tenido suficiente?

Ambos se quedaron petrificados. Había sido el mendigo quien había hablado.

—Para ser un hombre ciego, nada se os escapa —respondió el caballero negro aproximándose a él con tranquilidad.

—Anhelo ver como vos, no lo oculto, pero vos deberíais anhelar escuchar como yo lo hago. Os deslizáis como un gato acostumbrado a moverse por lugares peligrosos y el repiqueteo de vuestra espada contra el costado tiene cadencia propia. Vuestra compañera es liviana, como un pájaro posándose en una rama, y el roce de su ropa me trae recuerdos de juventud. Pero decidme, ¿qué buscáis en la Cúpula de la Roca que no hayáis podido ver a la luz del día?

El caballero negro dudó por un instante. La situación no invitaba a entretenerse, pero nunca se sabía dónde se podía obtener una información valiosa.

—Quizá poder ver lo que esta mañana nos fue negado.

—¿La cueva bajo la Piedra Fundacional?

El silencio del caballero negro fue suficiente respuesta para el mendigo, que soltó una agria carcajada.

—Y decidme, cristiano, por ventura, ¿no buscaréis un arca escondida en algún lugar de la cueva?

El caballero negro abrió mucho los ojos y notó cómo Philippa se movía inquieta detrás de él.

—¿Cómo sabéis lo que buscamos?

El mendigo respondió con otra estruendosa carcajada que resonó en toda la plaza.

—¿Creéis que sois los primeros que venís en su busca? Sois tan constantes como las olas del mar, pero tan fugaces como las pisadas en la arena frente a la marea. Lo que buscáis partió hace mucho.

—Gracias por vuestro consejo, pero preferimos comprobarlo por nosotros mismos —intervino Philippa, que se acercó nerviosa por el tiempo transcurrido.

El caballero negro hizo un gesto con la mano pidiendo calma y se volvió hacia el mendigo.

—Y si no está aquí, ¿sabéis, por ventura, dónde puede hallarse?

El mendigo hizo un vago movimiento con la mano señalando al oeste.

—Dicen que un califa se la llevó mucho, mucho tiempo atrás, cuando el gran profeta aún vivía. Huyó y se la llevó.

El caballero negro asintió, abrió su faltriquera y dejó caer unas monedas junto al hombre.

—Si alguien aparece mientras estamos dentro, el silbido de un vencejo sería adecuado para avisarnos.

El anciano guardó raudo las monedas bajo su sayo mientras asentía con la cabeza y mostraba una sonrisa repleta de dientes negros. El caballero negro se giró, trepó por la puerta y luego ayudó a Philippa a escalarla. Se dejaron caer del otro lado. Sin detenerse, se dirigieron hacia la Roca y buscaron el acceso a la cueva.

Allí, escondidos en un lateral, había unos escalones que parecían bajar a las profundidades del mundo. Una pequeña antorcha hacía oscilar las sombras y sintieron una leve corriente de aire frío ascendiente. Se deslizaron por la escalera hasta llegar a una pequeña estancia.

Quizá antaño se habían atesorado allí reliquias cristianas de valor incalculable, pero ahora se hallaba vacía, como si fuese únicamente un lugar de recogimiento.

Buscaron durante unos minutos, pero el caballero negro supo enseguida que era una búsqueda estéril. Regresaron a su mente las palabras del mendigo y cuando estaba a punto de compartir sus pensamientos con Philippa, le pareció escuchar el trino amortiguado de un vencejo.

—¡Vamos! —dijo Philippa, que también lo había escuchado.

Llegaron de vuelta a la puerta justo en el instante en que esta se abría de par en par. El imán de la Cúpula de la Roca encabezaba a un nutrido grupo de hombres armados.

—¡Habéis entrado en lugar santo! —dijo señalándolos—. ¡Ladrones! ¡Apresadlos!

En ese mismo momento, por el fondo de la plaza, un grupo de soldados cristianos, con el maestre de la Orden Teutónica a la cabeza, se acercaba a la carrera. Philippa hizo amago de huir, pero el caballero negro la retuvo.

—Aquí estaremos mejor —le dijo al oído—. El maestre no se atreverá a apresarnos dentro de la Cúpula de la Roca.

—¡Entregádnoslos! —gritó el maestre con los ojos desencajados—. ¡Tengo orden de llevarlos ante el emperador y nuevo rey de Jerusalén!

—¡Retiraos! —exigió el imán sin dejarse impresionar—. Han sido capturados profanando un lugar santo. Dentro del templo no tenéis jurisdicción.

El maestre lanzó una mirada de odio al caballero negro y a Philippa, pero ordenó la retirada entre el murmullo indignado de sus hombres. Sabía que podía imponerse por las armas, pero aquello podía esperar. Profanar un lugar sagrado era una de las pocas acciones que podían causar una revuelta de resultados imprevisibles.

—Enviaremos mañana una representación para negociar su entrega —dijo al imán antes de volverse—. Os aseguro que no habrá castigo más duro que al que les condenaremos.

El caballero negro vio partir a los que hasta hacía poco consideraba sus compañeros. Él y Philippa estaban solos, o casi. Solo tenían una leve esperanza de salir con vida, pero se aferraría a ella.

Fueron desarmados, encadenados y encerrados en un pequeño habitáculo del templo. Los custodiaban varios hombres armados que se negaban a dirigirles la palabra.

—¿Qué haremos ahora? —preguntó Philippa.

—Esperar. Antes del amanecer seremos conducidos frente al sultán para ser juzgados.

—¿Y qué nos va a pasar? ¿Qué será de nosotros?

El caballero negro miró a Philippa y le sonrió mientras acariciaba su antebrazo.

—El castigo por lo que hemos hecho es la muerte, pero confía en mí, eso no sucederá.

Trataron de descansar recostados el uno en el otro. Philippa no hizo más preguntas. Confiaba en él, que conocía bien las costumbres de aquella gente, y su esperanza no podía ser vacía. No las nombró, pero se acordó de Arpaix y de Esclarmonde, ambas al otro lado del mundo, ajenas a cuanto sucedía en Jerusalén.

—Prométeme que, si salimos de aquí, regresaremos a Carcasona y nos olvidaremos para siempre de la reliquia y del arca.

El caballero negro había hablado con tono serio, casi solemne, y Philippa asintió en silencio.

Aún era noche cerrada cuando la puerta de la celda se abrió y entraron tres hombres que los sacaron a empujones. Los condujeron hasta el palacio del sultán, que se hallaba cerca, y, a cada paso, la esperanza del caballero negro y de Philippa menguaba. Sus captores avanzaban mirando desconfiados a su alrededor, deseosos de llegar al palacio y olvidarse de aquellos incómodos herejes.

De pronto, varios hombres surgieron ante ellos. Vestían capas con una cruz negra sobre fondo blanco, el emblema de la Orden Teutónica. Philippa ahogó un grito de sorpresa. Iban a ser liberados para caer en manos del emperador.

El enfrentamiento fue breve. Los musulmanes, en menor número y peor entrenados, lucharon sin convencimiento y pronto dos cadáveres yacían en el suelo y un tercer hombre huía en la noche.

Uno de los caballeros teutones se acercó a los presos y los liberó de sus cadenas. Sin mediar palabra, se dieron la vuelta y comenzaron a caminar delante de ellos. Philippa miró al caballero negro sin comprender, pero lo que obtuvo por respuesta fue una sonrisa relajada.

Pronto se dio cuenta de que no se dirigían hacia el palacio del emperador, sino hacia las puertas de la ciudad. Al llegar a la puerta de los Esenios, los caballeros teutónicos se quitaron las capas que los cubrían y debajo aparecieron otras que mostraban una refulgente cruz blanca sobre fondo rojo.

—¡Caballeros hospitalarios! —exclamó Philippa.

—Sabía que mis amigos no me abandonarían —dijo el caballero negro abrazando al que parecía ser el jefe del grupo.

—Me temo que no podréis regresar a Jerusalén en mucho tiempo —respondió este entregándoles sendas espadas.

—Quizá nuestro momento haya pasado. Seréis otros los que lucharéis en nuestro lugar. Es hora de que podamos, al fin, llevar una vida tranquila.

—Dios escuche tus palabras, pero algo en mi corazón me dice que aún no habéis librado la última batalla y que vuestras espadas hendirán aún el pecho de muchos enemigos.

El caballero negro se volvió hacia Philippa.

—¿A Carcasona? —preguntó.

—A Carcasona —respondió Philippa.

Las puertas de Jerusalén se abrieron y ambos las atravesaron cogidos de la mano sin mirar atrás. Pronto solo fueron un recuerdo que la noche terminó de borrar.

30

Año 2022

Marta recordó un día de hacía dos años en el que también había sido encerrada bajo custodia policial. En aquella ocasión se encontraba en Italia. Había compartido cautiverio con Iñigo y había sido rescatada por el teniente Luque. Ninguno de los dos estaba ahora con ella.

Se sentía desamparada. Echaba de menos a Iñigo. Se había lanzado a aquel viaje a ninguna parte con la esperanza de recuperarlo, de poder regresar a su vida. No sabía lo que había al final de aquel camino. Se recriminaba a sí misma haber sentido el deseo de hallar el arca, pero ahora, en la soledad de la celda y con la imagen del profesor desmadejado en el fondo del patio grabada en su retina, solo Iñigo importaba.

Se abrió la puerta de la celda y entró un policía que encendió una cámara y una grabadora. Sin dirigirse a Marta, se sentó y consultó unos papeles antes de mirarla.

—Señora Arbide, Marta Arbide, ¿no es así?

Había preguntado en inglés, con un acento algo gutural y una voz ronca, casi rasposa.

—Sí —respondió Marta recordando el consejo del teniente Luque de limitar al mínimo sus respuestas a la policía.

—¿Qué hace usted en Israel?

—Vine en un viaje mezcla de placer y de trabajo.

El policía la miraba a los ojos sin apartar la vista, como si pudiese detectar la mentira en sus respuestas.

—¿Su cita con el profesor Mayer se encuadra en lo primero o en lo segundo?

—En lo segundo. Quería consultar con él un asunto arqueológico relacionado con Jerusalén. Es uno de los mayores expertos mundiales en la materia.

El policía hizo una pausa y pareció valorar aquella información antes de continuar.

—Dígame, ¿qué ocurrió cuando llegó a su despacho?

Marta narró con todo detalle lo sucedido y respondió a todas las preguntas del oficial, que le pidió que repitiera varias veces el relato.

«Busca incoherencias», pensó Marta, no dispuesta a facilitárselas.

El policía pareció darse por satisfecho y apagó la cámara y la grabadora.

—Espere aquí. Aún no hemos terminado.

—¿No pensarán que yo soy la responsable?

—Yo no pienso nada. Solo me interesa la verdad y la averiguaré en cuanto el profesor Mayer se despierte.

Marta sintió alivio y sorpresa a la vez.

—¿No ha fallecido?

El policía negó con la cabeza sin dejar de mirarla, como si analizara con precisión la reacción de Marta ante la noticia.

—Está grave, pero, según los médicos, fuera de peligro.

Marta dejó escapar el aire de sus pulmones. Se alegraba por el profesor, pero aquello también terminaría de exonerarla.

Veinte minutos más tarde la puerta volvió a abrirse y entraron dos hombres. El primero era el policía que la había interrogado. Llevaba el bolso de Marta, que dejó sobre la mesa. Encendió de nuevo la cámara y la grabadora mientras Marta observaba con curiosidad al segundo hombre. Era mayor, debía de superar los setenta años, pelo escaso y cano, ojos grandes y ligeramente saltones, con profundas ojeras. Se movía con dificultad y apartó la silla para dejarse caer aliviado sobre ella.

—Me acompaña el profesor Kutner, antiguo director del Instituto de Arqueología —dijo el policía más para la grabadora que para Marta.

Luego le mostró una imagen que Marta reconoció de inmediato. Era una foto a gran tamaño del nudo de Salomón.

—¿Qué es esto? —preguntó colocando su dedo índice sobre la imagen.

—Es la razón de mi viaje y de mi entrevista con el profesor Mayer. Quería hacerle unas preguntas acerca de este símbolo.

—¿Qué quería saber? —preguntó el profesor Kutner inclinándose hacia ella.

Parecía genuinamente interesado en conocer la respuesta. Marta se volvió hacia el profesor y sonrió antes de contestar. Sabía que era a aquel hombre a quien debía convencer. Quizá, hasta obtuviera información valiosa. Decidió ser directa.

—Quería saber si alguna vez había visto este símbolo en la cripta de la Cúpula de la Roca.

El profesor pareció sorprendido por la pregunta; luego sus ojos se entrecerraron, como si estuviera rebuscando en lo más recóndito de su memoria.

—No. Decididamente no. Trabajé hace años en una de las campañas de excavación. Documentamos en profundidad la cripta. Créame que este símbolo habría llamado nuestra atención.

Kutner había despertado el interés de Marta. Aquel hombre podía darle la clave que la había conducido hasta Jerusalén.

—¿Por qué habría llamado su atención?

El profesor se encogió de hombros como si la respuesta fuera obvia.

—Porque es un símbolo judío y también cristiano, pero no musulmán. Dígame, ¿es usted cristiana?

A Marta le extrañó la pregunta y tardó un instante en contestar.

—Solo por nacimiento. Nunca he profesado. No, no soy creyente.

—Bien. Por un momento me había preocupado. Pensaba que era usted otra de esas locas que buscan el arca de la alianza en la cripta. Créame, si alguna vez estuvo allí, le puedo asegurar que ya no es así.

El policía interrumpió la conversación, incómodo al ver que no conducía a ningún sitio.

—Puede irse —dijo mirando a Marta—. Pero no puede abandonar el país sin nuestro permiso. Retendremos su pasaporte.

Marta miró al policía sin comprender.

—¿Cuánto tiempo espera que me quede en Israel? Debo regresar a mi país.

El policía abrió la puerta para dejar salir al profesor.

—No. No puede. Haga turismo. En cuanto el profesor Mayer se despierte y nos asegure que usted no tiene nada que ver con lo que le ha ocurrido, la dejaremos ir.

31

Año 1230

Jean de la Croix estaba satisfecho. Había realizado una gran tarea, aunque había que reconocer que la materia prima era excepcional.

Miró a Arpaix y vio en su rostro los rasgos de Philippa. Había heredado de ella su belleza, pero también su coraza, una forma de observar el mundo sin abrirse a él. Una coraza que Jean, en el caso de Philippa, había visto romperse, pues, a pesar de la apariencia, era frágil, y que protegía a una mujer sin miedo, pero temible. Solo el caballero negro había logrado traspasarla.

En Arpaix, Jean también vio a su tía Esclarmonde, su tozudez, su capacidad para no desfallecer, y no pudo evitar una sonrisa triste por la hermana caída.

Era esa capacidad heredada de su tía la que había facilitado el aprendizaje de cuanto él había querido enseñar a Arpaix: latín, árabe, teología, astronomía. Con solo doce años, ya atesoraba más conocimientos de los que muchos jamás lograrían en una larga vida.

Jean también sabía que Arpaix tenía sus secretos. A sus espaldas, se entrenaba al amanecer. No sabía cómo había logrado convencer al capitán de la guardia, pero cada día dedicaba una hora al arte de la espada.

—Veo que tienes una herida en la mano. Otra vez.

Jean era conocedor de que Arpaix le ocultaba con celo su entrenamiento militar, pero ella no podía evitar hacerse daño y se inventaba excusas peregrinas. A Jean le divertía ver cómo lo hacía.

—Un golpe de aire cerró la puerta de mi cuarto y me golpeó la mano —mintió sosteniéndole la mirada a Jean.

—Le diré al capitán de la guardia que tenga más cuidado con... las puertas.

Arpaix lo miró fijamente y torció la boca, como solía hacer cuando alguien la contrariaba. Otro rasgo heredado de su madre.

—No veo por qué debes hablar con el capitán sobre las puertas. Esa es la obligación del castellano.

A Jean no le parecía mal que Arpaix dominara la espada. Si llegaba a ser la mitad de buena que su madre o su tía, le vendría bien en el plan que había diseñado para ella. En el fondo de su alma, Jean no podía evitar reconocer que estaba utilizando a aquella niña, pero la misión de su vida lo requería. Ambos respondían a un propósito más grande que ellos mismos.

—¿Has terminado los ejercicios de árabe? —preguntó.

Arpaix asintió.

—Será una sorpresa para padre. Podré practicar con él cuando vuelvan.

Jean miró a la pequeña. Tenía una confianza absoluta en el regreso de sus padres. Él también. Los conocía lo suficiente para saber que saldrían adelante. Era cierto que el caballero negro se asombraría al escuchar a Arpaix hablando en árabe. Haría que pareciera que había sido idea de la niña, aunque también era parte de su plan.

Había visitado muchos lugares, *scriptoria* de monasterios olvidados, universidades y estudios generales, como en Bolonia o Salmantia. Allí había buceado entre los restos del conocimiento árabe que habían sobrevivido al paso del tiempo. Hasta encontrar la pista definitiva.

Creía haber dado con la pista que llevaba hasta el arca, pero necesitaba confirmar sus hipótesis. En un antiguo documento árabe se hablaba de un cofre muy antiguo y, según se describía, solo podía ser abierto con dos llaves. Allí estaba la clave. La descripción de aquellas llaves desaparecidas se correspondía exactamente con la de las reliquias. Jean sospechaba que aquel cofre ocultaba el destino del arca de la alianza. Por eso, cuando Philippa y el caballero negro se propusieron visitar Jerusalén continuando su propia búsqueda, Jean los había animado. El cofre podía estar allí, aunque Jean no lo creía. Pero debía descartarlo antes de dirigirse hacia su verdadero objetivo.

—¿Puedo irme ya?

La pregunta de Arpaix sacó a Jean de sus pensamientos.

—Sí, claro.

En ese mismo instante se abrió la puerta del salón y dos figuras encapuchadas entraron en silencio. Jean percibió temor en los ojos de Arpaix, pero a él no era tan fácil engañarlo. Hubiese reconocido la forma de moverse de ambos entre una multitud.

—¡Roger! ¡Philippa!

La pareja dejó caer sus capuchas y Jean vio, una vez más, la coraza de Philippa desaparecer en un mar de lágrimas mientras ella corría a abrazar a Arpaix.

32

Año 2022

El suelo de la pequeña plaza aparecía brillante por los restos de la lluvia de la mañana y daba a la piedra aspecto de estar pulida, de ser casi nueva. Sin embargo, era probable que aquellas piedras llevasen allí más de diecisiete siglos.

En ese momento, Marta se adentraba en uno de los lugares más transcendentales de la cristiandad. Aunque el edificio desde fuera no impresionaba, la basílica del Santo Sepulcro databa del siglo cuarto y, según la creencia cristiana, se asentaba sobre el Calvario y sobre el lugar donde Jesucristo había sido enterrado y había resucitado.

Sabía que aquellos datos no tenían base histórica. No había sido hasta el siglo cuarto cuando, al retirar los escombros de un templo dedicado a Júpiter y a Venus, se había encontrado una antigua sepultura que, muy convenientemente, había sido reinterpretada como la tumba de Jesús. Nada de eso importaba. La fe no se había construido sobre hechos probados, sino sobre deseos, interpretaciones y casualidades.

Cruzó el vano de la iglesia y se sumergió en la penumbra. La envolvió una sensación de recogimiento, motivada por una escenografía meditada que invitaba al silencio. Las personas con las que se cruzaba eran apenas sombras. Recorrió las distintas zonas de la basílica y se detuvo a contemplar la tumba de Jesús. Era de manufactura sencilla, con algunas flores y unas pocas velas encendidas como única decoración.

Otros lugares habían reclamado ser reconocidos como la tumba de Jesucristo. La Tumba del Jardín y la de los Diez Osarios, en la propia Jerusalén, eran dos de ellos, aunque había otros sitios aún más extraños como Roza Bal en la India o la población de Shingō, en Aomori en Japón.

Aquella historia surgida hacía dos mil años seguía excitando la imaginación de millones de personas en el mundo y la verdad, enterrada por siglos de intereses, fe y superstición, si alguna vez había existido, era ya inasible.

Notó el móvil vibrando en su bolso y lo cogió para ver el mensaje. Llevaba dos días esperando recibir noticias que le permitieran abandonar el país, así que se sintió esperanzada al leer el mensaje de la policía. Debía presentarse en la comisaría de inmediato. Se dirigió hacia la salida de la iglesia, cruzándose con varias personas.

Entonces tuvo una extraña sensación. Una persona con la que se había cruzado le había resultado familiar. La había visto antes, pero no recordaba dónde o cuándo. Era un hombre alto, joven. Sacudió la cabeza, como si aquel gesto pudiera ayudarla.

«Quizá sea algún turista con el que he coincidido visitando la ciudad», se dijo antes de alejarse camino de la comisaría.

Unos metros detrás de ella, aún dentro de la basílica, Santiago se maldijo. Se había confiado en exceso. Había creído que la oscuridad del templo le protegería. Sin embargo, había perdido a Marta durante unos instantes, embelesado por la visión de la iglesia. Nunca había tenido la oportunidad de conocer el lugar donde Dios había resucitado. Su corazón se había encogido de emoción, superando incluso a la que sentía cuando veía en procesión al Cristo de la Santísima Resurrección de Sevilla. Había tenido que hacer un esfuerzo por contener las lágrimas y, por un momento, había pensado que sus piernas no podrían sostenerlo. No le quedaban dudas de que aquel era un lugar sagrado, la presencia de Dios se sentía en cada piedra y su amor se revelaba en cada detalle. Entonces se había encontrado de frente con Marta. Él no cometía errores y solo aquel momento místico podría justificar el que acababa de cometer.

Salió de la basílica con el regusto amargo del encuentro. Ella no parecía haber reparado en él, pero podría reconocerlo en un futuro si volvían a cruzarse. Debía prestar más atención. Bastante era temer ser descubierto por la policía israelí. Su estancia en el país se había visto prolongada por el asunto de Marta, y siempre existía el riesgo de que alguien recordase haberlo visto en el Instituto de Arqueología tres días antes.

33

Año 35

Magdalena estaba perdida. Alejandría se expandía en todas direcciones, no importaba dónde posara su vista. Había ido al barrio judío pensando que apenas ocuparía unas pocas calles y que todos se conocerían. Pronto había salido de su error. El barrio se extendía por la orilla del Mediterráneo y, a pesar de que las calles principales eran rectas y amplias, las callejuelas se multiplicaban, retorciendo la ciudad.

Decidió preguntar y pronto se sorprendió al comprobar que Filón era un hombre conocido. Antes de que pudiera darse cuenta estaba frente a una de las mansiones más grandes que hubiera podido imaginar. Dudó. Filón debía de ser un hombre rico y poderoso y no recibiría a una mujer pobre, una esclava. En su mente Magdalena masculló esa palabra. Aún se resistía a verse a sí misma de esa forma.

Miró hacia la casa, que parecía agazaparse tras un jardín espléndido, y se detuvo bajo un arco de piedra con una frase tallada en hebreo: NADA MÁS QUE EL ALMA. Leer aquellas palabras en su propio idioma le dio las fuerzas que necesitaba para decidirse.

Le abrió la puerta una mujer de avanzada edad, seca como el esparto, que la miró de arriba abajo antes de preguntar con gesto hosco.

—Deseo hablar con Filón, el filósofo.

—¿A quién debo anunciar? —preguntó la mujer con indisimulado sarcasmo.

—Magdalena de Jerusalén —respondió no dejándose arredrar.

La anciana soltó un bufido.

—Dudo mucho que te pueda recibir. Es un hombre muy ocupado. ¿Cuál es el asunto urgente que te trae hasta aquí?

El tono había cambiado. La anciana había interpretado que Magdalena no había captado su sarcasmo.

—Quiero hablar con él de Jesús de Nazaret.

La mujer se retiró sin responder dejándola en la puerta dubitativa, con un sentimiento de soledad y de fracaso atenazando su garganta.

De pronto, la puerta se abrió de nuevo de par en par y un hombre apareció frente a ella. Era casi un anciano y tenía una expresión triste, la del que ha vivido y visto demasiado. Unas ojeras profundas acentuaban esa sensación y una densa barba blanca cubría su rostro dándole un porte digno, de viejo sabio. Vestía una larga túnica de lino y unas sandalias de cuero, y en su mano portaba un papiro.

—¿Quién eres? —dijo mirando a un lado y otro de la calle—. ¿Conocías a Jesús?

Su voz sonó ansiosa y esa ansia, esa necesidad de saber, fueron un bálsamo para Magdalena. Filón se percató de que su comportamiento parecía extraño y su voz se relajó. Se calmó y la invitó a pasar.

Las preguntas, lanzadas a bocajarro, parecían no tener importancia de repente. Filón despachó a la anciana esclava, que se retiró rezongando sin evitar lanzar a Magdalena una mirada de desprecio. El filosofó la condujo hasta un enorme salón con la mesa de madera más grande que ella había visto jamás. Sobre ella reposaban varios papiros. Magdalena no podía dejar de mirarlos. Eran los primeros que veía de cerca en su vida. Filón dejó el que portaba junto a los otros y le ofreció asiento mientras hacía regresar las preguntas con un tono más calmado.

—¿De qué conoces a Jesús?

—Fui su esposa.

A Magdalena siempre le costaba usar esa palabra, ya que, en verdad, nunca había llegado a serlo. Ahora, lejos de Jerusalén, de Pedro y del resto de los apóstoles, todo aquello carecía de importancia.

Filón percibió la duda en sus palabras, pero las malinterpretó.

—¿Por qué hablas en pasado?

Magdalena bajó su mirada y sintió cómo las lágrimas pugnaban por llegar a sus ojos.

—Murió —respondió reuniendo fuerzas.

Era la primera vez que decía aquello y, aunque lo había llorado cada noche, fue como si, de pronto, la realidad de la muerte de Jesús la golpeara con toda su crudeza. La voz de Filón la devolvió a la realidad.

—¿Cómo? ¿Cuándo?

El gesto y la voz del filósofo mostraban dolor, lo que supuso un consuelo para ella.

—Crucificado. Por los romanos.

La expresión de Filón cambió, como si él ya supiera que aquello iba a ocurrir. Se dejó caer sobre la silla y Magdalena vio una lágrima deslizarse por su mejilla. De pronto le pareció más viejo y cansado, y le recordó a José, el padre de Jesús, un hombre destruido por la vida.

—Le avisé —dijo Filón levantando su rostro hacia ella—. Ha ocurrido demasiado pronto. No estábamos preparados.

Magdalena miró al filósofo sin comprender. El hombre había vuelto a agachar la cabeza y parecía perdido en sus pensamientos. Ella esperó pacientemente. Sabía que llegarían las explicaciones.

—Él fue mi alumno —dijo Filón cuando se recobró—. Vivió aquí, en esta misma casa, durante tres años. Tantas esperanzas rotas...

Magdalena abrió su capa, sacó la reliquia y la dejó sobre la mesa. Acto seguido, preguntó:

—¿Qué es esto?

Filón miró el objeto y sonrió. A Magdalena le pareció que la reliquia no le era desconocida.

—Es una de las llaves.

—¿Del arca?

Filón negó con la cabeza.

—No. No es la llave del arca, pero sí es la llave que lleva hasta el arca. Abre un cofre que Jesús hizo fabricar para esconder el mayor secreto de nuestra fe.

Magdalena seguía sin entender nada de lo que decía el filósofo. Este la miró con piedad, como queriendo transmitirle que compartía su pena.

—¿No sabes quién era Jesús?

Ella negó en silencio. Había conocido al hombre, pero él siempre le había ocultado una parte opaca, escondida, inalcanzable. Guardaba secretos.

—Yo te contaré quién era y qué buscaba, y cómo nuestras esperanzas quizá hayan desaparecido con él. Pero antes debo hacerte una pregunta importante: ¿quién eres tú?

34

Año 1230

El caballero negro tomó un pequeño tronco del montón, lo lanzó al fuego de la chimenea y contempló las chispas saltar en destellos dorados. No parecía interesado en la belleza efímera de las llamas que danzaban alegremente despreocupadas, sino en recordar algo, pues tenía la mirada perdida.

—¡Fracasamos! —dijo regresando de pronto de su mutismo.

Él, Philippa y Jean se hallaban en el salón principal del castillo de Carcasona. Philippa compartía el semblante lúgubre de Roger. Jean respondió con su acostumbrada tranquilidad.

—Era necesario intentarlo.

El caballero negro se volvió molesto. Habían cruzado el mundo, perdido dos años de su vida, y Jean parecía asumirlo con despreocupación.

—Para ti es sencillo. No eres tú quien se ha arrastrado por el polvo del camino para acabar con sus ilusiones convertidas en cenizas.

—No importa, Roger —intervino Philippa—. Quizá Jean tenga razón. Era solo el sueño de Esclarmonde y nosotros no estábamos destinados a cumplirlo. Estoy cansada de esta vida. El peso de la espada dobla mi brazo.

Roger dirigió una mirada, primero, a Jean y luego, a Philippa y pareció resignarse.

—De acuerdo —dijo dejando escapar un suspiro—. Al fin y al cabo, eran el sueño de tu hermana —admitió señalando a Philippa— y el rastro de tu reliquia —continuó mirando a Jean.

—Me has malinterpretado —respondió Jean manteniendo la calma—. Que hayáis fracasado no significa que todo esté perdido.

El caballero negro se volvió hacia Jean con gesto de enfado.

—Ahora hablas como el abad Arnaldo. Secretos y silencios. ¿Qué ocultas, Jean?

Jean sonrió, pero no había maldad en su sonrisa, solo el recuerdo de alguien que había sido importante en su vida, aunque no había llegado a conocerlo.

—Tal vez algunos hombres nos volvemos sabios con los años y aprendemos a callar aquello que no es preciso contar.

—¿No me has escuchado, Jean? —preguntó Philippa plantándose delante del perfecto con los brazos en jarras—. No pensamos volver a abandonar Occitania. Tendrás que buscar a otros.

La mirada de Jean se desvió imperceptiblemente hacia el fondo de la estancia. No estaban solos. Alguien se había movido detrás de las cortinas.

—No os preocupéis —dijo—. No enviaré a nadie. Quedaos aquí, cuidando de Carcasona y de vuestras hijas. Yo mismo partiré.

El caballero negro lanzó un bufido de desesperación.

—¡Lo que me faltaba por oír! —exclamó—. Si aún no

has aprendido a manejar una espada. ¿Cómo te defenderás? ¿Con tu martillo de cantero?

—Puede que lo haga, es un instrumento muy útil. No siempre la espada es la solución. Me iré mañana mismo.

Philippa parecía ahora interesada y se anticipó a la objeción del caballero negro.

—¿Adónde irás?

La sonrisa de Jean se amplió.

—A tocar piedras —respondió—. Necesito pensar y, ahora que estáis aquí, Arpaix deja de estar bajo mi tutela. Quizá no hayáis encontrado el arca, pero habéis traído información valiosa.

El caballero negro y Philippa lo miraron sin comprender.

—Según vuestro relato, alguien se llevó el arca mucho tiempo atrás a algún lugar lejano, al oeste, y lo hizo en tiempos del profeta Muhammad. A lo mejor yo puedo localizar ese lugar.

Jean volvió a lanzar una mirada a las cortinas, que ahora permanecían inmóviles.

—Tienes razón —dijo Philippa dulcificando su expresión—. Fue demasiado pedirte que te ocuparas de Arpaix en nuestra ausencia. Eres un hombre libre. Si quieres seguir tu búsqueda, no somos quiénes para impedírtelo.

Los tres dieron la conversación por terminada y abandonaron el salón. Cuando la estancia quedó vacía y silenciosa, la cortina se volvió a mover.

Arpaix tenía mucho en qué pensar. Torció la boca y trató de comprender lo que acababa de escuchar. Sospechaba hacia dónde se dirigía Jean. Era parte de la misión. Una misión en la que ella participaría en el futuro. Aún no. Era muy pequeña, pero tenía todo el tiempo del mundo. Demostraría a sus padres que podía triunfar donde ellos habían fracasado.

Mientras Arpaix reflexionaba, Jean encaminaba sus pasos hacia la muralla de Carcasona. Allí le esperaba Blanche, la perfecta cátara, que lo vio acercarse con las manos entrelazadas. Era una mujer tranquila, reposada, que asumía con resignación el destino que parecían afrontar todos los cátaros.

—¿Partirás? —preguntó la perfecta.

Jean asintió.

—Pronto. Prométeme que cuidarás de Arpaix.

—Ya sabes que lo haré.

—Ella es importante. Hay que prepararla.

Ninguno de los dos dijo nada más. Ambos se quedaron en silencio mirando el horizonte por encima de la muralla. Blanche hubiera querido añadir algo, pero sabía que no era el momento. Jean tenía una misión y ella solo podía esperar.

35

Año 35

—¿Quién eres tú?

No bien hubo formulado la pregunta, Filón frunció el ceño y cruzó los brazos.

La reacción de Magdalena le sorprendió. Rompió a llorar y un torrente de lágrimas surgió abruptamente, como un río cuyo embalse se libera sin que se pueda hacer nada para contenerlo. Filón esperó incómodo y cuando el llanto se calmó, tomó del brazo a la joven y sonrió comprensivo.

—Jesús me habló de ti. Me dijo que sabía que estarías esperándolo en Jerusalén. Solo quería estar seguro de que eras tú. ¡Ven, acompáñame! Pasearemos hasta el Museion. Serás mi nueva alumna, como lo fue él.

Caminaron sin prisa cruzando Alejandría. Mientras, Filón le iba contando cosas sobre los lugares, las costumbres y la historia de la ciudad. Le habló de los faraones, de Alejandro Magno y de Julio César, y de tantos y tantos nombres que para ella eran solo sombras lejanas.

Magdalena se sentía cómoda con él. No la miraba como a una esclava, ni como muchos hombres miraban a las mujeres, como una posesión. Durante un fugaz instante, fue capaz de entrever lo que significaba ser un hombre, tener la libertad de caminar, hablar y aprender sin necesidad de estar alerta, vigilante.

Poco a poco, Magdalena se fue abriendo y le confesó sus miedos, sus sueños rotos y el impulso que la había llevado hasta Alejandría. Filón la escuchó en silencio, limitándose a asentir, quizá temiendo que su intervención la encerrase en su cascarón.

Cuando llegaron al Museion, varios estudiantes saludaron a Filón con un respeto que acrecentó el que Magdalena ya sentía por el filósofo. Algunos le dirigían miradas de curiosidad, pero todos se mostraron amables con ella, como si el hecho de acompañar a Filón fuera suficiente para vencer la lógica reticencia que supondría una joven extranjera vestida de forma humilde.

Uno de ellos parecía contemplarlos en la distancia, lo que Magdalena interpretó como timidez. Era un muchacho de la misma edad que ella y su mirada era terca, intensa. De pronto, Filón se percató de su presencia y le hizo un gesto con la mano para que se acercase.

—Este es Oseza. Era uno de los mejores amigos de Jesús durante el tiempo que estuvo en Alejandría. Ella es Magdalena —le dijo al joven.

Oseza abrió mucho los ojos y retorció nervioso las manos, como si las palabras se agolpasen en su mente, pero no supiera qué decir. Filón se le adelantó.

—Ya tendréis tiempo de hablar. Ahora debo comenzar mi clase. Siéntate allí atrás, Magdalena. Hablaremos cuando termine.

Magdalena asistió extasiada a la clase de Filón. No entendía lo que decían, ya que no sabía griego, pero la forma en que el filósofo hablaba y gesticulaba, la atención de sus estudiantes y las ocasionales discusiones, acaloradas pero respetuosas, indujeron en ella un deseo irrefrenable de formar parte de aquel mundo. Solo la incomodaban las continuas miradas de Oseza, quien no parecía prestar atención a las palabras del sabio.

Cuando la clase finalizó, los estudiantes se retiraron y Filón y ella se quedaron a solas.

—Ha llegado el momento de que conozcas la verdad.

Magdalena sintió un estremecimiento ante las palabras de Filón. Quería saber, pero tenía miedo. ¿Quién era ella para descubrir algo que Jesús había decidido que debía permanecer en la oscuridad?

—¿Qué sabes de la historia de nuestro pueblo? —preguntó Filón.

Magdalena sabía poco. Aquello era cosa de sacerdotes y sabios, y ella no era ninguna de las dos cosas.

—El arca de la alianza fue un regalo de Dios a nuestro pueblo —comenzó a decir Filón, quien había colocado ambas manos a su espalda, como hacía cuando daba clase—. Moisés mandó trasladarla desde Egipto, cuando huyó a través del Sinaí con el pueblo elegido. Así lo dicen las Sagradas Escrituras. —Magdalena asintió. Había escuchado aquella historia antigua en la sinagoga—. Los judíos huyeron cruzando el mismo desierto que tú has atravesado. Tardaron cuarenta años, pero al fin llegaron a Judea, donde se establecieron.

Filón hizo una pausa en la que pareció ordenar sus ideas.

—Mucho tiempo después, el rey Salomón mandó construir un templo en Jerusalén para guardar el arca. Allí reposó durante muchos años. Hasta que desapareció.

—¿Por qué desapareció?

Magdalena estaba sorprendida. Nadie había narrado en la sinagoga la historia de la desaparición del arca.

—Fue hace mucho y nadie lo sabe. Algunos dicen que fue escondida cuando Nabucodonosor destruyó la ciudad. —Filón se encogió de hombros, y de pronto una luz iluminó su mirada—. Pero Jesús sí tenía la respuesta. ¿Tú sabías que Jesús era esenio?

Magdalena volvió a asentir. Lo sabía, pero aquello no significaba nada para ella. Los esenios no eran más que una de las muchas sectas que existían entre los judíos.

—¿Por qué es importante?

La tarde comenzaba a caer y Magdalena pensó que debía regresar a casa de Dysthe, pero la historia que le estaba contando Filón la absorbía por completo.

—Los esenios no son una secta más —continuo el filósofo, a quien el paso de las horas no parecía preocupar—. Fueron los elegidos para custodiar el arca, para ponerla a salvo.

Filón se detuvo y dejó que Magdalena atase cabos.

—Entonces Jesús...

Magdalena no supo continuar. Las implicaciones eran aterradoras. Significaban que ella jamás había conocido al verdadero Jesús. O que había conocido solo a una parte.

—Un selecto grupo de esenios eran los guardianes del arca y elegían entre ellos a los conocedores del secreto.

Magdalena miraba a Filón con los ojos muy abiertos.

—¿Cómo sabes todo eso?

El filósofo sonrió.

—Porque Jesús me lo confesó.

La tarde había terminado de caer y el Museion se había llenado de sombras alargadas que propiciaban los secretos susurrados.

—¿Y dónde está esa arca? ¿Qué contiene?

Filón se encogió de hombros, no sin antes mirar a ambos lados, como si de pronto fuese consciente de que estaba desvelando secretos en un lugar público.

—Jesús no me lo dijo, pero sí que había llegado el día de que el arca reapareciese.

—Por eso regresó a Jerusalén.

El viejo filosofo asintió. En esa ocasión pareció impresionado por la deducción de Magdalena.

—Su idea era preparar el camino, buscar adeptos, crear su propio ejército. Luego haría reaparecer el arca y su pueblo se levantaría contra el yugo romano.

—¿Para qué sirven las reliquias?

—Jesús temía morir y quería salvaguardar el secreto del arca. Por eso confeccionó un cofre de madera, una versión en miniatura del arca, que solo podría abrir el poseedor de las dos reliquias. Allí depositó la localización del arca de la alianza.

—¿Y dónde está ese cofre?

Filón suspiró resignado y su rostro pareció ganar años.

—No lo sé.

Ambos se quedaron meditabundos, cada uno perdido en sus pensamientos, hasta que el semblante del filósofo pareció cobrar una nueva luz.

—Pero quizá alguien que yo conozco pueda decirnos dónde fue escondida.

Magdalena lo miró esperanzada.

—Herón. Herón de Alejandría. Él ayudó a Jesús a construir el cofre. Regresa aquí mañana, hablaremos con él.

36

Año 1234

Jean de la Croix era un hombre paciente. La paciencia es un arma poderosa, invisible para el enemigo. Igual que el agua en una cueva, hace su trabajo de forma silenciosa y pasa inadvertida, pero siempre está allí.

Gracias a esa cualidad, Jean había logrado algo inesperado. Nunca lo hubiera encontrado, ni siquiera había pensado que fuera posible, pero el destino lo había colocado en el lugar adecuado en el momento preciso.

Todo había comenzado muchos años atrás. Había acompañado a Raymond VI y al caballero negro al Concilio de Letrán, donde el conde había sido desposeído de todos sus dominios. Había tratado de pasar desapercibido, escondido entre las sombras, pero nada de cuanto había sucedido en Letrán había quedado oculto a sus ojos.

Fue allí donde lo descubrió, transformado pero reconocible. Giovanni Bernardone era ahora Francisco de Asís, había fundado su propia orden y, gracias a una fe inquebrantable y a su desapego de las cosas materiales, se había convertido en un príncipe de la Iglesia.

¿Desapego? Había algo que parecía atesorar. La segunda reliquia.

Francisco no había visto a Jean. Él mismo se había ocupado de evitarlo. Era el único que conocía su secreto. Pero Jean tenía tiempo y Francisco era un hombre de salud frágil. Le habían llegado informaciones de que estaba muy enfermo y Jean había trazado un plan. Un plan basado en la paciencia.

Se había dirigido a Jaca, a la puerta del pequeño convento de los hermanos menores, nombre con el que se conocía a la orden creada por Francisco. Era un lugar remoto donde nadie lo conocía. Allí había pedido tomar los hábitos. Se había hecho pasar por un peregrino francés deseoso de abandonar la vida vacía del mundo material y abrazar la vida espiritual. Había sido recibido con alegría y se había tomado su tiempo hasta llegar a ocupar un puesto de responsabilidad en aquel pequeño cenobio aislado del mundo. Su amplia formación y su dominio de las lenguas le habían facilitado el camino. Cuando llegó la noticia del fallecimiento de Francisco, el prior del humilde monasterio lo escogió, gracias a sus sutiles presiones, para ser enviado a Asís a recibir instrucciones.

Una vez allí, Jean había maniobrado para ser trasladado de forma definitiva. Un disfraz perfecto lo convirtió en el hermano Benoit hasta devenir un pilar fundamental de la congregación, que necesitaba nuevos líderes tras el fallecimiento de su fundador.

Francisco de Asís. Giovanni Bernardone. El hombre que había robado la segunda reliquia de Peyrepertuse y la había escondido en Asís.

Jean estaba allí para averiguar dónde estaba oculta. Y para algo más. Sin embargo, tres meses después de su llegada no había logrado descubrir nada. Incluso su infinita paciencia estaba agotándose y sentía que había desperdiciado todos aquellos años. La segunda reliquia parecía no existir. Hasta que una mañana todo cambió.

Había tenido una charla con Elías de Cortona, el vicario general de la congregación, quien, sin saberlo, le había puesto en el camino correcto.

—Nada tenía Francisco porque nada necesitaba.

El vicario le reprendió con severidad cuando Jean preguntó por las reliquias de Francisco con la excusa de venerarlas y rezar ante ellas.

—Aunque sea su sayo, sus sandalias o algún amuleto al que tuviese un especial apego —insistió.

Elías lo miró horrorizado.

—Hermano Benoit, Francisco nos enseñó a dar todo a los que lo necesitan. Incluso su sayo y sus sandalias fueron donados a los mendigos, como él ordenó hacer. —Jean comenzaba a desesperarse—. El resto de sus pertenencias se las entregó en vida a Clara. Tendréis que hablar con ella.

Una luz de esperanza se iluminó en la mente de Jean. Clara de Asís. ¿Cómo no se había dado cuenta? Además de crear la Orden de los Hermanos Menores, Francisco había impulsado una segunda orden, la de las Hermanas Menores, y había colocado al frente de la misma a Clara de Asís, una mujer que había abandonado todo para seguirlo.

Quizá Clara guardara, sin saberlo, aquella deseada reliquia. Si así era, el esfuerzo de Jean habría valido la pena. Ahora tenía un plan para hacerse con ella sin que nadie llegara a saberlo jamás.

La oportunidad se presentó un mes más tarde. La congregación al completo se dirigió a San Damián, el templo que el propio Francisco había donado a la Orden de las Hermanas Menores. Allí fue presentado a la hermana Clara. El propio vicario Elías le facilitó la ocasión que anhelaba.

—Y este, hermana Clara, es el hermano Benoit, del que os he hablado. Es una muestra de lo difícil que es mantener el ejemplo de nuestro fundador y su desapego de los bienes materiales —añadió negando con la cabeza con gesto compungido.

A Jean aquello le pareció un torpe intento de corregirle y de buscar la reafirmación de Clara, a quien, sin duda, ya había puesto al corriente del deseo de Jean. Para sorpresa de Elías, Clara lo miró con gesto bondadoso.

—Es cierto, hermano Benoit, que Francisco no quería nada para él, pero también entiendo —lanzó una mirada de desaprobación al vicario— que lejos de Asís los símbolos son importantes. Solo un pequeño objeto sin importancia queda del hermano Francisco, una modesta estauroteca que talló con sus propias manos y que guarda unas extrañas piedras dentro. Son negras y pesadas, como si dos piedras de río se hubiesen atravesado la una a la otra.

El corazón de Jean se aceleró.

—¿Podría verla? —preguntó tratando de controlar el imperceptible temblor de su cuerpo—. Así, cuando regresemos a Jaca, podré hablarles de ello. Hará mucho bien a la congregación. Como bien decís, los símbolos son importantes. Cuando los hombres que tallan nuestro presente parten de este mundo, el resto necesitamos símbolos a los que agarrarnos. El propio Jesucristo nos dejó la cruz para que la venerásemos.

Jean no había podido evitar el último comentario ácido hacia el vicario.

—¡Venid entonces, hermano Benoit! Os enseñaré la modesta reliquia.

Clara y Jean se dirigieron hacia la cripta de San Damián bajo la ceñuda mirada del vicario. La cripta, excavada en el suelo, era de reducidas dimensiones, oscura, apenas iluminada por una vela de sebo de la que se elevaban oscuras volutas de humo que le daban un aspecto fantasmal. Estaba decorada de forma sencilla, aunque frente al pequeño altar que la presidía se adivinaba un colorido fresco con escenas bíblicas.

Clara llevó a Jean hacia un lateral, donde descansaba un pequeño arcón de madera. Lo abrió y extrajo una sencilla estauroteca toscamente labrada. Clara levantó la tapa y mostró lo que había en el interior.

El corazón de Jean dio un vuelco. Allí estaba, la segunda reliquia, la misma que le había mostrado Esclarmonde en Peyrepertuse unos años atrás. Jean intentó dominar el ansia por tomarla en sus manos. En ese mismo instante, tuvo una revelación: él era el único hombre vivo que había visto ambas reliquias y que conocía su paradero. Jean tomó la estauroteca de las manos de Clara y se arrodilló. Clara lo imitó y juntos rezaron. Jean debía seguir la función hasta el final.

Cuando horas después regresó a Porciúncula junto al resto de los hermanos menores, ya había decidido que actuaría aquella misma noche.

Esperó a que todos sus hermanos estuvieran dormidos, recogió sus escasas pertenencias y abandonó el pequeño monasterio. Era noche cerrada, así que nadie se cruzó en su camino. Y si alguien lo hubiera hecho, solo habría visto a un monje caminando en la oscuridad, un hábito sin nombre, una capucha ocultando un rostro anónimo, un espectro.

Recorrió sin prisa la escasa distancia que le separaba de San Damián y contempló la bella iglesia en la oscuridad. Era de escasa altura, pero ancha, lo que le daba un aspecto sólido, rocoso. Sus formas eran pesadas, como si no aspirase a elevarse hacia el cielo, sino a hundir sus raíces en la tierra, inamovible e imperecedera.

La puerta estaba abierta. Las hermanas no temían a los ladrones, ya que nada tenían, o eso creían.

El silencio era absoluto, el tiempo parecía haberse detenido alrededor de San Damián. Jean solo escuchaba el sonido de sus sandalias en la piedra y el latido de su corazón. No miró a los lados ni levantó la cabeza. Sabía adónde dirigir sus pasos. Bajó a la cripta y fue directo al arcón, que parecía contemplarlo como si hubiese estado esperándolo.

Se arrodilló, lo abrió y extrajo la estauroteca tratando de evitar que los goznes chirriasen. Con la estauroteca en sus manos, se sentó en uno de los bancos de madera, la colocó sobre sus rodillas y esperó.

Los minutos transcurrieron en silencio. Jean perdió la noción del tiempo y solo volvió a la realidad al sentir a su lado el roce de un hábito.

—Hermano Benoit —dijo la hermana Clara, que lo observaba con gesto preocupado.

Jean volvió en sí y dirigió a Clara una mirada extraviada. Luego bajó la vista y contempló la estauroteca en su regazo, como si la viera por primera vez.

—Él me dijo que viniera.

—¿Quién? —preguntó Clara.

—Francisco. Se me apareció en sueños y me dijo que debía venir aquí y tomar su regalo en mis manos.

La hermana Clara guardó silencio, como si temiese preguntar.

—¿Por qué?

Jean negó con la cabeza confuso.

—No lo sé. Solo me dijo: «Es importante».

—¿Qué es importante?

Jean levantó la estauroteca.

—Esto —dijo devolviéndosela a Clara—. Lo que contiene.

—¿Por qué es importante?

—No lo sé —volvió a contestar Jean—. Quizá Francisco me haya enviado aquí solo para hacéroslo saber. Debes protegerlo.

—Dios nos habla con extrañas palabras —dijo Clara.

Jean asintió.

—Ahora debo irme. Regresaré a Jaca. Mi misión aquí ha terminado.

Clara abrió la estauroteca y contempló la reliquia. Luego se levantó y la guardó en el arcón de nuevo. Cuando se volvió, Jean había desaparecido. Se quedó pensativa. Al principio había pensado que Benoit estaba intentando robar la reliquia, pero no había huido, aunque había tenido la oportunidad. Pero todo eso no despejaba la duda que bullía en su mente. ¿Qué era aquel objeto al que ella no había dado ninguna importancia? El propio Francisco debía habérselo regalado por algo y quizá le había enviado a aquel monje para recordárselo. Hasta descubrirlo, buscaría un lugar donde esconderlo.

Jean salió de San Damián y caminó sin prisa. Pasó por delante de Porciúncula, pero no se detuvo. Metió su mano en la bolsa y tocó la reliquia. La sujetó con un lazo y la colgó de su cuello, como treinta años antes había hecho con la otra, la que aún dormía en Silos. Luego tocó su martillo de cantero y sonrió. Hacía tiempo le había dicho al caballero negro que aquel martillo podía ser mejor arma que una espada. Ya lo había sido años atrás, cuando había fabricado una copia de la reliquia y la había destruido delante de Guy Paré frente a las murallas de Toulouse. Ahora otra copia sustituiría a la original en San Damián. Si algún día Clara, Guy Paré o quienquiera que se sentase en el trono de Roma llegaba a conocer su importancia, lo haría pensando que en sus manos estaba la verdadera reliquia.

Nadie tendría nada que buscar.

37

Año 35

Los sueños traen hasta nosotros hechos ya olvidados. A la luz del día no recordamos eventos, sucesos o datos, pero, como si de un arte mágico se tratara, mientras dormimos, estos se deslizan en nuestra mente. Los recuerdos toman cuerpo, su forma se define nítida y precisa y podemos así aprehenderlos. En los sueños de Magdalena se coló una tarde de verano de mucho tiempo atrás.

Estaban solos, Jesús y ella, o es que, quizá, en los sueños, solo nos acompaña lo importante y el resto del mundo se desvanece en la irrelevancia. Jesús hablaba de sus anhelos, de convertirse en alguien importante.

—Sobre mí recae un secreto. —La había mirado con sus intensos ojos verdes, aquellos en los que ella quería perderse—. Un secreto de hace siete siglos que solo los esenios guardamos —continuó Jesús—. Pero eso debe terminar. El secreto debe ver la luz. Yo me encargaré de ello.

Magdalena se despertó. Aquellas palabras habían cobrado un nuevo significado para ella. Ahora sabía que Jesús se refería al arca de la alianza. Pero ¿cómo iba ella a encontrarla? Y lo más importante, ¿que debía hacer si la encontraba?

De pronto, la puerta de su habitación se abrió con brusquedad. Entraron Sagila y Nailah, ambas con gesto enfadado.

—¿Dónde estuviste ayer? —preguntó Nailah sin darle tiempo a vestirse—. Te buscamos todo el día. ¿Crees que puedes desaparecer cuando te venga en gana?

—Dysthe... —balbuceó Magdalena.

—Él no está aquí ahora —respondió con una sonrisa cruel.

Comprendió que no ganaría nada discutiendo con ellas. Se limitó a vestirse y a seguirlas mientras escuchaba sus comentarios despectivos.

Aún sin haber probado bocado, fue arrastrada tras las dos esclavas, que le asignaron los trabajos más duros e hicieron caso omiso a sus objeciones. Magdalena veía que la mañana avanzaba. Filón la había citado para que conociera a Herón, así que pensaba aprovechar la primera oportunidad para escapar. Sin embargo, esta no llegó. Se apresuraba a terminar de limpiar la cocina cuando el sonido de la cancela de la puerta hizo que las lágrimas asomaran a sus ojos. La habían encerrado.

Sus gritos y sus súplicas no sirvieron de nada, y solo cuando se resignó y cesaron sus protestas, escuchó una voz al otro lado de la puerta:

—Así aprenderás.

Sintió cómo la desesperanza tomaba forma en su garganta. Las lágrimas asomaron a sus ojos y se dejó caer en el suelo con la cabeza entre las manos.

Las horas transcurrieron sin la esperanza de que el regreso de Dysthe la liberase de su reclusión. El sol comenzó a perderse tras las montañas y la luz menguó hasta casi desaparecer. Entonces Nailah la liberó con una sonrisa de triunfo.

Aquella noche, cuando Magdalena se acostó, las lágrimas se habían transformado en una furia fría y tomó una resolución. Abandonaría la casa de Dysthe y encontraría la forma de vivir libre, de disponer de su vida y de sus días. A pesar del cansancio, aquella rabia no la dejó dormir en toda la noche.

Por la mañana, aún temprano, recogió sus pertenencias y esperó en silencio a que Sagila viniera en su busca para que Lalla y ella la acompañasen al aljibe. Lo hizo sin intercambiar ni una palabra con la anciana, que pareció interpretarlo como el resultado del enfado por lo sucedido el día anterior.

Se dirigieron presurosas hacia el aljibe, pero Magdalena nunca llegó a su destino. Sintió el roce de la mano de Lalla en la oscuridad y en su mirada percibió una alerta que comprendió al instante. Sin mediar palabra, Lalla se adelantó hasta alcanzar a Sagila y comenzó una insulsa charla con ella. Era todo lo que Magdalena necesitaba.

Aprovechando las sombras de la noche se deslizó por uno de los innumerables callejones y, para cuando Sagila se percató de su ausencia, ella ya corría hacia el Museion con la esperanza y la angustia pugnando por abrirse paso.

Alcanzó su destino mientras la oscuridad aún dominaba el mundo, pero las tinieblas comenzaban a retroceder. El lugar aparecía silencioso, muy diferente del que Magdalena había visto bullir de actividad el día anterior.

Se apostó en una esquina, se arrebujó en su manto y esperó.

38

Año 2022

Siempre había querido viajar a Alejandría. Aquella ciudad, fundada por el conquistador más grande de la historia, había sido testigo del amor entre Cleopatra y Marco Antonio, había alojado la mayor biblioteca de la Antigüedad, había levantado el faro más recordado.

Marta estaba deseando recorrer sus calles, buscar los restos de aquel pasado, respirar el ambiente del que había sido el centro de la humanidad hacía dos mil años. Por eso, cuando tuvo la oportunidad de hacerlo y comenzó a preparar su viaje, se sintió desanimada como antes les había sucedido a muchos viajeros.

¿Por qué Jean había señalado aquel lugar? ¿Qué había encontrado que le hacía pensar que allí pudiera estar el arca? En la época de Jesucristo, Alejandría era una de las principales ciudades del mundo, pero Marta no había encontrado ningún texto que la relacionase con Jesús. Solo había dado con una enigmática mención en el Evangelio de Mateo referida a José: «Levántate, toma al niño y a su madre, huye a Egipto y permanece allí hasta que yo te diga».

¿Había vivido Jesús en Alejandría? ¿Había sido allí

donde había permanecido, donde había aprendido y desarrollado su teología antes de regresar a Jerusalén? Y si así había sido, ¿qué papel jugaba el arca en todo ello? Marta no podía quitarse una idea de la cabeza: Jesús podía haber sido el guardián del arca de la alianza.

Había quien argumentaba que el arca había sido escondida por la tribu de los esenios cuando Nabucodonosor había conquistado y destruido Jerusalén, y Marta había encontrado numerosas referencias a que Jesús podía haber sido esenio. ¿Era Alejandría el lugar en el que se había ocultado el arca de la alianza, o al menos en el que se hallaba la clave que conducía hasta ella? ¿Era eso lo que había descubierto Jean?

Marta meditaba en torno a todo aquello en el taxi que la llevaba desde el aeropuerto hasta el hotel. Había escogido el Steigenberger Cecil para hospedarse, un edificio céntrico que destilaba historia. Allí se había alojado Churchill, y Durrell lo había inmortalizado en *El cuarteto de Alejandría*. En realidad, Marta lo había elegido porque no sabía lo que buscaba en aquella ciudad y esperaba que el halo histórico del hotel la inspirase.

Disfrutó del trayecto. Las calles de la ciudad, bulliciosas y atestadas de gente, dificultaban el avance. El estruendo de las bocinas, tocadas con aparente urgencia, no impresionaba a los viandantes ni al resto de los conductores. Era una parte más del telón de fondo de la ciudad, algo que todos habían dejado de escuchar.

Al bajar del taxi, después de pagar la carrera sin negociar, aun a sabiendas de que era un precio excesivo, fue golpeada por el calor húmedo de la ciudad. Deseosa de darse una ducha antes de emprender una búsqueda que podía retrasar un poco, entró en el hotel con aire decidido.

La impresionó el amplio vestíbulo, donde una enorme escalera conducía a los pisos superiores. La decoración combinaba el aire colonial con motivos egipcios. Entre los presentes, una mezcla de turistas y de hombres de negocios además de algún huésped cuya elegancia rememoraba tiempos antiguos. También el conserje egipcio trasladó a Marta a una época anterior, a cuando Egipto era el destino de aventureros europeos en busca de tesoros. Observaba a los huéspedes desde detrás del mostrador de recepción con una pose elegante y la barbilla erguida, pero con una mirada amable, con el regusto de quien trata igual de bien a cuanta persona se aloje allí, con independencia de su origen o educación, de quien juzga en el silencio y solo para sí mismo.

—Señora Arbide —dijo en un correcto español con un acento que a Marta le pareció encantador.

—¿Cómo sabe...?

—¿Su nombre? —terminó el conserje—. Tratamos de conocer a todos nuestros huéspedes para anticiparnos a sus deseos. Mi nombre es Asim, cualquier cosa que necesite no tiene más que pedirla.

Marta se sorprendió. Estaba claro que las redes sociales eran un arma poderosa y decidió seguir el juego.

—Entonces sabrá que mis deseos ahora son un baño caliente y un colchón mullido.

El conserje sonrió apreciativo.

—Sin duda son deseos fáciles de satisfacer. Su habitación, la 314, está ya lista —dijo colocando la llave sobre el mostrador—. Si necesita algo más complicado, puede usted ponerme a prueba.

Marta le devolvió la sonrisa e hizo amago de coger la llave, pero luego se detuvo.

—Quizá sí pueda ayudarme. ¿Podría recomendarme

un guía para que me enseñe la ciudad? Alguien de confianza.

—Creo que tengo al hombre adecuado. Es un guía ya retirado, pero que trabaja con nosotros para atender a huéspedes digamos... especiales. Le llamaré para ver si está disponible mañana. Nadie conoce Alejandría mejor que él.

Marta dedicó el resto del día a descansar y a investigar en internet para tratar de descubrir la relación entre aquella ciudad y el nudo de Salomón. Cuando se dio por vencida, bajó a cenar al restaurante del hotel. Asim le informó de que su guía la esperaría en la recepción a la mañana siguiente después del desayuno.

En ese mismo instante, Santiago Espinosa se secaba el sudor de la frente y decidía que no podía esperar más. Llevaba dos horas frente al hotel de Marta, quien no parecía tener la intención de salir a conocer la ciudad. La mala suerte había querido que ella escogiera un hotel frente al mar, por lo que Santiago no tenía la opción de vigilar desde algún lugar de enfrente. Su presencia allí acabaría por llamar la atención.

Se preguntaba qué estaría buscando en Alejandría. Todo era muy sospechoso, pero el Pastor (había decidido llamarlo así por su conversación en Lourdes) le daba información con cuentagotas. Eso no le gustaba. Había estado a punto de matar a una persona en Jerusalén tras recibir un mensaje con una foto, un nombre y una orden tan directa como clara. A Santiago no le gustaba matar, aunque se le daba bien. Esa había sido la razón por la que había dejado el ejército. Temía en lo que se estaba convirtiendo.

Tuvo que reconocer que lo que en realidad le molestaba era ser tratado como una oveja. Aquello no era lo que el Pastor le había prometido. ¿Cuál sería la siguiente tarea que tendría que ejecutar para él? Esperaba que no fuera matar a aquella joven a la que le habían encomendado seguir. Le caía bien, parecía una muchacha despreocupada y, por lo que sabía de ella, inteligente. Santiago apreciaba la inteligencia, aunque no le parecía un rasgo especialmente atractivo en las mujeres, pues las convertía en peligrosas; él prefería mujeres a las que podía dominar. Sabía que ella buscaba algo, pero no sabía qué. De nuevo, se le ocultaba información.

Echó un último vistazo a la puerta del hotel y no pudo evitar soltar un gruñido que sorprendió a uno de los viandantes que pasaba junto a él. Se apartó hacia un lado y dejó pasar a un grupo de turistas chinos que seguían a una mujer que portaba en alto un incoherente paraguas. Luego se alejó sintiendo que no estaba controlando la situación y, aún peor, que había detalles que se le escapaban. No lo sabía definir, pero una vaga preocupación rondaba su cabeza, como si la información que tenía conformase diferentes piezas de un puzle que no terminaban de encajar.

Regresó a su hotel, dos calles alejado de la línea del mar. Necesitaba pensar y con aquel bullicio no podía hacerlo. Quizá Marta había decidido descansar ese día y no saldría del hotel hasta el siguiente.

Su móvil emitió un sonido. Miró la pantalla, en la que aparecieron una imagen y un pequeño texto. Era la foto de un guía de la ciudad, un egipcio de edad avanzada. Parecía que, de momento, no tendría que matar a Marta.

Perdido entre la masa de gente y a una distancia segura de Santiago, un hombre que parecía un turista más se volvió y enfocó su cámara. Disparó y luego contempló la foto en la pequeña pantalla. «Esto se está poniendo interesante —pensó—. Primero, Jerusalén y luego, Alejandría». Dudaba si seguir a aquel extraño hombre que vigilaba a Marta cuando vio cómo este miraba su móvil; parecía haber recibido una llamada o un mensaje. Apuntó con su cámara y disparó de nuevo. Aún no sabía quién era, pero esperaba tener la respuesta a esa pregunta en breve. Mientras, seguiría con su misión.

39

Año 1235

El sol del mediodía lucía claro y hacía brillar el filo de las espadas. El sonido del metal al entrechocar se extendía por el patio de armas y llenaba el espacio. Los soldados habían interrumpido su entrenamiento, incluso los que estaban de guardia habían dejado de otear en la distancia para disfrutar del espectáculo que se les ofrecía.

Arpaix levantó su espada y colocó su mano izquierda en alto, sobre su cabeza, sujetando el filo, como su madre le había enseñado. Sus ojos emitían una luz de concentración y enardecimiento, el espíritu de la juventud exacerbado hasta el límite del sentido común.

Acababa de cumplir diecisiete años y de su interior brotaba a borbotones la determinación de su madre y el juicioso equilibrio de su padre. Era alta, delgada y flexible como un junco, pero se movía con rapidez, como un gato en la incierta oscuridad de la noche.

Frente a ella, fría como el hielo, esperaba Philippa. Los años no habían corroído su templanza y lo que había perdido en velocidad y arrojo lo había ganado en experiencia.

Arpaix avanzó sobre su pierna derecha y descargó

un golpe seco sobre su madre, que lo detuvo con facilidad.

—Controla tu respiración —dijo Philippa regresando a su posición defensiva—. Anticipas tu ataque cuando tomas aire.

Arpaix frunció el ceño y volvió a la posición de partida. Esa vez atacó sin que su respiración la delatase y Philippa tuvo menos tiempo para prepararse. Aun así, era mejor con la espada y volvió a detener el ataque avanzando por el flanco izquierdo de Arpaix.

Un grito ahogado se elevó desde las almenas cuando los soldados creyeron que Philippa volvería a vencer, pero Arpaix se movió con destreza y esquivó el golpe en el último instante, recuperó el equilibrio y se lanzó como impulsada por un resorte hacia su madre. Todos los presentes contuvieron el aliento. Philippa detuvo la estocada, pero ya era demasiado tarde y no pudo impedir el golpe de gracia de Arpaix. Cayó al suelo como un fardo, sin poder reprimir un gesto de sorpresa que desapareció con rapidez para ser sustituido por uno de orgullo.

Los ojos de Arpaix brillaban eufóricos. Se acercó y ofreció la mano a su madre mientras escuchaba los gritos de júbilo de los soldados. Nadie recordaba haber vencido a Philippa en una contienda a espada.

El caballero negro, que había contemplado la escena con una sonrisa, se acercó a las dos mujeres con una mirada de respeto. Siempre lo había sentido por su esposa y ahora lo sentía también por su hija. Solo un velo nublaba su felicidad, el conocimiento de que, por muy hábil que fuese un soldado, había muchas formas de morir. Aún recordaba la mirada perdida de Giotto ante las murallas de Toulouse, con la espada de Philippa atravesando su pecho, como si sus ojos no acabasen de creer que aquello estuviera sucediendo. Sacudió su cabeza para alejar los recuerdos.

De pronto, el silencio se extendió por el patio de armas del castillo de Carcasona. El caballero negro se volvió siguiendo la mirada de Philippa y de Arpaix y se encontró de frente con un monje franciscano.

En tierra cátara, aquello significaba problemas. Los monjes recorrían el Languedoc buscando herejes, cuando no inventándolos. Rara vez viajaban solos y ninguno había osado jamás entrar desprotegido en la ciudad. Había algo perturbador en la figura hierática que, cubierta de los pies a la cabeza, aguardaba serena. Levantó una mano y dejó caer su capucha.

—¿No os alegráis de mi regreso?

Arpaix fue la primera en reaccionar y se lanzó a los brazos de Jean mientras un murmullo recorría la plaza de armas.

—Siempre nos sorprendes —dijo el caballero negro tras abrazar a Jean—. ¿Cuál será tu próximo disfraz? ¿Vendrás vestido como Gregorio IX?

—No mentes a aquel que ocupa el trono de Roma —respondió Jean con una sonrisa.

—Hace años que partiste y mi corazón se alegra de volver a verte sano y salvo. Supongo que tendrás mucho que contar.

Las palabras del caballero negro habían sido amables, pero en su última frase no había podido evitar un tono irónico que no pasó desapercibido a Jean.

Jean, el caballero negro y Philippa se dirigieron hacia el interior del castillo seguidos por Arpaix. El caballero negro se volvió hacia la joven.

—Déjanos, Arpaix. Todo esto te aburriría.

Arpaix iba a replicar, pero Jean se adelantó a la objeción.

—Ya es una adulta, Roger. Quizá haya llegado el momento de que se interese por todo esto.

El padre de la joven dudó unos instantes y finalmente accedió con un gesto de la mano, pero tenía el ceño fruncido. Había aprendido que con Jean nada era casualidad.

Los cuatro se situaron en torno a la gran mesa de madera que presidía el salón condal y se hizo un incómodo silencio que nadie parecía dispuesto a romper.

El caballero negro estaba pensativo. Trataba de imaginar qué se traía Jean entre manos y temía verse arrastrado a una nueva aventura, para lo que ya no se sentía preparado. Tal vez era la edad. O el hastío. Philippa, a su lado, permanecía silenciosa, a la expectativa. No parecía compartir el temor de Roger. Arpaix se mostraba nerviosa. Miraba de hito en hito a cada uno de los presentes y parecía desear que alguien tomase la iniciativa como un niño que espera el comienzo de una fiesta. Jean, por su parte, tenía la mirada perdida. Su recuerdo parecía vagar por algún lugar distante o por un tiempo más lejano aún. Por fin, un resorte se desencadenó en su interior.

—Esclarmonde dedicó su vida a proteger una reliquia, pero en lo más profundo de su ser lo que en verdad anhelaba era la respuesta a una pregunta: ¿para qué sirven las reliquias?

El caballero negro, Philippa y Arpaix miraron a Jean sin responder. Entendían que debían dejar que el monje contase su historia.

—Ahora sé que tu hermana estaba en lo cierto. Las reliquias son la clave que lleva hasta el arca de la alianza. Solo juntas pueden hacerlo.

—¿De qué nos sirve saber eso? No tenemos las reliquias ni conocemos el paradero del arca.

El caballero negro había hablado sin ocultar el malestar que todo aquello le producía y se lamentó por estar convirtiéndose en un cínico.

—El conocimiento es esencial. En este mundo es un bien escaso. El rastro de la historia yace escondido en unos cuantos lugares, monasterios y bibliotecas. Yo he seguido ese rastro a lo largo y ancho del mundo, he dedicado estos años a escarbar en pergaminos antiguos en lugares remotos. Ahora sé lo que sucedió con el arca de la alianza.

De nuevo, un silencio plomizo se extendió en el salón. De pronto, todo parecía irreal, Jean les hablaba de secretos que iban más allá del entendimiento humano.

—El arca desapareció mucho tiempo atrás. Quizá durante el saqueo del templo de Salomón, quizá más tarde. Nadie ha vuelto a verla. Muchos la han buscado creyéndola escondida, perdida u oculta por alguien que no quiere que salga a la luz. Pero ¿por qué ocultarla durante dos mil años?

—¿Qué sucedió con el arca? —preguntó Philippa con una expresión de absorta concentración.

Jean la miró y pareció dudar sobre si revelar la verdad que había sido capaz de desentrañar.

—Cuando el templo de Salomón fue destruido por Nabucodonosor, hace dos mil años, alguien salvó el arca y la escondió. Fueron los custodios, la tribu de los esenios, quienes la protegieron. La responsabilidad del arca recayó en su líder a través de incontables generaciones. Hasta que el arca llegó a Jesucristo.

Los tres miraron atónitos a Jean. El monje asintió y dejó escapar una sonrisa. También a él le había costado aceptarlo.

—Jesucristo era esenio. Así lo dicen las Escrituras. Por eso él tenía ambas reliquias. Por eso fue crucificado por los romanos. El arca era un arma formidable que los esenios planeaban utilizar para liberar a su pueblo del yugo romano.

—¿Cómo has llegado a saber todo eso?

Philippa había utilizado un tono gélido, no el que hubiera empleado un escéptico, sino alguien que ansía saber, pero se autocontrola.

—Todo está en los libros antiguos para el que sabe buscar. Yo solo he atado cabos.

—¿Qué sucedió con el secreto? ¿Los apóstoles?

Jean negó con la cabeza. Los tres lo miraban absortos, a la espera de información que parecía provenir del inicio de los tiempos.

—Los apóstoles no intervinieron. Jesús sabía que si les daba el arca, los condenaba a muerte. Escondió el secreto de su paradero en un pequeño cofre que se abría utilizando las reliquias. Quien tuviera el cofre y las reliquias tendría el paradero del arca de la alianza. Por eso decidió separar las reliquias.

—¿Y dónde está ese cofre?

Había sido Arpaix quien había hablado. Todos se volvieron hacia ella sorprendidos por su intervención. La joven miraba con gesto anhelante.

—Ese era el gran misterio. Yo sospechaba que Jesús había escondido el cofre en algún lugar, ya que no podía llevar el arca de la alianza a Jerusalén mientras no tuviera un número suficiente de seguidores. Prefería esperar.

De pronto el aire del salón parecía haberse congelado y ningún sonido se filtraba del exterior.

—Y, sin embargo, nos enviaste a Jerusalén —dijo el caballero negro con abierta hostilidad.

Jean desechó con un gesto el malestar de Roger.

—Tenía que asegurarme. Y Philippa quería ir. Pero ahora creo saber la verdad. En una de mis peregrinaciones por los *scriptoria* del mundo conocido, encontré un manuscrito antiguo. El arca había reposado allí hasta que, en algún momento, había sido trasladada al este, a la lejana Hispania.

—No.

El caballero negro habló con rotundidad. Había cruzado los brazos y fruncido el ceño.

—Nada te he pedido —respondió Jean con tono gélido—. Ni lo haré. Además, debéis luchar contra Roma. Los cátaros necesitan vuestras espadas. Si no, se dejarán matar.

—¿Irás solo?

Un nuevo y tenso silencio se extendió por el salón, pero Jean no contestó. En vez de eso, aguardó pacientemente, como si esperase escuchar las palabras que de pronto alguien pronunció.

— Yo iré con él —dijo Arpaix.

—¡Bajo ningún concepto dejaré que pongas en peligro tu vida! —gritó Philippa—. ¡Aún eres una niña!

El rostro de Philippa aparecía demudado, pero sus ojos refulgían de ira. Arpaix, sin embargo, no se dejó impresionar. Puso los brazos en jarras y levantó la barbilla.

—Tengo la misma edad que tenías tú cuando defendiste Béziers.

Las palabras de Arpaix se clavaron como cuchillos en el corazón de su madre. «Es cierto», pensó Philippa. Y sintió que un jarro de agua fría helaba su resolución.

El caballero negro no había intervenido. Callado, miraba a Jean con fijeza tratando de comprender las intenciones del monje sin lograrlo. Jean le devolvió la mirada e hizo una leve inclinación de cabeza. Aquello desequilibró la balanza. Jean no les había contado todo y, una vez más, les pedía que confiasen en él.

—De acuerdo —dijo el caballero negro—. Irás con él.

Philippa se volvió hacia Roger, no terminaba de creerse lo que acababa de escuchar. El caballero negro puso una mano sobre el brazo de Philippa y le sonrió con cariño.

—A veces, lo más difícil de aceptar es, sin embargo, lo mejor.

El incómodo silencio regresó al salón y fue Jean quien lo rompió con una última sorpresa.

—Decidido. Ahora solo tenemos que resolver qué hacemos con esto.

Jean abrió la mano y colocó dos objetos sobre la mesa. Los demás tardaron unos instantes en reconocerlos.

Eran las dos reliquias.

40

Año 35

Filón de Alejandría apresuraba su paso. Estaba preocupado y deseaba llegar al Museion cuanto antes. No había dormido en toda la noche. Algo había debido de sucederle a Magdalena, pero no lograba saber el qué. Herón y él habían esperado hasta bien entrada la tarde. Finalmente, Herón había decidido abandonar el Museion y volver a sus quehaceres, y Filón había pasado el resto del día buscándola por toda Alejandría.

Entró en la gran plaza presidida por el vasto edificio del Museion y su mirada se vio inmediatamente atraída por una figura que, aun en la lejanía, el filósofo no dudo en identificar como la de Magdalena. Suspiró aliviado y se dirigió hacia ella. Magdalena lo vio llegar y una sensación de alivio se apoderó de ella. Sus palabras surgieron atropelladas y sus explicaciones, a borbotones, pero Filón la detuvo.

—¡Aquí no! ¡Ven!

Filón la tomó del brazo y la condujo al interior del Museion, no sin antes mirar hacia ambos lados.

—¿Qué sucede?

—Vamos adonde ojos y oídos indiscretos no puedan vernos o escucharnos.

—Me estás asustando.

Su voz había sonado aguda. El comportamiento de Filón y la urgencia de su tono hicieron que Magdalena comenzara a preocuparse. Miró hacia atrás y entonces vio al joven que Filón le había presentado el día anterior. La miraba con curiosidad y ella tuvo la sensación de que Alejandría entera la espiaba, que todos sabían lo que había venido a buscar.

Filón la llevó a una esquina de un salón vacío. Cuando se cercioró de que estaban solos, soltó a Magdalena y recuperó la compostura.

—Disculpa mis modales. Pensé que te había sucedido algo. En esta ciudad los muros escuchan y el objeto que Jesús protegía es muy codiciado.

—Me encerraron...

Filón abrió mucho los ojos al entender mal las palabras de la joven.

—¿Quién?

Magdalena le contó lo sucedido el día anterior y él suspiró aliviado.

—Vendrás a vivir conmigo.

La oferta cogió por sorpresa a Magdalena. Recordó el rechazo con el que la había tratado la esclava de Filón y dudó. El filósofo malinterpretó la duda.

—¿No pensarás que mi oferta tiene una connotación sexual?

Magdalena negó con la cabeza reprimiendo una sonrisa ante el rostro horrorizado de Filón.

—¡Por supuesto que no! —lo tranquilizó—, pero no he sido bien tratada por las esclavas de Dysthe.

Filón hizo un gesto con la mano quitando importancia a la objeción.

—No te preocupes por eso. Yo me encargaré. Y ahora ven, acompáñame. Interrumpiremos a Herón. Con seguridad, pierde el tiempo fabricando uno de sus inútiles artilugios.

Magdalena acompañó a Filón a uno de los patios en el que se habían reunido numerosos estudiantes alrededor de un extraño aparato. La mujer lo observó atónita sin comprender lo que iba a suceder y no reparó en la mirada que el hombre que se situaba junto al artilugio dirigía a Filón, ni en el leve asentimiento de este, ni en el brillo en los ojos de Herón, quien mostraba una mirada afilada y astuta que hubiese helado el corazón de Magdalena.

41

Año 1235

—¡Quiero una explicación! ¿Por qué quieres llevarte a Arpaix? —La voz del caballero negro sonó tensa.

Jean y él se habían quedado solos en el salón. El fuego en la chimenea crepitaba con un ritmo irregular e impedía que la calma regresara al corazón del caballero negro. Necesitaba una respuesta, pero a la vez la temía.

—Vais a perder esta guerra eterna.

Las palabras que Jean había pronunciado con una profunda tranquilidad resonaron en el salón como el tañido de una campana fúnebre. El caballero negro no respondió. Sabía que el monje tenía razón.

—Lucharemos hasta el final.

El gesto de Jean se suavizó. Sabía que su amigo era un hombre íntegro, que no dudaría en entregar su vida por el ideal que defendía. La amistad que los unía le impulsaba a dulcificar su discurso, aunque sabía que así no le hacía un favor.

—Lo sé —se limitó a responder—. Philippa y tú defenderéis a los cátaros hasta el último momento. Ese día se acerca. ¿No querréis arrastrar a Arpaix con vosotros? Dicen que los castillos caen uno tras otro. Ya solo os quedan los de las montañas. ¿Ese es el final que deseas para vuestra hija?

—¿Adónde la llevarás? —preguntó Roger aceptando por primera vez que un aciago destino se cernía sobre todos ellos.

—A Córdoba. No te preocupes, la ciudad ya no se encuentra en manos de los musulmanes. Acaba de ser conquistada por Fernando III de León y de Castilla, apodado el Santo.

El caballero negro pareció valorar la información y, aunque su semblante no se alteró, se alegró de que el destino de Arpaix no fuese territorio musulmán.

—¿Por qué allí?

—Es una ciudad sagrada, casi tanto como la Meca. Dicen que abundan los palacios, que los jardines se multiplican y que un inmenso acueducto lleva el agua hasta los baños y las fuentes. Desde hace cinco siglos ha sido la capital, primero, del emirato y, luego, del califato. Allí debe de estar el cofre que busco.

—¿Debe?

Jean miró al caballero negro y sopesó sus dudas, que eran las mismas que las de su amigo.

—Busco un objeto que lleva dos mil años oculto.

Roger sabía que Jean, como antes Esclarmonde, tenía una misión y debía cumplirla. Como él mismo. Solo que la suya era salvar a los pocos cátaros que quedaban ya con vida.

—¿Cuándo partiréis?

—En cuanto todo esté preparado. Nada nos retiene aquí. ¿Guardarás bien las dos reliquias hasta que regrese?

El caballero negro asintió, pero parecía distraído, perdido en un lugar lejano de su memoria; o quizá trataba de ver el futuro.

—Regresa —dijo—. No solo para que traigas de vuelta a Arpaix. Sé que antes del final estaremos juntos.

—Lo haré, no te preocupes. Ahora debo irme. Tengo una conversación pendiente con Blanche.

El caballero negro sonrió.

—No te esperará indefinidamente.

—Lo sé, pero aún no ha llegado nuestro momento.

42

Año 35

El silencio se extendió en el salón del Museion y todos los presentes observaron al estudiante mientras encendía el fuego. Habían colocado en el suelo unas maderas secas que prendieron con prontitud. Las llamas crepitaron y poco a poco el fuego fue ganando intensidad hasta alcanzar la base del extraño artilugio que habían situado encima.

Al principio nada sucedió y comenzaron a oírse murmullos entre los escépticos estudiantes. Solo Herón conservaba una calma imperturbable. Filón miró a Magdalena, que no comprendía nada de lo que ocurría, y le guiñó un ojo.

—Observa con atención. Estás a punto de ver funcionar la eolípila de Herón.

De pronto se escuchó un leve silbido que fue ganando intensidad y unas nubes de vapor surgieron de dos tubos que salían de una extraña bola metálica. El murmullo se intensificó, pero los rostros seguían siendo de desconfianza. Entonces, de forma súbita, la bola empezó a girar ganando velocidad, cada vez más rápido, para satisfacción de Herón y entre gritos y aclamaciones de los presentes.

—¡Ven! —dijo Filón, te lo presentaré.

Cuando se acercaron, Herón saludó a Filón y luego volvió su mirada hacia Magdalena, a quien observó con curiosidad. Magdalena le devolvió una mirada insolente y aprovechó también para estudiarlo. Era un hombre joven, de baja estatura. Tenía un rostro obstinado y cubierto por una barba desarreglada que le daba un aspecto fiero, como el de un legionario romano. Sin embargo, su sonrisa parecía amistosa.

—No creí que fuera a conocerte jamás. Eres tal y como Jesús te describió.

Oír el nombre de Jesús dolió a Magdalena y debió de notársele en el rostro, porque Herón reaccionó de inmediato.

—Perdóname —se apresuró a decir en una torpe disculpa—. Aún no me puedo creer que Jesús no camine entre nosotros. Que la tierra le sea leve.

Magdalena se quedó en silencio, sin saber muy bien qué contestar. No deseaba hablar sobre Jesús. Aún no. El dolor seguía siendo intenso y ella quería que permaneciese privado. Filón se adelantó y, colocándose entre ambos, los tomó del brazo y los condujo hacia una de las innumerables salas del Museion.

—Venid, busquemos un lugar donde podamos hablar lejos de oídos indiscretos.

Cruzaron las macizas puertas de madera y Magdalena echó un último vistazo al grupo de estudiantes que rodeaba la eolípila. Uno de ellos la miraba. Era Oseza, el joven que Filón le había presentado dos días antes. Ella se giró y siguió los pasos de Filón y Herón, que ya se perdían en el interior de edificio. Unos instantes después había olvidado al joven.

—Filón me ha dicho que buscas un objeto de Jesús.

Herón fue directo, lo que sorprendió a Magdalena, que depositó el colgante con la reliquia sobre la mesa.

—¿Sabes qué es esto?

Herón asintió, no sin antes lanzar una mirada inquisitiva a Filón y esperar su aprobación.

—Sí. Una de las dos llaves que abre el cofre que Jesús y yo fabricamos.

—¿Fabricasteis?

Herón asintió con orgullo.

—Jesús me lo pidió. Quería ocultar algo, aunque no me dijo qué. Era un hombre lleno de secretos, pero eso seguro que ya lo sabes.

—¿Y dónde está el cofre?

A Magdalena no se le había pasado por alto que Filón sabía cosas sobre el contenido del cofre que Herón desconocía.

—No lo sé. Jesús no me lo dijo, pero eso no tiene importancia, ya que solo cuentas con una de las reliquias y no podrás abrirlo si no tienes las dos.

Magdalena miró a Filón primero y luego a Herón.

—Yo no. Pero tú sí —replicó—. Eres el único que puede hacerlo, ¿verdad?

Herón no respondió. Miró a Filón, que mostraba un semblante pétreo, como si no quisiera intervenir. Finalmente, pareció rendirse. Suspiró y asintió resignado.

—Si encuentras el cofre, te ayudaré a abrirlo. Aunque...

—¿Aunque?

—Quizá no te guste lo que encuentres en su interior.

43

Año 1235

El caballero negro recordó su niñez. A su mente regresó un mundo alegre, despreocupado, en el que el sol parecía brillar sin fin alejando el fantasma del mundo hostil en el que años después se sumergiría. Se acordó de su hermana Eloise, apenas un año menor que él, que no se separaba de su lado cuando salían a explorar los aledaños de su pueblo natal. Hacía varios años que no la veía, que no iba a Mirepoix, que no veía el lugar donde aún residía su inocencia.

Philippa tocó su brazo y lo devolvió a la realidad, al mundo de lucha y muerte que poblaba su vida y sus sueños. Su esposa le dedicó un gesto de comprensión, como si hubiese adivinado lo que pasaba por su mente. Cuando el caballero negro volvió a fijar su vista en la muralla que tenía frente a él, la de su pueblo, de la que conocía cada piedra, cada oquedad, escuchó el grito del ejército a su alrededor.

Fue un grito tenso, como la cuerda de un arco, de aquellos que esperan la victoria, pero están preparados para la muerte. Roger sabía que aquel día la sangre mancharía para siempre la inocencia de su niñez y solo deseaba que, una vez más, no fuera la de Philippa ni la suya. Pensó por un instante en Arpaix y en la pequeña Esclarmonde y lanzó su montura hacia la batalla.

Al día siguiente, todo había terminado. Mirepoix, la patria de su infancia volvía a estar en manos del conde Raymond y el caballero negro aprovechó para dirigirse al castillo, su castillo, aquel que había abandonado mucho tiempo atrás para entrar al servicio del anterior conde de Toulouse. Recorrió junto a Philippa sus salones vacíos y contempló los muros derruidos que antaño lucían orgullosos. Nadie salió a su encuentro.

Quizá su padre y su hermana hubieran muerto también, o tal vez habían tenido tiempo de ponerse a salvo antes de la llegada de los cruzados.

—¡Roger!

Una voz cansada que parecía provenir de algún lugar o tiempo remotos lo devolvió al presente. Casi nadie lo llamaba por ese nombre desde que era pequeño. Se volvió y se encontró de frente con una anciana. Los años encorvaban su osamenta y las arrugas, como las de un pergamino viejo, orlaban un rostro cansado de vivir.

—¡Bruida!

La mujer se abrazó a él envuelta en lágrimas ante una sorprendida Philippa. Cuando se separaron, la mujer no dejaba de repetir el nombre de Roger, pero su semblante había rejuvenecido y la alegría pugnaba por abrirse paso en sus ojos. Roger explicó a Philippa que Bruida era la antigua ama de llaves del castillo y los tres se dirigieron a una humilde casa que la anciana mantenía en toda su pulcritud.

—Dime, Bruida, ¿qué ha sido de mi padre y de mi hermana?

La anciana titubeó, pero no pudo ocultar una expresión de angustia que fue suficiente para el caballero negro.

—¿Cómo...?

La pregunta quedó suspendida en el aire, como si por no terminarla pudiese cambiar la realidad.

—Hace unos meses —comenzó a relatar Bruida— llegó aquí un hombre, un caballero templario.

Un presentimiento cruzó la mente del caballero negro. Andrea de Montebarro. No entendía cómo el odio de aquel hombre hacia él podía llevarlo a perpetrar aquellos crímenes.

—Según él, era un enviado de legado papal, Guy Paré, ese era su nombre.

Philippa miró a Roger, que permanecía estoico, la imagen de una estatua tallada en la más pura de las rocas.

—Acusó a tu padre de albergar herejes, de ser él mismo uno de ellos. Tu padre era ya muy mayor. No pudo...

Las palabras se quebraron en la garganta de Bruida. El caballero negro ayudó a la anciana a sentarse.

—¿Y mi hermana?

La mirada de la anciana le bastó para comprender. El caballero acarició su cara y apretó su mano.

—Gracias, Bruida, por todo lo que has hecho por mi familia. Ahora debo irme.

—¿Qué harás...?

El rostro del caballero negro permanecía impávido. Solo sus ojos refulgían. Respondió con la frialdad del que ha tomado una decisión que nada ni nadie podrá cambiar.

—Sangre, honor y una muerte atroz.

44

Año 35

El atardecer de Alejandría parecía trasladar la ciudad hasta la misma entrada del infierno. El polvo y la arena del desierto enrojecían el cielo hasta volverlo ígneo, como si un ejército de demonios asediase la ciudad, que lograba resistir hasta el anochecer, cuando el frío de la noche congelaba el fuego del averno.

Eso es lo que pensaba Magdalena, apoyada en un pretil de la terraza de la casa de Filón, mientras observaba cómo el sol desaparecía en el horizonte. Se sentía incómoda en aquella casa lujosa, tratada como una huésped. Lo sucedido en casa de Dysthe y su vida en Jerusalén parecían pertenecer a la vida de otra persona.

Escuchó unos pasos detrás de ella y Filón apareció. Ambos contemplaron por un instante el atardecer.

—He fracasado —dijo el filósofo, aunque sin resignación, como si no le importase mucho.

Magdalena se giró hacia él intranquila.

—¿Hablaste con Dysthe?

Filón asintió.

—Por algún motivo, eres importante para él. No quiso ni escuchar mi oferta. Dice que eres su esclava y te reclama.

Magdalena le lanzó una mirada suplicante a Filón.

—¿Que harás?

Filón sonrió. No parecía preocupado.

—Tengo amigos poderosos. Lo único que puede lograr es que tenga que pagar por ti. Puedes estar tranquila.

Magdalena lo miraba, pero no compartía su calma. Sabía que Dysthe era impulsivo y que no se conformaría. Tampoco estaba segura de que el filósofo creyese sus propias palabras. No era tan sencillo arrebatar una esclava a otro hombre, por muy poderosos que fueran sus amigos.

—¿Y Lalla?

—Hablé con ella, pero se niega a abandonar la casa de Dysthe. Dice que allí está bien y que no cambiaría aunque pudiera.

Magdalena comprendía la decisión de Lalla. Había llevado una vida tan dura que incluso el maltrato de Sagira y Nailah debía de parecerle nimio en comparación.

—Debes acostarte. Mañana tienes trabajo.

Asintió. Al día siguiente regresaría al Museion. Filón había prometido enseñarle a leer. Era necesario si quería sumergirse en los miles de volúmenes de la biblioteca de aquella ciudad. Solo así podría encontrar lo que Jesús había ido a buscar a Alejandría y la clave que la llevaría hasta el arca.

Las siguientes semanas en Alejandría transformaron a Magdalena. Trabajaba de sol a sol, como si nada más importase. Filón era un maestro comprensivo y paciente. Magdalena aprendió a leer en hebreo y comenzó a atesorar pequeñas nociones de griego y latín. Filón había comenzado a darle algunos tratados sencillos y ella se esforzaba por entender conceptos que hasta hacía poco se le hubieran antojado incomprensibles. Disfrutaba desplegando los delicados pergaminos y los enormes papiros que la trasladaban a otros lugares, a vivir otras vidas, o a las mentes de los sabios que los habían escrito. Su olor la transportaba al pasado e impregnaba su mente con la sabiduría de los hombres más grandes que habían existido.

Hasta que una mañana, su antigua vida golpeó de nuevo. Se hallaba estudiando un papiro que no acababa de comprender cuando escuchó el sonido de un alboroto proveniente de la entrada del Museion. Se asomó para ver qué sucedía y su corazón se aceleró. Dysthe se enfrentaba a varios estudiantes que lo sujetaban mientras él increpaba a Filón. El anciano lo miraba hierático, como si sus gritos no hiciesen mella en él. Magdalena admiró su compostura, su control, su dignidad. Era un gran hombre. Se ocultó tras la puerta, aterrorizada ante la idea de que Dysthe pudiera arrastrarla con él y alejarla de aquel lugar cuya magia la había absorbido. Temblaba sin saber qué hacer cuando escuchó una voz a su espalda.

—¡Ven, acompáñame!

Se volvió y se encontró frente a Oseza, que la miraba con intensidad, como si aquello fuese vital para él.

—¿Adónde? ¿Por qué debería hacerlo?

—Aquí no. Hay muchos ojos mirándonos. Llevo días intentando hablar contigo. Te lo explicaré todo.

Magdalena dudó. En los últimos meses había aprendido que no debía confiar en nadie. Sin embargo, tampoco había progresado en su empeño por descubrir los secretos de Jesús. Ignoraba cuánto tiempo tardaría Filón en aburrirse de ella. Asintió y siguió a Oseza hasta una de las salas interiores del Museion. Allí, donde se guardaban algunos de los manuscritos más antiguos, el joven se aseguró de que nadie se escondía entre las estanterías y bajó la voz.

—Yo era amigo de Jesús.

Magdalena lo miró recelosa. Aquello era fácil de decir y, por lo tanto, podía ser falso. Oseza pareció percibir su desconfianza.

—Siempre me hablaba de ti. Me contó cómo os conocisteis. Me sé de memoria las primeras palabras que te dirigió: «Siempre fuiste tú».

Aquellas palabras hicieron que las lágrimas asomasen a los ojos de Magdalena. Su mente se retrotrajo a aquel día y de pronto echó de menos a Jesús como no lo hacía desde su salida de Jerusalén. Oseza continuaba hablando y ella hizo un esfuerzo por alejar la pena y volver a la realidad.

—Sé que buscas algo que perteneció a Jesús.

Un silencio extraño se instaló entre ambos, como si ninguno de los dos se atreviese a dar el siguiente paso. Finalmente, fue Oseza quien lo rompió.

—El cofre que Herón le ayudó a construir.

—¿Qué sabes del cofre?

Por primera vez Oseza sonrió. Lo hizo con tristeza, como si le doliese que hasta ese momento Magdalena no hubiese confiado en él.

—No sé lo que contiene, aunque puedo suponerlo. Imagino que guardará su legado, sus escritos. Y algo más importante. El paradero del arca de la alianza.

Esta vez el silencio pareció solidificarse a su alrededor. Magdalena se encogió de hombros.

—Y qué más da. No sé dónde está el cofre y tampoco podría abrirlo. No tengo las llaves.

—Yo tampoco —afirmó Oseza—. Jesús no me dijo dónde las escondió. Pero sí sé algo. —Magdalena le lanzó una mirada interrogante al joven—. Sé dónde ocultó Jesús el cofre.

45

Año 1236

Se dice que los años dan a cada hombre el aspecto que merece. Los rasgos se hacen más profundos, como los surcos que el agua de la lluvia deja en la tierra reseca. El rostro de Guy Paré era yermo, estéril, pulido como una calavera y anguloso como las costillas de un hambriento. Sus ojos se hundían en cuencas profundas, pero seguían atesorando el brillo de la ambición y la codicia.

Estaba sentado frente a la mesa en sus habitaciones privadas en el castillo vizcondal de Narbona. Aquel castillo era un magro consuelo para él, que había perseguido los más altos honores de Roma. Estaba perdido en sus pensamientos. El paso de los años había consumido hasta su odio, cuyos rescoldos ardían ya únicamente en lo más profundo de su ser.

Como a tantos hombres fracasados, solo le quedaba su legado. Algún día moriría, pero ansiaba tener constancia de que algo iba a sobrevivirle. Tras mucho reflexionar, había decidido que su legado sería la Hermandad Blanca. El obispo de Toulouse había tenido una gran idea al crearla y, aunque había muerto hacía diez años frente a las murallas de su ciudad, Guy Paré había decidido recuperar ese proyecto. Se lo propondría al sumo pontífice. La Hermandad Blanca, un ejército oculto al servicio de la fe que perduraría por toda la eternidad para actuar de forma implacable cuando fuese necesario.

Tomó la carta que había escrito para Gregorio IX, la firmó y selló. Lugo la dejó sobre su mesa y la miró satisfecho. En ese momento, sintió una ráfaga de aire helado. «El invierno se acerca —pensó—, el mío y el del mundo». Cuando elevó la mirada, una sombra oscureció su visión. Un encapuchado se encontraba frente a él. Iba vestido de negro de pies a cabeza y solo emitía una luz, el brillo mortal de una espada en su cintura.

—¿Quién eres? ¿Qué buscas?

El tono de voz del abad Guy Pare sonó tranquilo, como si su vida no estuviera en peligro. El caballero negro se retiró la capucha y dejó que la luz del entendimiento llenara la mente del abad, que no pareció impresionado.

—Busco una respuesta. Después te mataré.

El abad le dio permiso con un gesto con la mano; todo aquello no parecía importarle.

—¿Quién es Andrea de Montebarro?

El rostro de Guy Paré se iluminó como si súbitamente hubiera cobrado vida.

—Un joven protegido mío. Mi discípulo. Llegará lejos, porque está dispuesto a todo. No como tú— sentenció con una sonrisa sarcástica.

—¿Por qué me persigue?

Guy Paré se levantó y rodeó la mesa. El cuerpo del caballero negro se tensó, pero el abad levantó ambas manos en un gesto tranquilizador, para mostrar que no iba armado.

—Tienes mala memoria, aunque quizá la herida que sufriste te impide recordar.

En ese momento, como la luz del sol abriéndose paso, al caballero negro le llegó la revelación. Había visto unos ojos muy parecidos. Su mente retrocedió veinte años, hasta un camino poco transitado en medio de la noche. Un joven y temeroso Jean lo acompañaba y ambos huían de Guy Paré y su escolta. Y de los caballeros templarios. Se vio a sí mismo cruzando el camino y cómo, de pronto, surgido de la nada, un caballero templario cargaba contra él con los ojos desorbitados. Con aquellos mismos ojos, unos tan idénticos como solo un padre y un hijo podían compartir. Recordó la lucha y las espadas brillando a la tenue luz de la luna, el barro, el sudor y la sangre. La suya y la del templario. Luego, el mundo se disolvió para él hasta que regresó a la vida en Agnana días después.

Andrea de Montebarro trabajaba para Guy Paré, pero no era la reliquia lo que buscaba. O no solo. Buscaba algo más poderoso y motivador para un hombre: venganza.

El abad Guy Paré asintió divertido.

—No es por la reliquia. Es por ti. Por venganza. La misma que te trae hasta aquí. No sois tan distintos.

El caballero negro negó con la cabeza.

—¿No lo crees? —continuó el abad—. ¿Cuántas muertes pesan sobre tu conciencia?

Roger no podía negar que había algo de verdad en las palabras de Guy Paré.

—Muchas —respondió—. Demasiadas. Lamento algunas, pero jamás encontré placer en ellas. Eso es lo que me diferencia de ti y del caballero Montebarro.

—Todos vamos a morir, pero a veces es conveniente que lo hagamos antes de tiempo. Por el bien de una causa. Por el perdón de los pecados.

Aunque Guy Paré miraba con intensidad al caballero negro, un sexto sentido alertó a este de que el abad inten-

taba algo. Aparentaba una tranquilidad excesiva, enga-
ñosa.

—¿De qué pecados eran culpables mi hermana y mi
padre?

Por primera vez, Guy Paré pareció genuinamente sorprendido. Meditó un instante mientras se apoyaba en el
borde de la mesa y estalló en una sonora carcajada.

—Veo que Andrea toma sus propias decisiones.
¿Quién puede impedírselo? La venganza es un sentimiento muy poderoso. ¿No es verdad, Roger?

El abad se incorporó y se dirigió hacia el caballero
negro. Este pensaba en el templario y en su mirada de
odio. Guy Paré se le acercó con una sonrisa burlona.

—¿No sería él contra quien deberías dirigir tu ira?

El rostro del abad estaba a apenas unos centímetros del
del caballero negro, que parecía hipnotizado. De pronto, el religioso hizo un movimiento brusco y en su mano
refulgió el brillo de una daga. Su semblante se transformó; mostró primero una sonrisa victoriosa, luego sorpresa y, finalmente, dolor.

Miró hacia abajo y vio la sangre manchando su estómago, la empuñadura del puñal que penetraba en su cuerpo sujeta por la mano del caballero negro. Cuando levantó la mirada, contempló los ojos del hombre que acababa
de terminar con su vida, fríos como la primera nieve del
invierno. Sintió cómo su asesino retorcía el cuchillo sin
apartar su mirada de él. Luego, Roger dio un paso atrás
y retiró su mano teñida de rojo carmesí.

—¡Púdrete en el infierno! —sentenció el caballero
negro.

46

Año 35

Una sombra perdida entre otras sombras, las de una ciudad que parece dormir, que parece descansar refrescándose del calor del desierto, dejando que la brisa marina invada sus calles y arrastre los últimos restos de calor.

La sombra era Magdalena. Se deslizaba silenciosa tras abandonar el seguro refugio de la casa de Filón para, alejada de miradas indiscretas, encontrarse con Oseza.

El día anterior, este se había negado a darle más información acerca de dónde había escondido Jesús su cofre y la había citado en la puerta del Museion, hacia donde Magdalena dirigía sus pasos temiendo ser asaltada, capturada por Dysthe, traicionada por Oseza. Tenía la sensación de que fuerzas desconocidas vigilaban todo cuanto hacía. Se sacudió aquellas ideas de la cabeza y aceleró su paso hasta llegar a la amplia plaza.

El lugar permanecía silencioso, envuelto en una calma tan diferente a la actividad del día que la sobrecogió.

Por el otro lado de la plaza apareció una figura encapuchada que se dirigió en línea recta hacia donde estaba ella. Magdalena dudó por un instante, pero el recién llegado estaba ya muy cerca. Se detuvo y, sin descubrirse, le hizo un gesto para que lo siguiera.

Avanzaron deprisa, sin mediar palabra y sin mirar atrás, y se introdujeron en lo más profundo de la ciudad, entre callejuelas serpenteantes, desperdicios acumulados y animales nocturnos que Magdalena trataba de evitar sin mucho éxito.

De pronto, el hombre paró, se giró hacia ella y dejó caer su capucha. El rostro de Oseza apareció ante ella, pero las sombras de la noche le daban un aspecto peligroso y Magdalena dio un paso para atrás. La expresión de Oseza cambió y le dedicó un gesto amigable.

—Es aquí —dijo, pero su voz sonó en exceso aguda.

«Está más asustado que yo», pensó Magdalena.

Aquello, de forma sorprendente, la tranquilizó. Esbozó una sonrisa y, a pesar de la oscuridad, percibió que Oseza se ruborizaba.

El joven se giró y abrió una vieja puerta de madera mostrando unos escalones que se perdían en una profunda oscuridad. Del fondo surgía un aire helado, incongruente en Alejandría. Sin decir nada, él penetró en la oscuridad mientras ella, petrificada, dudaba unos instantes. Enseguida Oseza regresó con gesto de preocupación.

—¡Vamos! No podemos quedarnos aquí. Esta es una ciudad donde los secretos duran menos que el agua en el desierto.

Magdalena miró a ambos lados y las sombras de la calle le parecieron más peligrosas que las de las profundidades. Dio un paso adelante. Una vez dentro, Oseza encendió una lámpara y la luz lo inundó todo. La escalera era circular y al comenzar el descenso, Magdalena se percató de que, a su izquierda, se abrían pequeñas ventanas que, de día, debían de permitir el paso de la luz.

A su alrededor ya solo se percibía el sonido de las sandalias sobre la piedra, el roce de sus túnicas con las estrechas paredes y el lejano percutir del agua sobre alguna superficie. Descendieron en silencio y Magdalena perdió la cuenta de los peldaños que la alejaban del mundo.

A intervalos, pequeñas galerías se abrían a su derecha dejando entrever nichos cerrados que encogieron su corazón. Comprendió que se estaban adentrando en unas catacumbas. El reino de los muertos.

Como si sus ojos vieran por primera vez, comenzó a percibir relieves tallados en la piedra. Extraños dioses con cabeza de pájaro parecían proteger aquel extraño lugar. De pronto, escuchó la voz de Oseza.

—Son las catacumbas de Kom-el-Shogafa.

—No me habías dicho que me ibas a traer a unas catacumbas.

Oseza miró a Magdalena y dejó escapar una risa nerviosa.

—Si lo hubiera hecho, no me habrías acompañado.

Esta vez fue ella quien lo miró, pero su mirada fue dura.

—Sí lo hubiera hecho. Nada podrá apartarme de lo que he venido a buscar.

Oseza tragó saliva y, sin responder, se volvió para continuar el descenso. Magdalena se dejó conducir. Cuando tenía la sensación de que jamás regresaría al exterior, Oseza se detuvo.

—Aquí es. El nivel más profundo. Las tumbas más antiguas.

Un pasillo se abría ante ellos. Decenas de nichos se alineaban excavados en la piedra. Todos cerrados. El vello de su cuerpo se erizó. Oseza se adelantó hasta uno que en nada se distinguía del resto y, ante la horrorizada mirada de Magdalena, comenzó a retirar las piedras que lo cerraban.

Cuando Oseza hubo terminado, la joven venció su reticencia y se acercó. A pesar del ambiente frío, sudaba copiosamente. Prefería creer que era por la interminable escalera que acababa de descender. Ya junto al nicho, distinguió un pequeño símbolo arañado en la superficie del cubículo. Le resultaba familiar y enseguida recordó dónde lo había visto con anterioridad: tallado en las paredes del templo de Jerusalén.

Entonces un recuerdo olvidado acudió a su memoria. La oscuridad que la envolvía desapareció y se vio a sí misma junto a Jesús en la explanada del templo y aquel símbolo tallado con nitidez sobre la piedra.

—¿Lo ves? —había dicho Jesús—. Es mi símbolo. Amor, eternidad y sabiduría. Y el secreto. El secreto que yo custodio para que un día vuelva a ver la luz.

Regresó del pasado a las oscuras catacumbas. La voz de Oseza la llamaba desde el presente. El joven iluminó con la lámpara el interior del nicho y Magdalena contempló atónita el bello cofre de madera que allí reposaba.

Se quedó en silencio mirando con incredulidad. Estaba hermosamente trabajado, cubierto casi por completo por adornos y filigranas. En uno de los laterales, había dos oquedades en el único punto del cofre que no mostraba detalle alguno. Su forma las delataba. La reliquia que colgaba de su cuello no podía sino encajar en ambas. Sin embargo, había dos agujeros y la segunda reliquia estaba fuera de su alcance, escondida por Santiago en el otro lado del mundo. Así, solo había una persona que podía abrirla.

—Ayúdame —dijo Magdalena—. Debemos llevársela a Herón. Es el único que sabe abrirla.

El gesto de Oseza cambió de repente. A la escasa luz

de la lámpara, el horror apareció en sus ojos, como si ella hubiese mencionado a Satanás.

—¿Herón? ¡Jamás! ¡Nunca se lo entregaré a ese hombre!

Magdalena comprendió las implicaciones de lo que Oseza acababa de decir, pero antes de que pudiera hablar, el joven entró en una frenética actividad. Comenzó a colocar las piedra en el nicho. Lo hacía con gesto obstinado, como si no quisiera dejar lugar a dudas.

—Dime, Oseza, ¿qué sucede? ¿Por qué no confías en Herón?

El joven continuó con su tarea y no respondió hasta que hubo ocultado el cofre por completo. Entonces miró a ambos lados para asegurarse de que seguían solos.

—Aquí no.

Sin añadir nada más, cruzó el pasillo flanqueado por los nichos y comenzó a subir la escalera seguido de Magdalena, que no sabía qué otra cosa podía hacer y en cuya mente se agolpaban preguntas sin respuesta.

Salieron a la superficie. Las catacumbas se quedaron de nuevo silenciosas, envueltas en la oscuridad de las profundidades. Solo entonces la lúgubre forma embozada que había observado de lejos la escena se permitió moverse. Contempló el nicho frente al que Magdalena y aquel joven se habían detenido. No sabía lo que había en su interior, ya que no había podido escuchar sus palabras, pero tampoco era su problema. Ella había sido enviada para seguir a Magdalena y para informar de sus movimientos, no para robar el contenido de ninguna tumba. Además, jamás se atrevería a hacerlo. Su pueblo, los númidas, sabían que había que dejar descansar a los muertos.

Se deslizó sigilosamente hacia el exterior y emprendió el camino de regreso. Su amo estaría satisfecho.

47

Año 2022

Kafele, el guía que Asim le había recomendado a Marta, era un hombre de baja estatura, cabeza despejada y con unos ojos vivarachos que destacaban sobre una piel morena y curtida por el paso de los años y por su trabajo bajo el inclemente sol de Alejandría. A Marta inmediatamente le cayó bien. No hablaba mucho, pero cuando lo hacía, su tono era cortés y respetuoso.

—Me llamo Kafele, que en egipcio significa «el que moriría por ti».

Al escuchar la explicación, Marta sintió un escalofrío. La imagen del profesor Mayer tumbado en un charco de sangre le vino a mente. Sabía que el precio a pagar por verse involucrado en aquella búsqueda podía ser muy alto y se sintió culpable por sumergir a Kafele en ella. Deseó que no tuviera que hacer honor a su nombre y que, cuando ella ya no estuviera allí, pudiera continuar con su vida sin más preocupaciones. Trató de apartar sus oscuros pensamientos y le tendió la mano al egipcio.

—Me llamo Marta.

Kafele le devolvió un apretón rápido que mostraba incomodidad, o quizá timidez, y asintió como dando el visto bueno al nombre o, lo más probable, a la persona.

—¿Qué desea ver de Alejandría? ¿La fortaleza, el zoco...?

Marta negó con la cabeza.

—Quiero ver piedras. Las más antiguas que haya. Me gusta la historia.

El brillo en los ojos de Kafele aumentó.

—Está usted con el guía adecuado. Kafele conoce todas las piedras de Alejandría, menos aquellas que duermen bajo el mar, que, desafortunadamente, son muchas.

Iniciaron su ruta caminando a lo largo del paseo marítimo hasta el fuerte Qaitbey. Según le contó Kafele, este ocupaba el lugar donde antaño se había levantado el gran faro, cuyos restos yacían esparcidos bajo las aguas del Mediterráneo. Lo había dicho con lástima, como si él hubiese vivido aquellos tiempos antiguos.

La fortaleza era demasiado moderna como para encontrar en ella algo que interesase a Marta, que ya la había descartado de antemano, pero le permitió ir conociendo la ciudad y al propio Kafele. Además, el emplazamiento, un lugar que dominaba el mar junto a la bocana del puerto, ayudó a Marta a imaginar aquel faro que había sido el asombro de la Antigüedad hasta que un terremoto lo había destruido mucho tiempo atrás.

Kafele conocía bien la historia de la ciudad y le habló del gran Alejandro que la había fundado, de la dinastía de los ptolomeos que la habían engrandecido, de los faraones y de Cleopatra, que la hizo inmortal. Le contó también cómo los romanos la habían conquistado para ocupar el lugar de los griegos y de cómo los cristianos habían destruido la gran biblioteca.

—Nada quedó —dijo con tristeza—. ¡Cuántos libros

perdidos para siempre! ¡Todo el conocimiento de la humanidad destruido por la intolerancia!

Marta conocía la historia de la biblioteca y de Hipatia, y en aquel instante comprendió que quizá su visita a la ciudad era un callejón sin salida. Cualquier rastro habría desaparecido borrado por los saqueos, las destrucciones y las guerras que había sufrido la ciudad.

—¡Algo quedará de aquellos tiempos!

Kafele negó con la cabeza.

—Solo algunos montones de piedras. Si no está demasiado cansada, podríamos acercarnos al Serapeo y a la columna de Pompeyo.

Tomaron un taxi que los dejó en una gran explanada presidida por una enorme columna. Caminaron hacia ella y la observaron en silencio, ambos perdidos en sus propios pensamientos. Kafele veía glorias perdidas; Marta, un pasado robado que la alejaba del arca.

Junto a esa misma columna los divisó Santiago unos minutos después. No podía acercarse más sin riesgo a cruzarse de nuevo con Marta. Salir a campo abierto era la mejor forma de ser descubierto por el enemigo. Se preguntó qué estaría buscando allí. No lograba comprender. La veía moverse de un lado para otro como una vulgar turista, visitando monumentos, sin reunirse con nadie.

La vio vagabundear entre las ruinas, ahora señalando aquella columna, luego conversando con el guía junto a unos restos. Más tarde descubriría que hacía dos mil años todo aquello había formado parte de la antigua biblioteca de Alejandría. Incluso él, no demasiado interesado por la historia, conocía de su existencia. Había visto una película cuyo nombre no pudo recordar.

Finalmente, los vio salir del recinto y quedarse charlando. Dudó sobre qué hacer. Si entraba, podía perderlos de vista; si no lo hacía, le resultaría complicado descubrir qué estaban buscando. Decidió arriesgarse. Entró por uno de los accesos y se detuvo junto a la columna. Era de una altura impresionante, pero no le dio ninguna información útil. Iba a dirigirse entonces hacia la salida cuando, justo en el momento en que alzó la cabeza, vio a lo lejos una figura. Una sensación de alarma lo invadió. Rara vez solía equivocarse. Aunque a aquella distancia parecía un turista más, el sexto sentido de Santiago le dijo que no lo era. Sabía que lo había visto antes, aunque no recordaba dónde. Quizá en Jerusalén, quizá en Salamanca, pero tuvo la sólida impresión de que cuando lo había descubierto, aquel hombre estaba dirigiendo el objetivo de su cámara hacia él. Aunque se había girado y había vuelto su mirada hacia la ciudad, Santiago no tenía dudas. Trató de fijar su imagen en su retina. Tenía que descubrir de quién se trataba. De repente, todo se había complicado.

Ajenos a cuanto acontecía a su alrededor, Marta y Kafele decidieron parar para comer. Marta propuso al guía que escogiese el lugar. Quería probar la comida egipcia.

—¿No preferiría regresar al hotel a comer?

Kafele parecía preocupado.

—Ya que he venido a su país, no puedo irme sin probar sus delicias culinarias.

El guía volvió a mirar a Marta sin mucho convencimiento y se llevó la mano al estómago. Marta se echó a reír.

—Correré el riesgo. Si la comida me sienta mal, será mi culpa.

Entraron en un restaurante cercano donde Kafele fue recibido con familiaridad y ella, con curiosidad. Parecía que no estaban muy acostumbrados a recibir turistas. Marta no se arrepintió de su decisión. Fueron agasajados con varios platos que hicieron las delicias de Marta. Para comenzar, les sirvieron *baba ganoush*, una crema de berenjenas asadas a la que siguió un plato de *ful medames* y otro de unas exquisitas albóndigas alargadas a las que llamaban *kafta*. Para finalizar, y ante la insistencia del dueño en que Marta lo probase, tomaron un postre típico, el *blakava*, un hojaldre relleno de frutos secos y almíbar.

Marta estaba dispuesta a continuar con su visita, pero no estaba segura de por dónde hacerlo. Quizá estaba perdiendo el tiempo. Entonces se le ocurrió una idea, tal vez fruto de la desesperación. Sacó de su bolso el papel con la imagen del nudo de Salomón y lo colocó sobre la mesa.

Aquello tuvo un efecto inmediato sobre los presentes. El dueño, uno de los camareros y el propio Kafele empezaron a gesticular y a discutir. Marta no pudo evitar una sonrisa. No parecían ponerse de acuerdo, pero la discusión terminó de forma tan abrupta como había comenzado. El dueño y el camarero volvieron a sus quehaceres dejándolos solos.

—Jamás han visto este símbolo —dijo Kafele—, aunque juran y perjuran que sí. Si por ellos fuera, asegurarían haberlo visto en cada piedra de Alejandría.

—Entonces estoy perdiendo el tiempo —replicó Marta, que hablaba más para sí misma que para Kafele.

Su guía sonrió con timidez.

—Ellos no lo han visto, pero yo sí.

Marta sintió un cosquilleo en la nuca como siempre que descifraba una clave. Aún había esperanza.

—¿Dónde? —preguntó señalando con el dedo índice el papel con la imagen.

—Aquí cerca. En un antiguo lugar llamado Kom-el-Shogafa. En las catacumbas de Alejandría.

Las catacumbas eran uno de los mayores atractivos turísticos de la ciudad, aparecían en todas las guías. Marta y Kafele tuvieron que esperar una larga cola de turistas antes de traspasar el umbral. Kafele le aseguró que la visita siempre le producía desasosiego. Cuando Marta le preguntó por la causa, el guía se puso serio.

—No se debe importunar a los muertos.

—¿Hay cuerpos en las catacumbas?

Kafele la miró horrorizado.

—No en la zona que visitaremos.

—¿Hay zonas no visitables?

Marta tuvo la misma sensación que había tenido años atrás en Peyrepertuse. Allí, un reciente descubrimiento arqueológico le había permitido encontrar un mensaje de Jean que le hablaba desde el pasado. ¿Sucedería lo mismo en Alejandría?

—Peor —respondió Kafele—. Hay zonas sumergidas. Hablan de un tercer nivel de tumbas bajo nuestros pies. —Kafele vio la cara de desilusión de Marta—. No importa. Lo que voy a enseñarte está en el segundo nivel.

Avanzaron por la escalera, descendiendo exasperadamente despacio tras un grupo de turistas. Cuando llegaron al segundo nivel, Marta comprendió por qué aquel lugar era una de las visitas más destacadas de Alejandría. De un profundo cilindro central surgían, como las ramas de un árbol creciendo hacia abajo, pasillos que penetraban en la roca. Desde el centro, aquellos túneles se veían sombríos y la vista se perdía en la oscuridad. Aun así, las tallas en la piedra, las pinturas veladas por el paso del tiempo y las figuras esculpidas generaban la sensación de estar adentrándose en el infierno.

«A mitad del camino de la vida —pensó Marta—.

Quizá debajo de nosotros, en la parte sumergida de las catacumbas, no haya sino un trecho del río Aqueronte, uno de los ríos que provenían del inframundo». El vello de la piel se le erizó. ¡Qué sencillo era sugestionarse!

Escuchó la voz de Kafele que la llamaba y lo siguió por uno de los corredores de las catacumbas. Lo vio introducirse en la penumbra y fue tras él con paso decidido. Cuando su vista comenzó a acostumbrarse a la oscuridad y pudo percibir las formas a su alrededor, vio que Kafele se había detenido y que observaba concentrado uno de los nichos del fondo. Marta se acercó justo en el momento en que él se volvía hacia ella con una sonrisa mientras señalaba una profunda marca en la piedra.

Marta contempló maravillada la marca. Era un nudo de Salomón en perfecto estado de conservación y aunque no tenía forma de saber cuándo había sido tallado, tuvo el presentimiento de que allí, en algún momento del pasado, había estado oculto el objeto que tanto buscaba.

Miró dentro del nicho, pero solo vio un hueco oscuro. Encendió la linterna de su móvil solo para comprobar que, si alguna vez había habido algo, ya solo quedaban restos de polvo y tierra. El agujero era de pequeñas dimensiones y, sin duda, en aquel lugar no hubiera cabido el arca de la alianza. Ahora estaba segura. No estaba buscando el arca, al menos no directamente. Debía encontrar un objeto de menor tamaño. Un cofre, un cofre que se pudiera abrir usando las reliquias.

Pero allí no había nada que encontrar. ¡Qué ingenua había sido! De pronto se había dado de bruces con la realidad. Perseguía fantasmas del pasado. Había confiado en las suposiciones de Jean, ideas garabateadas por un monje del siglo XIII que obviamente no había logrado descubrir el secreto. Perdía el tiempo. No lograría encontrar el arca ni salvar a Iñigo. Kafele debió de percibir su gesto de desilusión, incluso en la penumbra del lugar.

—¿No es esto lo que buscaba, señorita?

Marta sonrió con tristeza al viejo guía.

—Sí. Era esto. Pero a veces cuando uno encuentra lo que busca, se da cuenta de que no es lo que quería.

Kafele asintió como si comprendiera a Marta. Quizá porque él, en su vida, también había tenido momentos en los que había sentido aquella misma frustración.

—Si me permite, señorita, ¿puedo preguntarle qué anda buscando?

Marta vaciló. No porque tuviera miedo a desvelar el secreto, sino porque dudaba sobre si involucrar más a Kafele.

—Un objeto. Antiguo, muy antiguo, quizá estuvo aquí alguna vez.

—¡Ay, señorita Arbide! —respondió Kafele con gesto de lástima—. Si hubo aquí algo valioso alguna vez, fue destruido por los cristianos o por los musulmanes que llegaron después. Ellos fueron los causantes de la ruina de Alejandría, los que arrasaron con todo cuanto fuimos.

48

Año 1237

La ciudad de Córdoba se extendía por una vasta superficie que la vista apenas podía abarcar. Un puente de piedra sostenido por macizos pilares que se introducían en el calmado cauce del río permitía a los visitantes alcanzar la puerta de la ciudad.

Arpaix deslizó la capucha de su hábito, algo que había evitado hacer durante aquellas semanas, y dejó expuesta su cabeza tonsurada que aún encogía el corazón de Jean. El disfraz de joven monje, el que mejor podía protegerla en aquel viaje, había supuesto un alto precio para la muchacha: su larga y negra melena. Arpaix señaló hacia las murallas y las torres de los ricos palacios que atestaban la ciudad y mostró una sonrisa clara y cristalina que rejuveneció a Jean. Cuando este miró la ciudad, sin embargo, lo invadió una sensación extraña. Algo iba mal, algo no encajaba y producía un extraño efecto en él, una cierta incomodidad o desasosiego.

Jean tardó unos instantes en comprender lo que era, hasta que la realidad le golpeó. No había nadie. Hasta donde alcanzaba su vista, la ciudad aparecía vacía, lo que provocaba una sensación de vértigo, apocalíptica. Por un momento, Jean dudó y estuvo tentado de volver sobre sus pasos al temer que la peste hubiese diezmado la ciudad u obligado a sus habitantes a abandonarla. Luego decidió que, al menos, debía descubrir lo que había sucedido.

Cruzaron el puente en silencio, con el único rumor del río como acompañante, tranquilo y monótono. Cuando llegaron a la puerta de la ciudad, un soldado surgió de la nada. Arpaix saltó como un resorte y su espada se mostró como por arte de magia. El soldado no pareció preocupado por la amenaza.

—¡Alto! ¿Quiénes sois y qué os trae hasta Córdoba?

Jean hizo un gesto seco a Arpaix para que guardase su espada y la joven lo hizo con el rostro encendido por la vergüenza.

—Somos simples monjes —respondió Jean con ademanes suaves y bajando el tono de voz—. Predicamos la palabra de Dios y nos hemos acercado aquí en busca de un lugar donde dormir y algo de comida.

El soldado miró a los recién llegados con desconfianza. Por su expresión, los hábitos de monje y la espada de Arpaix no parecían encajarle.

—Encontraréis aquí con mayor facilidad lo primero que lo segundo.

—¿Puedo preguntaros por la causa del abandono de la ciudad? Tiempo atrás tuve la oportunidad de visitarla y bullía de actividad, y las gentes la poblaban por miles.

El soldado lo miró con desprecio, como si la pregunta fuera estúpida.

—El rey Fernando ha recuperado la ciudad para los cristianos, como sin duda habréis podido apreciar. Ha tenido a bien obligar a los pobladores a abandonarla. Pronto llegarán nuevas gentes temerosas del Dios verdadero que la ocuparán.

Jean optó por no acusar el sarcasmo del soldado y se limitó a saludarlo y a agradecerle la información. Cruzaron la puerta de la ciudad mientras la mente de Jean trabajaba evaluando las posibilidades que la situación les ofrecía. Arpaix lo miraba ceñuda. Había aprendido a respetar los momentos de reflexión del viejo monje, pero finalmente la curiosidad se impuso a la discreción.

—¿Qué haremos ahora?

—Guardar la espada —reprendió Jean a Arpaix.

Arpaix aceptó las palabras de Jean y no respondió. El hombre podía ver su rebeldía y su sensatez pugnando por abrirse paso. Finalmente, fue la sensatez la que venció.

—¿Adónde iremos? La ciudad está vacía. Aquí no queda nada.

Jean negó con la cabeza.

—Te equivocas. Si lo que hemos venido a buscar se encontraba aquí cuando llegó el ejército cristiano, no ha podido salir de Córdoba. O bien es ahora botín de guerra en manos de las tropas cristianas, o bien ha sido escondido en algún lugar de la ciudad.

Arpaix pareció concentrarse como hacía siempre que trataba de encontrar algún fallo en las reflexiones de los demás.

—¿Cómo haremos para saber si es botín de guerra?

—Preguntando.

—¿Y a quién preguntaremos?

Jean miró a Arpaix y sonrió.

—Al rey, mi buena Arpaix. Al mismísimo rey Fernando.

49

Año 2022

Mientras el avión despegaba del aeropuerto de Borg El Arab, las palabras de Kafele aún resonaban en la cabeza de Marta: «Ellos fueron los causantes de la ruina de Alejandría, los que arrasaron con todo cuanto fuimos». Habían sido los cristianos primero y los musulmanes después los que habían destruido el glorioso pasado alejandrino.

Quizá ahí estaba la clave. La destrucción de la ciudad podía haber supuesto la salida definitiva del cofre. Pero ¿adónde había sido llevado? Marta creía saberlo. La respuesta podía estar en la tercera localización que Jean había marcado con un interrogante. Cordue. No había sido difícil descubrir que aquel era el nombre antiguo de una ciudad cuya historia estaba relacionada con la expansión de los musulmanes: Córdoba.

Marta tenía suficientes conocimientos de historia como para saber que los musulmanes no solo habían conquistado la ciudad egipcia, sino una buena parte del Mediterráneo. Esa conquista incluía la ciudad del sur de España, cuyo auge había venido de la mano de los califas omeyas en el siglo VIII. Quizá por eso Jean había señalado Córdoba entre los posibles destinos del arca.

Sabía exactamente adónde tenía que ir. Si los omeyas habían descubierto aquel cofre que se abría con las reliquias de Jean y lo habían llevado a Córdoba, debían de haberlo ocultado en la mezquita. ¿Dónde? No podía estar segura. Tendría que confiar en los símbolos y en su capacidad de interpretarlos. Aunque quizá era demasiado optimista.

Si los musulmanes habían trasladado el cofre y lo habían escondido en Córdoba, quedaban dos preguntas sin responder. ¿Qué motivos tenían para esconderlo? Y, sobre todo, ¿por qué habían usado el nudo de Salomón, desconocido para los musulmanes, como clave? Aquellas dos cuestiones no tenían respuesta. Todavía.

Marta recostó el asiento y se relajó. En cuatro horas aterrizaría en Madrid, desde donde cogería un tren de alta velocidad que la trasladaría a Córdoba.

Unos asientos más atrás, el hombre de la cámara de fotos vio cómo Marta ajustaba su asiento y la imitó. Luego lo pensó mejor, lo devolvió a su posición original, abrió su mochila y sacó unos papeles arrugados. Bajó la bandeja y alisó los papeles con la mano sobre ella, con poco éxito. Era el informe que le habían hecho llegar la noche anterior a su hotel en Alejandría.

Una foto encabezaba el documento. Contempló al hombre que aparecía en la misma. Era joven, alto, vestido con el uniforme del ejército español. Debajo, su nombre: Santiago Espinosa. Releyó las dos páginas. «Interesante», se dijo. Cinco años en el ejército, misiones en Afganistán y en varios países africanos. Reintegrado a la vida civil tras un oscuro episodio en África. Hacía un año que había sido ordenado sacerdote. Sin parroquia ni destino desconocido. ¿Qué hacía aquel hombre siguiendo a Marta Arbide? ¿Para quién trabajaba? Parecía que para la Iglesia. Movió la cabeza indeciso. No sabía cómo actuar. Esperaría acontecimientos.

Desde la terminal del aeropuerto de Alejandría, Santiago Espinosa vio despegar el avión de Marta. «Debería estar a bordo», se dijo. Pero no podía. Era un riesgo excesivo. En su lugar, en unos minutos tomaría un vuelo a Estambul, en donde pasaría la noche para luego, por la mañana, coger otro para Madrid. Allí, tenía reservado un coche de alquiler para dirigirse a Córdoba sin perder tiempo. Llegaría a su destino varias horas después de Marta, lo que era un contratiempo.

Ella le llevaba ventaja, pero él contaba con un aliado imprescindible. No sabía cómo, pero el Pastor conocía siempre las intenciones de Marta. Su experiencia le indicaba que solo el espionaje de su móvil podía proporcionarle aquella información de manera tan rápida, lo que indicaba que el Pastor era un hombre poderoso y con enormes recursos a su disposición. Eso facilitaba su trabajo. Si no hubiera sido así, Santiago hubiese tenido que afrontar muchos más riesgos.

A pesar de todo, no estaba tranquilo. El hombre de la cámara de fotos era una incógnita que aún no había podido despejar. Si lo volvía a ver en Córdoba, lograría averiguar quién era. Y si eso no fuese posible, lo eliminaría. Si no se trataba de un amigo, era mejor neutralizarlo. Y si era un enviado del Pastor para asegurarse de que Santiago cumplía sus órdenes, su muerte le enviaría un mensaje claro: él no era una oveja más del rebaño.

De pronto, aquel pensamiento lo detuvo. Se estaba

dejando llevar. No quería volver a matar, no quería volver a ser el soldado desprovisto de corazón. Había optado por el sacerdocio para evitar convertirse en el hombre en el que se estaba convirtiendo.

Su rostro no dejaba traslucir emoción alguna, pero en su interior algo se desgarraba, como si lo que era y lo que le hubiera gustado ser fuera tan diferente que necesitase ser dos personas. Aquella incapacidad de reconciliarlas a ambas dolía y lo dejaba al pie de un abismo al que ya se había asomado otras veces.

No, no mataría a nadie. Solo vigilaría. Si el Pastor buscaba un asesino, tendría que buscarlo en otro lugar.

50

Año 1237

Los días habían transcurrido como una monótona letanía y, para desesperación de Arpaix, Jean no parecía tener prisa en cumplir su promesa y hablar con el rey. La joven había aprendido a convivir con el monje, a esperar el momento, pero aquello parecía no llegar nunca.

Habían escogido una de las innumerables casas vacías de la ciudad, en una esquina de la plaza principal. Tenía una puerta lateral, por la que podían entrar y salir sin ser vistos y desde la que podían vigilar la plaza y cuanto en ella sucedía.

Jean salía por las mañanas y regresaba al atardecer, con más comida que explicaciones. No permitía a Arpaix ir con él, salvo en contadas ocasiones. Jean era un alma repleta de secretos, pero ella también tenía los suyos.

Cuando Arpaix estaba a punto de desesperar, Jean le anunció que al día siguiente visitarían la gran mezquita.

Arpaix pensaba que sería una visita discreta, que aprovecharían la menguante luz del atardecer y las sombras largas que confunden la vista y las mentes. Sin embargo, el sol de la mañana aún lucía alto cuando Jean dirigió una sola palabra a Arpaix:

—Ahora.

Salieron de la casa en silencio. Jean caminaba delante de Arpaix, que llevaba la cabeza baja y la capucha tan calada que apenas le dejaba ver sus propios pies. Aun así, sabía adónde se dirigían. Habían tomado una calle que descendía hasta el río, pero habían girado en la segunda callejuela a la derecha. La mezquita.

De pronto, Jean se detuvo y se acercó a Arpaix.

—Silencio. Discreción. Oigas lo que oigas y veas lo que veas. ¿Entendido?

Arpaix asintió sin responder y siguió a Jean hasta la entrada de la mezquita. Los dos soldados que la custodiaban estudiaron a Jean y a Arpaix con abierta hostilidad.

La joven avanzó por la mezquita sin poder dejar de admirar el edificio más bello que había tenido la oportunidad de contemplar. Incontables columnas sostenían bellos arcos coloreados vivamente que se perdían más allá de donde alcanzaba la vista. Era un mundo interminable, como si la antesala del cielo se abriera ante ellos. A su lado, Jean no parecía tan impresionado, o quizá su desinterés se debía a que ya había estado allí antes. Arpaix vio cómo el monje se dirigía hacia un grupo de personas congregadas y lo siguió mansamente.

—Obispo —dijo Jean inclinándose y besando el anillo que el hombre le tendía.

Nadie pareció prestar atención a Arpaix, que decidió colocarse en un discreto segundo plano y observar todo cuanto sucedía a su alrededor. Poco a poco, todos fueron ocupando los lugares que les fueron asignando. Arpaix fue llamada al lado de Jean. Cuando se hizo el silencio, todos se volvieron y la joven no pudo reprimir un sobresalto. El rey Fernando había entrado en la mezquita escoltado por su guardia real.

Era la primera vez que estaba en presencia de un rey, y el lujo y el poder que de él emanaba hicieron que contuviera la respiración. Era un hombre apuesto que se movía con la destreza y el aplomo de un guerrero, pero a la vez con la elegancia de alguien acostumbrado a salones reales. Junto a él caminaba una joven, casi una niña; Arpaix concluyó que debía de tener su edad.

—Es la reina consorte —le dijo Jean al oído—. Se casaron hace apenas unos meses y ella lo acompaña en sus conquistas.

Los reyes cruzaron el pasillo hasta colocarse frente a los presentes. El obispo, situado delante de un altar de piedra casi tan blanca como la nieve sobre las montañas, esperó unos instantes antes de empezar el oficio.

—Observa allí, Arpaix —dijo Jean—. Sobre el altar verás un relicario que guarda las reliquias de algún santo. Junto a él, hay unos granos de incienso y un pergamino.

De pronto, unas voces se elevaron en un extremo de la mezquita y comenzaron a entonar un cántico solemne y algo triste. Arpaix observó asombrada cómo Jean se unía al coro de voces y escuchó extasiada el canto que, al terminar, dejó la mezquita en un silencio sepulcral.

—*Veni Creator Spiritus* —dijo Jean, como si aquella fuera suficiente explicación.

El obispo se adelantó y esparció un montón de ceniza sobre el suelo. Después, con el báculo abacial, dibujó una cruz y una letra griega a cada lado: alfa y omega.

Cuando la ceremonia de consagración de la nueva catedral hubo terminado, el rey se quedó hablando unos instantes con el obispo. Para sorpresa de Arpaix, Jean se acercó a ambos.

—Mi rey —dijo el obispo, permitid que os presente a Benoit de Passiers, de la Orden de los Hermanos Predicadores. Ha sido enviado aquí por Domingo de Guzmán, creador de la orden, y bajo la protección de Gregorio IX y de su nueva Inquisición pontificia.

Arpaix observó impresionada cómo Jean adquiría una nueva personalidad. Le maravillaba la capacidad de su tutor de hacerlo, de adoptarlas según sus necesidades.

Vio cómo el rey miraba con detenimiento a Jean e intuyó una cierta desconfianza en él. Arpaix no sabía lo que era la Inquisición pontificia, pero el rey parecía contrariado. Jean, sin embargo, le devolvió una expresión limpia y amable.

—Lejos os encontráis de vuestra casa —dijo el rey—. No hallaréis infieles en Córdoba. ¿Qué os trae a la frontera del mundo?

—El grano amontonado se pudre, y esparcido produce mucho fruto. Son palabras de mi fundador, que busca que vayamos allí dónde somos necesarios.

El rey asintió, pero el recelo no había abandonado su semblante. Arpaix intentó buscar una explicación. Quizá la mención al papa Gregorio IX lo había preocupado, dejaba entrever el interés de Roma por lo que sucedía en Castilla. Jean pareció percibir la incomodidad del rey.

—En realidad, no soy más que un estudioso. Soy de la creencia de que para combatir a los infieles musulmanes es preciso conocerlos, estudiar sus obras, sus reliquias, todo cuanto hayan dejado atrás.

El rey pareció relajarse.

—Loable y oportuna tarea. Soy hombre interesado en el conocimiento. Pedidme cuanto necesitéis.

—Veo que todo cuando se dice de vos es verdad. A mi regreso a Roma trasladaré al sumo pontífice que contamos con vuestra inestimable ayuda. Solo deseo moverme libremente por la ciudad, tener acceso a cada palacio y mezquita. No tomaré nada sin vuestro permiso y el del obispo, aquí presente.

Arpaix contuvo el aliento.

—Concedido —respondió el rey visiblemente aliviado—. Daré las órdenes oportunas.

51

Año 35

El sol apareció sobre el lejano desierto y la ciudad de Alejandría despertó. Las calles comenzaron a poblarse de personas que se dirigían presurosas hacia sus quehaceres. Magdalena agradeció el bullicio a su alrededor. Se sentía menos expuesta, protegida por la masa humana que la rodeaba, aunque el gentío dificultaba su avance hacia el Museion.

Cuando llegó, el edificio le pareció, por contraste, un oasis de tranquilidad. Los altos y robustos muros, la amplia escalinata de acceso y las enormes puertas de madera y hierro hicieron que se sintiese como si estuviera acudiendo al templo, aunque aquel no estaba dedicado a ningún dios. O quizá sí, quizá estaba dedicado a la diosa de la sabiduría. Aquel pensamiento la sorprendió. No encajaba con lo que le habían enseñado, pero su perspectiva del mundo había cambiado.

Se dirigió con paso decidido hacia la sala donde se guardaban los papiros que Jesús había estudiado durante su estancia en Alejandría. No había rastro de Oseza y Magdalena decidió dedicar su tiempo a leer hasta que llegase. Se quedó mirando los documentos sin saber por cuál decidirse.

Uno de los cilindros llamó su atención. Tenía un pequeño símbolo dibujado. Enseguida recordó dónde lo había
visto con anterioridad. Era el símbolo que estaba tallado
en el nicho en el que se hallaba oculto el cofre de Jesús. No
podía ser una casualidad.

Con cuidado, extrajo el papiro que contenía el cilindro. Lo desplegó y sujetó cada uno de los extremos con
piedras, como había visto hacer a Filón. Contempló un
documento de pequeñas dimensiones, sencillo, sin adornos y con una letra apretada. Estaba escrito en hebreo y
Magdalena comenzó a descifrarlo sin dificultad. Su mirada se deslizó hasta el final y las lágrimas afloraron al
reconocer el nombre de Jesús. Por un breve instante, el
dolor se reflejó en su rostro. Se sintió mal porque, apenas
dos años después de su muerte, los momentos de tristeza
se espaciaban cada vez más y eran cada día más fugaces.

Leyó con detenimiento y una frase atrajo su mirada:
«Soy el último depositario del secreto. Con nadie más me
atrevo a compartirlo, tantas veces he visto a los hombres
corromperse por la cercanía de su poder, por el leve roce
de su oscuridad. Ahora el secreto está sellado hasta que
llegue el día. Regresaré a Jerusalén para afrontar mi destino».

Magdalena enrolló el papiro y lo devolvió al cilindro.
¿Qué significaban aquellas palabras? Sin duda Jesús hablaba del arca. «El secreto está sellado hasta que llegue el
día». El contenido de aquella frase era oscuro, envuelto
en una bruma que ella no podía descifrar. De pronto una
voz heló su sangre.

—¡Estás aquí!

Se volvió para encontrarse con Oseza y a su mente
regresaron las dudas, pero también la apremiante necesidad de confiar en alguien. ¿Era Oseza la persona adecua-

da? El joven pareció percibir la vacilación, o tal vez la interpretó como temor.

—¿Qué sucede? —preguntó con gesto preocupado.

—No lo sé. Dímelo tú. —Oseza la miró sin comprender—. No sé quién miente. No sé en quién confiar. No sé nada. Me siento sola y cansada. Quizá no debí venir a Alejandría.

Magdalena se dejó caer hasta quedar sentada con la espalda en la pared y con la cabeza entre las manos. La expresión de Oseza cambió. Nunca había soportado el sufrimiento de nadie, y menos el de aquella joven.

—Ven conmigo. Te contaré todo cuanto debes saber, pero no aquí. Hay demasiados ojos y oídos.

Salieron del Museion y se adentraron por las callejuelas de Alejandría desviándose hacia los barrios más humildes hasta llegar a una pequeña casa que subsistía entre tantas otras. Magdalena se dio cuenta de que la forma en que había vivido en casa de Filón, el lujo, la abundancia, los esclavos, era un sueño del que acababa de despertar.

Oseza vivía allí con sus padres y su hermana pequeña, quienes la acogieron con sencillez y alegría. Se notaba que no estaban acostumbrados a que el joven llevara visitas. La modestia de sus anfitriones la desarmó, le recordó la suya propia, su hogar ahora tan lejano. Sintió que jamás volvería a verlo y la nostalgia se adueñó de ella.

Al cabo de unos instantes, los padres de Oseza se retiraron y el rostro del joven alejandrino recuperó la seriedad.

—Jesús tenía un secreto —dijo como si aquello fuera todo lo que Magdalena necesitaba saber.

Se hizo un silencio que Oseza pareció aprovechar para elegir sus palabras.

—Jesús era el depositario del mayor secreto jamás

guardado. La ubicación del arca que Dios entregó a Moisés. El arma definitiva que expulsaría a los romanos de Judea y devolvería al pueblo judío su reino para siempre jamás.

—¿Cómo llegó el secreto hasta él?

Oseza se encogió de hombros.

—Solo puedo suponer. Jesús era esenio, de los que parece que un selecto grupo eran los poseedores del secreto. Unos pocos elegidos han venido siendo los depositarios desde la generación de Salomón. Jesús me contó que solo cuatro esenios conocían la ubicación exacta del arca. Tres de ellos habían muerto y ya solo quedaba él como guardián.

—¿Y por qué no buscó otros a los que transmitir el secreto?

Oseza sonrió en silencio, como si un recuerdo cariñoso hubiera sobrevolado su memoria. Luego levantó su mirada hacia Magdalena.

—Dudaba. Él, que siempre parecía estar seguro de cuanto hacía.

A Magdalena le costaba entender las dudas de Jesús. Con ella nunca había mostrado su seguridad resquebrajada.

—¿Qué tipo de dudas?

Había lanzado la pregunta, pero ya conocía la respuesta. La había leído instantes antes de la propia mano de Jesús: «Soy el último depositario del secreto. Con nadie más me atrevo a compartirlo, tantas veces he visto a los hombres corromperse por la cercanía del poder».

—Consideraba que los más cercanos a él no estaban a la altura, que se desviarían del camino. Por eso decidió esconder aquí el secreto y regresar a Jerusalén.

Magdalena sintió la pena subir por su garganta. Las

implicaciones de la razón del regreso de Jesús a Jerusalén no le habían pasado desapercibidas. No había sido ella la razón, como siempre había querido creer, sino aquella maldita arca. Oseza pareció entender la tristeza de Magdalena y permaneció en silencio.

—¿Qué buscaba en Jerusalén?

—Alguien en quien confiar. Fue a buscar adeptos. No sé si los encontró.

Magdalena no puedo evitar que una sonrisa asomase a su rostro al recordar a Santiago. Asintió.

—Los encontró. Al menos algunos le fueron fieles hasta la muerte. Aunque también otros lo traicionaron.

Sintió un escalofrío al recordar los ojos de Pedro, alguien dispuesto a todo por lograr el poder.

—Me alegro —dijo Oseza—. Necesitaba alejarse de aquí. De Filón, quien intentó arrebatarle el secreto del arca desde que fue a Jerusalén años atrás con algunos de sus adeptos.

—¿Filón visitó a Jesús en Jerusalén?

Oseza asintió con los ojos perdidos en algún lugar.

—Y no solo eso. Meses después de regresar a Alejandría, envió a uno de sus hombres allí.

Un presentimiento envolvió a Magdalena, que, por un instante, no se atrevió a preguntar.

—¿Cómo se llamaba aquel hombre que fue enviado a Jerusalén? Dime, Oseza, ¿sabes su nombre?

Oseza levantó la cabeza y sus ojos se encontraron con los de Magdalena.

—Pedro —respondió.

Las piezas del rompecabezas encajaban. Magdalena ya no tenía dudas sobre qué hacer.

52

Año 1238

El murmullo del agua impregnaba el silencio del que hasta hacía poco había sido el palacio del sultán de Córdoba. Se colaba por las ventanas desde los jardines, como un rumor relajante, hasta rellenar cada hueco, cada estancia. El uso del agua que hacían los musulmanes era tan diferente del cristiano que, a su lado, estos últimos parecían bárbaros. Aquel sonido transmitía una paz profunda que aun así no lograba traspasar la mente de Jean, quien comenzaba a desesperarse.

Había transcurrido un mes desde su entrevista con el rey y, aunque este había cumplido su promesa, la búsqueda no había arrojado ningún resultado.

La primera semana habían visitado todos los lugares que Jean había identificado como candidatos a esconder el cofre. Las mezquitas atestaban las calles, pero Jean pensaba que solo la gran mezquita merecía la pena.

Arpaix había dedicado un tiempo a visitar cada una de ellas. Jean, por su parte, se había sumergido en los innumerables pergaminos que habían encontrado en el palacio del califa y en la extensa biblioteca. Por sus manos habían pasado volúmenes desconocidos que solo había podido desechar con pesar por tener que sacrificar su estudio en aras de su particular búsqueda.

Aquella mañana Jean se sentía descorazonado. Levantó la cabeza de un aburrido pergamino que también había decidido descartar y se encontró con Arpaix, que lo miraba silenciosa. Le asombraba la capacidad de la joven para moverse con sigilo. Jean la interrogó con un gesto y Arpaix negó con la cabeza.

—¿Puedo ayudarte? Ya he revisado todos los palacios y mezquitas.

Jean asintió y señaló una montaña de pergaminos. Ya sabía que su misión había fracasado. Regresarían al Languedoc y olvidarían toda aquella locura. Quizá el arca debiera seguir en la oscuridad, escondida como los últimos dos mil años. Se resistía a decírselo a Arpaix, a quien había arrastrado por medio mundo en aquella búsqueda sin sentido. Era más sencillo reconocerse el fracaso ante sí mismo que ante ella. «Un día más», se prometió.

Unas horas más tarde, el día comenzaba a declinar e, incluso en aquella luminosa Córdoba, las sombras se alargaban y la luz se disolvía, como sus esperanzas. El monje terminó otro pergamino. Levantó la mirada y coincidió con la de Arpaix, que permanecía de pie, frente a él. Sostenía en su mano un documento y lo observaba con una expresión extraña. Se lo tendió y esbozó una sonrisa tímida. Solo tres palabras salieron de sus labios:

—Lo he encontrado.

53

Año 35

La oscuridad volvía a abrazar Alejandría, pero ahora todo tenía un nuevo sentido para Magdalena. La conversación con Oseza, el recuerdo de Pedro y la larga sombra de Filón daban a la oscuridad un aspecto amenazador. Sin embargo, era una oscuridad necesaria.

Oseza y ella se dirigían de nuevo a las catacumbas de Kom-el-Shogafa. Magdalena había decidido depositar su confianza en el joven y juntos habían trazado un plan. Rescatarían el cofre y lo sacarían de la ciudad. Oseza sabía adónde debían llevarlo, pero se había negado a compartir la información.

Como la noche anterior, Magdalena se encontró frente a la puerta de las catacumbas, pero en esa ocasión no sentía aprensión, sino ansiedad. Penetraron en la penumbra y ella esperó a que Oseza encendiera una lámpara con las manos entrecruzadas, para evitar un temblor que era incapaz de controlar.

Descendieron por los escalones hacia el inframundo en medio de un silencio que atronaba en sus oídos. El mundo parecía haber desaparecido y Magdalena no podía quitarse de la cabeza la sensación de estar viviendo un sueño que podía terminar mal. Dejaron atrás las tallas de piedra que protegían el lugar, eternas depositarias de los secretos de los muertos que allí descansaban. Llegaron al segundo nivel y giraron hacia el pasillo donde descansaba el cofre. No necesitaron acercarse para comprender lo que había sucedido. Las piedras se amontonaban en el suelo y la boca del nicho, negra como un presagio, parecía reírse de ellos.

Oseza cayó de rodillas y hundió su cabeza entre las manos. Magdalena, sin embargo, sintió frío. De pronto, había comprendido que nada de aquello le importaba. Ya tenía la respuesta a la pregunta que la había llevado a Alejandría. Había descubierto quién era Jesús de verdad. Y también que el cofre, su contenido, la reliquia que colgaba de su cuello, el arca de la alianza eran lo único que le había importado a aquel hombre. Ese era el secreto de Jesús, no el suyo.

Se volvió y sin decir nada a Oseza comenzó su regreso a la superficie. Abandonaba la oscuridad, ahora veía claro. Volvería a Jerusalén y a su vida, y olvidaría al hombre que la había arrastrado tras de sí.

Escuchó detrás la voz de Oseza, que la llamaba, y sus pasos presurosos para alcanzarla. No le prestó atención; si lo hubiera hecho, quizá hubiera escuchado, antes de salir de la catacumba, otros pasos que aún se movían en las sombras de las profundidades.

El hombre que había observado aquella extraña escena se retiró la capucha. Su rostro negro pareció brillar en la oscuridad. Intentó retener lo que había visto. Sabía que Filón le preguntaría todos los detalles. Se acercó al nicho vacío y lo observó con minuciosidad. Posó su mano sobre el único símbolo que lo adornaba. Se levantó y se puso en marcha. Filón lo esperaba.

54

Año 1238

Era una noche sin luna, tan oscura que hasta los gatos, los únicos habitantes que no habían abandonado Córdoba, tenían dificultades para verse. Era la noche que Jean y Arpaix habían escogido para hacerse con el cofre que llevaba hasta el arca de la alianza.

Abrieron la puerta de la que había sido su casa los últimos meses y se encontraron con una ciudad silenciosa, a la expectativa de lo que iba a suceder. Los goznes chirriaron ruidosos como ruedas de carreta, lo que tensó sus nervios.

Arpaix se deslizó en la oscuridad, seguida de Jean, que no pudo sino admirar la destreza de movimientos y el sigilo de la joven. A lo lejos retumbó un trueno y, de pronto, según se acercaban a su objetivo, la noche comenzó a llenarse de luces, relámpagos que iluminaban las calles vacías y los hacían vulnerables. Uno de los relámpagos estalló y ante ellos apareció la mezquita.

«Ahora catedral», se obligó a recordar Jean, para quien la belleza de aquel edificio siempre estaría asociada a los hábiles canteros musulmanes.

Ante la atenta mirada de Arpaix, Jean extrajo la llave de la mezquita que el propio obispo le había dado poco antes de regresar a Toledo con orden de devolverla en caso de abandonar Córdoba. La introdujo en la cerradura esforzándose por causar el menor ruido posible y cuando la puerta se abrió, ambos la cruzaron para introducirse en un túnel de oscuridad aislado del mundo exterior.

Arpaix encendió una vela de sebo y la colocó entre los dos. Luego desplegaron el pergamino. Jean levantó la cabeza y señaló a un punto del centro de la mezquita. El documento era claro al respecto. La mezquita protegía un objeto y para esconderlo habían imitado la configuración de la cripta de la Cúpula de la Roca de Jerusalén, el lugar donde había permanecido aquello que no era nombrado en el documento.

—¡Mira!

La voz de Arpaix sonó aguda, nerviosa. Jean siguió su dedo y lo que vio le cortó la respiración. Allí, en medio del profuso decorado del mihrab de la mezquita, había un símbolo inconfundible. El nudo de salomón.

Jean se adelantó y lo rozó con los dedos, como la caricia a un amante; luego permaneció silencioso, perdido en sus recuerdos. Arnaldo, Esclarmonde, Roger y Philippa pasaron por su mente. Ojalá hubieran estado allí con ellos.

Arpaix no pudo esperar más. Se acercó al símbolo y lo presionó con fuerza. Al principio nada sucedió, luego un ruido pareció brotar de las profundidades y reverberó en los muros infinitos de la mezquita. Poco a poco, la pared se fue deslizando hasta mostrar unos escalones que se perdían en la oscuridad.

Jean dio un paso adelante y luego dudó. Arpaix lo miraba anhelante y aquella mirada hizo que se decidiera. Comenzó a bajar notando cómo se erizaba todo el vello de su cuerpo. Se concentró en contar sus pasos. La escalera terminaba al final de tres grupos de siete escalones. A Jean no se le escapó lo que eso significaba. El número tres representaba los tres niveles de conocimiento; el siete, las siete divisiones del infierno. Trató de alejar aquellas reflexiones cuando llegó abajo y se encontró un amplio espacio del que solo podía adivinar, a la luz de la vela, el entorno más cercano.

Arpaix se adelantó y se sumergió en la oscuridad. Jean, con la vela en la mano, la siguió con determinación. La cripta era sencilla, sin decoración en los muros. En su centro, una tosca mesa de piedra de grandes dimensiones los esperaba silenciosa. Jean sintió que el desánimo se adueñaba de él. «Estuvo aquí —se dijo—. Tan cerca y tan lejos. Y mis esperanzas se evaporan como el rocío ante el sol de primavera».

—Nada.

Había sido Arpaix quien había hablado. Su voz no había sonado decepcionada, como si nunca hubiese esperado encontrarlo. Jean la miró interrogante.

—Sabía que no encontraríamos nada aquí —añadió ella encogiéndose de hombros.

—¿Cómo...?

—Fue a nuestra llegada. Tú salías de día y no regresabas hasta el atardecer. Yo lo hacía de noche.

Jean abrió sus ojos, sorprendido ante la confesión de Arpaix.

—¿Sola?

La joven asintió.

—Me aburría. Y las calles vacías y la noche me protegían. Fue así cómo escuché una conversación entre dos guardias del palacio. Según ellos, todo lo que había de valor en la ciudad fue evacuado antes de la llegada del ejército cristiano.

Jean emitió un resoplido y se dejó caer hasta el suelo.

—¿Por qué no me lo dijiste?

Arpaix volvió a encogerse de hombros.

—¿Hubiera cambiado algo?

Él meditó unos instantes. Arpaix tenía razón. Hubieran seguido buscando, pues era lo que había que hacer.

—Hemos fracasado —reconoció más para sí mismo que para Arpaix.

—Aún no —respondió la joven—. Creo que se adónde llevaron el cofre.

Jean miró a Arpaix con un hilo de esperanza.

—Los guardias dijeron que debían de haberse llevado todo a un lugar cercano. Madinat-al-Zahra, creo que se llamaba, al oeste. Después, vieron que no estaba bien protegida y huyeron hacia el sur.

Jean colocó sus manos sobre los hombros de Arpaix.

—¿Adónde, Arpaix, adónde?

La joven se esforzaba en recordar, pero el nombre se le escurría. Luego, de pronto, la memoria regresó.

—Madinat Garnata.

Jean, que había contenido el aliento, lo dejó escapar.

—Entonces sí hemos fracasado. La ciudad está bajo el poder nazarí. Es imposible...

—Pero no podemos abandonar ahora.

Jean volvió a poner sus manos en los hombros de Arpaix.

—No hay forma de entrar en Madinat Garnata sin ser vistos. Es una fortaleza. Sin embargo, se me ocurre una idea, pero antes debo dejar un mensaje. Después regresaremos a Occitania.

55

Año 2022

La noche había caído en Córdoba. Las luces se habían ido encendiendo paulatinamente, expulsando la oscuridad de las grandes avenidas. Las callejuelas quedaban en la penumbra, dándole un aire mágico. Las aguas del Guadalquivir se habían esfumado en las tinieblas del lecho del río y el puente romano brillaba con destellos dorados que señalaban el camino hacia la ciudad.

Marta aceleró el paso hasta llegar a la gran mezquita. En unos minutos comenzaría la visita. Nunca había tenido la oportunidad de entrar de noche aquel monumento enigmático, mezcla de credos y patrimonio de la humanidad. Sabía que no era el mejor momento del día para hacerlo, pues la penumbra le impediría buscar el nudo de Salomón. No le importaba. Se relajaría y volvería al día siguiente. Había decidido darse dos caprichos y aquel era el primero.

Cruzó la puerta de la mezquita y se unió a un amplio grupo de turistas que recorría el edificio atento a las palabras del guía. Su instinto le pedía hacer la visita por su cuenta, disfrutar de las columnas, de las dobles arcadas, de la apariencia de infinitud que generaban, volver a pasar junto al museo visigodo, los restos más antiguos de aquel templo que había sobrevivido a todas las fes que lo habían construido.

—La mezquita-catedral —dijo el guía en un susurro, como si no quisiera romper la magia del momento— es muy antigua. Data del año 784 y llegó a ser la segunda mezquita más grande del islam.

Marta siguió las explicaciones sin mucho interés, separándose del grupo cuando encontraba algo que llamaba su atención. Intentó imaginar cómo había sido aquel lugar en su máximo esplendor, antes de que se levantara la gran nave cristiana de estilo renacentista. La visión contrapuesta de los dos credos, tan distantes en el tiempo, le produjo malestar, como si la intención musulmana inicial hubiera sido profanada. Recordó las palabras de Carlos V al visitarla: «Habéis destruido lo que era único en el mundo y habéis puesto en su lugar lo que se puede ver en todas partes».

Se detuvo en un lateral del templo. Había algo en lo que no había reparado en su anterior visita. Se trataba de una vitrina en la que estaban expuestos los símbolos de todos los canteros que habían trabajado en la mezquita y cuya firma se había conservado hasta el presente. Buscó con avidez pero sin éxito la marca de Jean entre las más de doscientas que se mostraban.

El guía los exhortó a continuar el recorrido. Marta, a regañadientes, siguió al resto del grupo a través del aburrido e interminable número de capillas cristianas que, debidamente numeradas, habían colonizado los laterales de la nave.

Finalmente, el grupo se detuvo frente a la reja que protegía el mihrab. Era la parte más importante del templo musulmán, una zona decorada con delicadeza y virtuosismo. Era el lugar en que se colocaba el imán para dirigir el rezo. Flanqueando el mihrab había dos puertas. La primera había servido de paso hacia la alcazaba y la segunda tenía, según aseguraba el guía, una utilidad desconocida, pero el prometedor nombre de Puerta del Tesoro.

La visita estaba a punto de terminar. El guía señaló la salida cuando Marta vio algo que llamó su atención al instante. A un lado del mihrab, junto a la Puerta del Tesoro, había entrevisto lo que le había parecido un nudo de Salomón. Tenía que estar equivocada, la penumbra le había jugado una mala pasada. Intentó acercarse, pero el guía le indicó con inflexible amabilidad que debía abandonar la mezquita.

Marta sintió cómo su corazón se desbocaba y cómo un sudor frío inundaba su cuerpo. Se obligó a alejarse hacia la puerta para evitar llamar la atención. Pero su cuerpo entero le gritaba que corriese hacia el nudo de Salomón.

La escena fue observada a prudente distancia por Santiago Espinosa. No había sido difícil. Una vez informado por el Pastor de que Marta visitaría la mezquita, había hablado con el deán y obtenido el correspondiente permiso para instalarse en un lugar resguardado desde el que divisar todo cuanto acontecía con el grupo de visitantes.

Santiago escuchó cerrarse la puerta de la mezquita. Tenía la sensación de que había sucedido algo importante, pero no era capaz de interpretarlo. Al principio, Marta había deambulado por el interior del templo sin hacer demasiado caso al guía. Luego, de forma súbita, cuando la visita iba a terminar, algo había atraído su atención.

Salió de su escondite y se acercó con paso tranquilo al lugar donde Marta había hecho su hallazgo. Era una zona amplia desde donde se podía ver una gran parte de la mezquita. Santiago gruñó frustrado. ¿Qué era lo que había captado su interés? Decidió informar de lo sucedido al Pastor y esperar órdenes.

En el momento en que Santiago abandonaba la mezquita, a apenas doscientos metros de allí, Marta recibía una toalla y un gorro de baño de las manos de una amable recepcionista que le señaló una puerta al final del pasillo. Marta entró en el vestuario en silencio. Estaba en penumbra. Se desnudó, se puso el biquini y se dirigió hacia la sala indicada. Todo sucedía en una calma que invitaba al relax, justo lo que necesitaba. Sin embargo, su cerebro bullía de excitación. Empezaba a pensar que el segundo capricho que había decidido darse, la visita a uno de los hamames de Córdoba, iba a verse frustrada. Estaba demasiado tensa por su descubrimiento. El deseo de regresar a la mezquita, de ver qué escondía aquel símbolo, era superior a la tranquilidad que lograría en el baño árabe, por lo que había estado a punto de suspenderlo. Luego había pensado que quizá allí, con el arrullo del rumor del agua y de la música que se deslizaba entre las luces indirectas, podía trazar un plan.

Ya había estado en aquel hamam durante su anterior visita a Córdoba. Todo allí transcurría con el sosiego y la lentitud que propiciaban la oscuridad, las velas blancas y la gente hablando en murmullos. La decoración era un remedo de la propia mezquita, con arcos bicolor que generaban la falsa sensación de estar sumergida en el pasado.

Se metió en una de las piscinas de agua templada y dejó, por un instante, las preocupaciones a un lado. Se sintió ligera, flotando en una soledad en la que el resto de los visitantes le parecían sombras lejanas. Recordó cómo en las novelas de Rulfo, vivos y muertos se confundían hasta hacerse indistinguibles. En ese momento, Marta tenía esa sensación.

Salió del agua, se envolvió en su toalla y se dirigió a una zona aledaña a la gran piscina separada por cortinas que cubrían los arcos y diferenciaban el área de masajes del resto del hamam. Había reservado un masaje de treinta minutos, durante los que aprovecharía para pensar en el día siguiente. La masajista le ayudó con la toalla y ella se tumbó bocabajo, con la cabeza en un hueco que le dejaba respirar y ver el suelo. Primero vertieron agua caliente y espuma por encima de su cuerpo mientras la masajista la exfoliaba con un guante kessa, de tradición árabe.

Marta se dio cuenta de que no podía pensar mucho. La música suave, el masaje y los aromas que la envolvían hicieron que su cuerpo se relajase. Sintió que el sueño la invadía. De pronto, un sonido la devolvió a la realidad. Era el pitido de su reloj inteligente. Acababa de recibir un wasap. A pesar de que la posición no era cómoda, dejó caer su brazo derecho de la camilla y, a duras penas, giró la cabeza para ver la pantalla. Un texto breve se iluminaba en el dispositivo. El número era desconocido, pero las palabras escritas helaron su sangre.

«Sal de ahí. Huye».

Se incorporó de un salto, asustando a la masajista, que dio un paso atrás. Musitó una disculpa y tras envolverse en la toalla se dirigió al vestuario sin mirar a los lados. De pronto se sentía indefensa, semidesnuda en un lugar envuelto en sombras. Temía girarse y encontrarse con algún rostro amenazante.

Se vistió deprisa, sin importarle ponerse la ropa sobre la piel mojada. Abrió la puerta y miró fuera. Todo permanecía silencioso, salvo por la eterna música ambiente que para ella había adquirido matices inquietantes.

Sin correr, pero lo más rápidamente que pudo, abandonó el hamam. Cuando salió a la calle, la oscuridad era casi total. Apenas unos cuantos metros la separaban del hotel, pero sabía que aquella distancia podía ser eterna. Aceleró el paso y no respiró hasta que no traspasó la puerta y se encerró en su habitación con la llave echada por dentro.

Santiago frunció el ceño. El extraño comportamiento de Marta lo había sorprendido. Aunque en un primer instante no tenía pensado entrar en el baño árabe, había recibido un mensaje del Pastor que le instaba a hacerlo. Aún no entendía de dónde obtenía la información, pero el mensaje indicaba que Marta iba a recibir un masaje. Disponía de treinta minutos para acceder al vestuario y revisar su taquilla. El Pastor quería saber qué había descubierto Marta.

Refunfuñando por el riesgo que corría de encontrarse cara a cara con ella y que lo reconociese o de ser descubierto en un lugar reservado a las mujeres, acató la orden y entró en el baño árabe después de alquilar en la recepción todo el material necesario. Se tranquilizó al descubrir a Marta en la camilla de masajes y esperó el momento en que el vestuario se vaciase. Había revisado la taquilla de Marta —había pocas ocupadas y no le había costado identificarla—, pero no encontró nada interesante. Cuando se disponía a salir, había escuchado unos pasos que se dirigían hacia el vestuario, así que no le quedó más remedio que ocultarse en las duchas. Desde allí vio entrar a una Marta muy alterada que se cambió a toda prisa y salió disparada, como si la persiguiese el mismo diablo. Se quedó pensativo. Solo había una opción: alguien la había avisado. Santiago recordó al fotógrafo de Alejandría. Tenía que informar al Pastor de todo aquello.

56

Año 1239

El sol acababa de ocultarse tras las montañas y el frío había hecho que los escasos habitantes de Montsegur se recogieran en el interior del castillo huyendo de la noche.

El caballero negro, sin embargo, había salido para ver cómo el amarillo se transformaba en anaranjado y este, en carmesí antes de que el cielo tomara un brillo azul metálico y todo se sumergiera en la oscuridad. Necesitaba meditar.

Escuchó unos pasos detrás y supo quién era antes de que hablase. Philippa se colocó junto a él y sonrió con una mueca triste que acentuó las arrugas de su rostro. Atrás había quedado la belleza salvaje de su juventud, que había sido sustituida por otra más serena, profunda, que atesoraba los momentos de una vida juntos.

—Mañana cabalgaremos juntos —dijo Philippa poniendo su mano sobre la de él—. Quizá sea la última vez que lo hagamos.

Lo había dicho con resignación, como si la muerte los hubiese estado rondando tanto tiempo que el final fuese inevitable. Roger no respondió. Tenía un mal presentimiento. O tal vez solo fuesen los años, que pesaban sobre sus hombros.

—Otra batalla más —respondió—. ¿Para qué? Puede que muramos o puede que venzamos. Hasta la próxima. ¿Qué importa?

—¿Te acuerdas de nuestra primera conversación hace media vida sobre los muros de Béziers?

El caballero negro sonrió y recitó de memoria aquellas palabras que lo habían acompañado toda su vida.

—No hay pasado, no hay futuro. Solo aquí y ahora.

Philippa asintió y cogió de las manos a Roger.

—No importa lo que suceda mañana, solo cumplir con lo que debemos. Eso es lo que tú me enseñaste aquel día.

—En eso ha consistido nuestra vida. En salvar los restos de un naufragio. ¿Qué hemos conseguido?

—Ser fieles a nosotros mismos. A nuestros ideales.

—Para verlos morir. Solo quedan unos pocos castillos entre las montañas y unos cientos de cátaros asustados que se esconden con la vana esperanza de no acabar en la hoguera.

Philippa pasó la mano por el rostro de Roger y luego besó delicadamente sus labios.

—Y, sin embargo, mañana cabalgaremos. Los restos del ejército occitano. Volveremos a ver nuestra querida Carcasona y quizá hasta venzamos.

El caballero negro no respondió. No quería matar la esperanza, una esperanza que él ya no tenía. Miró hacia abajo y vio dos sombras que ascendían con paso cansado hacia la fortaleza.

«¡Qué raro! —pensó—. Extraña hora para llegar a Montsegur». Philippa había seguido su mirada y observaba también a las dos figuras que se aproximaban a las murallas.

—¡Ves, Roger, siempre hay esperanza!

El caballero negro tardó unos instantes en comprender lo que Philippa ya había adivinado. Jean y Arpaix habían regresado.

Tres años habían transcurrido desde su marcha, pero habían bastado unos segundos para que el caballero negro supiese que habían fracasado.

Su amigo negó con la cabeza con un gesto funesto y Roger descubrió que aquello hacía tiempo que había dejado de importarle. La reliquia, el arca, todo aquello era irrelevante. Solo el hilo de la amistad con Jean le unía a aquella búsqueda infructuosa. Solo volver a ver a Arpaix era importante para él. Tres años la habían convertido en una mujer, a pesar del hábito que vestía y del cabello tonsurado que esperaban ver crecer de nuevo.

Jean contempló el reencuentro con cariño y se prometió que jamás volvería a separarlos. No tenía derecho.

Aquella noche, en la que ninguno de ellos durmió, se contaron lo sucedido durante aquellos tres años. Jean se dio cuenta de que una sombra cubría la mirada de Roger. Ya la había visto antes, la lucha eterna entre su necesidad de hacer lo correcto y su deseo de dejarlo todo y vivir en paz con Philippa y sus dos hijas.

—¿Qué harás cuando todo termine?

Roger sonrió perdido en sus recuerdos.

—Me acuerdo de un lugar —dijo al fin—. Solo pasé una noche, durante el camino de regreso de Suntria, con fray Honorio y los monjes blancos. Era un pueblo que crecía alrededor de un monte elevado de grandes rocas redondas y pulidas, en medio de un valle extenso, con la belleza que solo la primavera puede producir. Recuerdo que pensé que era un buen lugar para vivir.

—Iremos allí —dijo Philippa sujetando la mano del caballero negro.

Entre ellos se extendió un silencio que Roger terminó por romper.

—Y tú, ¿qué harás a continuación?

Roger había descubierto en su amigo un deje de resignación, como si el arca ya no estuviera a su alcance. Jean sonrío.

—Quizá os acompañe. He postergado durante demasiado tiempo mi vida. A lo mejor es el momento de recuperarla.

El caballero negro colocó su mano sobre el hombro de Jean.

—Aún hay esperanza para ti —dijo—, pero tal vez deberías hablar a la dama Blanche de ello. Un día se cansará de esperarte.

Por la mañana, cuando el alba ya había quedado atrás, el ejército occitano se puso en marcha. Jean, desde lo alto de la muralla de Montsegur, los vio marchar. Roger, Philippa y Arpaix cabalgaban juntos. Sería la última vez que Jean los vería ir a la guerra.

57

Año 2022

La luz de la mañana en Córdoba era limpia y clara y se había llevado los fantasmas de la noche, que habían desaparecido para convertirse en una vaga preocupación. Marta no había dormido bien, asaltada en la oscuridad de su habitación por los hechos del día anterior. Primero, el descubrimiento del símbolo en la mezquita, la frustración por la espera; luego, el mensaje desde un número desconocido avisándola del peligro. ¿Quién se lo había enviado? ¿Por qué la estaba protegiendo?

Incapaz de conciliar el sueño, había madrugado para salir a correr. Se había puesto su lista de canciones favorita con la vana esperanza de que la música y el esfuerzo físico alejasen sus preocupaciones. No lo había conseguido, pero, tras una ducha y un buen desayuno, había trazado un plan.

A las nueve de la mañana, un taxi la esperaba en la puerta del hotel. Se subió al coche con un único objetivo: comprobar si alguien la seguía. Pidió al taxista que diese un paseo por la ciudad, una especie de visita turística. Cuando se cansó, solicitó que la dejase frente a la mezquita. Estaba en lo cierto: otro taxi se había dedicado a perseguir discretamente al suyo. Pero, a pesar del esfuerzo, Marta no había podido ver a su ocupante. No era necesario, tenía grabado a fuego el rostro que había visto en Jerusalén.

Decidió tener cuidado en la mezquita, pero también aprovechar la oportunidad que le daba ese conocimiento. Entró en el monumento como una turista más y recorrió el templo sin prisa, observándolo todo, pero manteniéndose siempre cerca de otros turistas.

Sabía que estaba siendo observada y que no podía detenerse frente al nudo de Salomón mucho tiempo. Con el móvil en la mano comenzó a grabar todo cuanto veía, cada detalle, cada piedra, cada columna. Trató de abstraerse de la belleza que la rodeaba. Poco a poco, como si no estuviera premeditado, se dirigió hacia la zona de la ampliación de Almanzor. Sintió cómo su nerviosismo aumentaba al acercarse al mihrab, pero se resistió a mirar directamente al símbolo. Continuó grabando y enfocando, de vez en cuando, el resto de la mezquita.

Dos horas después salió del monumento, cruzó el Patio de los Naranjos y se encaminó hacia el hotel. Comenzaba la siguiente fase de su plan. Pidió algo de comer y descargó las casi dos horas de vídeo que había grabado. Buscaba dos cosas. La primera no tardó mucho en encontrarla. Sabía dónde hacerlo. Allí estaba: el nudo de Salomón claramente tallado en la piedra. La segunda fue más complicada. Además del monumento había tratado de capturar la cara de todas y cada una de las personas que había visto en la mezquita. Se imaginaba que quien la estaba siguiendo no se había mostrado abiertamente, pero tenía una sospecha.

Tardó más de dos horas en dar con él, pero cuando lo hizo, no tuvo la menor duda. Contempló la pantalla de su ordenador y asintió satisfecha. La imagen mostraba a un hombre que aparecía semioculto tras una de las columnas. Era alto y delgado y Marta se esforzó en recordar algo que había sucedido días atrás. Su mente regresó a Jerusalén, a la basílica del Santo Sepulcro. «Sí», se dijo, aquel hombre era el mismo con el que se había cruzado allí. Y ya en aquella ocasión había tenido la sensación de que no era la primera vez.

Miró la hora en su móvil. Eran las cuatro de la tarde. Aún quedaban tres horas para el atardecer. Descansaría un rato antes de iniciar la fase final de su plan, que, esperaba, la llevaría frente a su objetivo. Si lograba dar esquinazo a su perseguidor. Si conseguía quedarse a solas en la mezquita. Si aquel símbolo significaba lo que ella pensaba. Demasiados condicionales.

58

Año 35

Un grito en la noche resuena con un eco diferente. Se expande sin límites y parece que va a despertar a la ciudad entera. Oseza gritaba detrás de Magdalena. Gritaba, rogaba y casi suplicaba.

—¡No lo hagas!

Magdalena se volvió y se enfrentó a él. Sentía una gélida determinación. Se dirigía a casa de Filón a reclamar el arca robada, no porque estuviera interesada en su contenido, sino porque aquel objeto era el culpable de la muerte de Jesús y no podía soportar que Filón se saliese con la suya. Se sentía sucia, utilizada por aquel filósofo con apariencia de sabio que la había engañado.

—¡No! ¡Se acabó! Haré lo que considere. Hablaré con Filón.

Oseza bajó los brazos y lanzó un suspiro de resignación. Su voz sonó cansada.

—Cometes un error.

Parecía hablar más para sí mismo que para ella. Era la viva imagen de un perro abandonado. Magdalena no pudo evitar sonreír con cariño. Se acercó a él y colocó una mano sobre su brazo. Notó cómo temblaba.

—Puede ser, pero será mi error. Gracias por tu ayuda, ahora seguiré sola.

Oseza bajó la cabeza y asintió de forma casi imperceptible. Magdalena se volvió y continuó su camino hacia casa de Filón. Oseza la vio marchar y cuando ella desapareció, se quedó aún un rato quieto en medio de la calle. Parecía dudar. Así estaba cuando Lalla lo encontró. La joven se acercó a él por detrás y, aunque habló con calma, no pudo evitar asustarlo.

—¿Dónde está Magdalena?

Oseza dio un paso atrás. No conocía a aquella mujer.

—¿Quién eres? —preguntó.

Lalla dudó un momento si responder. No le gustaban las preguntas. Siempre llevaban a otras nuevas hasta que no había respuestas; y si las había, eran incómodas.

—Una amiga suya. Estoy buscándola. Tengo un mensaje para ella.

—Se fue —respondió Oseza haciendo un vago gesto con la mano—. No pude evitarlo.

—¿Adónde?

Oseza miró a Lalla y se dijo que nada de aquello importaba ya.

—A casa de Filón. A tratar de recuperar el cofre.

—¿El cofre? Filón no tiene el cofre. Ese era el mensaje que debía transmitirle.

La expresión de Oseza cambió de la pesadumbre a la sorpresa y luego a la determinación.

—¡Ven! Debemos detenerla antes de que haga algo irreparable.

Magdalena entró en casa de Filón sin que su esclava pudiera evitarlo, asustada por la determinación en su mirada, y se dirigió a los aposentos del filósofo. Sabía que Filón dormía mal y se acostaba tarde. Cuando entró, estaba sentado a su mesa, revisando algunos pergaminos. La miró con sorpresa, pero se repuso con rapidez.

—¿Dónde has estado? No te he visto hoy en el Museion.

Había hablado con calma aparente, pero Magdalena había notado un tono agudo en su voz. «Está nervioso», pensó.

—Buscando el cofre de Jesús —respondió tratando de mantener la calma—. Pero parece que te has adelantado.

Filón enarcó una ceja.

—No sé a qué te refieres. Yo no tengo el cofre.

Magdalena no supo qué decir. Había esperado que Filón reconociese su acción.

—¿Me estás diciendo que alguien que no eres tú ha entrado en las catacumbas y ha robado el cofre?

Filón se levantó con calma y la estudió con mirada interrogante. Magdalena tuvo la sensación de que no mentía.

—¿Las catacumbas de Kom-el-Shogafa? O sea, que es allí donde Jesús lo escondió. Debí darme cuenta.

Filón parecía hablar consigo mismo.

—Lo querías para ti. Solo me ayudaste para que lo encontrara por ti.

El rostro de Filón se endureció. Su gesto se volvió condescendiente y en la comisura de sus labios se dibujó un rictus despectivo.

—¿Por qué sino? Había dado por perdido el cofre cuando apareciste como el maná del cielo, deseosa de saber, de encontrar la verdad.

—¿La verdad? Ya no sé qué es verdad o mentira. Yo solo quería saber por qué Jesús me había abandonado.

Magdalena comprendió que aquellas palabras conte- nían una verdad que se había estado ocultando a sí mis- ma. Solo había ido hasta allí porque necesitaba compren- der la decisión de Jesús.

—¿Que por qué te abandonó? ¿Aún no lo sabes?

Magdalena bajó la mirada. Sabía la respuesta. Su mi- sión había sido más importante. El arca. Su dios. Ella lo había sabido siempre y lo había aceptado desde el primer día. No podía reprochárselo.

Notó una presencia detrás. Era uno de los esclavos de Filón, un nubio alto y poderoso que miraba al sabio es- perando instrucciones.

—Enciérrala —dijo Filón—. Ahora que el cofre ha salido a la luz ya no la necesitamos. La venderemos como esclava en el próximo mercado. Es joven y bella, pagarán un buen precio.

59

Año 2022

La noche había regresado puntual a su cita y en la mayor parte del mundo significaba recogimiento, ese momento en que los viandantes comienzan a desaparecer, entregando las calles al silencio. En Córdoba, sin embargo, acostumbrada a las altas temperaturas diurnas, la gente prolongaba su tiempo en la calle, disfrutando del frescor, alegrando la ciudad con su bullicio.

Aquello era propicio para Marta. Necesitaba llegar a la mezquita y cuanta más gente hubiese paseando, más oportunidades tendría de pasar desapercibida. Formaba parte de su plan.

Bajó a la recepción del hotel vestida con la ropa de correr y se entretuvo unos segundos hablando con el recepcionista mientras hacía estiramientos. Sabía que estaba siendo observada por aquel individuo, al que había decidido llamar el Vigía.

Cuando consideró que ya se había mostrado lo suficiente, hizo un gesto de haber olvidado algo y entró de nuevo en el ascensor. Sabía que contaba solo con unos minutos. Volvió a la habitación y se puso ropa de calle. Luego bajó directa al garaje del hotel y se deslizó por la puerta hacia la calle. Había estudiado la salida y sabía que tenía una oportunidad si su perseguidor se confiaba lo suficiente y esperaba a que ella regresara a la recepción.

Sin mirar atrás, continuó por la calle resistiendo la tentación de correr. Cuando dobló la esquina, se detuvo y se apoyó contra la pared para controlar sus pulsaciones. Lo había logrado. El Vigía tendría la duda de si Marta había cambiado de opinión o si no la había visto salir a correr, en cuyo caso aguardaría a que volviera, o al menos unos minutos preciosos. En el mejor de los casos, y si controlaba sus rutinas, esperaría más de cuarenta minutos.

Marta siguió avanzando. Cada pocos segundos comprobaba si alguien la seguía hasta que fue ganando confianza. A lo lejos divisó la mezquita. En unos minutos se uniría de nuevo a la visita nocturna. Entonces podría descubrir lo que ocultaba aquel símbolo, quizá hasta hallase la respuesta a la pregunta que la cristiandad se había hecho durante dos mil años.

Frente al hotel de Marta, Santiago Espinosa sonrió para sus adentros. Por supuesto, su rostro no mostró ningún signo de alegría, pero el placer de anticiparse a sus enemigos generaba en él una sensación tan excitante como un orgasmo. Aquella joven a la que había seguido durante las últimas semanas no era una rival a su altura. Lo había subestimado al creer que podía engañarlo con aquel burdo juego de despiste. Un militar que acecha las posiciones enemigas controla todas las vías de escape.

No necesitaba descubrir adónde iba Marta porque ya lo sabía. Lo había deducido del informe que había recibido sobre ella. Era su *modus operandi*. Ya lo había puesto en práctica antes, en el monasterio de Silos primero y en la cripta de la catedral de Asís después.

Santiago terminó el café. Estaba frío, pero le gustaba así. Se había acostumbrado. Se levantó y encaminó sus pasos hacia la catedral. Él se resistía a llamarla mezquita. Y menos aún catedral-mezquita. Hacía ochocientos años habían arrancado por fin aquella tierra bendecida de las manos de los infieles. No podía ser en vano. «Nuestra tierra, nuestras costumbres, nuestros nombres», se dijo al tiempo que dejaba unas monedas sobre la barra del bar.

60

Año 1240

La lluvia caía pesada del cielo plomizo e impedía que los soldados occitanos distinguiesen los perfiles de las torres de defensa de Carcasona. No lo necesitaban, sabían que estaban allí. Era su hogar, el mismo que les había sido arrebatado en aquella guerra cruel e interminable.

Habían llegado ante sus muros hacía un mes henchidos de orgullo y de esperanza. Pero transcurrido ese tiempo, sus rostros reflejaban un profundo desánimo. La ciudad había resistido todos los intentos de los atacantes. Las esperanzas de Raymond VII se habían venido abajo. Esperaban el levantamiento de la población local, pero este no sea había producido. Aquello era lo que más les dolía, el abandono de los suyos, hartos quizá de décadas de batallas y muertes.

Los capitanes del ejército occitano se habían reunido para decidir el rumbo a tomar. Algunos apostaban por un asalto directo, mientras que otros preferían un largo asedio y esperar a que la sed y el hambre hiciesen el trabajo.

—No somos suficientes —arguyó el caballero negro—. Debemos esperar a que el hambre los fuerce a negociar una rendición.

Un alboroto de voces se elevó ante sus palabras. La postura de Roger no era la mayoritaria.

—Llevamos un mes empantanados, dando tiempo al enemigo a reorganizarse. Si atacamos ahora, tendremos una oportunidad.

El caballero negro negó rotundo.

—He defendido muchas veces los muros de Carcasona. Se necesitan muchos más hombres para tomar esas torres de defensa.

—Quizá ese sea el problema —replicó otro de los capitanes—. La edad te ha hecho perder arrojo —terminó con una sonrisa irónica.

Roger iba a responder cuando un mensajero llegó a caballo. Se bajó y se dirigió al conde.

—Traigo noticias del este. El ejército del rey de Francia se dirige hacia aquí. Llegará con la luna nueva.

El conde Raymond meditó durante unos instantes las malas noticias. El caballero negro vio en su rostro lo que había decidido.

—No podemos esperar. Atacaremos de madrugada.

El ejército occitano se dividió en tres partes. Roger estaba al mando del flanco derecho, cuya misión era tomar la muralla exterior y hacerse con el castellar. A su lado, Philippa parecía concentrada, como siempre que entraba en combate, mientras que Arpaix, a su izquierda, se movía inquieta. Su hija nunca había luchado en una batalla, y el corazón del caballero negro se rompía en pedazos al pensar que cualquiera de ellas podía morir allí. Se obligó a apartar esos pensamientos y esperó la señal.

Antes del alba, un grito de guerra se elevó frente a las murallas. Una duda cruzó la mente del caballero negro, pero pronto la dejó atrás. Se irguió sobre su caballo y aquel gesto fue suficiente. Vio a su alrededor a un grupo valiente y entregado pero insuficiente, y de inmediato supo que no volvería a ver a muchos de ellos cuando cayera el sol.

La batalla comenzó con viento favorable, sufrieron bajas, pero tomaron las murallas exteriores y se extendieron por el castellar como una marea. Por un instante, creyeron que lo lograrían. Roger trataba de que sus hombres no se dispersasen y a la vez intentaba no perder de vista a Philippa y Arpaix.

De pronto, todo cambió. Los enemigos comenzaron a llegar por oleadas. Cuando el caballero negro comenzó a sentir que sus hombres flaqueaban, algo nubló su vista. Ante sus ojos, apareció Andrea de Montebarro.

Ambos se miraron un instante y el templario sonrió con crueldad. Roger notó que la sangre hervía en sus venas. El recuerdo de la muerte de su padre y de su hermana se hizo presente y sintió que perdía la cabeza. Sin embargo, antes de que pudiera reaccionar, alguien se interpuso entre ambos. Arpaix. El templario le lanzó una mirada de desprecio.

—¡Arpaix, no!

El grito del caballero negro sorprendió a Andrea de Montebarro, que tardó un segundo en comprender. Balanceó su espada.

—¡Apártate! —dijo Andrea—. A ti prefiero no matarte. Todavía. Te tengo reservados otros placeres. Como a Eloise —añadió mirando a Roger.

El caballero negro se lanzó con fuego en su mirada, pero Arpaix fue más rápida. No había entendido las palabras del templario, pero no necesitaba hacerlo.

Andrea de Montebarro era ya un guerrero experimentado, pero cometió el error de subestimar a su enemiga. Arpaix avanzó, colocó la espada sobre su cabeza como le había enseñado su madre e inspiró profundamente. Recordó que respiración y equilibrio lo eran todo, y cuando el templario descargó su primer golpe, ella estaba preparada. Lo esquivó con facilidad y dejó su pierna atrás. Andrea, con el impulso de su ataque tropezó en ella, perdió el equilibrio y cayó al suelo como un fardo pesado. Se levantó, pero su rictus había cambiado. Su sonrisa había desaparecido y había sido sustituida por una expresión de rabia, la de quien se siente ridiculizado por un adversario menor.

Su ataque fue brutal. Arpaix no estaba lista. El caballero negro y Philippa ahogaron un grito de advertencia que no fue necesario. Ni Philippa hubiera podido moverse así de rápido. Arpaix se repuso, evitó a su adversario y golpeó con la empuñadura el rostro de Andrea. Antes de que este pudiera reaccionar, Arpaix lo derribó de una patada y el templario contempló horrorizado cómo su espada restallaba en el suelo. Entonces Arpaix se acercó y colocó la punta de la espada en el cuello de su rival. Dudó. No era lo mismo vencer a un contrario que darle muerte.

Andrea vio la duda en el rostro de la joven y una mueca despectiva pugnó por abrirse paso limitada solo por el miedo a morir. En aquel momento, un nutrido grupo de soldados enemigos apareció y cargó contra ellos. Roger reaccionó con rapidez. Tomó a Arpaix de la mano y junto a Philippa emprendieron la retirada.

La batalla terminó aquella misma tarde. La derrota del ejército de Raymond VII fue total y los restos de sus tropas quedaron dispersos en pequeños grupos que luchaban por sobrevivir. Así fue cómo la última esperanza occitana de recuperar Carcasona se perdió para siempre.

Tres días tardaron Roger, Philippa y Arpaix en regresar a Montsegur, tres días arrastrándose en la noche, huyendo de los caminos, durmiendo en los bosques como proscritos, temiendo ser descubiertos a cada instante.

El día antes de llegar, Arpaix caminaba silenciosa, ensimismada, y Roger se acercó a ella.

—Dime qué sientes.

La mirada de Arpaix era triste, desconsolada.

—No fui capaz. Debí haberlo matado y no fui capaz.

El caballero negro detuvo a su hija y la sujetó por los hombros.

—Escúchame bien. Matar no te hace mejor. Una vez que lo haces, no hay marcha atrás.

—¿Y entonces de qué valen tantos años de entrenamiento?

Roger iba a responder que el objetivo de saber luchar no era matar, sino evitar morir. Luego se acordó de Guy Paré y del día que se encontraron por primera vez cerca de Saint-Émilion. Había tenido la oportunidad de acabar con su vida y no lo había hecho. Aún recordaba sus palabras a Jean. «No quito la vida si no es necesario. Es contrario a mis convicciones». Quizá si lo hubieran hecho, Arnaldo seguiría con vida. Y Esclarmonde. Y tantos otros.

—No lo sé —contestó Roger—. No siempre es fácil distinguir el bien del mal ni las consecuencias de nuestros actos.

—¿Entonces? —preguntó Arpaix, que anhelaba una respuesta.

—Tuya es la respuesta. Búscala en tus propias convicciones. Nadie más puede decidir por ti. Yo solo sé una cosa. Lo que decidas te acompañará el resto de tu vida. Elige con cuidado.

61

Año 2022

El silencio de un edificio vacío es único, diferenciado, como si le confiriese personalidad propia. En muchos casos, está lleno de crujidos que, para un espectador impresionable, pueden parecer gruñidos. Es la tendencia a humanizar que la evolución ha desarrollado para mantenernos alerta. En otros casos, el sonido está repleto de los silbidos del viento deslizándose por las oquedades, que nuestra mente transforma en susurros o incluso en pasos. La mezquita de Córdoba también tenía su sonido propio, pero a Marta se le antojaba amable, como un arrullo acogedor. Quizá sugestionada por el origen musulmán, a Marta le parecía estar percibiendo el rumor lejano del agua.

Trató de concentrarse en lo que estaba haciendo. Llegaba el momento crítico. La visita había avanzado y se acercaban al lugar que Marta había elegido para ocultarse, uno de los pasillos que daba a una de las puertas de salida cerradas de la mezquita. Era un corredor estrecho, en penumbra, y alguien había dejado una pequeña grúa allí estacionada, probablemente para el mantenimiento de la iluminación. Con el corazón a punto de salirle por la boca, buscó el momento oportuno y se deslizó hacia el pasillo. En la oscuridad esperó unos segundos, hasta escuchar al guía, que, con su letanía, se acercaba al tramo final de la visita.

Aguardó unos minutos más, disfrutando de la sensación, pero echando de menos a Iñigo. Recordó que las veces anteriores había compartido aquella excitación con él. La emoción de lo prohibido mezclada con la expectativa del posible descubrimiento. Le parecía increíble que pudiera estar a unos pasos de desvelar un secreto tantos siglos oculto. No sabía lo que haría después, ni tampoco le importaba en exceso. Solo esperaba que aquello le permitiera recuperar a Iñigo y continuar con su vida. Ahora comprendía el error que habían sido sus últimos meses.

Lo que sucediese con el cofre y si en él residía o no el secreto para llegar hasta el arca de la alianza le importaba ya poco. Ella no creía en objetos mágicos y lo más probable es que en el arca solo hubiera restos arqueológicos con valor histórico o restos de algo que había sido, pero que el paso del tiempo había destruido.

Esperó para asegurarse de que el grupo abandonaba el monumento. Escuchó a dos guardias de seguridad revisar el edificio y dirigirse luego hacia la salida. El sonido de una cancela dejó paso al silencio y Marta se encontró sola.

Varios minutos después, salió de su escondite. Sus pasos resonaron amortiguados y se acercó con lentitud a la verja que protegía el mihrab. Era una verja pequeña que saltó sin dificultad, aunque tratando de hacer el menor ruido posible. Cuando estuvo frente al nudo de Salomón, lo miró con curiosidad. Había algo que le chocaba y que tardó un instante en comprender. Siempre que había encontrado una nueva pista, esta iba acompañada de la marca de cantero de Jean, pero en ese caso, el símbolo aparecía solo. Se recordó que aquel nudo de Salomón debía de haber sido tallado siglos antes de la llegada de Jean a Córdoba. ¿Lo había contemplado él como hacía ella ahora? Nunca lo sabría.

En ese preciso instante se dio cuenta de que el símbolo tenía algo extraño. No parecía grabado en la piedra, sino incrustado en ella. A su alrededor parecía haber una hendidura, como si no formase parte del trabajo original. Marta extendió la mano hacia el nudo y lo acarició, sintió su textura, la rugosidad que tanto la atraía de la piedra. En un súbito impulso, apoyó la mano y empujó. No sabía por qué había hecho aquello, quizá por la forma en la que estaba tallado. Una idea había acudido a su mente: el símbolo accionaba algo; por eso una sensación extraña la invadió cuando notó que cedía y escuchó un sonido mecánico, el de la piedra deslizándose.

Frente a sus pies una losa se había retirado y dejaba ver una oquedad oscura. En ese momento, todo lo demás dejó de tener importancia para Marta. Nerviosa, sacó el móvil de su bolsillo y necesitó tres intentos para encender la linterna. Cuando lo logró, apuntó con el móvil y descubrió unos escalones recubiertos por el polvo de un millón de años que penetraban en el suelo. Dio un paso vacilante y descendió el primer escalón. Luego, como en un sueño, sus pies la condujeron por aquella escalera. «Veintiún peldaños», contó antes de llegar a lo que parecía una cripta.

El olor del tiempo se acumulaba allí, pero, para su decepción, a simple vista estaba vacía. Sintió un regusto amargo, el del fracaso, y notó las lágrimas pugnando por abrirse paso. Por un impulso desesperado, recorrió las esquinas de la cripta buscando alguna señal, algún símbolo, alguna oquedad escondida. Se apoyó en una de las paredes y cerró los ojos. Sabía que lo que se jugaba no era únicamente encontrar el arca. La vida de Iñigo dependía de ella y le había fallado.

—¿Qué buscabas?

La ronca voz masculina reverberó en las paredes de la cripta. Marta levantó la mirada y descubrió frente a ella al Vigía. La observaba con intensidad. «La concentración de un cazador», pensó Marta, que había dirigido su linterna hacia él por un instante. Sobre el Vigía, encima del hueco de acceso a la cripta, había cuatro símbolos que momentos antes se le habían pasado inadvertidos. Fue solo un segundo, antes de volver a apartar la luz de su enemigo, pero quedaron impresos en su mente. El primero de ellos lo hubiera reconocido en cualquier lugar, era el símbolo de cantero de Jean. Entonces, una idea aterradora acudió a su mente. Si aquel hombre la dejaba allí encerrada, jamás la encontrarían con vida. Nadie había descubierto aquel lugar en mil años, ¿por qué iban a hacerlo ahora?

Aquello le dio resolución. Apretó la mandíbula y los puños. Sabía que era un pensamiento infantil y que no tenía opción, pero la rabia la devoraba por dentro. El Vigía, por su parte, parecía no tener prisa.

—No has contestado a mi pregunta.

—Ni voy a hacerlo.

Santiago no sonrió. Evaluó la respuesta y no se sintió satisfecho con la misma. Hacía apenas una hora, cuando había comunicado el movimiento de Marta en la catedral, había recibido instrucciones de actuar. En el mismo momento en el que había informado al Pastor, este le había enviado un escueto mensaje: «Hazte con ello».

No tenía claro a qué se refería, pero sí que Marta buscaba algo allí escondido. Santiago no creía que en la catedral se pudiese robar algo de valor tan fácilmente, pero al mismo tiempo le intrigaba cómo Marta había sabido que aquel lugar existía. Había excitado su curiosidad. Dio un paso adelante dispuesto a usar la violencia para conseguir respuestas.

En ese momento, Marta apagó la linterna de su móvil. Sabía que solo tendría unos segundos de ventaja; la vista de ambos se acostumbraría rápido a la penumbra. Marta se deslizó a su derecha, se agachó, tomó un puñado de tierra del suelo de la cripta y lo lanzó hacia donde creía que se encontraba el Vigía.

Escuchó una exclamación y un gruñido y supo que había acertado. Sin pensarlo, se lanzó como un resorte hacia la puerta esperando notar un golpe o una mano asiéndola para terminar con sus esperanzas. Alcanzó la escalera y comenzó a subir. A su alrededor, la oscuridad iba perdiendo densidad. Recordó cómo había contado los escalones al bajar, tres grupos de siete, y trató de concentrarse en ellos. Cuando llegó al segundo grupo, escuchó un grito tras ella, pero era de desesperación, de odio, de humillación.

Llegó al final de la escalera y salió a la penumbra de la mezquita. Frente a ella, estaba la verja, que ahora le parecía mucho más alta. Sabía que de su habilidad para saltar podía depender su vida. Asió los barrotes, elevó la pierna izquierda y se impulsó con fuerza. Se puso a horcajadas y descolgó una pierna del otro lado. Al volverse, pudo comprobar que el Vigía aún no había logrado subir la escalera. Quizá todavía pudiera lograrlo, quizá...

Fue entonces cuando se dio cuenta de que su esperanza era vana. No tenía forma de salir de la mezquita. Las puertas estaban cerradas. Al entrar, sabía que tal vez tuviese que dormir allí hasta la llegada de turistas por la mañana. Ahora estaba encerrada en una jaula, la más cara que hubiese existido jamás, una cárcel de la que no iba a salir con vida.

La nave de la mezquita se abría ante ella. Contaba aún con unos segundos de ventaja y tenía que aprovecharlos. «Piensa, Marta, piensa», se dijo. Debía encontrar algún escondite, aunque no podía imaginar cómo iba a lograr esconderse del Vigía toda la noche. Se colocó detrás de uno de los arcos que el coro ocultaba si se miraba desde el mihrab y esperó. Oía su propia respiración agitada.

«Cálmate —pensó—, o será tu fin».

La luz era escasa, pero los sonidos reverberaban en el silencio del templo. Escuchó a su enemigo salir de la cripta respirando pesadamente y tomar aire tratando de recuperar el resuello. Oyó el inconfundible chirrido de la verja al ser saltada. Luego, silencio, hasta que una voz estalló en la nave.

—Es imposible que te escondas. No te mataré, no tengo intención de hacerlo. Solo dime qué has descubierto y te dejaré marchar.

Marta no se hizo ilusiones. El objeto que perseguía tenía demasiado valor. Pegó su cuerpo a la columna y esperó. De pronto, un sonido extraño le indicó la posición del Vigía. Tardó un instante en comprender de qué se trataba. Era el sonido de una hoja de papel al desplegarse: ¡tenía un plano de la mezquita! ¡Estaba mirando dónde podía haberse ocultado Marta! Sus últimas esperanzas desaparecieron. Era un hombre metódico y acabaría encontrándola.

Entonces escuchó el sonido de su móvil, un mensaje entrante. Se maldijo a sí misma por su falta de previsión, ahora al Vigía no le sería difícil localizarla. Y, sin embargo, ese descuido iba a salvar su vida. De forma instintiva miró su muñeca y el mensaje destelló en su reloj justo cuando el Vigía se movía hacia ella. Tenía apenas unos segundos para hacer algo, pero su vista estaba presa de la pantalla. Le llevó un momento entender lo que leía: «Puerta este. Número 35».

Estaba desorientada. Sabía que las capillas laterales estaban numeradas, pero no se acordaba de cuál era la número 35. Ni siquiera cuál era la puerta este. Luego recordó que al esconderse tras la grúa había visto que la capilla adyacente era la número 28. Cruzó los dedos y saltó como un resorte unos instantes antes de ser descubierta. La fortuna estuvo de su parte, porque el Vigía se había acercado a ella por el lado contrario del arco. De nuevo, eso le dio una ventaja que tenía que aprovechar.

Una idea aterradora cruzó su mente. ¿Y si el mensaje se lo había enviado el Vigía para hacerla salir de su escondite? Si era así, era muy tarde para arrepentirse. Él habría ganado. Llegó a la zona donde creía que podía estar la puerta 35. Al pasar junto a una de las capillas, pudo ver que era la número 33. En ese momento escuchó un grito detrás de ella. Fue un grito gutural, sin palabras, que expresaba esfuerzo y victoria.

Frente a ella estaba la capilla 35 y un túnel oscuro que conducía a una puerta. Sin pensarlo, se introdujo en la oscuridad. Tanteó el pomo de la puerta y tiró de él con todas sus fuerzas. Para su sorpresa, cedió de inmediato y la puerta se abrió impulsada por la energía de su adrenalina. Saltó fuera y, de pronto, se encontró en la calle. Corrió. Corrió sin mirar atrás, con el corazón en la boca. Corrió tan rápido como pudo y no paró hasta llegar a su hotel.

Cruzó la recepción sin detenerse y subió los escalones

de tres en tres. Sabía que ya estaba a salvo, pero ahora había otra cosa que le importaba. Abrió la puerta de la habitación, se acercó a grandes pasos al escritorio y cogió papel y bolígrafo. Los símbolos que había visto en la cripta empezarían a desdibujarse en su memoria en cualquier momento. Necesitaba anotarlos antes de que desaparecieran.

Cuando terminó, miró la hoja de papel en su mano. Debería estar agotada, pero la adrenalina aún circulaba por su cuerpo. No esperaría al día siguiente. El mensaje de Jean la esperaba.

62

Año 1242

La luz mortecina que se filtraba en el salón del castillo de Béziers dejaba a los presentes en la penumbra. Eran cuatro hombres y estaban allí para terminar de destruir la herejía cátara.

Hugo de Arcis, senescal de Carcasona, presidía la reunión. Era un hombre severo, de pocas palabras. Su mirada, escondida tras unas cejas espesas, era penetrante. Parecía incómodo. Estaba más acostumbrado a dar órdenes que a negociar. Había mantenido la ciudad a salvo de sus enemigos, pero ahora sus hombres eran reclamados para acabar con los restos del ejército occitano.

Humberto de Romans vestía el hábito de los dominicos. Era el único de los presentes que no portaba espada. No la precisaba. Como responsable máximo de la Inquisición pontificia, sus armas eran otras: la cruz y la tortura. Esta última solo cuando era necesaria, claro. Sus manos reposaban calmadas sobre la mesa y su mirada afilada permanecía tranquila. Sabía lo que quería y estaba allí para lograrlo. No le bastaba con que el catarismo desapareciera. Había que erradicar el mal de raíz para impedir que su simiente sobreviviese y prosperase en el futuro.

A su izquierda estaba Pierre Savary, maestre de la Orden de la Fe de Jesucristo, un hombre de principios. Tenía una misión en la vida, la de la orden que dirigía: destruir a los malvados herejes y sus tierras, así como a todos los que se rebelasen contra la fe de la Santa Iglesia. Su vigorosa mano sí estaba acostumbrada a la espada y deseosa de extirpar la maldad de aquella tierra mancillada.

El cuarto hombre era diferente. Poco le importaba la fe. A él le movía algo mucho más poderoso: la venganza. Andrea de Montebarro, aunque no pudiera reconocerlo, estaba allí para matar a Roger de Mirepoix.

—Ha llegado el momento —dijo el dominico—. El papa Gregorio IX nos urge a culminar nuestra tarea.

Pierre Savary y Andrea de Montebarro asintieron, pero el senescal de Carcasona no parecía tan convencido. Sería su ejército el que quedaría destruido si la guerra se torcía. Le daba igual si unos pocos herejes sobrevivían en las montañas.

—Montsegur es una fortaleza inexpugnable. Todos los que han intentado asaltarla han fracasado.

Andrea de Montebarro hizo una mueca de desagrado.

—¿No te referirás al patético intento del conde de Toulouse? Aquello fue una pantomima. No tenían ninguna intención de tomar la roca.

El senescal miró al templario con desprecio. Percibía el odio en aquel hombre y él creía que los soldados no debían odiar, solo hacer su trabajo.

—¿Cuántos hombres necesitáis para tomar Montsegur? —preguntó el maestre de la Orden de la Fe.

—Mil serán suficientes —respondió Andrea de Montebarro, aunque la pregunta no iba dirigida a él.

—No es una cuestión de hombres, sino de tiempo. Montsegur no puede ser tomada al asalto, solo sucumbirá a un asedio prolongado. La sed y el hambre harán el trabajo. Quizá deberíamos esperar al verano.

—No —respondió Humberto de Romans—. Es necesario dar un escarmiento. Llegan noticias del asesinato de nuestro hermano inquisidor Guillaume Arnaud en Avignonet.

El silencio se extendió por el salón mientras todos reflexionaban sobre la nueva afrenta del catarismo a los representantes de Dios en el mundo.

—Fue el caballero hereje Roger de Mirepoix —mintió Andrea de Montebarro—. Él dirige la defensa de Montsegur.

Nadie puso en duda la afirmación del caballero templario ni preguntó dónde había obtenido aquella información. A veces, cuando sirve a los intereses de muchos, la mentira es oportuna.

—Bien —dijo Hugo de Arcis—, reuniremos dos mil hombres y asediaremos Montsegur.

El dominico Humberto de Romans asintió complacido.

—Tengo oído que Montsegur está en la cima de una alta montaña. Aseguraos de que el fuego de la pira ascienda lo suficiente como para que sea visto desde toda Occitania.

63

Año 2022

La luz de la mañana se filtró por la ventana de la habitación de Marta en Córdoba. Parpadeó y sintió que su cabeza iba a explotar, pero logró reunir fuerzas para arrastrarse hasta el baño. Contempló su imagen en el espejo y lo que vio era peor que lo que había imaginado. Sus ojos se hundían en unas profundas ojeras y su tez había perdido vida, sepultada por el maquillaje sin limpiar y la falta de descanso. Miró su reloj y vio que eran las siete de la mañana. Se había ido a dormir tan solo dos horas antes, exhausta, pero con dos ideas claras.

La primera era que creía haber comprendido el mensaje de Jean de la mezquita. Estaba formado por cuatro símbolos, el primero de los cuales era su marca de cantería. Aquello no solo le identificaba, sino que permitía que ella siguiese sus pasos.

El segundo era otro símbolo que le resultaba familiar. Lo había visto en Peyrepertuse. Era el arca de la alianza. Aquel había sido un gran descubrimiento, ya que indicaba que seguía la pista correcta y que, ocho siglos antes, Jean había hecho lo mismo. Solo le preocupaba el corolario de aquella conclusión. Si Jean había buscado el arca y nadie sabía hoy de su existencia, Jean había fracasado. Pero había una pequeña esperanza a la que Marta se agarraba. Quizá, por alguna razón que ella no podía imaginar, Jean había escondido el arca después de encontrarla.

El tercer símbolo era más pequeño que el anterior y tenía dibujadas en su interior dos miniaturas de las reliquias. Era la prueba que Marta necesitaba y que confirmaba su teoría de que el cofre llevaba hasta el arca de la alianza.

El cuarto y último símbolo se le había atragantado. Era el culpable de su noche en vela. Estaba formado por dos triángulos. El superior tenía la punta hacia abajo y el inferior, hacia arriba, de tal forma que ambas puntas se tocaban. Por mucho que se había devanado los sesos tratando de encontrar una interpretación, la noche había transcurrido sin avances. Entonces, cuando estaba más exasperada, a punto ya de tirar la toalla, la revelación había surgido de la nada. Una imagen había venido a su mente. La había visto al estudiar las siete virtudes, dos de las cuales aparecían en el tapiz de Carcasona. Una de ellas era la templanza. Marta recordaba un cuadro del siglo XVI de Lorenzetti titulado *Alegoría del buen gobierno*. En la pintura, la Templanza señalaba con la mano izquierda un objeto que sujetaba con la mano derecha, un reloj de arena. Aquella había sido la conexión: el tiempo, el reloj de arena. Jean había llegado tarde. Pero ¿qué quería decir con ello? Marta tuvo que echar mano de los libros de historia hasta dar con la respuesta a aquella pregunta.

Córdoba había estado bajo control musulmán hasta casi mediados del siglo XIII. En 1236, Fernando III el Santo la había recuperado para el cristianismo. Sin embargo, cuando conquistó la ciudad, forzó a su población a abandonarla, dejándola vacía. Y, tal vez, antes de la conquista, todos los objetos de valor habían sido evacuados. Así, cuando Jean consiguió entrar en la ciudad, quizá bajo la protección del ejército cristiano, ya no había nada que encontrar. Pero aquello suscitaba otra pregunta: ¿adónde había sido enviado el cofre?

Tras darle muchas vueltas, Marta solo había llegado a una conclusión: Granada. Era el destino natural, la ciudad que tras la caída de Córdoba se había convertido en el centro del mundo musulmán en la península. Además, había otra razón de peso para creer que aquel había sido el destino del cofre, explicaba por qué Jean había fracasado. Granada había estado bajo poder musulmán hasta el año 1492, así que Jean no había tenido la oportunidad de ir allí a buscarlo.

Marta sintió una profunda tristeza. Ya no tendría la compañía de Jean, su sombra, él ya no sería su guía a través de los años. Se sintió huérfana. A partir de ese momento, avanzaría sola. Ella sí podía ir a Granada y esperaba que allí estuviera el cofre, esperándola.

Abrió el grifo de la bañera, la llenó de agua caliente y se sumergió en un baño relajante. Necesitaba aclarar su mente. No solo porque no había podido dormir lo suficiente, sino porque debía meditar su siguiente paso.

Y esa era la segunda idea que tenía clara. No podía, sin más, ir a Granada. Se acordó del teniente Luque, de la vez que habían hablado en Roma. Él le había llamado ingenua. Desde entonces, Marta había aprendido mucho, al menos lo suficiente para saber que el Vigía no podía haberla seguido desde Jerusalén, o incluso desde antes, sin ayuda. Quienes fueran conocían en todo momento dónde estaba, adónde iba, qué visitaba. Miró su móvil, que reposaba inocente sobre el lavabo. Una organización con los medios adecuados podía haberlo pirateado para seguir sus pasos. Y, sin embargo, no podía deshacerse de él, lo necesitaba para seguir en contacto con los secuestradores de Iñigo. Ese era su dilema, un problema que le parecía irresoluble. Un problema de vida o muerte.

64

Año 1243

Una niebla baja se extendía a los pies de la montaña de Montsegur. La cima, sin embargo, estaba despejada y Philippa, desde su atalaya, veía un mar de nubes, como si el mundo no existiese, como si sus enemigos fuesen fantasmas que solo habitaban en sus sueños.

«Así deben de sentirse las águilas», pensó.

El mundo parecía un lugar vacío, pero Philippa sabía que allí abajo, tan cerca que si hacía rodar un guijarro llegaría a ellos, estaba el ejército que iba a acabar con su existencia.

Tenía cincuenta y dos años y había tenido una vida larga, más de lo que nunca hubiera pensado. Había conocido el amor profundo y la pena más honda. Y aquel no era un mal sitio para morir. Cerca del cielo. Con los suyos. Luchando por sus ideas.

Volvió su mirada hacia el interior del castillo y no vio tristeza en el rostro de los cátaros allí reunidos. Sabían que les esperaba una muerte horrenda, pero la enfrentaban con resignación, como el destino que Dios les había asignado. El agua se acababa. La comida hacía tiempo que lo había hecho. Algunos habían empezado a comer las ratas que podían encontrar.

—Philippa, debes irte, aún hay una oportunidad.

La voz de Roger la sacó de sus meditaciones. Ella se giró y le sonrió.

—Sabes que no lo haré. Mi lugar está aquí, contigo. Juntos.

—¿Y quién cuidará de Arpaix y Esclarmonde cuando ambos hayamos perecido?

—Jean lo hará. Me lo ha prometido.

—No, no lo hará. —El semblante de Roger se había vuelto súbitamente serio—. Decidirá que las reliquias o el arca son más importantes. Es su misión.

Philippa puso una mano sobre el brazo de Roger y se inclinó para besarlo.

—Créeme. Lo hará.

Al amanecer, todo el castillo se reunió en el patio de armas. Apenas cincuenta soldados y más de doscientos perfectos cátaros, los restos de un mundo que se extinguía.

—Es nuestra última oportunidad. Aún es posible abandonar el castillo por los pasajes secretos —dijo Roger dirigiéndose a todos ellos.

—¿Adónde iremos? —preguntó un perfecto cátaro con una sonrisa tranquila en su rostro—. Nunca hemos estado más cerca del cielo.

Roger se volvió hacia los soldados, que esperaban inquietos la decisión de su capitán. Desenvainó su espada y la sostuvo entre sus manos apoyada en el suelo. Luego levantó la voz para hacerse oír en todo el patio del castillo.

—¡Escuchadme, soldados occitanos! ¡Dos mil hombres nos esperan ahí fuera! ¡Han venido a destruir lo que queda de una idea, de una esperanza! ¡Yo os digo que quizá hoy la muerte nos cubra con su manto negro!

Roger hizo una pausa y miró a sus hombres. Sus rostros eran graves, propios de los soldados que saben que es su último día sobre la Tierra, pero que no tienen miedo, pues creen que es mejor morir de pie que vivir de rodillas.

—¡Aún podemos elegir! —continuó—. ¡Podemos huir y escondernos en algún lugar lejano o luchar mientras nuestra mano pueda sostener una espada! ¡Yo elijo mirar a la muerte a la cara y decirle que no tengo miedo!

Los soldados levantaron sus cabezas y el brillo regresó a sus ojos. Roger sabía que iban a arrancarles todo cuanto tenían, pero que aún les quedaba el orgullo, algo que nada ni nadie les podría arrebatar.

—¡Somos soldados occitanos, esta es nuestra tierra y cuando nuestra sangre la riegue, sus frutos la harán crecer más fuerte! ¡Por Occitania!

—¡Por Occitania! —contestó todo el castillo como un solo hombre.

Roger organizó a sus hombres y ordenó abrir la puerta, que chirrió quejosa. Al principio, no sucedió nada, solo la niebla salió a su encuentro. Luego, un rumor sordo comenzó a tomar forma. De pronto, los soldados enemigos aparecieron en una oleada infinita, como una marea.

No retrocedieron. Roger, Philippa y Arpaix hacían oscilar sus espadas y los enemigos caían a su alrededor. Pero poco a poco, el agotamiento les fue venciendo y los defensores comenzaron a ceder. Se replegaron, Roger trataba de evitar una desbandada, hasta que fueron acorralados contra la pared del castillo.

De pronto, entre la multitud de asaltantes, Roger vio un rostro que poblaba sus sueños: Andrea de Montebarro. Un fuego enloquecedor se encendió en su interior.

Escuchó un grito detrás de él y reconoció la voz de Jean, que mantenía abierta una puerta por la que ya entraba Arpaix. Philippa, a escasos metros de él, lo miraba suplicante. Roger dudó un instante, balanceándose entre su deseo de supervivencia y el de venganza. Miró a Philippa y negó con la cabeza.

Philippa corrió hacia la puerta, se acercó a Jean y le sonrío con tristeza.

—¡Sálvalas! —le gritó antes de cerrar.

Se dio la vuelta y regresó junto a Roger. Se puso a su lado, asintió con la cabeza y gritó con toda la fuerza de sus pulmones.

—¡Por Occitania!

Desde detrás de la puerta, Arpaix lanzó un grito angustiado. Intentó sin éxito abrirla, pero Philippa la había atrancado por fuera y Jean la agarraba por la cintura, tirando de ella hacia el interior del castillo. Las lágrimas inundaban sus ojos y la rabia, la ira y la desesperanza se adueñaban de ella. Al final, sintió cómo las fuerzas la abandonaban y se dejó arrastrar por largos túneles y profundas escaleras excavadas en la roca.

Aún lloraba cuando, horas después, salieron a la luz del día, mucho más abajo, en el valle y miraron hacia arriba. Contemplaron horrorizados las llamas que se elevaban hacia el cielo arrastrando la niebla y la última de sus esperanzas.

65

Año 2022

Los montes de Sierra Nevada parecían mirar con bene-
volencia a la ciudad de Granada, como si todo el esplendor de la Alhambra no fuera más que un capricho pasa-
jero del ser humano, incomparable en el espacio y en el
tiempo con la majestuosidad eterna e inmutable de la
montaña.

Marta, a bordo del autobús que la trasladaba a Granada,
contemplaba el paisaje que rodeaba a aquella ciudad que
eran mil ciudades en una. Era la ciudad de la Alhambra,
con sus turistas venidos de todas partes del mundo, la del
barrio del Sacromonte, con sus espectáculos de flamenco,
la de las teterías árabes del Albaicín. Llevaba en su mano el
teléfono apagado. Después de haber sopesado todas sus
opciones, había urdido una estrategia que tenía sus riesgos.

Había llamado a su director de tesis desde la habitación del hotel y le había pedido ayuda. Sonrió al recordar
la conversación con el viejo profesor.

—¿Ya estás otra vez metida en líos?

Había sido una reprimenda cariñosa. Unos meses
atrás Marta le había contado sus aventuras en pos de las
reliquias.

—No quieras saberlo.

Su respuesta había querido sonar ligera, pero había una genuina preocupación en ella.

—¿Qué necesitas?

Marta le había pedido que reservase una habitación a su nombre en el Parador de la Alhambra y que le comprase entradas para los Palacios Nazaríes. Ella, por su parte, había reservado habitación en un hotel de Sevilla, aunque no tenía ninguna intención de acudir. Solo pretendía jugar al gato y al ratón con el Vigía. Reservó dos billetes de autobús, a Granada y a Sevilla. El primero lo pagó al contado, el segundo, con su móvil. Esperó hasta el último instante para recoger el de Granada. Unos minutos antes había apagado su teléfono.

Una vez en Granada, compró uno nuevo, se dirigió al primer hotel que encontró cerca de la estación, reservó una tercera habitación y dejó allí el antiguo, encendido y con las llamadas redirigidas al nuevo número. Por los mensajes no tenía que preocuparse, había conectado el móvil recién adquirido al WhatsApp del otro a través de la versión web.

Cuando entró en el Parador de la Alhambra se sentía satisfecha. Sabía que el Vigía tardaría unas horas en descubrir que estaba en Granada y, una vez lo hiciese, se sentaría a esperar su salida de un hotel en el que ella no estaba. Suponía que aquello le daría la ventaja suficiente para hacer lo que se proponía.

Treinta minutos más tarde guardaba cola en la entrada de los Palacios Nazaríes. Pensó en la última vez que los había visitado, años atrás, con Daniel. ¡Qué lejano parecía todo aquello! El recuerdo era borroso, pero sabía que le habían impresionado las yeserías, la tranquila calma de los patios, el murmullo del agua por doquier.

Antes de ir se había documentado para tratar de averiguar dónde podía haber estado escondido el cofre de Jesús. Sabía por Jean que había estado en Córdoba hasta 1236 y suponía que antes de la toma de la ciudad había sido trasladado a Granada coincidiendo con el inicio de la dinastía nazarí. Aquella era la época del primer sultán, Muhammad ibn Nasr, más conocido como Al-Ahmar, quien había comenzado la construcción de la Alhambra.

No sabía qué estaba buscando. En esta ocasión, solo el nudo de Salomón podía guiarla. Recorrió el primer palacio, el más antiguo de los tres. El resto de los turistas que la acompañaban contemplaban las intrincadas yeserías, las cerámicas vidriadas, pero, sobre todo, dirigían su mirada hacia las ventanas, que ofrecían un balcón sobre las casas encaladas de Granada.

Decidió ser sistemática. Era complicado, por los infinitos detalles de la decoración de aquel palacio, el Mexuar. Lo habían terminado de construir ochenta años después de la caída de Córdoba y, por lo tanto, del posible traslado del cofre. Marta no encontró nada y caminó pensativa hacia el palacio de Comares. Aprovechó para estudiar la seguridad del monumento. No había cámaras en el interior, solo en los accesos, donde solicitaban las entradas. Supuso que tras la última visita del día el personal de seguridad de la Alhambra recorría los palacios para cerrar las puertas de acceso hasta el día siguiente.

El palacio de Comares era bastante más grande que el Mexuar y Marta tardó mucho en recorrerlo en su totalidad, tanto el patio como las estancias. Sintió un atisbo de esperanza al ver las tacas de la entrada, una especie de hornacinas situadas a media altura, un lugar propicio para depositar un cofre de madera. Imitaban pequeños salones con arcos de herradura en la puerta, pero estaban vacías.

Tras entretenerse en la sala de la Barca admirando el hermoso artesonado del techo, dirigió sus pasos hacia el palacio más importante: el de los Leones. Era el que atraía todas las miradas, especialmente por su fuente central, decorada con doce leones de piedra. A pesar de que era el más moderno, ya que había sido erigido por Muhammad V en la segunda mitad del siglo XIV, era en el que más esperanzas había depositado.

Tenía algunos elementos antiguos, como los propios leones, aunque su origen no era del todo conocido. Se creía que habían sido tallados en el siglo XI. Según algunas teorías, habían sido un regalo del visir judío Ibn Nagrella a su rey y representaban las doce tribus de Israel. Incluso se aventuraba que la vasija que sostenían eran una réplica del Mar de Bronce, un estanque que, según la tradición, decoraba el templo de Salomón.

«Salomón —pensó Marta—. Curiosa coincidencia».

Quería salir de dudas, pero se demoró visitando el resto del palacio. Había quedado impregnada por su belleza, atraída a una contemplación que la alejaba de su misión. O tal vez no; quizá simplemente sabía que aquella era su última oportunidad. Si el cofre no estaba allí, habría fracasado.

Entró en uno de los salones laterales del palacio y se encontró frente a un andamio. Parecía que estaban restaurando las yeserías de aquella zona del monumento. En otras circunstancias, hubiera envidiado la posibilidad de trabajar allí, pero la angustia comenzaba a no dejarla disfrutar.

Se forzó a dirigirse al Patio de los Leones. Había un cordón que impedía acercarse, así que se vio obligada a mirar la fuente de un blanco puro y la delicada talla de los doce leones desde la distancia. Un virtuosismo cincelado por algún maestro cantero anónimo. Tomó fotografías del vaso y de cada uno de los leones y abandonó el patio sintiendo la frustración del fracaso.

Estaba agotada. No había dormido, se había expuesto a un peligro desconocido y no sabía qué iba a ser de Iñigo. En aquel momento de desesperación, no podía imaginar que iba a suceder algo que en unas horas la llevaría a descubrir el mayor secreto de la historia del cristianismo.

66

Año 1244

La roca era tan alta como cuatro hombres. Redonda y pulida, parecía tallada por un gigante. Descansaba en un lateral del monte, enterrada en parte, como asomando sobre el valle tras despertarse de un prolongado letargo.

Arpaix había trepado sobre la roca y contemplaba el horizonte como si Montsegur no estuviera a semanas de distancia a pie y pudiera todavía atisbar lo que allí sucedía, como si no hubieran transcurrido meses desde que había sido obligada a dejar a sus padres luchando sobre aquella roca maldita. Aún subía allí cada mañana, esperando sin esperanza, deseando verlos aparecer y estrecharlos entre sus brazos. Cada día pesaba más en su corazón, se desvanecía su confianza, pero se resistía a aceptar que no iba a volver a verlos.

Alguien se acercó a ella por detrás y supo de inmediato que era Jean. Iba acompañado de la perfecta Blanche.

—Partiré mañana —dijo Jean al llegar a su altura.

Arpaix asintió.

—¿A Madinat Garnata?

—Debo intentarlo.

—Me gustaría acompañarte. ¿Por qué no puedo hacerlo?

—¿Y qué pasa con Esclarmonde? Prometí a Roger que cuidaría de vosotras.

Arpaix respondió con frialdad.

—Sí, lo prometiste. Y sin embargo te vas.

El rostro de Jean se oscureció.

—Es complicado...

—No, no lo es. Philippa creyó en ti, en tu palabra. Pero esas reliquias siguen siendo más importantes para ti que tus promesas.

Jean acusó el golpe. Sabía que Arpaix tenía razón, pero necesitaba saber. Y sus preguntas solo tenían respuesta en Madinat Garnata.

—No os dejo solas —argumento Jean, más para sí mismo que para Arpaix—. Os quedáis con Blanche y con todos los perfectos que quisieron acompañarnos. Aquí habrá un nuevo principio.

La joven no respondió. Ya había dicho todo cuanto tenía que decir. Jean se alejó en silencio. Tenía que encontrar las reliquias, conocer la verdad, pero esperaba poder regresar y cumplir su promesa. Por Roger. Por Philippa. Por Blanche. Por él mismo.

67

Año 2022

Santiago Espinosa se sentía humillado. Diez años de experiencia militar, de misiones en varios continentes, incluso en algunos de los países más peligrosos del mundo, no habían sido suficientes para evitar que aquella niñata le tomase el pelo.

Primero lo había llevado engañado hasta Sevilla. Santiago había recibido el nuevo destino con agrado. Era su ciudad natal y él siempre se alegraba de ver la Torre del Oro y el barrio de Triana. No obstante, antes de llegar, había tenido que poner rumbo a Granada. Ya sospechaba que algo andaba mal. Marta había apagado el móvil y eso indicaba que sabía que estaba siendo hackeada. Aquello debería de haberle servido para no subestimarla. Había encendido el teléfono de nuevo en un pequeño motel de Granada, lo que también resultaba extraño. No era el tipo de hotel en el que Marta se solía alojar.

Cinco horas más tarde tuvo por fin que reconocer que la joven estaba jugando con él. Apostado frente al hotel, había esperado algún movimiento, pero no había sucedido nada. Decidió arriesgarse. Entró en el hotel y reservó una habitación. Preguntó por Marta, como si tuviera una cita con ella. El recepcionista, acostumbrado a todo tipo de huéspedes, no hizo preguntas, pero le informó de que había salido al poco de registrarse y aún no había regresado. Incluso le dio el número de habitación.

Santiago cogió su llave, pero se dirigió directamente a la de Marta. No le costó mucho abrirla, la puerta era tan endeble como el resto del motel. La habitación estaba vacía y el móvil de Marta reposaba solitario sobre la mesilla que había junto a la cama.

La rabia y la humillación se abrieron paso en su mente, pero trató de contenerlas. Necesitaba pensar. ¿Dónde podía estar Marta? Se sintió incapaz de deducirlo y la ira regresó. No le quedaba otro remedio que reconocer su fracaso ante el Pastor y esperar instrucciones. Envió un mensaje breve poniéndole al tanto de la situación y abandonó el hotel.

Mientras, en el centro de la ciudad, Marta había regresado al Parador. Tampoco sabía qué hacer y también necesitaba pensar. Descargó las fotos del móvil en su ordenador y, venciendo la pereza de la derrota, comenzó a revisarlas por si se le había escapado algún detalle. No esperaba encontrar nada que no hubiera visto allí. Por eso se quedó petrificada ante la imagen de uno de los leones. No podía creer lo que estaba viendo. Sintió que el vello de su cuerpo se erizaba. Había estado buscando un nudo de Salomón y por eso no estaba preparada para lo que acababa de encontrar: la marca de cantero de Jean. Las preguntas se agolparon en su cabeza. ¿Cómo había podido Jean entrar en Granada, una ciudad dominada por los musulmanes? Pero, sobre todo, ¿cómo había podido dejar su marca en la pieza más importante de los

Palacios Nazaríes? Con más calma, Marta revisó todas las fotografías que había tomado de los leones y, para su sorpresa, descubrió un segundo león con la marca de Jean.

Dos cosas le vinieron a la mente. Primero, que recordaba haber leído que dos de los leones tenían unas marcas singulares que el texto definía como triángulos. ¡No lo eran! El paso del tiempo las había difuminado, pero ella reconocía de sobra la señal distintiva de Jean, su forma de ejecutarla. Aquella marca era lo que identificaba a ambos leones.

El segundo recuerdo que vino a su mente fue un artículo científico de una revista de restauración en el que había leído que los leones databan del siglo XI, pero que dos de ellos eran posteriores, quizá copias realizadas tras la destrucción de los originales. No sabía cómo, pero una conclusión posible era que Jean hubiera trabajado como cantero en la Alhambra. Tenía la prueba ante sus ojos.

Aquello abría un mundo de infinitas posibilidades.

68

Año 1244

El carro tirado por bueyes protestó por el esfuerzo, pero siguió avanzando por el camino con su cargamento de verduras. Jean, azuzó a los animales con una vara para que no se detuvieran y pudieran llegar a la ciudad cuando se abrieran las murallas.

Miró al frente y contempló maravillado la ciudad que los nazaríes estaban levantando al pie de las montañas. Dos colinas la presidían y sobre la más alta, como la corona de un rey, un palacio miraba orgulloso al mundo.

Había transcurrido un mes hasta que Jean había logrado acercarse a la ciudad. Un mes en el que había dejado el hábito para convertirse en un mercader. Nadie notaría la diferencia, salvo por las dos reliquias que colgaban de su cuello y cuyo peso le recordaba de forma constante la importancia de su misión.

A su lado caminaba Karim, un viejo cristiano converso que lo había acogido al necesitar a alguien que lo ayudase en el mercado. Pero antes Jean había tenido que someterse al rito de la conversión. Junto con Karim, se había presentado ante el imán al terminar la oración del viernes. Jean aún se sorprendía de lo sencillo que había sido pronunciar la *shahada* y reconocer que Jesús no era el hijo de Dios. *Allahu akbar!*, se había escuchado decir a sí mismo antes de recibir su nombre islámico. Ahora se llamaba Halim ibn Abihi, Halim el que no tiene padre, y bajo ese nombre estaba cruzando en ese momento la muralla de Madinat Garnata.

Los siguientes días acudió con regularidad al mercado de la ciudad, pero, para su desesperación, jamás con tiempo para acercarse a la alcazaba y mucho menos al palacio del nuevo rey. Se decía que Muhammad ibn Nasr estaba terminando de construir un palacio que sería el asombro del mundo entero.

Una tarde, su fortuna cambió. Se encontraba en el puesto de verdura, solo, Karim se había ido a la mezquita para sus oraciones. Dos hombres se detuvieron junto a su puesto y Jean no pudo evitar escuchar su conversación.

—Dicen que el rey está molesto por los retrasos en la construcción del palacio —dijo uno de los hombres.

El otro se encogió de hombros y bajó la voz antes de responder.

—El rey debe elegir si quiere guerreros o canteros.

—Pues parece que tiene más de lo primero que de lo segundo. O al menos eso es lo que me dice mi amigo Yusuf. Parece que no logra encontrar trabajadores cualificados.

En ese momento de la conversación Jean decidió aprovechar la oportunidad.

—Disculpad, pero no he podido evitar escucharos.

Los dos hombres se giraron molestos por la interrupción, o quizá preocupados porque oídos ajenos los hubiesen escuchado criticar al rey. Jean levantó las palmas de las manos tratando de tranquilizarlos.

—Tal vez yo podría ayudar a su amigo Yusuf. Conozco a un hombre que fue cantero años atrás.

Dos horas más tarde, cuando Karim regresó, Jean pidió al viejo comerciante que le permitiese acercarse a la mezquita a rezar. Este lo miró con extrañeza, pues Jean nunca había mostrado más interés que el estrictamente necesario. De hecho, Karim desconfiaba de él, pero era un trabajador responsable que nunca se quejaba de las tareas que se le encomendaban. Así, respondió afirmativamente, no sin antes recordarle que regresara sin tardanza.

Momentos más tarde, Jean dejaba atrás la mezquita y se dirigía hacia la zona alta de la ciudad en busca de Yusuf, el hombre que, esperaba, le diese acceso al palacio del rey. Jean subió a buen ritmo, animado por la posibilidad que se abría ante él, deseoso de encontrar una excusa para acceder a la alcazaba. Pero enseguida tuvo que aminorar el paso. La edad comenzaba a no perdonar y hacía años que había dejado atrás su juventud.

De pronto, tuvo una sensación extraña. Quizá la experiencia había aguzado sus sentidos, pero tuvo la inequívoca impresión de que alguien lo seguía. Se volvió, pero la calle estaba desierta y solo escuchó un lejano sonido de pasos que desapareció raudo.

La luz menguaba con rapidez y el atardecer daba paso a esa hora en la que las sombras se alargan amenazantes y parecen multiplicarse en las esquinas convirtiendo las inocentes calles en túneles tenebrosos.

Jean aceleró de nuevo y no pudo evitar llevar su mano hasta las reliquias que colgaban de su cuello. Recordó un momento, mucho tiempo atrás, en que había sido salvado por Esclarmonde en un callejón de Toulouse. Viejos y melancólicos recuerdos.

Abandonó el Albaicín y se dirigió hacia la gran colina

que vigilaba Madinat Garnata, donde se estaba construyendo la nueva alcazaba. Dejó atrás varios patios en los que los árboles se le antojaban guardianes silenciosos, inmóviles pero vigilantes. Por un momento había dejado de escuchar los pasos a su espalda, pero estos regresaron, tensando sus nervios. Ante él surgió la puerta de la alcazaba como un hogar protector. Llamó un poco más fuerte de lo normal y volvió a mirar atrás, pero ninguna amenaza se materializó ante él.

Explicó al soldado de guardia la razón de su visita y este le franqueó el paso señalando una vieja construcción.

—Allí encontrarás a Yusuf.

Un hombre, ya entrado en años, respondió a su llamada y lo miró desconfiado desde el umbral.

—Que el altísimo te proteja.

—Que el altísimo te proteja a ti y a los tuyos. Mi nombre es Halim ibn Abihi y soy cantero. Busco trabajo y me han dicho que necesitas mano de obra.

Yusuf miró a Jean de arriba abajo y no pareció muy convencido de sus palabras.

—No eres joven para buscar un trabajo tan pesado.

Jean asintió.

—La edad me proporciona experiencia y tengo entendido que eso es lo que os falta. Trabajo duro. No os arrepentiréis.

Yusuf gruñó, pero aceptó la verdad en el argumento de Jean.

—Y dime, cantero, ¿qué alcazaba o mezquita has ayudado a construir?

Jean miró a Yusuf y dudó. Mentir podía volverse en su contra y decir la verdad quizá pusiera fin a la conversación. Tenía la sensación de que el maestro era un hombre perspicaz.

—Ninguna —se decidió a responder—. Antes de creer en el Compasivo fui cristiano y ayudé a construir algunas iglesias.

Yusuf lo observó con un gesto extraño que Jean no supo interpretar. Percibía el debate interno en Yusuf, sus dudas, pero también su necesidad.

—Está bien —dijo al fin—. Regresa aquí a la salida del sol. Veremos qué sabes hacer.

Jean esbozó una sonrisa amable y, tras despedirse, comenzó el camino de regreso. La noche había caído y sus sonidos y sus sombras dominaban la ciudad. Se envolvió en su túnica, tratando de aislarse de la oscuridad, y en esa ocasión no escuchó los pasos ni vio la figura que lo observaba en silencio. Esta se quedó inmóvil, como si estuviese decidiendo qué hacer. Luego se perdió en la noche.

69

Año 35

En la oscuridad el tiempo no transcurre. Se estanca e incluso parece retroceder, como si se crease un bucle que terminase por alojarse en la mente. Unos instantes, varias horas, incluso días, parecen agolparse. No se trata de la oscuridad que acompaña al sueño, que es fugaz, que se nutre de la seguridad de que la mañana llegará. Quizá la diferencia sea la incertidumbre.

Para Magdalena, el tiempo no pasaba. Encerrada por Filón en aquel cuarto sin ventanas, había pensado sin llegar a ninguna conclusión, dormido sin descansar y esperado sin convencimiento. No sabía dónde estaba el cofre, no conocía su contenido, no comprendía quién había podido robarlo.

Escuchó el cerrojo de la puerta y una mano empujó una escudilla de madera con comida y un cuenco de agua. «Al menos no tienen intención de dejar que muera de hambre o sed», pensó. Luego recordó las palabras de Filón acerca de venderla como esclava. «Las propiedades valiosas hay que conservarlas en buen estado», se dijo con un regusto irónico.

Esperó a que la puerta volviera a cerrase antes de moverse, pero la puerta permaneció entreabierta, como si alguien la desafiara a acercarse. Luego comenzó a abrirse. Por la incoherencia, aquella imagen le resultó aterradora, como si quien la alimentaba hubiese decidido, súbitamente, quitarle la vida. Sin poder evitarlo, pegó su cuerpo a la pared. De pronto la contempló una figura que le hizo creer que estaba soñando. La cabeza de Oseza asomó por el quicio de la puerta y tras atisbar en la semioscuridad le sonrió. Magdalena se levantó y cuando iba a aproximarse a él, la puerta terminó de abrirse y al lado de Oseza apareció Dysthe. Magdalena dio un paso atrás.

—¿Tú?

Dysthe no contestó, pero sí lo hizo Oseza.

—¡Vamos! —le urgió—. Ahora no hay tiempo para explicaciones.

Magdalena negó con la cabeza.

—No iré con él a ningún sitio —respondió señalando a Dysthe.

—Confía en mí al menos. Está de nuestro lado. Es él quien tiene el cofre de Jesús.

Magdalena dudó. No se fiaba de Dysthe, pero la última frase de Oseza le había recordado que necesitaba entender lo que estaba sucediendo. Además, quedarse en aquella celda no era una opción. Siempre podía cambiar de opinión más tarde. Sin responder a Oseza ni mirar a Dysthe, salió de la habitación y vio el cuerpo desplomado del esclavo nubio.

—¿No lo habréis...?

—¡No! —negó Dysthe—. Solo está inconsciente. Despertará en unos minutos con un fuerte dolor de cabeza.

Los tres salieron de la casa de Filón cuando la noche

ya moría y el amanecer comenzaba a invadir Alejandría. No hablaron, pero Magdalena sabía adónde la llevaban. La casa de Dysthe. Esperaba respuestas y esperaba no estar saliendo de una prisión para acabar en otra.

70

Año 1245

El barrio del Albaicín era el más populoso de la naciente Madinat Garnata. Se arracimaba alrededor de la colina que coronaba la alcazaba, centro neurálgico en torno al cual circulaba la nueva sangre del emergente poder nazarí.

Muhammad ibn Nasr había recuperado el orgullo andalusí y lo había liberado del yugo almohade, aunque había tenido que pagar un alto precio, el vasallaje a Castilla. Había decidido que Madinat Garnata sería su plaza fuerte, y la capital de su reino necesitaba una joya que fuese recordada. No se había contentado con agrandar y reforzar la alcazaba sobre la colina del Albaicín. Construía una mayor, más espléndida, en la cercana colina de la Sabika. Ese sería su legado y el de sus descendientes.

Cuando las primeras luces del alba apenas se insinuaban sobre las cercanas montañas de la sierra, Jean abandonaba el Albaicín para dirigirse a la colina de la Sabika. Ya desde la lejanía, a la luz de la mañana, pudo comprobar la magnitud del trabajo que esperaba a los nazaríes. La colina mostraba el esbozo de sus muros exteriores y las construcciones asomaban, aún tímidas.

Cuando llegó, vio docenas de canteros, muchos de ellos esclavos cristianos, trabajando laboriosos como pequeñas hormigas. La gran explanada central estaba casi desierta y, en medio, el maestro constructor supervisaba unos pergaminos con planos de las distintas construcciones. Jean se acercó y esperó hasta que Yusuf se percató de su presencia. A sus ojos llegó un brillo de reconocimiento y le hizo un gesto para que se aproximase.

—Dime qué ves —dijo señalando los planos.

Jean los examinó con atención. Sabía que la pregunta no era inocente y que de su respuesta dependía la decisión de Yusuf.

—Veo un muro perimetral de enormes dimensiones que protegerá una alcazaba que superará en tamaño y resistencia a la que domina el Albaicín. Y veo un palacio antiguo que va a crecer aún más, y dos torres: aquí y aquí —señaló Jean—. También veo algo que no soy capaz de identificar. Teniendo en cuenta que no parece haber agua en la colina, quizá sea una construcción para traerla desde el río.

Yusuf miró a Jean con respeto.

—No muchos hubieran interpretado tan bien los planos. ¿Quién fue tu maestro?

Jean no pudo evitar una sonrisa de afecto. Se acordaba muchas veces de Tomás, el viejo cantero que le había enseñado el oficio. Había sido un verano muy lejano que se disolvía en la niebla de su memoria, sometido como un caballo salvaje por la doma del tiempo inexorable.

—Se llamaba Tomás y trabajó con los más grandes *magister muri* de la cristiandad —replicó no sin orgullo.

—Y dime, Halim, ¿cuál es tu especialidad?

Jean estaba preparado para la pregunta y su respuesta tenía como objetivo ser destinado a la zona noble del palacio del emir, donde contaba con más posibilidades de averiguar algo sobre el cofre.

—Domino todas las artes de la cantería, pero en lo que destaco es en la talla de figuras. Dicen que poseo una habilidad especial para ello.

Yusuf meditó un instante antes de responder y Jean contuvo el aliento.

—Creo que tengo algo para ti. Dos de los leones de la fuente del palacio han resultado destruidos. Tallarás dos nuevos. Es un trabajo delicado, espero que no me decepciones. Ven —añadió—, te buscaré alojamiento en los barracones. Tu paga será de dos dinares al día.

71

Año 35

Magdalena, Oseza y Dysthe contemplaban el cofre de Jesús. Ella lo miraba con inquietud, veía en él un secreto que temía descubrir: por qué Jesús la había abandonado. Dysthe lo estudiaba con curiosidad, quizá intrigado por la importancia que todos daban a aquel objeto. Oseza lo observaba con familiaridad y aunque juraba que desconocía su contenido, Magdalena no estaba segura de ello.

El cofre reposaba sobre una gran mesa en el centro del salón principal de la casa de Dysthe. En comparación con el lugar, parecía insignificante, pero el virtuosismo con el que estaba tallado no pasaba desapercibido.

Era de madera, una madera oscura que Magdalena no había visto nunca. Y brillaba, como si hubiese sido untado con aceite.

—Es madera de *hbny*, de algún lugar muy lejano al sur, muy apreciada en Egipto —dijo Oseza, que parecía haber comprendido lo que ella pensaba.

Aunque de forma sencilla, Magdalena percibía en la talla la mano de Jesús. Recordó los días en Jerusalén, cuando lo había visto grabando la madera, haciendo filigranas cuya belleza a ella se le había antojado mágica.

Jesús había aprendido el oficio de su padre y a pesar de que nunca había mostrado interés en seguir sus pasos, Magdalena recordaba cómo a José le brillaban los ojos cuando veía a su hijo trabajar la madera.

Pudo ver también que en aquel cofre Jesús no había utilizado clavos, sino que estaba ensamblado. Había tenido que dedicarle mucho tiempo. Y unas palabras en hebreo, claramente marcadas en la tapa, mostraban una advertencia: «Solo los poseedores de las llaves podrán abrir el cofre. Para los demás está prohibido. Dentro solo encontrarán muerte y destrucción».

Magdalena pasó las manos por la inscripción, casi acariciando la madera, extrañada por lo que acababa de leer.

—Yo propuse a Jesús tallar estas palabras —dijo Oseza—. Quizá evitaran que el cofre fuera abierto si caía en malas manos.

Magdalena extrajo el colgante de su cuello y colocó la piedra en una de las oquedades. Se escuchó un sonido, como si algún mecanismo se hubiese liberado, pero nada sucedió.

—¿Por qué no se abre?

Era Dysthe quien había hablado. Era la primera vez que le dirigía la palabra a Magdalena desde su llegada; había evitado incluso mirarla. Ahora, sin embargo, lo hacía con respeto, desde el mismo instante en que había mostrado la reliquia.

—Hacen falta las dos llaves —respondió Oseza.

—¿Y dónde está la otra llave? —insistió Dysthe.

Magdalena hizo un gesto indefinido con la mano para que Dysthe comprendiese que la segunda llave quedaba fuera de su alcance. No tenía intención de contar la historia de Santiago y aún sentía desconfianza hacia él.

—Es de madera. No nos costaría mucho abrirlo...

Magdalena miró a Dysthe con un gesto que heló el rostro del joven, que, involuntariamente, retrocedió.

—Jamás dañaremos el cofre. Si Jesús pensó que eran necesarias dos llaves para abrirlo, sería por algo. Y la segunda desapareció en los confines del mundo.

De repente, se escucharon golpes y sonidos de gritos en la puerta de la casa, y dos esclavos aparecieron con los rostros demudados.

—Varios hombres, con el filósofo Filón a la cabeza, reclaman su presencia, señor —dijo uno de ellos a Dysthe.

Dysthe se dirigió sin responder hacia la puerta. Caminó a grandes zancadas y la abrió sin vacilar. Magdalena lo seguía con el corazón encogido.

—¿Quién osa venir a mi casa como si de una turba de bandidos del desierto se tratase?

Tal fue el ímpetu que los recién llegados retrocedieron medio metro. Magdalena reconoció de inmediato a Filón, que se adelantó unos pasos con porte adusto.

—Tienes algo que es nuestro. Hemos venido a buscarlo.

Filón había hablado con parsimonia y voz suave, como queriendo demostrar que no estaba asustado por la reacción de Dysthe. Recordaba al tono que utilizaba en el Museion cuando daba clases. Sin embargo, Dysthe no pareció impresionado.

—Es una acusación muy grave. Espero que, al menos, me digáis vuestro nombre y cuál es ese objeto que tanto anheláis como para lanzarla.

Magdalena se sintió asombrada por la respuesta de Dysthe. No apreciaba a aquel hombre, aún recordaba el bofetón y el acoso al que la había sometido, pero reconocía su valentía al no dejarse amilanar por Filón y sus secuaces.

—Mi nombre es Filón, maestro filósofo del Museion. Os reconozco. Sois el hombre que se presentó hace unos días buscando a esta mujer.

Filón señaló a Magdalena, pero no la miró a los ojos, como si ella solo fuese un objeto.

—En cuanto a lo que he venido a buscar, se trata de un cofre de madera que pertenece a mi pueblo.

—¡Mientes! —gritó Magdalena.

Se sentía enfurecida por cómo Filón trataba de apropiarse de algo que no le pertenecía en nombre del pueblo judío.

Filón desvió su mirada por un instante hacia ella, como quien mira a un animal molesto, y luego la devolvió a Dysthe.

—No tengo tal objeto en mi casa. Sin duda, os equivocáis.

Magdalena miró perpleja a Dysthe ante la obvia mentira. De pronto, del grupo de hombres surgió una voz que heló su sangre.

—No perdamos más el tiempo. Entremos y recuperemos lo que es nuestro.

Pedro apareció ante Magdalena y le dedicó una sonrisa siniestra. Era el Pedro de siempre, arrogante, con una mirada intensa, casi de loco, y una sonrisa torcida y despectiva.

El ímpetu de Pedro fue suficiente. Otros dieron un paso adelante y entraron sin que Dysthe ni sus esclavos pudieran impedirlo. Apartaron a Magdalena de un empujón que a punto estuvo de hacerla caer al suelo. Filón, por su parte, permaneció en silencio en el exterior frente al morador de la casa, como si ambos hombres estuvieran midiéndose. Dysthe parecía extrañamente tranquilo y Magdalena tuvo la sensación de que tras su actitud había un plan que ella desconocía. Decidió seguir a Pedro que, ya fuera por casualidad o por instinto, había ido directo hacia el salón principal. Abrió la puerta de un golpe y entró en la estancia con ella pegada a sus talones. El salón estaba vacío y no había rastro del cofre, como si este nunca hubiera estado allí.

«¡Oseza! —pensó—. No lo he visto desde la llegada de Filón y de Pedro».

Un torrente de alivio traspasó a Magdalena, pero duró solo un instante.

—¡Tu! ¡Tú lo has robado! —gritó Pedro, que se había dado la vuelta con los ojos inyectados en sangre.

Se dirigió hacia ella con las manos extendidas con la intención de cerrarlas en torno a su cuello. Ella fue más rápida y retrocedió a la vez que sacaba su cuchillo y lo sujetaba con ambas manos frente a Pedro. El semblante de este cambió de inmediato. Se volvió frío, pétreo, como si de repente fuera otra persona.

—Volveremos a vernos —le dijo antes de salir del salón para desaparecer.

Magdalena vio sus manos temblar aún sujetando el cuchillo y de pronto se echó a llorar desconsolada. La tensión acumulada durante aquellas semanas se desbordó en su interior y lloró todas las lágrimas que le quedaban, sorprendida de que aún guardase alguna.

72

Año 1245

El mármol blanco refulge como el agua de un río a la luz del mediodía, deslumbrante y casi transparente. Parece provenir del mismo momento de la creación, cuando Dios iluminó el mundo.

Jean no podía dejar de mirarlo. Diez figuras de leones talladas mucho tiempo atrás por un olvidado maestro cantero. Pronto serían doce. Avanzaba a buen ritmo, trabajaba y prestaba atención a todo cuanto sucedía a su alrededor. O al menos lo intentaba, pero nada de interés había sucedido durante dos semanas. La paciencia de Jean era una de sus mejores virtudes, pero en esa ocasión no estaba necesitándola. El trabajo de cantero había alejado de él el ansia de encontrar el cofre. O eso creía hasta que conoció a Muhammad ibn Nasr.

Aquel día, por primera vez desde su llegada a Garnata, el rey nazarí, aquel que había devuelto el orgullo a los andalusíes, había decidido visitar las obras de ampliación de su palacio. Jean lo vio llegar acompañado de Yusuf y no tuvo duda de que se trataba del rey del que tanto se hablaba en la ciudad.

Era un hombre de elevada estatura, poderoso de brazos, que se movía con la confianza de un guerrero, como un gran capitán pasando revista a sus tropas. Vestía de forma discreta, una túnica blanca y pantalones a juego, y con un lazo rojo que debía de ser su divisa. Cuando lo tuvo delante, le transmitió tranquilidad y determinación. Su mirada, encendida como una hoguera e inquieta como un animal salvaje, parecía traspasarlo todo.

Jean regresó a su juventud, a cuando el maestro Fruchel, de la mano de Tomás, había apreciado la talla del apóstol Santiago en la que él trabajaba. Jean, que se había enfrentado a Roma, que había sobrevivido a guerras, torturas y persecuciones, volvió a sentir timidez.

—Este es Halim ibn Abihi —dijo Yusuf señalando a Jean—. Le he encomendado la talla de los dos leones.

Muhammad ibn Nasr lo observó como quien acostumbra a evaluar a los hombres en un instante y decidir su valor.

—Importante es la tarea que os han encomendado. Estos doce leones protegen mi palacio y mis bienes más preciados. Que el Compasivo guíe tus manos.

Jean no pasó por alto el comentario acerca de la protección que otorgaban los leones. ¿Protegerían el cofre quizá?

—Os daré lo mejor que estas manos pueden ofrecer —respondió con un gesto de respeto.

El sultán, que ya iba a alejarse, entornó sus ojos. Había captado algo que le había interesado. El corazón de Jean se aceleró.

—No sois andalusí.

No había sido una pregunta, sino una afirmación.

—Estáis en lo cierto —admitió—. Halim es mi nombre ahora, pero nací muy lejos, en el norte.

—¿Sois cristiano?

La pregunta había sido hecha sin hostilidad, pero Jean sabía que pisaba terreno resbaladizo y que un paso en falso podía costarle la vida.

—Lo fui antes de aceptar al único y verdadero. He vivido muchas vidas.

—Quien mucho cambia puede volver a hacerlo. ¿Cómo confiaremos en ti?

Jean trató de mantener la calma, pero no conocía a aquel hombre y eso lo situaba en desventaja. Si se trataba de alguien desconfiado, todo habría acabado.

—Vos mismo sois la respuesta. Un agricultor puede convertirse en rey y no renegar de su pasado. El cristianismo murió para mí mucho tiempo atrás. Lā 'ilāha 'illallāhu Muhamunadun rasùlu-illāh.

Muhammad ibn Nasr asintió y siguió su camino mientras Jean trataba de controlar su corazón desbocado. Volvió a su tarea y no pudo escuchar lo que el rey decía al maestro constructor.

—Vigiladlo. Quiero saber quién es y por qué está aquí. Informadme de lo que averigüéis.

73

Año 35

Habían transcurrido unos minutos desde que Filón y Pedro habían abandonado la casa y un silencio molesto se había instalado entre Magdalena y Dysthe. Mientras Oseza había estado con ellos, su incomodidad no había terminado de cristalizar, pero, una vez solos, ninguno sabía cómo comportarse. La sombra del encuentro con Filón y sus secuaces hacía la situación aún más tensa.

—¿Adónde ha podido llevarse Oseza el cofre?

Dysthe parecía genuinamente interesado, pero ella dejó apartada aquella pregunta, necesitaba que Dysthe se preocupara de un asunto más apremiante.

—Quizá deberías pensar quién condujo a Filón hasta aquí.

Dysthe la miró interrogante y a ella le pareció que, de forma súbita, él había entendido las implicaciones de la pregunta.

—¿Crees que alguien de mi casa me ha traicionado?

—Puede que quien lo haya hecho no pensaba en traicionarte a ti. A lo mejor pensaba en hacer daño a otra persona.

Dysthe asintió, como si la sospecha de Magdalena no fuera nueva para él.

—Entiendo. La haré venir y veremos si estás en lo cierto.

—No. Mejor hazlo sin mí. Si hablas tú solo con ella será más fácil.

Magdalena esperó el regreso de Dysthe meditando sobre todo lo que había sucedido en aquellos meses. Su llegada a Alejandría, su aprendizaje en el Museion, la traición de Filón, la llegada de Pedro y la aparición del cofre. ¿Qué contenía? ¿Por qué era tan importante? ¿Guardaba de verdad el secreto del arca de la alianza?

De repente se le ocurrió una idea. Creía saber dónde podía estar el cofre, pero no estaba segura de poder confiar en Dysthe. Tomó una decisión. Salió por la puerta y se perdió por las calles de Alejandría. Dirigió sus pasos hacia la casa de Oseza. Se lamentó de no haber prestado demasiada atención la primera vez. Todas las calles, todas las casas se parecían. Notaba la tensión crecer en su interior y comenzó a mirar a su espalda cada pocos pasos, temiendo ver a Pedro o a Filón, desconfiando de cada persona que caminaba detrás de ella.

Tal vez por casualidad o porque su capacidad de orientación en aquella ciudad había mejorado, de pronto se encontró frente a la casa. Sudaba copiosamente y por un instante dudó si llamar a la puerta. Miró a ambos lados de la calle y cuando reunió fuerzas, lo hizo con delicadeza y esperó.

Una rendija se abrió y un rostro conocido asomó al umbral: era la hermana de Oseza. Antes de que Magdalena pudiera preguntar, la puerta se abrió de golpe y apareció Oseza, que la asió de la muñeca y tiró de ella hacia dentro antes de volver a cerrar con rapidez.

—Sabía que vendrías. Te he estado esperando.

—¿Cómo lo sabías?

Una alarma resonó en la mente de Magdalena. Algo no iba bien, pero no acababa de entender qué. Decidió ganar tiempo.

—¿Tienes el cofre?

—Así es. Cuando vi llegar a Filón, decidí huir con él.

Lo había dicho con orgullo y Magdalena se relajó, Oseza era simplemente un buen hombre que había hecho lo que creía que tenía que hacer. Le dirigió una sonrisa y asintió.

El cofre descansaba en una esquina de la estancia cubierto por una tela.

—Gracias —dijo—. Aunque no sé cómo lo sacaremos de Alejandría sin que nos descubran.

—Eso es lo que quería contarte. Ya lo tenemos todo organizado.

Magdalena dio un paso hacia atrás.

—¿Tenemos?

Oseza asintió. Sonreía de forma abierta, sincera. No parecía haber maldad en su mirada y eso era lo que la desconcertaba.

—Sí, tenemos. Todo está planeado.

Magdalena no creía capaz a Oseza de organizar un plan que les permitiera salir de forma segura de allí. Era un buen hombre, pero siempre al servicio de otros. ¿Quién estaba detrás de aquello? ¿Qué es lo que se le escapaba?

La hermana de Oseza apareció con un té caliente y Magdalena se permitió relajarse un instante y preguntar a Oseza acerca del plan. Quería sacarle información mientras ideaba alguna alternativa. No quería estar en manos de nadie.

Oseza le contó que partirían de noche, pero se negó a

darle más información. Solo hizo una vaga referencia al hecho de que huirían hacia el oeste, a un lugar desconocido para ella llamado Taposiris Magna.

—Allí os ocultaremos a ti y al cofre.

Magdalena dudó. No estaba segura de querer seguir vinculada a aquel objeto. Una vez más, se planteó la posibilidad de abandonar Alejandría y volver a Jerusalén, a su antigua vida. Luego recordó que allí seguiría cerca de Pedro y que no tendría descanso. Jamás podría regresar a su casa. No, era demasiado tarde. ¿Qué sucedería si lograban abrir el cofre? ¿Qué encontrarían? ¿Qué harían a continuación? Sintió vértigo al saber que su vida había cambiado para siempre, que no había marcha atrás.

Las horas transcurrieron en una tensa calma. El sol cayó poco a poco en el horizonte mientras Magdalena temía a cada instante que alguien golpease la puerta reclamando el cofre.

—Espera aquí —dijo Oseza cuando tuvieron que encender las lámparas para poder verse—. Volveré enseguida.

Pasaron los minutos y la desconfianza que anidaba en ella creció hasta convertirse en un dolor físico en su estómago. Por toda compañía tenía a Kamilah, la hermana de Oseza. Se había sentado junto a ella sin dirigirle la palabra, como una guardiana silenciosa. A Magdalena le recordó a alguna de las esculturas que había visto en las catacumbas.

Varias veces estuvo tentada de huir, pero la necesidad de entender lo que estaba sucediendo la retuvo. Sentía que fuerzas poderosas estaban en movimiento.

El silencio era total cuando alguien golpeó la puerta. Magdalena y Kamilah se sobresaltaron, pero la hermana de Oseza corrió a abrir la puerta, como si estuviera segura de quién había llamado. Magdalena agarró con fuerza su cuchillo mientras notaba su corazón acelerarse, pero se relajó al ver entrar a Oseza.

—¡Vamos! —dijo—. El carro está fuera.

Dos hombres entraron, cogieron el cofre y lo levantaron sin esfuerzo. Magdalena los siguió aprensiva y se sentó en el carro junto al cofre, aún cubierto por la gruesa tela. Oseza despidió a los hombres con un gesto de cabeza y tomó las riendas.

Avanzaron con lentitud por las calles desiertas de Alejandría, escuchando el estrépito de las ruedas sobre las piedras. Magdalena tenía la sensación de que la ciudad entera estaba despierta, que detrás de cada ventana se ocultaba un espía y que todos y cada uno de ellos sabían quiénes eran y la razón de su huida.

Bajó la cabeza y la hundió entre sus brazos, incapaz de soportar la tensión. Sin embargo, nada sucedió y poco a poco avanzaron dejando atrás plazas, calles y casas. Cuando se atrevió a levantar la cabeza, pasaban junto al hermoso templo dedicado a Serapis. Magdalena recordó que Filón le había contado que parte de la extensa biblioteca había sido trasladada allí años atrás. Sintió una pulsión de abandonar la huida y deseó poder dedicar su vida a aquellos papiros, pero sabía que era imposible.

Atravesaron por último la necrópolis de Alejandría y Magdalena quedó impresionada por su tamaño. Jamás había visto algo parecido. Miles de tumbas se extendían hasta más allá de donde su vista podía alcanzar en medio de la noche. Se estremeció.

Fue entonces cuando sucedió. Primero, una figura embozada apareció ante ellos, solitaria y hierática. Oseza se vio obligado a detener el carro y, por un instante, la noche quedó en silencio. Después otras figuras se materializaron detrás de la primera y una de ellas se adelantó. Magdalena no tuvo dudas de que se trataba de Pedro.

—Dadnos el cofre y os dejaremos marchar en paz.

La sonrisa de Pedro desmentía la intención de cumplir su promesa. Oseza hizo amago de sacar un puñal, pero dos hombres más salieron de la nada y lo sujetaron.

Pedro avanzó con calma hacia la parte de atrás de la carreta y, tras mirar un instante a Magdalena, retiró la tela y descubrió el cofre. Su sonrisa se ensanchó. Volvió a taparlo y se acercó a ella, que sentía cómo la rabia crecía en su interior.

—Dame la reliquia —ordenó.

Magdalena lo miró con fuego en los ojos. No había llegado hasta allí para que Pedro se saliese con la suya. Recordó a Santiago. Reunió toda la entereza que fue capaz y sacó su cuchillo.

—Ven a buscarla.

Pedro soltó una carcajada.

—¿No creerás que me asustas con ese cuchillo? Suéltalo o tendrás que ver cómo lo saco de tu cuello antes de morir.

Aquella imagen hizo que Magdalena se estremeciese, pero se sobrepuso y mantuvo el cuchillo levantado. Recordó cómo unos meses atrás, en un pequeño riachuelo de Jerusalén, se había enfrentado a un hombre con ese mismo cuchillo. Aquella vez había salido victoriosa y aunque ahora no esperaba hacerlo, vendería cara su muerte.

Pedro dio un paso adelante e intentó sujetarla, pero ella hizo un rápido movimiento que le produjo un profundo corte en el brazo del hombre.

Magdalena esperaba un súbito ataque de ira, pero Pedro miró la sangre manando de su brazo con frialdad. Luego levantó la vista hacia ella.

—Esto te costará la vida.

Varias cosas sucedieron al mismo tiempo. Magdalena vio los ojos de Pedro inyectados en sangre y el brillo de la luna en la punta de su cuchillo, escuchó el ruido de las ruedas de la carreta sobre el camino, los gritos de varios hombres, el sonido de la lucha y luego el silencio.

Cuando abrió los ojos, seguía empuñando el cuchillo, pero frente a ella ya no estaba Pedro, sino Dysthe. Miró a su alrededor y todo continuaba en el mismo sitio, la carreta, el cofre, Oseza, pero no había rastro de Pedro ni de sus secuaces.

Y entonces lo vio. Surgió entre las sombras de la noche, como un espíritu, una aparición tan incongruente como inesperada. Hacia ella caminaba Jesús.

74

Año 1245

El sol estaba a punto de perderse sobre las montañas. Su fulgor había enrojecido, una fruta madura deshilachada por las nubes, una espada salida de la forja que se había ido enfriando. Jean contemplaba el atardecer mientras se debatía entre esperar o actuar. Hacía apenas dos días que el rey había partido de la alcazaba camino de alguna conquista o en defensa de su aún inseguro reino. El palacio parecía vacío, pero Jean sabía que no era así. La guardia velaba en las sombras, invisible, pero escrutando la noche.

El resto de los trabajadores había acudido a la mezquita, pero Jean había seguido trabajando, desatendiendo la llamada del muecín.

El ultimo rayo del día desapareció y Jean se puso en marcha. Se acercó a la puerta del palacio. De forma inmediata, un guardia salió a su paso. Reconoció a Jean, pero no relajó su postura. El monje sonrió con gesto pausado.

—Debo ver los leones. Solo así podré terminar las dos estatuas que me ha encargado Muhammad ibn Nasr, que el Compasivo proteja.

El soldado dudó un instante. Conocía al cantero converso y sabía que era inofensivo, pero aquella era una hora extraña.

—Vuelve a la luz del día —respondió sin moverse.

Jean asintió con la cabeza e hizo amago de retirarse. Luego pareció pensárselo mejor.

—Si no termino pronto, mi maestro Yusuf se enfadará y nuestro amado rey no verá avanzar la obra que mostrará al mundo que el reino nazarí tiene las bendiciones del más grande.

El guarda lo observó y Jean dulcificó aún más su rostro si cabe.

—Está bien, pero no tardes —respondió con un gesto señalando hacia el interior.

Jean entró en el palacio y se dirigió hacia el lugar donde reposaban los leones seguido por la mirada del guarda, que no lo perdió de vista hasta que desapareció en el patio. Quizá si no hubiera prestado tanta atención a Jean, el guarda hubiese visto la silenciosa sombra que saltaba el muro del palacio y se perdía entre los naranjos.

El cantero se acercó a una de las estatuas y pasó la mano por su contorno, sintiendo la rugosidad del mármol. Grabó la imagen en su mente y con paso calmado fue hacia una puerta lateral del patio. Recorrió varias estancias apenas iluminadas por la luz de las lámparas de aceite, que proyectaban sombras móviles a su alrededor difuminando la realidad, alargando los espacios y acercando los objetos, que parecían prestos a saltar sobre él.

De pronto se encontró ante una puerta cerrada. La empujó, pero no se abrió. Era una puerta de hierro y madera y, por su aspecto avejentado y descolorido, parecía muy antigua. Algunas palabras en árabe decoraban la madera con frases sobre la gloria y el poder. En el centro, un símbolo tallado golpeó a Jean como si fuera un muro. Un nudo de Salomón.

No tuvo dudas. Detrás de aquella puerta estaba el objeto que ansiaba. Retrocedió en la oscuridad y el nudo de Salomón pareció ganar profundidad, como si el juego de luces y sombras de las lámparas de aceite le hubiese dado vida.

«Debo encontrar la llave —se dijo Jean—. Abriré esta puerta y desvelaré el secreto».

Sintió el peso de las reliquias colgando de su cuello, también ellas parecían presentir que se acercaba el momento tanto tiempo añorado.

Se dio la vuelta para alejarse y de pronto se encontró frente a un encapuchado. Estaba quieto mirándolo. Jean iba a hablar cuando la voz del guarda de la puerta tronó a los lejos indicando que se acercaba.

—¿Dónde estás?

Cuando Jean volvió a girar su cabeza, el encapuchado había desaparecido, dejándolo aturdido.

75

Año 2022

Marta había trazado un plan. Todos los planes conllevan riesgos, pero el suyo estaba medido, sopesado. Si tenía éxito, aquella noche encontraría el cofre; si fracasaba, no tendría nada. Ni el arca, ni respuestas y quizá no volviera a ver a Iñigo con vida.

Solicitó un taxi desde el parador que la dejó en el centro de la ciudad. Entró en un centro comercial y compró todo el material que necesitaba. Después fue a una tienda de fotocopias y pidió que le imprimieran una tarjeta que había diseñado en su ordenador. En el movimiento más arriesgado, pasó por el motel, con miedo a encontrarse con el Vigía, y recuperó su teléfono, que apagó de inmediato. Sabía que aquello quizá alertase a su perseguidor, por lo que salió a toda prisa y se subió al primer taxi que vio para regresar al parador.

Suspiró aliviada cuando se encontró en el confortable resguardo de su habitación. Aún eran las cuatro y media de la tarde y la última visita a los palacios estaba prevista a las cinco y media. Ya tenía su entrada reservada.

Se cambió de ropa, se contempló en el espejo y asintió satisfecha. Iba perfectamente vestida para interpretar un papel que para ella era sencillo: el de restauradora. Recordaba el andamio que había visto en el palacio de los leones. Era una oportunidad magnífica que había decidido aprovechar. Metió el resto del material en la mochila y salió del parador con la resolución de quien sabe que no puede, que no debe fallar.

Cruzó el control de seguridad sin atraer la atención de los guardias, una turista más entre la multitud. Obvió los dos primeros palacios y se dirigió directamente al Patio de los Leones. Tenía que confirmar lo que allí había visto.

Doce tallas de mármol blanco custodiaban la fuente. Doce leones que, en la imaginación de Marta, ahora parecían proteger un secreto. Vueltos de espaldas entre sí, avisando a quien se acercase. Marta lamentó no poder ignorar la advertencia y pasar la mano por el suave mármol. Un cordón impedía situarse a menos de tres metros de las estatuas. Podían contemplarse desde los cuatro costados del patio, pero desde el salón real y desde la Sala de las Dos Hermanas la distancia era menor.

—¡Ahí están!

Marta no pudo evitar que las palabras surgieran de sus labios. Los dos leones con la marca de cantero de Jean se encontraban emparejados. No podía ver el detalle de las marcas, necesitaba acercarse más.

Abandonó el patio y pasó a la segunda fase de su plan. Se aproximó a la sala donde estaba situado el andamio. No había nadie trabajando. Abrió su mochila y sacó la tarjeta que había mandado imprimir y se la colgó del cuello. Mostraba un nombre inventado y el logotipo de la empresa que estaba a cargo de la restauración. Había sido sencillo encontrarlo en la web del Patronato de la Alhambra. Ya tenía su acreditación.

Sacó también una bata blanca y se la puso. Luego, como si supiera perfectamente lo que estaba haciendo, desplegó una de las escaleras de acceso del andamio.

—¡Disculpe! —dijo una voz a su espalda—. ¿Se puede saber qué está haciendo?

Marta se dio la vuelta con la mejor de sus sonrisas. Era todo o nada. El guardia de seguridad vio de pronto la acreditación de Marta y su bata de restauradora.

—¡Ah, perdone!, pensaba que hoy no trabajaban —dijo a modo de disculpa.

—Yo también lo pensaba —respondió Marta con gesto contrariado—. El jefe me envía a tomar unas fotos de última hora. Solo tardaré unos minutos.

—De acuerdo, pero recuerde que cerramos a las seis. Dese prisa —añadió el guardia sonriendo— o se quedará dentro toda la noche.

Marta musitó un agradecimiento y regresó al andamio. Comprobó que el guardia se había ido y subió el primer tramo de escaleras. Luego las recogió y cerró la trampilla. Repitió el proceso en los tres pisos de la estructura. Cuando llegó a la parte alta, casi a cinco metros de altura, se quitó la mochila tratando de no hacer ruido, se tumbó en el suelo, oculta a la vista, y esperó.

El murmullo de los turistas fue disminuyendo hasta desaparecer y en el silencio, Marta escuchó unos pasos acercarse al andamio. Contuvo el aliento temiendo que la descubrieran. Asomó la cabeza y vio cómo el guardia de seguridad que la había interpelado se alejaba con caminar cansino. Quizá solo había ido a comprobar que ella ya no estaba.

Aún tuvo que esperar a que el sol terminase de esconderse y la oscuridad ocupase la Alhambra. Se sentía más expuesta que en la mezquita de Córdoba. Allí, el monumento era cerrado, pero los patios abiertos al cielo de la Alhambra generaban la sensación de encontrarse en el exterior, más vulnerable.

Bajó del andamio con cuidado de evitar el ruido metálico de la escalera y respiró al poner ambos pies en el suelo. Levantó la mirada y, al fondo, semiocultas por las columnas del patio, vio las figuras vigilantes de los leones. Escuchó el sempiterno rumor del agua de la fuente y aspiró el aroma de las flores de los naranjos. La tonalidad del mármol había cambiado y del blanco puro había pasado a un gris pálido que daba a los leones un aspecto más fiero y a la vez más vivo, como si fueran a rugir en cualquier momento.

Miró a uno y otro lado antes de cruzar el cordón que impedía el acceso a los turistas. Era el punto de no retorno. Se acercó a los leones. Se agachó junto a uno de ellos y acarició el mármol que brillaba, húmedo por las salpicaduras del agua. Era liso y frío. Deslizó la mano hasta la marca de cantero. A esa distancia no había dudas, era la marca de Jean. Se aproximó al segundo león y comprobó que la marca era idéntica. ¿Qué mensaje había querido enviar Jean? Quizá solo había querido dejar el orgulloso recuerdo de su trabajo.

Marta comenzó a buscar a su alrededor algún mecanismo como el de la mezquita de Córdoba, pero no encontró nada. No había ningún nudo de Salomón a la vista. La oscuridad había crecido tanto que se vio obligada a encender la linterna. En esa ocasión no usó el móvil, había comprado un frontal que le permitiría tener las manos libres.

Revisó de nuevo los dos leones, luego los otros diez y, por último, la vasija de la fuente. Se sentó en el suelo, entre los leones que tenían la marca de cantería, como si

Jean pudiera inspirarle alguna idea. Necesitaba pensar. ¿Por qué hacer aquellas marcas si el cofre no estaba allí? ¿Por qué en los leones?

De pronto una idea vino a su mente. ¿Y si los leones no protegían el arca, sino que mostraban el camino? Siguió la mirada de ambos leones, al frente de donde ella estaba. La Sala de las Dos Hermanas. Aquel era considerado el lugar más protegido del palacio. El Harén. ¡Qué mejor lugar para esconderlo! Cualquier persona no autorizada pagaría con su vida entrar allí, como lo habían hecho los abencerrajes, que habían sido degollados porque uno de ellos se había enamorado de la esposa del rey.

Se incorporó y se encaminó hacia la sala. Era conocida con este nombre por las dos grandes losas de mármol que daban paso a una pequeña fuente. Imaginó a las mujeres que habían vivido allí siglos atrás, alejadas de miradas indiscretas. ¡Cómo había cambiado el mundo!

Observó la cúpula mozárabe en forma de estrella y buscó algo que llamase su atención. Se volvió de nuevo hacia los dos leones, que parecían juzgarla en silencio. Entonces vio las puertas de madera. Eran, como el resto del palacio, de una delicadeza sublime, pero Marta solo tenía ojos para un detalle que antes se le había pasado por alto. En el centro de la puerta aparecía una estrella de ocho puntas, pero en su interior había otra más pequeña y, dentro, un símbolo.

«Como si dos piedras de río se hubiesen atravesado».

Allí estaba el nudo de Salomón. Marta sintió la excitación del descubrimiento. Aquella era la prueba de que el cofre había estado allí. Quizá aún lo estaba.

76

Año 1245

Los dos leones de piedra estaban terminados. Jean los miró con orgullo. De sus rostros emanaba fuerza, solidez, pero a la vez parecían vivos, dispuestos a saltar sobre su presa. Nadie podría notar la diferencia con los otros diez. El tamaño, las formas, el tipo de piedra, los detalles, todo había sido cuidado por Jean, que debía reconocerse que había disfrutado en el proceso.

Se separó de las estatuas y las miró en la distancia. Si Tomás hubiese estado allí, también hubiera asentido complacido. Aquella sensación duró poco. Su tarea en aquel lugar llegaba a su fin. Postergaba el momento, inquieto desde el día en que había descubierto la puerta con los símbolos y se había topado con el extraño encapuchado. ¿Quién era? ¿Qué buscaba? Jean no creía en las casualidades y aquel hombre había aparecido en el preciso instante en que él había encontrado el escondite del cofre. El cantero sabía que prolongar su estancia en Garnata incrementaba la posibilidad de ser descubierto.

«Lo haré esta noche —se dijo, más para infundirse ánimos que porque estuviera resuelto a hacerlo—. Pero antes...».

Cogió el martillo y el escoplo y se dirigió hacia los dos leones. Eran muy similares a los diez restantes, pero Jean quería que fueran diferentes, suyos. Trabajó durante un rato antes de sentirse satisfecho. Aquellos leones llevarían su marca de cantero.

La noche había caído pesada, silenciosa, con el calor del verano que ya se anunciaba y con una luna tímida, asustadiza tras unas nubes deshilachadas como el manto raído de un asceta, que le proporcionaría la oscuridad que necesitaba. Jean recogió sus escasas pertenencias y cerró su hatillo. Salió a los jardines frente a la alcazaba y los cruzó tratando de ocultarse de los guardias de la muralla entre las sombras de los naranjos.

Escuchó sus pasos sobre la tierra y se dio cuenta de que se había pasado la vida escondiéndose, deslizándose en la oscuridad, como un fantasma caminando entre los vivos, con el peso de los muertos sobre su espalda.

Se detuvo frente a la puerta de la alcazaba y esperó envuelto en su túnica. A unos metros de distancia, el guarda cabeceaba adormilado. El tiempo se deslizaba por sus recuerdos y a su mente regresaron unos ojos, los del abad Odilón, quien lo introdujo en aquel secreto que había envenenado su vida. Ya era tarde para arrepentirse.

Volvió a la realidad cuando escuchó el ronquido sostenido del vigilante. Tratando de no hacer ruido, se recogió la túnica y entró, temiendo escuchar alguna voz de alerta, pero no sucedió nada. Se encaminó hacia la puerta tallada con el sello de Salomón sin percatarse de que, de nuevo, una sombra más silenciosa que la suya iba detrás, avanzando entre los recovecos del palacio.

Jean llegó hasta su destino y miró la puerta con detenimiento. Parecía antigua, su manufactura era árabe, las figuras geométricas y de animales la delataban. Volvió a acariciar los símbolos, deslizando los dedos por las vetas rugosas de la madera, y bajó la vista hasta la cerradura. Venía preparado, se había fabricado una ganzúa y aunque no era un diestro cerrajero, se sentía capaz de abrirla.

Sacó el gancho y lo introdujo apoyando su mano izquierda en la madera. Para su sorpresa y sin que hubiera hecho nada todavía, la puerta cedió. Sintió un escalofrío recorrer su espalda. Que no estuviera cerrada abría muchos interrogantes y algunos de ellos lo abocaban a conclusiones que le hicieron pensar en dar la vuelta y salir corriendo. Se obligó a permanecer en el sitio y escuchar. Una corriente fría salía por la abertura, pero no fue el frío lo que le hizo temblar, sino la luz de una lámpara que iluminaba la estancia.

«Es demasiado tarde —pensó—. Me están esperando. Fracasaré».

Empujó la puerta, que terminó de abrirse y dio paso a una amplia estancia. La presidía una enorme mesa central sobre la que, como la corona de un rey, descansaba un cofre. La sala estaba, por lo demás, completamente vacía. Ningún soldado armado lo esperaba, pero Jean no pudo evitar mirar a su espalda antes de decidirse a entrar. Cerró la puerta detrás de él, en un fútil intento de aislarse del mundo, y se acercó al cofre para observarlo con detalle. Medía unos dos pies de longitud y parecía de madera, aunque estaba recubierto con una gruesa capa de pintura dorada que presentaba grietas en varios lugares. En los laterales, dos argollas metálicas que facilitaban su transporte. En el medio de la tapa superior había dos oquedades a modo de cuencas de ojos vacías que parecían devolverle la mirada.

Jean no tuvo duda de lo que eran. Su tamaño y forma las delataban. Descolgó las dos reliquias de su cuello y las sopesó con la mano, como si fuera su corazón el que iba a utilizar para abrir aquel cofre. Las preguntas se acumulaban en su cabeza. ¿Lo abrirán las reliquias? ¿Habré cumplido la misión de mi vida? ¿Qué hay dentro?

Dio un paso adelante y cogió la primera reliquia. Sin poder evitar el temblor en su mano la colocó en uno de los huecos y se sobresaltó al escuchar un sonido, como si un resorte se hubiera activado en las entrañas del cofre. De pronto una extraña idea acudió a su mente. «Nadie ha escuchado este sonido en doce siglos». Entonces extrajo la segunda reliquia y la depositó en la oquedad vacía, conteniendo el aliento. Otra vez aquel sonido.

Al principio no sucedió nada y se sintió un poco decepcionado. Pero entonces oyó un nuevo resorte y la tapa del cofre se desplazó hacia arriba de forma casi imperceptible. Jean dio un paso hacia adelante, inspiró con fuerza y tiró. Una luz parecía emanar del interior, como si las paredes del cofre estuvieran impregnadas de alguna sustancia que absorbiera la luz del entorno y la multiplicara. Sus manos quedaron bañadas en una extraña luminiscencia que se fue debilitando.

Jean miró dentro y entonces una voz resonó a su espalda.

77

Año 2022

Marta no podía dejar de mirar el nudo de Salomón en la puerta de entrada a la Sala de las Dos Hermanas. ¡Cómo podía no haberse dado cuenta!

—La mejor forma de ocultar algo es dejarlo a la vista —dijo en voz alta.

Miró a su alrededor y entonces comprendió. El mismo esquema intrincado de motivos geométricos se repetía en toda la cerámica vidriada del salón. ¡No solo estaba en la puerta! Era como si el hecho de haber descubierto aquel símbolo hubiese movido una palanca en su cerebro y ahora pudiese interpretar lo que veía de forma diferente. Allí estaba, en tonos marrones. Si se eliminaban mentalmente los colores verde y naranja, toda la cerámica eran nudos de Salomón. Era una señal diáfana de que aquel era el lugar, pero a la vez, lo complicaba todo.

«¿Dónde estará el cofre?». Cerró los ojos y pensó.

—¡Vamos, Marta! —se animó en voz alta—. ¡Tú puedes descubrirlo!

Una idea vino a su mente. Se colocó en el centro de la sala, desde donde podía ver toda la cerámica, justo debajo de la cúpula celestial. Había recordado una de las poesías escritas en los muros. Decía: «La constelación de Géminis le extiende la mano en señal de amistad y la Luna se acerca a ella para hablar en secreto».

No les había encontrado sentido a esos versos hasta ese momento. «Hablar en secreto...». ¿Quiénes hablaban? Las estrellas y la luna. ¿Dónde estaban? Miró hacia arriba y vio la cúpula que asemejaba la bóveda celeste. No se podía creer que los versos tuvieran un significado oculto que llevase hasta el cofre. Se dejó guiar. Y entonces lo vio. Desde esa posición, un grupo de cerámicas se veía diferente, como si tuviera relieve, aunque solo era un efecto óptico conseguido a través del uso de los colores y las formas de las piezas. Se acercó y golpeó con cuidado los azulejos. Sonó hueco. Tanteó los que los rodeaban y el sonido fue denso. Volvió a probar los azulejos diferentes. No había duda.

¿Qué debía hacer ahora? Marta creía que allí estaba el cofre, pero ¿cómo estar segura? Cerró los ojos y sintió su lucha interior. Su alma de restauradora le prohibía dañar una obra de arte, pero necesitaba saber. E Iñigo estaba en peligro. Aquello la decidió.

Volvió hasta el andamio. Debajo del mismo había visto varios tubos metálicos que sobraban del montaje. Envolvió uno en su jersey y, sin meditarlo para no arrepentirse en el último instante, rompió los azulejos.

El sonido le pareció atronador. Era imposible que no se hubiese escuchado. Pero nada de eso importaba ya. Marta tenía razón, había un hueco. Quitó los restos de cerámica rota e introdujo la mano. Tocó algo duro, parecía madera. Retiró la mano y alumbró dentro con su linterna. Su respiración se detuvo. Allí estaba el cofre. Con cuidado, pero presa de una emoción que no había sentido jamás, tiró de él hasta sacarlo de la pared. Lo depositó en el suelo y lo primero que vio fueron las dos oquedades del tamaño preciso de las reliquias.

Sus manos temblaban. Algo, en el fondo de su mente, siempre había negado la existencia del objeto que tenía en sus manos. Ahora estaba allí, delante de ella, y aquellas dos marcas lo identificaban como auténtico.

No tenía las reliquias, pero no las necesitaba. La tapa no estaba encajada, como si quien lo hubiese introducido allí no lo hubiese cerrado bien. Marta levantó la tapa y vio salir una luz fosforescente.

No sabía lo que esperaba encontrar, por eso se sorprendió al ver un único objeto. Era un pergamino antiguo enrollado con lo que parecía un cordel ennegrecido por el paso del tiempo.

Marta tomó el pergamino en sus manos y le quitó el cordel, que se desmoronó al tocarlo. Aquello la hizo dudar. Podía dañar el contenido del pergamino... Pero necesitaba saber. Lo desenrolló y lo miró perpleja. Solo tres símbolos ocupaban el documento. Estaban realizados con un trazo grueso, que parecía incluso apresurado.

El primero de los símbolos era la marca de cantero de Jean. Escrito de puño y letra del monje, hizo que Marta sintiese un escalofrío. ¿Por qué estaba trazado con prisa? ¿Estaba Jean en peligro cuando lo hizo? El segundo era el nudo de Salomón. Para Marta representaba que se había cerrado un círculo. Hallase lo que hallase como resultado de haber encontrado el cofre, incluso si no era nada importante, su misión no había fracasado. El tercero era un ichtus, el perfil de un pez, empleado por los primeros cristianos como una señal secreta.

Marta lo contemplaba boquiabierta. Solo una caja vacía y un pergamino antiguo. Allí no encontraría la pista definitiva que la llevaría hasta el arca de la alianza. Salvo que... Una idea empezó a tomar forma en su mente cuando escuchó un voz conocida tras ella, la que menos hubiese querido escuchar en ese momento. Solo la había oído una vez antes, suficiente para saber que quien estaba detrás de ella era el Vigía.

—Hay que reconocer tu tesón.

No sintió rabia ni frustración, sino indiferencia. ¿Qué más daba lo que había encontrado? No tenía valor alguno para ella. No era relevante o solo lo era si servía al propósito de encontrar a Iñigo.

Se volvió y se enfrentó al Vigía, que se erguía justo delante. La oscuridad no le permitía ver del todo sus rasgos, pero creyó entrever unos ojos fijos en ella, una mandíbula recta y un porte militar. Un hombre peligroso. Miró su mano derecha, que portaba una pistola que la apuntaba directamente. La forma en la que la sujetaba indicaba que sabía utilizarla. Marta dio un paso a un lado y dejó ver el cofre en el suelo.

—¿Esto es lo que quieres?

—No es suficiente —respondió el Vigía con una fría sonrisa mientras negaba con la cabeza—. Quiero algo más.

Marta no comprendía. Ya tenía lo que había ido a buscar.

—¿Qué más quieres?

El Vigía señaló a Marta con su pistola.

—A ti.

—¿A mí? No lo entiendo. Yo no os valgo de nada.

El Vigía amplió su sonrisa un instante, pero esta se esfumó y su rostro pétreo regresó.

—No te subestimes. Esto no es el final. Solo un paso intermedio. Y tú pareces la única capaz de interpretar las claves.

—Pero ya tenéis...

Marta se detuvo de improviso. Iba a decirle al Vigía que ya tenían a Iñigo, pero de pronto había comprendido que no era así. Si la necesitaban a ella, era porque no eran los que lo habían secuestrado. Las implicaciones de aquel descubrimiento lo cambiaban todo.

—¿Ese cofre? —dijo el Vigía señalando el objeto que descansaba tranquilamente en el suelo—. Ese no es el gran premio.

Marta se dio cuenta de que su rival no hablaba con claridad, dejaba en las sombras información. Tal vez lo hiciera a propósito, pero también podía ser que no tuviera todas las claves. Como Federico, como Ayira, quizá solo era un emisario. Decidió cambiar de táctica.

—¿Y cuál es el gran premio? —El Vigía no contestó y ella supo que había acertado en su suposición—. No sabes cuál es el premio —continuó con una sonrisa irónica buscando provocar a su enemigo—. No te lo cuentan todo. Solo lo imprescindible, ¿no?

El rostro del Vigía encajó el golpe. Por un momento dudó. El Pastor y las ovejas. ¿Quién era él? Se recobró y dio un paso adelante.

—¿Y cómo vas a sacarme de aquí?

Marta continuaba hablando, no sabía qué más podía hacer, allí, a solas con un hombre armado que, sin duda, no necesitaba un arma para dominarla.

—¿Cuánto pesas? —dijo él al final, como si hubiese adivinado los pensamientos de Marta—. ¿Cincuenta y cinco kilos? No me será difícil cargar contigo.

Santiago Espinosa dio otro paso hacia adelante.

—¡Quietos! ¡No se muevan!

La voz familiar hizo que a Marta casi se le saltaran las lágrimas. Nunca hubiera pensado que se iba a alegrar tanto al escuchar al teniente Luque. Iba acompañado por dos guardias de seguridad de la Alhambra.

Todo sucedió muy deprisa. El Vigía se giró con la velocidad del soldado entrenado. Disparó tres veces. Los tres hombres se desplomaron en el suelo. Marta miró horrorizada el cuerpo inerte del teniente Luque. El Vigía se volvió hacia ella. A Marta le pareció incluso ver el cañón humeante de la pistola y los ojos inyectados en sangre de quien sabe que acaba de matar. Él se acercó con paso decidido. Marta cerró los ojos en un gesto infantil de negación. Lo que no se puede ver no puede ocurrir. Su vello se erizó al escuchar la voz del Vigía susurrando en su oído.

—Volveremos a vernos.

Marta abrió los ojos a tiempo de presenciar cómo el Vigía recogía el cofre después de arrebatarle el pergamino de las manos. Algo en su interior se rebeló. Se escuchó hablar como si fuera otra persona la que pronunciara las palabras.

—Dentro de tres días. Pero no tú. Dile al hombre importante que lo espero a él. Si no, no tendrá nada. Estoy segura de que sabrá encontrarme.

El Vigía afiló su mirada, pero no respondió. Marta percibió en él el dolor de la humillación. El hombre se dio la vuelta y desapareció entre las sombras en el mismo instante en el que se escuchaban pasos y voces que se acercaban y de fondo sonaban, apremiantes, las sirenas.

78

Año 1243

La desesperación es un arma poderosa. Cuando un hombre no tiene nada que perder y sabe que el resultado de cuanto haga conduce a la muerte, se libera de sus ataduras. No lucha por su vida, sino por metas más elevadas. En esos momentos recuerda a sus hijos, a su esposa, el pueblo donde nació, la bandera en la que sueña que sea envuelto su cadáver.

Los escasos soldados occitanos sacrificaban sus vidas y lo hacían con orgullo, sin esperar nada a cambio. Entre ellos estaban el caballero negro y Philippa. Peleaban por Arpaix, por la pequeña Esclarmonde, por los cátaros, por Occitania, por un mundo que se derrumbaba.

El caballero negro secó el sudor de su frente y se limpió la sangre mientras pensaba que su vida había merecido la pena. Philippa, a su lado, también se tomó un respiro y le sonrió. Roger iba a devolverle la sonrisa cuando vio que la de ella se le helaba en el rostro. Siguió su mirada y lo que vio lo enloqueció. Entre sus enemigos distinguió a Andrea de Montebarro. Avanzó a grandes pasos y se plantó frente a él. Lo señaló con su espada.

—Tú y yo.

Andrea de Montebarro levantó la cabeza y miró con gesto despectivo al caballero negro. Hasta ese momento había optado por permanecer al margen de la lucha, interviniendo de modo selectivo contra soldados ya heridos, distraídos o poco hábiles. No tenía sentido arriesgar su vida en una batalla ganada. Sabía que el caballero negro era un soldado diestro, pero también que ya había dejado lejos su juventud. Se le veía agotado. Aquella podía ser una buena oportunidad de lograr prestigio.

—Ya eres mayor para sostener una espada —dijo tratando de provocarlo—, quizá un bastón sería más apropiado.

El caballero negro tenía la suficiente experiencia como para no caer en aquella provocación. Él también sabía jugar a aquel juego.

—Al menos no abandono el campo de batalla para huir en la noche, como hiciste en el Monte Tabor.

Andrea de Montebarro no tenía el autocontrol del caballero negro. Lanzó un grito gutural y se abalanzó sobre su rival, pero Roger estaba esperando. Detuvo el ataque con facilidad. Conocía a su enemigo. Lo había estudiado y sabía que su única desventaja era la juventud de su oponente. Tenía que acabar pronto con él, antes de agotarse. Estaba preparado. Había perdido fuerza y velocidad, pero había ganado en templanza y experiencia. Desvió la espada del templario y aprovechó su desequilibrio para golpearle con la empuñadura de su espada en las costillas. Andrea dejó escapar un gruñido de dolor, pero se recompuso con rapidez. Sin detenerse, avanzó con furia en la mirada, aunque con más odio que destreza. El caballero negro volvió a frenar su ataque, golpeó a su vez sobre la guardia de su enemigo y cuando este trató de detener la estocada, giró, y asestó un nuevo golpe por sorpresa cuando aún no estaba preparado. La espada de Andrea de Montebarro saltó por los aires para restallar sobre el suelo.

El templario miró horrorizado al caballero negro y luego a un lado y a otro buscando una ayuda que no aparecía. Su actitud altiva y cobarde no había pasado desapercibida entre las tropas atacantes. Su arrogancia había logrado que nadie en su ejército tuviera ganas de ayudarlo. Se levantó como un animal acorralado, sacó un cuchillo de su cinto y se abalanzó sobre una de las perfectas cátaras que observaba la escena. La agarró por atrás y colocó el cuchillo en su cuello.

El caballero negro fue hacia él con fuego en los ojos, pero se detuvo en seco cuando vio el cuchillo.

—Tira tu arma o ella morirá.

La duda se instaló en la mente del caballero negro. Se acordó de su hermana y de su madre, el dolor era muy intenso. Sin embargo, su disposición a no dañar a inocentes era demasiado fuerte y al final se impuso. Dejó caer su espada ante la mirada triunfal del templario. Este, al ver a su oponente desarmado, empujó a la joven cátara a un lado y avanzó dispuesto a hundir la daga en su enemigo. El caballero negro esperó la muerte, pero un silbido zumbó en sus oídos mientras presenciaba cómo una espada, surgida desde la distancia, cruzaba el aire y atravesaba al caballero templario. La sonrisa victoriosa se transformó en una mueca de dolor y muerte, la misma que no vio venir. Se desplomó en el suelo con la espada clavada en el pecho. El caballero negro se volvió y vio a Philippa desarmada. Había sido ella quien había matado a Montebarro.

Varias cosas sucedieron al mismo tiempo. Un silencio absoluto se extendió por el patio del castillo, la lucha se detuvo, los soldados defensores, ya diezmados, dejaron caer sus armas. Y, de pronto, ante la atónita mirada de defensores y atacantes, los herejes cátaros elevaron al cielo sus plegarias y comenzaron a cantar. La batalla de Montsegur había terminado.

79

Año 2022

Marta se encontró aún por un instante sola y se obligó a acercarse a los tres hombres que yacían desplomados. Aún no podía creer lo que acababa de suceder. Tenía el corazón encogido y una sensación de irrealidad, como si todo aquello no fuera sino un mal sueño del que iba a despertar en cualquier momento.

Se aproximó al primer guardia de seguridad, que yacía en medio de un charco de sangre. Un agujero negro en medio de su frente fue suficiente para saber que no había nada que hacer por él. El segundo guardia aún respiraba, para su alivio. Había sido alcanzado en el estómago y la sangre manaba de la herida. Estaba consciente. Marta se quitó la bata y la presionó contra su herida.

—La ayuda llegará enseguida —le dijo al guardia, que parecía muy asustado—. Aprieta fuerte. Todo saldrá bien.

Cuando se aseguró de que el hombre hubo entendido, Marta se volvió hacia el teniente Luque. Temía lo que se iba a encontrar, pero se forzó a hacerlo. ¿Por qué tardaban tanto? El teniente Luque no se movía. Estaba bocarriba, con los brazos a ambos lados, como si descansase. Las lágrimas asomaron a los ojos de Marta. Le había cogido cariño al teniente; puede que fuera un cascarrabias, pero siempre la había protegido.

Se acercó y cuando iba a tomarle el pulso, de pronto, él abrió los ojos e inspiró con fuerza, como si sus pulmones se hubiesen quedado vacíos. Miró a Marta. Le costaba enfocar y se llevó la mano al pecho. Fue entonces cuando Marta se dio cuenta de que llevaba chaleco antibalas. El teniente Luque cogió aire de nuevo y poco a poco su respiración fue volviendo a la normalidad.

En ese mismo instante llegaron policías y personal sanitario entre órdenes y gritos a los que Marta no prestó atención. El teniente Luque hizo amago de incorporarse, pero desistió tras un espasmo de dolor. Miró a su alrededor.

—¿Dónde está?

Marta negó con la cabeza y señaló la sala del palacio a través de la que había huido el Vigía.

Uno de los sanitarios se acercó a ellos y comprobó el estado del teniente, que acabó apartándolo de un manotazo.

—¡Estoy bien! —le espetó al médico antes de ir a ver cómo estaban los dos guardias.

Marta se retiró a una esquina a contemplar el boquete abierto en la pared de la que había sacado el cofre. Había muerto un hombre, otro estaba malherido y ella había perdido el cofre. No podría recuperar a Iñigo y había dañado un monumento histórico de valor incalculable. Cualquiera de aquellas cosas, incluso por separado, se le hubieran antojado imposibles.

Se sentó en el suelo con la cabeza entre las manos, apoyada en la pared. Las lágrimas la invadieron. La tensión de aquellos días y la frustración del fracaso demolieron sus últimas defensas. Lloró con amargura. No recordaba haberlo hecho así nunca. Se sentía vacía, con la sensación de que jamás volvería a ser la misma.

Notó una mano sobre su hombro. Levantó la mirada y se encontró con la del teniente Luque. Se puso en pie y se abrazó a él, que la sostuvo con paciencia. Transcurrido un tiempo, los sollozos de Marta se calmaron y ambos se separaron, incómodos.

—Gracias —dijo Marta.

—Tengo muchas preguntas para ti.

El teniente Luque había tratado de exhibir una sonrisa forzada. A Marta le pareció extraña, dada la situación. Una luz se encendió en su cerebro. Lo conocía lo suficiente para saber que quería información, pero que escondía algo.

Marta asintió sin responder. El teniente Luque se volvió y, a voz en grito, dio las órdenes necesarias para buscar al asesino. Luego tomó el brazo de Marta y la acompañó hacia la salida. Cruzaron las bellas salas de la Alhambra, que a Marta se le antojaban ahora tristes, melancólicas. Pasaron por delante del palacio de Carlos V, rodeado de coches de policía y ambulancias con las luces de emergencia encendidas. Llegaron hasta el Parador y, sin dirigirse la palabra, dejaron el patio atrás y entraron en el hotel.

Ella pensaba que el teniente Luque la llevaba a su habitación, pero se sorprendió al ver que no subían al ascensor, sino que se dirigían a la zona de los salones. Llegaron ante una puerta doble con un cartel que indicaba que aquel era el salón Alhambra. La puerta se abrió y, cuando Marta levantó la cabeza, se encontró con dos personas que le daban la espalda. Ambas se volvieron. Marta parpadeó, como si acabara de despertar de un sueño, y luego corrió a abrazar a una de ellas. Iñigo la recibió con una sonrisa.

80

Año 1245

Cuando un hombre está a punto de cumplir el objetivo para el que cree que está predestinado, pero en el último instante la suerte o la fatalidad le arrebatan las mieles del éxito, siente rabia, frustración e ira. Pero ese es solo el primer impulso. Después, cuando todo se enfría, llegan la humillación, la tristeza o incluso el odio.

Eso era lo que Jean sentía en ese momento. Toda su vida le pasó por la cabeza: Cluny, la reliquia, la guerra cátara, su búsqueda. Todo ello perdido tras escuchar unas sencillas palabras pronunciadas a su espalda.

—¿Quién eres tú en realidad?

¿Quién era? Esa era una buena pregunta. Un hombre con un destino, un destino que se reía en su cara. Se volvió y se enfrentó a la pregunta. Era el gran Muhammad ibn Nasr en persona quien la había lanzado. «Un guerrero, un hombre acostumbrado a matar», pensó Jean.

—Mi nombre es Jean de la Croix. Soy un monje cristiano y he venido desde lejos buscando el contenido de este cofre.

El sultán asintió, como si diese más importancia a la

verdad que al robo de aquel objeto que había caído en su poder no mucho tiempo atrás.

—Y dime, Jean de la Croix, ¿por qué es tan importante el contenido de ese cofre como para arriesgar tu vida?

Jean sintió que la pregunta era genuina, que aquel hombre quería saber. Aun así, no se hizo ilusiones.

—Imaginad, sultán, que este cofre contuviese las palabras del mismísimo profeta. ¿Qué no daríais por beber de su sabiduría, de su verdad?

—Daría mi vida —respondió Ibn Nasr asintiendo—. ¿Es ese el contenido?

—No lo sé. Es lo que creo, pero no he tenido tiempo de comprobarlo.

Muhammad ibn Nasr hizo un gesto con la mano, señalando el cofre con la palma abierta, dando permiso a Jean. Él se volvió hacia el cofre y extrajo el contenido. Todo lo que había dentro eran tres papiros enrollados. Desplegó el primero y pudo ver una letra apretada en un idioma que no conocía. Abrió el segundo y vio que estaba escrito en el mismo lenguaje, pero había sido redactado por una mano diferente.

—¿Y bien? —preguntó Muhammad ibn Nasr.

—No lo sé —reconoció Jean—. Está escrito en una lengua que desconozco. Podría ser hebreo, quizá arameo. Si es así, podría ser obra de Jesucristo.

Muhammad ibn Nasr hizo un gesto e inmediatamente dos soldados cruzaron la puerta y sujetaron a Jean.

—El castigo por robar en mi palacio es la vida. Esperarás tu destino.

Su tono no transmitía placer, sino el cumplimiento de una obligación. Jean fue conducido a una celda. El sonido de la cancela dio paso a un silencio que en la mente de Jean fue tan doloroso como si ya lo hubiesen ejecutado. Todo era dolor, había desperdiciado su vida, no volvería a ver a Roger, a Philippa, a Arpaix, incluso a Blanche.

Se dijo que si tuviera la potestad de cambiar el pasado, abandonaría aquella lucha mucho tiempo atrás. Quizá así todos ellos podrían comenzar en otro lugar, lejos de la guerra y de la muerte. Pero sabía que se mentía a sí mismo, que, en realidad, si tuviera otra oportunidad, repetiría los mismos errores. Era su naturaleza.

Así transcurrieron dos días y dos noches. Cada doce horas le traían agua y comida. Nadie le dirigió la palabra. Al tercer día, la rutina que lo encadenaba pero que también lo mantenía vivo, cambió. Uno de los guardas abrió la puerta, pero en esa ocasión vez no llevaba comida, sino la llave de sus grilletes.

Jean se levantó y sintió el dolor de la inmovilidad forzada en sus huesos y el terror sordo de la ejecución inminente. Acató con lentitud la orden de caminar delante del soldado a través de pasillos y salones. De pronto una idea extraña se formó en su mente. Se había imaginado que todo transcurriría en los jardines del palacio, un lugar bello para morir, contemplando los naranjos y oliendo el perfume del azahar. Sin embargo, lo llevaban al salón del cofre, o al menos en aquella dirección. A lo mejor no iban a ejecutarlo. Apartó de su cabeza la esperanza. Sabía que la mente humana se agarra a cualquier resquicio de oportunidad de esquivar la muerte. Pero tras cada pasillo, después de cada puerta, la esperanza crecía. Entonces, casi sin darse cuenta, se encontró frente a la puerta con el nudo de Salomón. El guarda la abrió y se hizo a un lado. Jean entró con timidez. En el interior, el cofre seguía donde lo había encontrado la primera vez, pero a su lado había otra mesa con los papiros desplegados y dos hombres inclinados sobre ellos. Uno de ellos era Muhammad ibn Nasr, que se volvió al oírlo entrar. Solo pronunció una palabra.

—Arameo.

Jean asintió sorprendido. Aquello confirmaba aún más su suposición sobre la autoría del documento.

—El arameo era el idioma del pueblo llano de Judea. El hebreo se reservaba para las élites —respondió tanto para sí mismo como para el sultán.

El tercer hombre asintió ante sus palabras y Jean aprovechó para estudiarlo. Su fisionomía, su forma de hablar, su vestimenta lo delataban. Era judío.

—Veo que eres conocedor del mundo antiguo —dijo en árabe con un acento extraño, como si aquel no fuera su idioma materno.

—¿Podéis leer el arameo?

El hombre sonrió con timidez y Jean sintió cómo el ansia se apoderaba de su ser.

—¿Lo habéis traducido?

—Todos los documentos —respondió— están fechados seis siglos antes de la Hégira. El primero está escrito por alguien llamado Jesús de Nazaret. El segundo, por una mujer: Magdalena. El tercero es una extraña e intrincada indicación para llegar a un lugar lejano.

Jean notó que las piernas no soportaban su peso. Se dejó caer al suelo y, por un instante, el mundo osciló a su alrededor. Luego, poco a poco, fue regresando a la realidad.

—¿Qué dicen los papiros?

El judío se volvió hacia la mesa y revolvió entre algunos documentos.

—¡Tomad! Aquí tenéis una traducción aproximada.

La mano de Jean tembló al acercarse al que le tendía aquel hombre. Trató de calmar el ímpetu de su corazón y empezó a leer. Poco a poco, las implicaciones de los textos fueron entrando en su cabeza. El judío y Muhammad ibn Nasr esperaron con paciencia a que finalizase la lectura, pero el sultán lo hacía con una mueca de diversión en el semblante. Cuando Jean terminó, levantó la cabeza hacia ellos.

—Pe-pero... Esto lo cambia todo.

—Bien, cristiano. Ya tienes lo que viniste a buscar. Pocos hombres son lo suficientemente afortunados en su vida como para hallar lo que buscan. La mayoría de ellos, como tú, solo para descubrir que lo que buscaban no era lo que esperaban.

Jean dejó los papeles sobre la mesa y se apoyó en la pared. Todo sobre lo que se había sustentado su vida era mentira.

—¿Por qué me has enseñado esto?

Muhammad ibn Nasr sonrió ante la pregunta de Jean. Acarició el cofre y se tomó su tiempo antes de responder.

—Porque todo hombre tiene derecho a un último deseo antes de morir.

81

Año 2022

La chimenea estaba apagada. Un pedazo de madera sobresalía de los restos de ceniza como un barco a punto de hundirse en el mar. A pesar de que no había fuego, Marta no podía dejar de mirar. Cuando creía que su vida estaba reducida a cenizas, Iñigo, al igual que aquel tronco, había surgido incólume de entre los rescoldos.

En el salón, junto a la chimenea, había cuatro butacas y sentados en ellas estaban Marta e Iñigo, el teniente Luque y una mujer desconocida para ella.

Marta volvió su mirada, desconfiada, hacia la mujer. Parecía haberse convertido en una costumbre que cuando Iñigo reaparecía, lo hacía de la mano de una joven atractiva. Era cierto que aquella joven no se parecía en nada a Ayira, de quien había desconfiado de inmediato: la forma en la que miraba, cómo se expresaba habían generado en Marta una incomodidad permanente.

El rostro de Ruth, pues ese era su nombre, era amable y su mirada, limpia; una de esas personas que, de inmediato, te cae bien. Además, Marta no tenía nada que temer. En la butaca de al lado Iñigo tenía el brazo estirado y dejaba descansar su mano entre las suyas, como si no quisiera separarse de ella.

El teniente Luque carraspeó antes de hablar dirigiéndose a Marta.

—Creo que tienes mucho que contarnos.

Marta asintió, pero ella también tenía preguntas que esperaba que alguien respondiese. Obviando al teniente, se volvió hacia Iñigo.

—¿Fuiste tú quien me ayudó a escapar en la mezquita y quien me avisó en el hamam?

Necesitaba saberlo, porque si la respuesta era negativa, se abrían inquietantes interrogantes sobre los que ella prefería no tener que indagar. Iñigo asintió, pero estaba serio, parecía preocupado.

—¿Por qué?

—Quería acabar con todo esto. No entrabas en razón y solo vivías obsesionada por el arca y la reliquia. Necesitaba hacer algo.

—¿Y pensaste que engañarme era una buena idea?

Esta vez Iñigo sonrió, pero era la sonrisa de quien sabe que ha acertado en lo que esperaba de otra persona, aunque hubiera preferido equivocarse. Marta sintió que su corazón se partía. Por primera vez vislumbró que quizá había perdido a Iñigo. No porque hubiera encontrado a otra, sino porque existía la posibilidad de que hubiese dejado de quererla a ella.

—¿Recuerdas hace un año en Asís? Entonces fuiste tú la que me engañó. «Iñigo el inocente», fueron tus palabras. Creía que si te arrastraba en busca del arca, fracasarías y te olvidarías de todo esto.

—Pero no fracasé.

—Hiciste más que eso. Despertaste a la Hermandad Blanca.

Marta abrió mucho los ojos.

—¿El Vigía pertenece a la Hermandad Blanca?

—¿El Vigía? —preguntó el teniente Luque.

—Así es como decidí llamarlo. Me persiguió y me vigiló en Jerusalén, en Alejandría y en Córdoba. Hasta que conseguí burlarlo aquí, en Granada.

—A él y a nosotros —terció Iñigo—. No nos dimos cuenta de su presencia hasta llegar a Córdoba. Te avisamos y quisimos intervenir, pero desapareciste. Seguimos sus pasos hasta Sevilla y entramos en pánico cuando él vino aquí precipitadamente. En ese momento decidimos avisar al teniente.

Marta se volvió hacia el teniente Luque.

—¿No sabías nada de todo esto?

—No. Por eso aparecimos sin estar preparados. Ya es hora de que respondas tú a mis preguntas. Si no, os llevaré a comisaría. Y esta vez tiraré la llave.

Marta no pudo evitar sonreír. Sabía que el teniente no cumpliría su amenaza, pero antes de responder necesitaba más explicaciones.

—Una última pregunta, lo prometo —dijo antes de volverse hacia la joven—. ¿Tú quién eres?

Fue Iñigo quien contestó.

—Se llama Ruth y ha venido desde Asís. Es una hermana clarisa enviada por la madre Sandra para ayudarnos a encontrar el arca.

Marta miró a Iñigo durante un instante prolongado y luego a Ruth, que asintió. Esa era la respuesta que más temía Marta. No se podía fiar.

—Sabemos de la existencia de las reliquias y del arca. Queremos ayudarte a encontrarlas —dijo la joven.

Marta negó con la cabeza.

—Puedes engañar a Iñigo. A mí no. Sé lo bastante de

esta historia como para reconocer una media verdad. Las hermanas clarisas jamás supieron lo que era o para qué servía la reliquia y mucho menos que estaba relacionada con el arca.

Iñigo iba a objetar, pero Ruth hizo un gesto para detenerlo. El hombre dejó su queja en el aire y se quedó mirando a Ruth con la boca abierta.

—Todo lo que se cuenta de ti es poco —comenzó Ruth—. ¿Quieres la verdad? De acuerdo, pero debes acompañarme.

—¿Por qué? —preguntó desconfiada.

Esta vez Ruth sonrió abiertamente, como si hubiera esperado todo el tiempo para dar aquella sorpresa a Marta.

—Para que te enseñe un mensaje.

—¿Un mensaje? ¿De quién?

—De alguien que lo escribió para ti hace ocho siglos. Tengo un mensaje de Jean.

82

Año 1245

La libertad es uno de los bienes más preciados. Tanto, que cada ser humano está dispuesto a dar su vida por conseguirla, para ellos mismos o para los suyos. Es una ley universal, a pesar de que la historia nos muestra que la mayor parte de las personas no saben qué hacer con esa libertad, la desperdician o, alcanzándola, buscan una oportunidad para encadenarse a multitud de tiranías.

Sin embargo, son pocos los que entienden que hay algo más precioso aún: el propósito. Una vida sin propósito es una vida perdida, incluso si es en libertad. Es la fuerza que alimenta al ser humano, lo que hace que la libertad no sea una palabra hueca, lo que le da contenido.

Jean había perdido ambos. Estaba encerrado de nuevo en la celda, aislado del mundo, esperando su sentencia, pero todo ello era irrelevante porque ya no tenía un objetivo en su vida. Por eso, cuando escuchó una voz que llegó hasta él por un ventanuco de su celda, no se movió. La voz insistió y al final se obligó a levantarse para mirar quién lo llamaba.

—Jean —repitió la voz.

Pocas voces podían hacer reaccionar a Jean, pero aquella era una de ellas.

—¡Arpaix! ¿Cómo...?

Arpaix se llevó un dedo a los labios y Jean se calló. La joven le explicó con gestos que estuviera preparado. Después desapareció.

Jean no veía cómo Arpaix podía hacer algo por él y, en todo caso, qué sentido tenía ya. Sin embargo, una pequeña llama ardía avivando su voluntad: la preocupación por ella. Si llegaba a ser capturada, no se lo perdonaría jamás. Era tan joven... Tenía toda la vida por delante. Por su mente pasó el destino que le esperaba si era apresada.

Transcurrieron unos minutos en una tensa espera y Jean comenzó a pensar que todo había sido un sueño cruel, una alucinación. Entonces escuchó un sonido proveniente de la puerta. Al principio creyó que se trataba del carcelero, pero en la semioscuridad su oído se había aguzado y pudo reconocer el sonido de una ganzúa. La puerta se abrió con sigilo y la cabeza encapuchada de Arpaix se asomó por el vano. Después de cerrar tras ella, se acercó a Jean sin hacer ruido y comenzó a trabajar en los grilletes.

—Tenemos poco tiempo —susurró—. Es el cambio de guardia.

—No deberías haber venido en mi busca.

Arpaix se detuvo un instante y miró a Jean con un gesto extraño, como si acabase de decir una estupidez. Él insistió.

—Mi vida ya no tiene sentido. Todo era mentira y ahora que la verdad me ha sido revelada, está en poder del sultán y lejos de mi alcance.

Una tímida sonrisa asomó al rostro de Arpaix y fue como un sorbo de agua fresca para Jean. La joven descolgó de su cuello una bolsa y la abrió ante la atenta mirada de Jean. Dentro estaban las dos reliquias y, junto a ellas, los papiros de Jesús, de Magdalena y el que indicaba el lugar donde reposaba el arca de la alianza.

Jean miró a Arpaix y, de pronto, recordó algo que había olvidado. Algo que el caballero negro, su amigo, su compañero, siempre había sabido. No importaba la fe, tus creencias, aquello que siempre habías dado por cierto, lo que sustentaba el edificio de tu vida. Importa la verdad, fuera cual fuera, aunque te forzara a destruir tu edificio y a reconstruirlo con los escombros del anterior. Era su obligación proteger aquellos documentos y dar a conocer al mundo la verdad.

Fue entonces cuando tomó una resolución. Extendió sus brazos mostrando a Arpaix sus grilletes y una sonrisa acudió al rostro de la joven. Jean reconoció en ella a Philippa, pero también los ojos del caballero negro, como si ambos estuvieran allí liberándolo.

Arpaix retiró las cadenas de Jean y este se levantó y estiró las piernas, que protestaron doloridas. Se acordó de cómo, hacía muchos años atrás, el caballero negro también lo había liberado de las mazmorras del monasterio de San Juan, donde había sido torturado por Guy Paré. ¡Padre e hija habían sido sus ángeles de la guarda!

Salieron de la celda y avanzaron con sigilo. Delante de Jean, Arpaix se movía con delicadeza, como si flotara. Toda vestida de negro era casi invisible. Detrás, Jean se movía con los gestos pesados de la edad.

Pasaron junto al salón del cofre y Jean se detuvo de improviso. Miró a Arpaix, que no parecía entender por qué había parado.

—¿Está abierta? —preguntó señalando la puerta.

Arpaix asintió.

El rostro de Jean se transformó. Recuperó la dureza, casi la obcecación, en su mirada.

—¡Dame las reliquias! —ordenó.

Arpaix no respondió. Fuese lo que fuese lo que Jean se proponía hacer, el fuego en su mirada indicaba que nada de cuanto ella dijera cambiaría su resolución. Obedeció.

Jean entró al salón y miró el cofre por un instante. Se dirigió hacia la mesa donde estaban los documentos con las traducciones, tomó pluma y tinta y escribió con rapidez unos símbolos sobre un trozo de papiro. Abrió el cofre con las reliquias y lo colocó en su interior. Mientras tanto, Arpaix hacía guardia junto a la puerta. Cuando Jean hubo terminado, se acercó a la joven.

—Podemos irnos

—¿Qué has escrito?

—Un mensaje. Quizá algún día, alguien sepa descifrarlo.

Salieron del palacio y, ya en los jardines, hicieron una pausa para que Jean descansase y bebiese algo de agua. Lo hicieron agazapados tras unos árboles, escuchando el murmullo del agua. Jean pensó que si lograban escapar, aquel sonido sería lo único que echaría de menos.

—¿Fuiste tú quien apareció aquel día junto a la puerta del salón del arca? —preguntó Jean.

—Quería avisarte. Ayudarte. Tuve que huir cuando llegó el guarda.

Jean sabía que allí escondidos corrían un riesgo. El tiempo era vital. Tarde o temprano los guardas se darían cuenta, pero necesitaba saber.

—¿Cómo has podido esconderte todo este tiempo en Madinat Garnata?

—Lo más difícil fue entrar en la ciudad, pero los soldados están relajados, saben que el peligro cristiano está aún lejos. Una vez dentro todo fue sencillo. Nadie quiere mezclarse con un indigente. Me movía de noche, protegida por la oscuridad, como hice en Córdoba.

Continuaron su marcha. Arpaix parecía tener un sexto sentido para orientarse y para detectar a los guardas. «Ha pasado toda su vida escondiéndose, merece un futuro mejor», pensó Jean. Salvaron la muralla a través de un foso, lejos ya del palacio y en lugar de descender hacia Madinat Garnata, se introdujeron en el bosque en dirección a las lejanas montañas. Allí se perdieron en la noche y cuando el alba clareó el mundo, ya estaban fuera del alcance de los soldados musulmanes. Su rastro se había perdido.

83

Año 35

Una persona cambia. Los años pueden ser benévolos o implacables. Cuando el tiempo nos trata bien, la prestancia se convierte en dignidad y la belleza, en elegancia. Cuando nos trata mal, es como si un demonio hubiese conquistado nuestro cuerpo y lo hubiese consumido por dentro. En cualquier caso, hay algo que no cambia. Los ojos. Si fueron amables, rara vez dejarán de serlo. Si fueron codiciosos, jamás se librarán de tal defecto.

Los ojos de Jesús tampoco habían cambiado. No habían perdido un ápice de su luz, de su irresistible capacidad de arrastre, de entrega.

Magdalena los miraba en aquella oscura noche de Alejandría, con la necrópolis de fondo, y sentía que estaba en un sueño del que, en cualquier momento, iba a despertar para ser golpeada por la realidad. Pero Jesús seguía allí, era real, no había muerto dos años antes.

Tantas preguntas se agolparon en su mente que no era capaz de expresarlas. Se levantó y se acercó a él lentamente, tratando de evitar que su cuerpo se echase a temblar sin control.

Jesús la miraba con una sonrisa apenas esbozada. Una

sonrisa que, para ella, que la conocía bien, también era una petición de perdón. Cuando estuvo frente a él, reunió todo el coraje de que fue capaz y le golpeó en el rostro con fuerza. Luego, el temblor tanto tiempo retenido se adueñó de su cuerpo y sintió que la inundaba un torrente de lágrimas. Jesús trató de abrazarla, pero ella lo rechazó. Magdalena sentía que jamás podría perdonarle aquella traición.

84

Año 1245

Jean de la Croix había recorrido una gran distancia a lo largo de su vida. Si lo pensaba, tenía la sensación de que lo único que había hecho había sido caminar. Casi siempre con una misión. Sin embargo, ahora ya solo lo hacía para volver a algún lugar que pudiera llamar hogar. No importaba tanto en dónde, solo importaba con quién.

A su lado iba Arpaix, atenta a todo cuanto sucedía a su alrededor. Tenía toda una vida por delante y Jean esperaba que fuera larga y tranquila, pero algo le decía que lo segundo era un deseo fútil. En aquel mundo, no se podía aspirar a eso. Decidió resignarse a que la existencia de la joven fuese todo lo dichosa que pudiese ser ahora que había perdido a sus padres.

Se detuvieron un instante cuando Arpaix señaló a lo lejos. Jean reconoció la silueta de Monsanto. Su paso por allí había sido efímero antes de dirigirse a Madinat Garnata, pero se habían quedado grabadas en su mente las enormes rocas redondas embutidas en la tierra que ofrecían aquel encanto tan particular.

—Pronto estaremos en casa.

Arpaix lo miró con extrañeza. A veces no entendía al

viejo monje. Desde la huida de su encierro en la ciudad musulmana lo había visto alegre, incluso risueño. Se detenía a menudo a contemplar el paisaje, a algún animal salvaje que se encontraban por el camino. Parecía un hombre que se había quitado un peso de encima, una sombra que lo perseguía, se había liberado. Arpaix sabía que todo aquello tenía que ver con las reliquias, con el cofre y con los documentos que habían robado. Sin embargo, a pesar de su buen humor, Jean se había negado con rotundidad a desvelar el contenido de aquellos papiros escritos en un extraño idioma repleto de símbolos desconocidos. Se había mostrado inflexible ante su insistencia y había cercenado el interés de Arpaix con solo dos palabras.

—Nada importante.

Un par de horas después Jean y Arpaix llegaron a Monsanto. El pueblo, escondido entra las rocas, se mimetizaba con el entorno, como si no quisiera ser descubierto. Cruzaron la muralla y se dirigieron hacia la iglesia que adornaba la fortaleza. Había sido construida unos decenios antes de su llegada. Era pequeña pero elegante y delicada. Jean tenía ganas de volver a verla.

Cuando la tuvo ante él, vio a dos figuras cerca de la misma. Durante un instante se hizo el silencio y todo quedó suspendido, como si los cuatro temiesen que aquello fuese un sueño y fueran a despertarse para darse cuenta de que, en realidad, había sido una pesadilla.

Arpaix fue la primera en reaccionar. Lanzó un grito y corrió hasta fundirse en un abrazo con Philippa y Roger. Jean se quedó quieto observando la escena. Sentía que su felicidad era casi absoluta y cuando sus tres amigos se separaron y se dirigieron hacia él, no pudo evitar que una lágrima se desprendiese por su mejilla.

—Ahora sí estamos en casa.

85

Año 2022

Marta contemplaba el paisaje. Primero, las lejanas montañas de Sierra Nevada, alejándose hasta desaparecer; luego, un inagotable mar de olivos, tan grande que parecía no tener fin. Cuando empezaba a pensar que en el mundo solo había olivos, pasaron junto a las Navas de Tolosa.

En ese momento su mente había volado al pasado. 1212. La gran batalla que había marcado el devenir de aquella tierra. Y había sido en tiempos de Jean. Todo en esta historia que estaba viviendo era extraño y ahora aquella mujer había insinuado que Jean le había dejado un mensaje. ¿Cuál era el mensaje? ¿Por qué a ella? Lo más increíble es que le resultaba plausible. Llevaba dos años descifrando los mensajes de aquel monje medieval, desde que había encontrado y leído su manuscrito. Era como si Jean la guiase, como si él supiese o desease que alguien siguiera su rastro. Ella misma había terminado por considerar que le hablaba.

Después de decir aquellas palabras, Ruth se había instalado en un terco silencio. Solo repetía que era mejor que lo vieran con sus propios ojos. Viajaban rumbo a un destino desconocido, situado vagamente en el centro de Portugal, no tenían más datos.

Conducía Iñigo que, cada cierto tiempo, lanzaba miradas por el retrovisor a Marta. Trataban de ser amistosas, de tender puentes entre ambos que a ella le parecían difíciles de reconstruir, por mucho que lo deseara.

El teniente Luque, una vez aclarado lo sucedido, había decidido dedicarse a buscar al Vigía, aunque les había pedido que estuviesen en contacto.

Cuando se acercaron a la frontera de Portugal, la cabeza de Marta no paraba de analizar los posibles destinos, pero ninguno le decía nada. Coímbra era la ciudad importante más cercana, pero aún quedaba lejos. Por eso, cuando Ruth indicó que ya estaban llegando y le pidió a Iñigo que tomara una desviación, Marta miró a su alrededor sin comprender. Siguió con la mirada la dirección que señalaba y distinguió un pequeño pueblo sobre una colina, con un castillo que lo coronaba.

—Monsanto —dijo Ruth, como si aquello fuera explicación suficiente.

Marta no respondió, pero buscó frenéticamente algo de información en su móvil. Algo que explicase por qué iban a aquel lugar. No tardó mucho en lograrlo. Una fotografía en una web fue suficiente. Un detalle inocente, pero que para ella resultaba determinante. Se sintió satisfecha, seguía sin confiar en aquella mujer y la información era poder, una ventaja.

Dejaron el coche en uno de los aparcamientos para turistas indicados a la entrada del pueblo. Iñigo y Marta se miraron incómodos.

—Debemos subir —dijo Ruth antes de dirigirse hacia una de las calles que ascendía.

Marta jamás había estado en Monsanto. Las fotos que

acababa de ver en su móvil mostraban un pueblo histórico, con casas de piedra, de los que se llenan de turistas en vacaciones o fines de semana. No estaba preparada para lo que le esperaba.

El pueblo crecía alrededor de un monte de forma desordenada. Quizá decir que se integraba en él era una descripción más correcta. Grandes piedras de granito salpicaban el paisaje y las casas, que, lejos de ocupar únicamente los espacios libres de rocas, se embutían en ellas aprovechándolas como paredes, como parte de su estructura. El paisaje producía un efecto extraño, como si aquellas rocas hubiesen sido colocadas por gigantes ancestrales que luego habían desaparecido del mundo dejando únicamente aquel legado.

—¿Por qué aquí?

Marta lanzó la pregunta en una pausa que hicieron en el ascenso. Ruth se encogió de hombros.

—Nadie lo sabe, pero este fue el lugar que escogieron para esconderse.

—¿Escogieron? ¿Esconderse?

Ruth sonrió como quien conoce un secreto que está a punto de compartir.

—Jean. Los últimos cátaros. Todos ellos.

Marta abrió la boca, pero no respondió. La información que acababa de darle Ruth, aparentemente inocente, lo cambiaba todo. Jean había escogido aquel lugar, y él no hacía nada al azar. Las piezas del rompecabezas encajaron de pronto y Marta ya no tuvo duda de que la suposición que había hecho en Granada era correcta. Ahora sabía dónde debía buscar. Había resuelto el misterio. Se sorprendió al percatarse de que había tenido éxito donde todos habían fracasado.

—1244 —dijo Marta—. Montsegur.

—Así es. Cuando la última fortaleza cátara en las montañas cayó, algunos lograron huir y acabaron instalándose en Monsanto. Supongo que lo escogieron porque nadie vendría hasta aquí a buscarlos.

Ruth retomó el camino seguida de Marta e Iñigo. Dejaron atrás las últimas casas del pueblo. Ahora solo quedaban las enormes rocas y pedazos de tierra, y un deslavazado camino hacia la cima.

Los tres avanzaban obstinados, sin hablar. Ruth, con el paso firme de quien sabe adónde va. Marta e Iñigo, perdidos en sus respectivos pensamientos.

Un centenar de pasos por detrás caminaba otro hombre. Cada cierto tiempo se detenía y tomaba fotos, como había hecho antes en Jerusalén, Alejandría y el resto de los lugares que Marta había visitado. Él siempre estaba allí, siempre al acecho, invisible para todos. Levantó la cabeza y vio que las tres figuras a las que perseguía habían desaparecido tras un recodo de la subida. Aceleró el paso para no perderlos.

La montaña que rodeaba Monsanto era enorme y estaba coronada por los restos de una antigua fortaleza. Cruzaron una de las puertas de acceso al recinto. Era solo la muralla exterior. Entre las rocas graníticas que también poblaban el castillo, se erguía una iglesia. Marta se detuvo a mirarla. «Es un buen sitio para que Jean terminase sus días —pensó—. Una vida agitada que termina en un remanso de paz».

—Es la iglesia de San Miguel.

Marta asintió y sus ojos se movieron buscando lo que necesitaba encontrar. Cuando lo hizo, lo señaló con la mano. Allí estaba, claramente tallado en la piedra. El nudo de Salomón, la reliquia de Jean, como si dos piedras de río se hubiesen atravesado la una a la otra.

—¿Cómo...?

Iñigo dejó la pregunta en el aire.

—¿Que cómo sabía que esto estaba aquí? —continuó Marta.

Pasó su móvil a Iñigo que contempló atónito la foto que Marta había encontrado en internet.

—¿Este es el mensaje de Jean? —preguntó a Ruth.

—Solo una parte. Pronto lo tendrás todo, pero antes quiero enseñarte algo más.

Marta frunció el ceño. No le gustaba aquel juego al que se veía obligada a jugar. Siguió a Ruth e Iñigo, que treparon por las rocas hasta donde se veía el granito aflorar en grandes masas entre la tierra y restos de hierba. Cuando llegó hasta el lugar donde ambos la esperaban, su respiración se cortó. Había varios huecos enormes con forma de figura humana excavados en la roca cuyo propósito era evidente. Eran tumbas. Alguien, en vez de enterrar los cuerpos, había decidido llevar a cabo la titánica tarea de esculpir la roca. Marta no se atrevía a preguntar, pero sospechaba la respuesta.

—Aquí yació, mucho tiempo atrás, Jean de la Croix. Murió en el año 1255, ya anciano —dijo Ruth señalando la más cercana.

Marta se acercó y no le quedaron dudas de que la joven estaba en lo cierto. Al lado de una de ellas, donde se suponía que estaba situada la cabeza, vio tallada la inconfundible marca de cantero de Jean. Sintió que se mareaba. Sabía que Jean llevaba muerto casi ocho siglos, pero para ella aún seguía con vida en su mente. Nunca hubiese imaginado visitar su tumba. Se puso en cuclillas, pasó la mano sobre la piedra pulida, de color gris oscuro, y se sintió igual que si hubiese ido a despedir a un familiar querido.

—¿De quién son las otras? —preguntó temiendo la respuesta.

Ruth levantó la cabeza y miró a Marta con semblante serio.

—¿Aún no lo has adivinado? Aquí, un día, estuvo enterrado junto a él su mejor amigo, Pierre Roger de Mirepoix, el caballero negro.

86

Año 35

El templo santuario de Taposiris Magna dominaba una estrecha franja del litoral bañado por las aguas del Mediterráneo y acorralado por las arenas del desierto. La ciudad estaba situada a solo dos días de marcha de Alejandría. En las noches despejadas, como la que estaba disfrutando Magdalena, incluso se podía divisar la luz del faro.

Estaba sola, apoyada en una de las balaustradas de la imponente terraza del templo, con la vista en el norte, en el mar infinito en el que se había perdido su mirada. Tenía mucho en lo que pensar. Una parte de su corazón se alegraba de que Jesús estuviese con vida, pero la otra no terminaba de entender la razón por la que la había abandonado y había permitido que ella creyese que estaba muerto. Oyó unos pasos acercarse por detrás y supo inmediatamente que se trataba de él.

—Llevas dos días huyendo de mí —dijo al llegar a su altura, sin mirarla directamente, como si él también contemplase el mar.

—Y tú dos años.

La amargura de sus propias palabras la hizo sentirse

mal. Había reflexionado mucho al respecto. Había pagado un alto precio por estar junto a él. Odiada y repudiada por todos, incluso por su familia. Arrastrada a un viaje incierto y peligroso a Alejandría. Y lo había hecho sin dudarlo, con orgullo. Sin embargo, acababa de descubrir que había pagado uno aún mayor: el de la traición del propio Jesús. Él no había dudado en dejar atrás a los suyos para cumplir su misión. Magdalena se acordó de María, su madre, de su fiel Santiago, cruzando el mundo para proteger su legado. Todos creían que Jesús había muerto.

—¿Por qué? —preguntó.

—Es una larga historia —respondió Jesús.

—Tengo tiempo. Todo el del mundo.

Sus palabras habían sonado duras y notó cómo Jesús encajaba el golpe y se tensaba. Tardó unos instantes en recomponerse, el tiempo que pareció necesitar para elaborar una respuesta,

—Todo empezó mucho tiempo atrás, antes de conocerte. —Jesús se permitió una sonrisa cariñosa, pero Magdalena no reaccionó—. Fui elegido entre los esenios como guardián del gran secreto. Yo aún era un niño. Entonces no comprendí las implicaciones. Nadie me preguntó. Fui enviado a estudiar a Alejandría. Se suponía que debía adquirir la sabiduría necesaria.

—¿Sabiduría?

Esta vez la pregunta no destilaba amargura, sino curiosidad.

—Así es. Pero no fue sabiduría lo que encontré allí. Descubrí que esta no se puede adquirir sino a través de una vida de experiencia. Quizá encontré conocimiento, pero también odio, rencillas, ansia de poder, confabulaciones.

Magdalena guardó silencio. Sabía que la mejor forma

de saber era escuchar. Temía que hablar rompiese el hechizo. Jamás había visto a Jesús tan locuaz con ella. Por primera vez, se le ocurrió que callar quizá había sido una forma de protegerla.

—Filón fue uno de mis primeros maestros. Me enseñó, era amable y paciente. Hasta que cometí el error de contarle quién era y cuál era el secreto que guardaba. Entonces todo cambió.

—¿Qué cambió?

Jesús dejó de mirar al infinito como Magdalena y se volvió hacia ella para hacerlo directamente a sus ojos.

—El poder es oscuridad. Cuando te roza, te transforma. Eso le sucedió a Filón, a Pedro, a mí mismo.

—¿A ti?

Jesús asintió y por primera vez Magdalena vio en sus ojos el paso de los años, o tal vez el peso de los secretos y del poder.

—A Alejandría llegó la inesperada noticia de que yo era el único de los cuatro conocedores del secreto que quedaba con vida. Filón me pidió que compartiese con él el secreto y yo me negué. Le respondí que solo los ancianos de la tribu podían tomar tal decisión.

—Entonces fue cuando decidiste esconderlo en tu cofre y regresar a Jerusalén.

—Así es. Pedí ayuda a Herón para fabricarlo y a Oseza para esconderlo. Era la única persona de la que sabía que me podía fiar.

Magdalena asintió. Su fuego interior había comenzado a aplacarse. Entendía la dificultad de las decisiones que Jesús había tenido que tomar.

—A mí Oseza me ayudó mucho, pero no sabía si podía confiar en él.

—Puedes hacerlo siempre. Quedan pocas personas

como él. El poder no les importa. La oscuridad no les alcanza.

—¿Para qué volviste a Jerusalén?

—Regresé en busca de ayuda. Había que elegir a tres guardianes más. Yo quería que fuesen cuatro.

Sonrió al decirlo, como si ahora le hiciese gracia su propia ingenuidad.

Magdalena sintió un calor diferente en su corazón. Aquella alusión de Jesús a su intención de abandonar su misión alimentó su esperanza, pero entonces recordó lo que había sucedido después.

—Algo salió mal —concluyó Magdalena.

Jesús asintió.

—Los ancianos no me dejaron opción. Debía encontrar a los otros tres guardianes. Por eso reuní un grupo de discípulos. Los escogí para poder decidir en qué tres confiaría.

—¿A todos?

Jesús negó con la cabeza y una sombra de tristeza se asomó a su rostro.

—No. Pedro fue enviado por Filón. No pude negarme, pero él jamás hubiese sido mi elegido como guardián. La oscuridad habita en él.

—El roce de la oscuridad.

Jesús miró a Magdalena sin comprender.

—Es una frase tuya. Está en uno de tus papiros en el Museion. «Tantas veces he visto a los hombres corromperse por la cercanía de su poder, por el leve roce de la oscuridad».

—No recordaba haberla escrito, pero esa frase encierra la mayor verdad de mi vida.

Magdalena se asomó por un instante al abismo que debía de ser la vida de Jesús.

—¿Qué sucedió después?

—Alguien, supongo que Pedro, filtró a los demás la existencia de las reliquias. Eso lo destruyó todo y convirtió a los discípulos en un grupo dedicado a confabular. Ya no importaba el mensaje, solo el objeto que daba poder.

—¿Como en Alejandría?

—Exactamente igual. Supongo que una manzana podrida destruye todo el cesto. Solo confiaba en Santiago. Él también era inmune a la oscuridad, la persona más noble que he conocido. Por eso le dejé una de las reliquias, pero ni a él me atreví a decirle para qué servían. Temía condenarlo a una vida como la mía.

Por unos instantes se hizo el silencio entre ambos, como si el recuerdo de Santiago los sobrevolase. Estaban llegando a la parte de la conversación que inquietaba a Magdalena. Sabía que era necesaria, aunque podía ser dolorosa. Tomó aire antes de pronunciar la pregunta.

—¿Por qué fingiste tu muerte?

Jesús la miró con una mezcla de sorpresa y respeto.

—Era la única salida. Conmigo muerto no había decisiones que tomar. El secreto desaparecía y yo ganaba tiempo.

—¿Tiempo?

Jesús se volvió de nuevo hacia el horizonte.

—Tiempo para pensar. Tiempo para decidir. Quizá tú me puedas ayudar.

Magdalena se movió inquieta. Quería pensar que por el frío de la noche.

—¿Ayudarte a pensar o a decidir? Para lo último no has necesitado antes mi ayuda.

Jesús encajó el reproche con un leve asentimiento de cabeza.

—Tienes razón. Fui injusto y egoísta. Quise protegeros y acabé haciéndoos daño. Ahora quiero enmendar mi error. Decidamos juntos.

Esta vez fue Magdalena quien se volvió hacia Jesús. El momento que tanto temía había llegado. Reunió todo su coraje.

—No.

La palabra quedó suspendida en el aire y permaneció allí unos instantes, como si se negara a alejarse. Jesús posó su mano sobre el brazo de Magdalena y la miró con sus intensos ojos verdes.

—¿Puedo preguntarte por qué?

—Yo solo quiero una cosa, pero tú dudas entre dos. O quizá no lo haces. Siempre eliges tu misión. Y yo lo entiendo, pero no quiero una vida en la que no sé si desaparecerás al día siguiente.

Magdalena no esperó respuesta. No había hecho ninguna pregunta.

87

Año 2022

La luz de la tarde se debilitaba mientras las sombras se alargaban dando paso a una oscuridad acogedora. Era ese último momento del día en que el sol ilumina los rostros con un tinte rojizo, fotogénico.

En silencio, Marta, Iñigo e Ruth miraban los agujeros tallados en la piedra como una comitiva fúnebre que acaba de enterrar a un ser querido. Para Marta, aquellas tumbas representaban una parte de su vida que jamás olvidaría, algo que la había transformado por completo. Fue ella quien rompió el silencio.

—¿Quién eres? —preguntó dirigiéndose a Ruth—. ¿Cómo sabías todo esto?

—Es una larga historia.

—Tengo tiempo.

La respuesta de Marta fue cortante y dejó claro que seguía sin confiar en ella. Ruth asintió.

«Tarda en responder, como si necesitara ordenar sus pensamientos —pensó Marta—, o quizá elaborar una mentira».

—Todo comenzó tras Montsegur. Allí, para el resto del mundo se extinguieron los cátaros. Esa es la historia oficial. Yo te contaré la verdad.

Marta sintió que, incluso de la mentira, podría extraer otra pieza del rompecabezas y su ansia por saber eclipsó todo lo demás, sus dudas, el anhelo por encontrar el arca de la alianza, sus miedos.

—Unos pocos sobrevivieron y, entre ellos, estaba Jean. Huyeron de Occitania hacia el sur, hacia su último refugio. Buscaron esconderse en una tierra abandonada por todos, una tierra en lucha eterna entre cristianos y musulmanes, una tierra donde el rey de Francia o el propio papa jamás vendrían a buscarlos. Y llegaron aquí.

—¿Por qué aquí?

Ruth negó con la cabeza.

—No lo sé. Nadie lo sabe. Quizá alguno de ellos conocía la zona. Incluso puede que el propio Jean.

Marta descartó esa explicación. Ella ya sabía quién conocía aquella zona: el caballero negro. Aquel lugar estaba en el camino de regreso desde Sintra que él había utilizado cuando había acudido en busca de los monjes blancos, de Fray Honorio, para pedir su ayuda frente a los enviados de Guy Paré. Marta miró por un instante a Iñigo, que la contemplaba con rostro serio. No parecía querer intervenir. Sabía que ella tenía su propio proceso mental. La conocía bien. Se volvió hacia Ruth.

—Aún no has respondido a mi pregunta.

—¿Cómo se todo esto? Porque somos los herederos. La Hermandad Negra. Jean decidió mantenerla siguiendo lo que había aprendido de Esclarmonde.

Marta seguía recelando de aquella joven. Había algo que no encajaba y ella sabía lo que era. Si de verdad fueran de la Hermandad Negra, conocerían lo que ella había adivinado y entonces sabrían cómo encontrar el arca de la alianza. No quería mostrar sus cartas aún. Todavía no. Necesitaba ganar tiempo.

—¿Para qué?

—Para seguir con la búsqueda que él no pudo concluir. Dejó que su hermandad se expandiera, se introdujera en la iglesia de Roma, formara parte de ella, llegara hasta su élite. Y mientras lo hacía, escondía su secreto.

—¿Como Sandra, la madre clarisa?

Ruth sonrió.

—Así es. Son parte de la Hermandad Negra. Por eso te pidieron que te incorporaras a ellas hace un año. Yo estaba allí. Y por eso tuvimos que intervenir, hablar con Iñigo, para que te convenciera de que nos ayudases.

Marta miró a Iñigo, que había bajado la cabeza avergonzado.

—¿Cuál es el mensaje de Jean? Supongo que esperáis que lo descifre. Si no fuera así, no me necesitaríais.

Aquella vez Ruth perdió su tranquilidad habitual. El comentario la había molestado. O quizá no estaba preparada para dar una respuesta. Parecía dudar si compartir más información. Probablemente la consideraba una advenediza que no merecía conocer el secreto.

—Dejó solo una enigmática frase, nada más, como si considerase que ninguno éramos acreedores de conocer la verdad. Dudo que tú la entiendas.

Había dicho esto último con indisimulado placer. O sea, que aquella era la razón. No la consideraba digna y eso la llevaba a subestimarla.

—Dime la frase y veremos.

Un silencio tenso se instaló entre ellos. La noche había caído por completo y ya no se identificaban con nitidez las expresiones, pero Marta supo que Ruth dudaba entre su deber de compartir información y su resistencia a hacerlo. Estaba claro que había recibido órdenes, pero se resistía. Finalmente, el deber se impuso.

—Samuel 1, 6-19.

Marta miró a Ruth. De pronto Iñigo salió de su mutismo.

—«Entonces Dios hizo morir a los hombres de Betsemes, porque habían mirado dentro del arca; hizo morir del pueblo a cincuenta mil setenta hombres».

Marta y Ruth se volvieron hacia Iñigo, que se encogió de hombros. Había veces que Marta olvidaba que había sido sacerdote.

—Ese es el mensaje —corroboró Ruth—. Lo único que nos dejó. Llevamos siglos tratando de descifrarlo. Hemos buscado el arca en Bet-semes, ahora un pequeño pueblo de Israel. Hemos promovido excavaciones arqueológicas en varios lugares del mundo relacionados con ese nombre. Sin éxito.

En ese momento Marta comprendió algo importante. No entendían a Jean. Esa era su ventaja. Ella había vivido tanto tiempo cerca de él que entendía su forma de pensar, su manera de ver la vida. No pudo evitar que una sonrisa asomara a su rostro. Fue leve y pareció pasarle inadvertida a Ruth, pero no a Iñigo. La conocía demasiado.

—No encontrasteis allí el arca, porque ese mensaje no indica dónde está. Solo pretende decirnos...

Percibió la ansiedad de Ruth y se dio cuenta de que llevaban mucho tiempo intentando responder a aquella pregunta, obsesionados con ella, removiendo en las sombras cada pedazo de tierra sospechosa, buscando interpretaciones. Y, sin embargo, todo era tan sencillo...

—... que no retomemos la búsqueda del arca de la alianza, que él había desistido, que era un objeto que solo había causado daño.

—Pero... entonces jamás la encontraremos.

Marta miró a Ruth con un brillo triunfal en sus ojos.

—Yo no he dicho eso. Jean decidió en el último momento de su vida transmitir ese mensaje, pero antes dejó otros. Y esos mensajes sí indicaban cómo seguir el rastro del arca de la alianza.

—¿Cómo lo sabes?

—Porque yo sí conozco dónde yace el secreto.

88

Año 35

Los dos hombres se habían quedado solos en la habitación. El peso del fracaso tensaba la cuerda invisible que los unía.

Pedro era el más nervioso de los dos. Su rostro mostraba frustración, casi ira. Sus manos se contraían en espasmos y sus nudillos estaban blancos. De vez en cuando, miraba el corte que Magdalena le había hecho en el brazo. Sería un amargo recordatorio de su fracaso.

Filón en cambio aparentaba tranquilidad. Si alguien lo hubiera visto por primera vez en ese momento, no podría imaginar que era un hombre que acababa de dejar escapar la oportunidad de poseer el arca de la alianza. ¡La había tenido tan cerca...! Pero era un hombre pragmático, ya se había repuesto y su mente trabajaba explorando alternativas y opciones. Fue el primero en hablar.

—Vuelve a explicarme lo que sucedió en Jerusalén.

Pedro lo miró como si hubiese perdido el juicio.

—¿Cómo puedes estar tan tranquilo? Hemos perdido la última oportunidad de hacernos con el arca de la alianza.

Filón observó a Pedro con condescendencia, como si se planteara si merecía la pena explicarle su línea de acción.

—¿Crees que lloriqueando la recuperarás? El arca está

perdida de momento, para nosotros y para el resto del mundo. Nadie logrará encontrarla.

Pedro le devolvió una mirada de hostilidad. Se sentía humillado por la pose de superioridad del filósofo.

—¿Y eso qué nos deja? —respondió con tono de burla—. Nada.

Filón cruzó sus brazos tras la espalda y caminó por la estancia. Sabía que su tranquilidad exacerbaba a Pedro, pero no hizo nada por evitarlo.

—Quizá no. Aún podríamos aprovechar la muerte de Jesús. Decías que sus seguidores eran cientos, ¿no? —Pedro asintió sin comprender el plan que Filón estaba urdiendo—. También dices que algunos de sus discípulos creen que ha resucitado y que comienzan a hablar de que quizá sea un enviado de Dios.

—Así es.

Pedro había levantado la cabeza y había puesto énfasis en su respuesta. Temía que Filón dudase de sus palabras. El filósofo se le acercó y puso una mano sobre su hombro. Después sonrió, lo que dejó aún más confuso a Pedro.

—Quiero que regreses a Jerusalén. Allí difundirás la siguiente enseñanza: «Jesús no está muerto, al tercer día resucitó para sentarse junto a Dios. Él era su hijo, enviado a nosotros para mostrarnos la fe verdadera». Pronto mandaré a otros a tu lado para que te ayuden. Creo que tengo a la persona adecuada. Se llama Pablo y es de Tarso.

—Pe-pero nada de eso es verdad.

Filón lanzó una carcajada que sobresaltó a Pedro.

—Mi buen Pedro, la verdad nunca es importante, lo importante es lo que la gente quiere creer. Vamos a construir algo importante. Vamos a crear un Dios. Y tú serás su representante en la tierra.

Y Pedro sonrió.

89

Año 2022

El automóvil cruzaba el mundo como si solo existiesen la carretera y el propio vehículo. La noche los rodeaba, pero también un silencio tenso. Habían discutido, o, para ser más precisos, Marta y Ruth habían discutido.

La joven de la Hermandad Negra la había acosado a preguntas. Quería conocer el mensaje que había descifrado y saber dónde se hallaba la pista sobre el destino del arca de la alianza. Marta se había negado. No tenía intención de compartir esa información. Era necesario para sus planes. Al principio Ruth había protestado, pero había terminado por aceptarlo. Después, Marta había anunciado que al día siguiente no harían nada. Solo esperar. Debía manejar los tiempos y todas las piezas tenían que encajar. Ruth no entendía por qué había que esperar, o, peor, sospechaba que Marta escondía algo. La discusión terminó de forma abrupta y, desde ese momento, el silencio había reinado en el coche, hasta que Íñigo decidió romperlo.

—Tenemos que buscar un sitio para dormir.

El pueblo importante más cercano era Castelo Branco y hacia allí se dirigieron. Marta reservó dos habitaciones, una individual para Ruth y otra doble para Iñigo y ella. Tenían mucho que contarse. Era casi medianoche cuando llegaron exhaustos a sus habitaciones. La conversación pendiente podía esperar hasta el día siguiente, y Marta vio cómo Iñigo parecía aliviado de poder obviar todo excepto un merecido descanso.

Marta cayó en un sueño inquieto del que al despertarse solo recordaba retazos. Jean, el caballero negro, el arca y las reliquias se entremezclaban sin sentido alguno. A su lado en la cama, Iñigo estaba despierto. Durante unos segundos, ambos permanecieron callados contemplando el techo de la habitación, hasta que Marta habló.

—Te debo una disculpa.

Iñigo volvió su cabeza hacia ella con un gesto de incomprensión.

—Era yo el que iba a disculparse.

Volvieron a guardar silencio y luego, a la vez, se echaron a reír por lo extraño de la situación. Cuando las risas terminaron, Marta se giró y apoyó su cabeza sobre el brazo en la almohada y habló con seriedad.

—No debí abandonarte así. Estaba obsesionada con las reliquias. No debí hacerlo.

Iñigo también se giró y adoptó la misma postura frente a ella.

—No debí tratar de engañarte. Estaba desesperado y...

Marta extendió el brazo y colocó su dedo índice sobre los labios de Iñigo invitándolo a callar. Luego retiró el dedo, se adelantó y lo besó.

Mientras hacían el amor todo se disolvió a su alrededor. Ni el arca de la alianza ni la reliquia eran importantes. Ni el pasado que los encadenaba ni el futuro que los podía amedrentar. Solo el presente era real, sus cuerpos, las caricias, los gemidos y el placer. Aquella era su religión.

Se ducharon y se vistieron antes de bajar a desayunar. Cuando estaban preparados para salir de la habitación, Marta detuvo a Iñigo.

—No debe haber secretos entre nosotros. Tengo que contarte algo porque necesito tu ayuda.

Iñigo la miró, pero en sus ojos ya no había desconfianza ni rencor.

—Cuéntamelo. Acabaremos esto juntos.

90

Año 1245

La luz del sol destelló sobre el horizonte y volvió rojo el mundo. Jean miraba sin ver. Sus ojos no contemplaban la belleza del instante, estaban perdidos en el infinito. Junto a él estaba Blanche, sus manos entrelazadas. Ahora sí era posible. Todo había quedado atrás, su misión, su otra vida. Sería solo un hombre y abriría la puerta a todas aquellas cosas pequeñas y grandes que se había perdido. Quizá aún no era tarde.

—¿Partirás de nuevo?

Jean se volvió hacia Blanche y sonrió abiertamente. Ella aún tenía miedo de su anterior vida.

—Partiremos. Una última vez. Pero no te preocupes —continuó diciendo Jean ante el gesto de decepción de ella—, serán solo un par de días. Roger y yo tenemos algo que hacer juntos. Luego regresaré y no me iré jamás de tu lado. Si tú lo quieres así, por supuesto. Incluso podrías venir con nosotros.

Blanche asintió y su cuerpo se relajó visiblemente. Escucharon los pasos del caballero negro y de Philippa, que se acercaban hablando animosamente. Jean sonrió al verlos juntos y sintió una punzada de malestar, pues iba a formular una pregunta que traería recuerdos dolorosos.

—¿Preparados para mañana? —preguntó el caballero negro tras saludarlos con una inclinación de cabeza.

—Muchas gracias por acompañarnos —respondió Jean.

—Si no lo hago, corres el riesgo de perderte.

El caballero negro estaba de buen humor, pero vio el rostro serio de Jean y un silencio incómodo se extendió entre los cuatro. La pregunta aún no formulada sobrevolaba el ambiente. Aquello empujó a Jean.

—¿Qué sucedió en Montsegur?

Los rostros de Philippa y de Roger se ensombrecieron de forma inmediata. Ella bajó la cabeza y fue el caballero negro quien respondió.

—Andrea de Montebarro.

Jean asintió. Conocía bien la historia, Roger se la había contado. Era el hijo del templario que se había cobrado la venganza por la muerte de su padre, ocurrida tantos años atrás.

—¿Lo mataste?

El caballero negro negó con la cabeza. En ese momento, Philippa lo miró y Jean interpretó enseguida lo ocurrido.

—Philippa lo hizo. Me salvó la vida. Aquel hombre tuvo una muerte poco honorable. Murió como el cobarde que era.

—¿Y después?

Roger se había encerrado en sus propios pensamientos. Jean sabía que su hermana y sus padres ocupaban ahora su mente. Philippa respondió con lentitud, sin duda aún impresionada por lo sucedido.

—Quedábamos diez, pero la muerte del caballero Montebarro fue el final de la batalla.

Hizo una pausa y sus ojos se velaron. A su mente regresó la visión del humo, el fuego y la sangre. Por un momento dudó de si podría continuar narrando. Aún era demasiado doloroso.

—Dejamos caer nuestras armas, resignados a la muerte. Entonces sucedió algo que no podré olvidar jamás. Los perfectos cátaros, cerca de doscientos, nos rodearon a los pocos soldados que seguíamos con vida y entonaron un cántico que todo el mundo escuchó en silencio. Era un cántico alegre, incongruente, como si la muerte no existiese.

Jean trató de imaginar la escena. Atacantes y defensores contemplando atónitos las voces de los cátaros elevándose en la cima de aquella montaña.

—¿Que sucedió entonces?

—Entre los atacantes se abrió paso el capitán Hugo de Arcis, que se dirigió hacia Roger.

Jean miró al caballero negro, que salió de su mutismo al escuchar su nombre.

—Nos perdonaron la vida —dijo, aunque en su mirada no había alegría, sino desconsuelo—. «Habéis luchado con valor y merecéis ser tratados con honores. Seréis liberados una vez haya caído Montsegur», fueron sus palabras. Nos apresaron a los diez y, ya desarmados, fuimos conducidos fuera de la fortaleza. Permanecimos presos durante dos meses.

Jean podía imaginar el resto. Los ojos de Philippa y Roger le dieron la información que le faltaba. Aun así, él quería escucharlo y tenía el convencimiento de que ellos necesitaban contarlo.

—Vimos la hoguera desde lejos, percibimos el crepitar del fuego, pero no oímos gritos. Solo cánticos. Fueron cantando hacia la muerte.

Jean supo que ninguno de los dos podría olvidar aquello. Miró a Roger, que parecía envejecido. Este levantó su vista hacia él.

—No pudimos salvarlos.

91

Año 2022

Ruth estaba nerviosa. Jugueteaba con los restos de la servilleta de papel del restaurante del hotel. La había desmenuzado en pequeñas bolas que acumulaba junto a su plato vacío. Marta lo sabía y alargaba el desayuno sin ninguna intención de aliviar su ansiedad. Suponía que la causa era la incertidumbre acerca de un destino que solo ella conocía, pero quizá también que Iñigo y ella se dirigieran miradas cómplices sin disimulo.

Marta necesitaba ganar tiempo. Se había citado con quien manejaba los hilos al día siguiente. Aún recordaba sus palabras al Vigía. «Dentro de tres días. Dile al hombre importante que lo espero a él». Sabía que el Vigía solo era un soldado de aquella fe mal entendida y ella necesitaba llegar más arriba. Todo se decidiría en un día.

Abandonaron el hotel cuando el sol ya estaba alto en el horizonte y tomaron la carretera hacia el sur. Conducía Marta que, de vez cuando, miraba por el retrovisor para encontrarse con los ojos de Ruth. Creía, o quizá imaginaba, verla calcular, intentar adivinar el destino y fracasar.

A su lado, aparentemente inocente, descansaba su teléfono intervenido y que guiaba al Vigía y a la Hermandad Blanca hacia ella, mientras la Hermandad Negra se sentaba en el asiento de atrás. Cientos de años de lucha enfrentada y de búsqueda infructuosa.

Se detuvieron a comer en un restaurante de carretera y cuando regresaban al coche, Marta miró a Ruth.

—Sintra —Fue todo cuando dijo.

—¿Por qué Sintra?

Marta no respondió. Si Ruth ya conocía la historia de Jean, debería poder aventurar una respuesta.

—No soy el enemigo —prosiguió Ruth.

Marta y ella se miraron. Los tres se habían detenido junto al coche y la tensión era patente.

—Yo no he dicho que lo seas. Pero tampoco creo que seas mi amiga. Yo decidiré qué información comparto contigo y cuándo.

Llegaron a Sintra ya avanzada la tarde y se hospedaron en un pequeño hotel rústico. Pasearon por la ciudad y visitaron el Palacio da Pena y el Palacio Nacional. Ruth permaneció silenciosa, quizá resignada ante la situación. Durante el resto del día no volvieron a mencionar el arca y solo durante la cena Marta confirmó que, al día siguiente, se dirigirían hacia su destino final. Cuando se recluyeron en las habitaciones, Marta miró a Iñigo y le hizo un gesto con la cabeza. Era el momento. Él asintió, cogió las llaves del coche y se marchó. Tenía una misión.

92

Año 35

Magdalena fue despertada antes del amanecer. Taposiris Magna estaba en silencio, como si la noche aún fuera la dueña del mundo. A través de la ventana de su aposento pudo ver el ajetreo en el templo. Aquel era un día especial, algo se estaba preparando, pero nadie le había dado detalles.

La esclava que la había despertado lo hizo sin pronunciar palabra y le señaló un vestido que había dejado al pie del jergón antes de desaparecer tal y como había llegado. Magdalena lo miró insegura. Aun en la distancia se adivinaba su belleza, y ella no estaba acostumbrada a prendas así. Venció su reticencia, se acercó y pasó la mano por la tela. El vestido estaba hecho con cuentas entrelazadas culminadas por una cinta que lo ajustaba por debajo del pecho. Por encima de la cinta, el vestido continuaba hasta un hermoso collar, también de cuentas, que cubría desde los hombros hasta el cuello. Nunca había visto nada tan hermoso.

Aún cohibida, Magdalena se desnudó y se lo puso. Justo en ese momento llamaron a la puerta y la misma esclava que había traído el vestido le hizo un gesto para que la siguiera.

A la aún débil luz del amanecer, el tránsito por los pasillos y salones de Taposiris Magna le seguía pareciendo mágico. Las columnas se elevaban repletas de extrañas pinturas de animales, seres mitad hombre mitad pájaro y símbolos desconocidos para ella. Los colores eran vivos, desde el azul del cielo en verano hasta el verde brillante de las plantas tras una tarde de lluvia. También había figuras talladas en piedra que se le antojaban vivas, como si fuesen a saltar a su mundo provenientes del mundo de los dioses. «Extraña religión —pensó—, aunque quizá todas lo sean».

Llegaron a un amplio salón en el que decenas de personas se habían reunido frente a una especie de pequeño estanque. Junto a Jesús, Magdalena ocupó un lugar que habían reservado expresamente para ellos. Él, como el resto de los presentes, también iba vestido con extraños ropajes y parecía haber rejuvenecido varios años. Por un instante, a Magdalena le recordó al joven despreocupado del que se había enamorado, pero sabía que era un espejismo.

—Es la ceremonia del Khoiak, en honor a Osiris, dios de la fertilidad —dijo Jesús a su oído.

El que parecía ser el sacerdote se dirigió a un altar sobre el que descansaba un objeto de gran tamaño recubierto de una tela de lino. Magdalena se movió inquieta pensando que podía tratarse de un cadáver y que estaba asistiendo a algún extraño rito funerario.

El sacerdote retiró la tela y dejó al descubierto una talla de madera que representaba a un ser humano.

—Es la momia del dios Osiris. Está pintada de negro para representar la tierra fértil y de verde por el color de los cultivos.

Jesús había vuelto a susurrar a su oído, pero ella estaba absorta en la ceremonia. La figura de Osiris llevaba una corona, un cetro y un cayado de madera, y fue levantada por varios sacerdotes y depositada sobre una estera.

Otros sacerdotes aparecieron portando unas ánforas y empezaron a verter el contenido de algunas de ellas sobre la momia. Magdalena se sorprendió al comprobar que el contenido no era sino avena. Una vez hubieron finalizado, un segundo grupo de sacerdotes comenzó a echar cebada del resto de las ánforas hasta cubrir por completo a la momia. Al terminar, volvieron a cubrir el cuerpo con esteras. Luego lo cogieron y lo depositaron en el estanque.

Se quedó pensativa. Aquellas extrañas costumbres la habían asombrado. Cada pueblo tenía sus dioses, todos distintos. Incluso había pueblos que tenían varios a los que adoraban por igual. Todos reclamaban que sus dioses eran los verdaderos y que los demás estaban equivocados.

—Te hace pensar.

Jesús le había hablado al terminar la ceremonia.

—Así es —respondió saliendo de su reflexión, maravillada de que fuera tan similar a la de Jesús—. Todos estos dioses... —continuó verbalizando lo que acababa de pensar—. ¿Cómo saber cuál es el verdadero?

Jesús sonrió, como si aquella pregunta se la hubiese hecho cientos de veces.

—No puedes saberlo. Pero quizá tampoco sea relevante.

—¿Qué es entonces lo importante?

—Me he hecho esa pregunta muchas veces en estos dos años y la única conclusión a la que he llegado es que lo verdaderamente importante es dejar que los demás crean en lo que quieran creer.

Magdalena miró a Jesús sorprendida. Había cambiado. Ya no era aquel joven impulsivo, con un fervor religioso que contagiaba a los demás. Se había vuelto un hombre más reflexivo, más tolerante. Aquel nuevo Jesús le gustaba más. Quizá ella también había cambiado.

—¡Ven! —dijo Jesús—. Tengo algo que enseñarte.

Salieron del amplio salón donde había tenido lugar la ceremonia y se alejaron del edificio principal del templo a través de un pequeño huerto alimentado por las fértiles aguas del gran río. A lo lejos vieron una pequeña estructura de piedra que apenas sobresalía de la tierra.

—¿Qué es esto? —preguntó Magdalena.

—Pronto lo descubrirás.

Cuando se acercaron a la construcción, Magdalena vio que albergaba una escalera que descendía hasta donde se perdía la vista. A los lados, la piedra estaba tallada y parecía narrar una historia. Debía de ser una historia importante, porque contaba con infinidad de detalles.

Jesús la tomó de la mano y comenzaron a bajar la escalera. Ella se acordó de las catacumbas de Kom-el-Shogafa, en Alejandría. La construcción en la que se encontraban ahora era más modesta. Cuando llegaron al final de la escalera, se encontraron en una estancia de reducidas dimensiones. En medio, descansaban dos sarcófagos. Eran de factura sencilla y no llevaban inscripciones de ningún tipo.

—¿Sabes quiénes reposan aquí?

Magdalena negó con la cabeza. Había supuesto que debía de ser alguien importante, pero la simpleza de los sarcófagos la hacía dudar.

—En estos dos sarcófagos están enterrados la reina Cleopatra y el general romano Marco Antonio.

Magdalena miró a Jesús con los ojos muy abiertos. A pesar de que ella era de familia muy humilde, todo el mundo había escuchado historias que hablaban de Cleopatra, de su amor por Marco Antonio y de cómo ambos habían estado juntos hasta el final. Era una historia que se contaba a la luz de las lumbres de los hogares en las largas noches de invierno.

—No puede ser. Deberían estar enterrados con todo lujo y honores. ¿Por qué están en estos simples sarcófagos?

—Fue por expreso deseo de Cleopatra. A pesar de disponer de todas las riquezas inimaginables, de poseer un reino, de ser amada y adorada por sus súbditos, ella solo quería una cosa.

Magdalena levantó su mirada hacia Jesús.

—¿Qué quería?

—Estar con él. Pasar juntos toda la eternidad, ya que su vida fue demasiado breve. —Jesús levantó una mano y rozó apenas la mejilla de Magdalena—. Eso es lo que he aprendido aquí estos años. Me equivoqué. Deja que enmiende mi error y comparte conmigo lo que nos queda de vida.

—Pero ¿y el arca? ¿Y el secreto? No es tan sencillo.

Jesús sonrió y en esa ocasión fue una sonrisa sin sombras, la de un joven despreocupado, la de alguien que ha soportado el roce de la oscuridad y ha superado la prueba.

—Ven. Tengo la solución. Te la enseñaré.

93

Año 2022

El Convento dos Capuchos es un lugar único. Perdido entre los bosques que rodean la bella ciudad de Sintra, se esconde del bullicio como si su timidez le impidiese destacar y el recogimiento y la sencillez, casi la humildad, fuesen su enseña. Así había sido desde que los monjes que lo habían construido habían escogido enterrarlo entre rocas y árboles.

Marta nunca lo había visitado, pero se sentía como en casa. Sabía, por el manuscrito de Jean, que aquel había sido el hogar de Fray Honorio y de los monjes blancos. Recordó al abad y cómo había ayudado a Jean y al caballero negro a huir de Guy Paré hacía ya ochocientos años. Era un grupo de monjes que sobrevivía en aquel apartado rincón del mundo y que, llamados por el abad Arnaldo de Leyre, habían acompañado al caballero negro hasta perecer para salvarlos.

Aquel parecía el lugar adecuado para que Jean escondiese lo que fuera que hubiese encontrado en el cofre en Granada. Lejos de todo y de todos. Aparcaron el coche junto al pequeño monasterio. Aún no habían llegado los turistas y todo estaba vacío. Antes de entrar, Marta se dirigió a Ruth.

—Aquí es.

—Los monjes blancos —fue la respuesta de Ruth.

—¿Conoces la historia?

Ruth asintió.

—Por supuesto, pero no entiendo la relación.

—Jean descubrió en Granada el destino del arca de la alianza. Estaba guardada en el cofre de Jesús, el que dejó hace dos mil años como legado y que acabó en poder de la dinastía nazarí, quizá como botín de guerra cuando el islam se extendió por el mundo. Pero algo sucedió y Jean decidió que su contenido no debía salir a la luz. Me imagino que pensó que tenía que permanecer escondido, que no era el momento, que algún día lo hallaría alguien que supiera qué se debía hacer.

El gesto de Ruth se volvió irónico.

—¿Cómo tú, por ejemplo?

—No. Yo aparecí por casualidad. No creo en el destino. Solo estaba en el lugar adecuado en el momento oportuno.

Marta se volvió y se dirigió hacia la entrada del monasterio seguida por Iñigo y Ruth.

—¿Qué buscamos? —preguntó Ruth alcanzando a Marta.

—El símbolo de cantero de Jean. Él sabía que quien quisiera descubrir el secreto debía seguir su símbolo desde el principio. Y si alguna vez él se arrepentía y enviaba a alguien, también le sería fácil de hallar.

Recorrieron el pequeño recinto del monasterio. Sus celdas eran diminutas, el refectorio minúsculo. El corcho lo recubría todo, paredes, puertas y ventanas. Una manera barata de mantener el calor en invierno y de refrescar las estancias en verano. En los bosques de alrededor tenían todo el que podían necesitar.

Marta revisó las estancias buscando alguna señal, pero no encontró nada que llamase su atención. Salió y contempló la fuente que estaba junto a la entrada. Se detuvo de improviso. Allí estaba, al lado de la fuente, una piedra de gran tamaño que exhibía la marca de cantero de Jean.

—¡Aquí! —gritó.

Al instante apareció Iñigo seguido por Ruth. Los tres se quedaron contemplando la marca. Iñigo fue el primero en moverse. Puso la mano sobre la roca e intentó empujarla hacia un lado. La roca no se movió. La empujó hacia el lado contrario y entonces la piedra se desplazó ligeramente. Marta y Ruth se acercaron y ayudaron a Iñigo. Poco a poco, la roca se fue moviendo hasta dejar al descubierto un agujero. Sin mediar palabra, Iñigo se agachó e introdujo el brazo.

—¡Aquí hay algo!

Extrajo un viejo trozo de tela que parecía esconder algo en su interior. Iba a apartar la tela cuando escuchó la voz de Ruth detrás de él.

—¡Dámelo!

Marta e Iñigo se volvieron y se enfrentaron a la joven, que sostenía una pistola y les apuntaba con un gesto ceñudo.

—¿Por qué? —preguntó Marta con tranquilidad.

—Porque es nuestro. La Hermandad Negra siempre ha velado por el legado de Jean. Solo nosotros sabremos qué hacer con el arca de la alianza. La protegeremos y...

La voz de Ruth se interrumpió de pronto. Acababa de sentir en su sien el contacto metálico de la punta de una pistola. Tras ella estaba el Vigía. Marta tuvo que admirar su profesionalidad. Empuñaba con soltura el arma, los ojos fijos en Marta, desprovistos de emoción y con la resolución de quien está dispuesto a matar.

Ruth soltó la pistola y la dejó caer al sueño. Estaba aterrada. Comenzó a temblar como una hoja.

—¿Has venido solo? —preguntó Marta.

El Vigía no respondió. Marta decidió continuar con la provocación. Sabía que era un juego peligroso, pero necesitaba saber.

—Sí, claro. El soldado va al frente. A morir. Mientras, el general espera en su despacho a que hagan el trabajo sucio, a que otro se manche las manos de sangre, y con su uniforme, ¿o debo decir sotana?, impoluto.

El Vigía no reaccionó y su semblante permaneció pétreo, pero sus ojos brillaron maliciosos.

—¡Dámelo! —dijo dirigiéndose a Iñigo.

Iñigo avanzó unos pasos y extendió el brazo con que sostenía el hallazgo envuelto en una tela grisácea y desgastada. El Vigía lo cogió con su mano libre sin dejar de mirar a Marta. Retiró la tela y contempló una pequeña caja de madera que parecía muy antigua, ennegrecida por el paso del tiempo. Volvió a cubrirla y, sin mediar palabra, desapareció.

Marta reaccionó con rapidez y recogió del suelo la pistola de Ruth, que aún no se había recuperado. La joven seguía temblando, con los ojos muy abiertos y unas pequeñas gotas de sudor perlando su rostro. Marta le apuntó con la pistola, pero no se movió.

—Todo se ha perdido —dijo Ruth más para sí misma que para ellos.

—Quizá no —respondió Marta—. Quizá hayamos avanzado mucho.

Ruth puso gesto de sorpresa y Marta esbozó una sonrisa que no era amable.

—Todo ha sido una trampa. Para desenmascararos a ambos. Para que tú expusieses tus intenciones y para que el Vigía cometiese un error.

—¡Pero ha huido!

La voz de Ruth sonó punzantemente aguda. Aún no entendía la situación. Fue Iñigo quien respondió.

—Lo encontrarán. No irá lejos.

De pronto escucharon una voz conocida.

—Todo ha salido a la perfección.

Se volvieron y vieron acercarse al teniente Luque con varios policías portugueses. Ruth miraba a su alrededor sin comprender.

—El GPS que introdujimos en la caja no será necesario. Detuvimos al Vigía junto a un coche donde le esperaba otro hombre. Creo que es un pez gordo, un alto cargo del Vaticano.

El teniente Luque esposó a Ruth y recuperó la pistola de la mano de Marta. Cuando la policía portuguesa se llevó a la joven, regresó junto a la pareja.

—Un gran trabajo. No fue fácil —dijo satisfecho—. Una sola noche para prepararlo todo, una tela vieja, una caja antigua, unos pergaminos simulados, una talla en la roca... Ha sido una noche intensa —añadió mirando a Iñigo.

Iñigo asintió. Apenas había dormido, pero todo había salido como estaba planeado. La única duda que tenían era si aparecería el jefe del Vigía.

—Todo ha terminado —concluyó Marta.

Se alejaron hacia la salida hablando animadamente. Marta estaba exultante. Pronto comenzaría la segunda parte de su plan.

94

Año 1245

Los bosques de Suntria se adivinaban ya próximos. Los cinco jinetes cabalgaban juntos haciéndose compañía mutua, pero sin hablar. No había tensión, pero sí recogimiento. Jean y Roger iban delante seguidos por Philippa y Blanche. Cerraba el grupo Arpaix, cuya juventud la hacía entretenerse con cada detalle del camino.

Jean se sentía arropado en su última misión y se acordó de la primera vez que había visto a Roger, en su caballo, un joven gallardo y misterioso que había acabado por convertirse en su mejor amigo. Sonrió.

—¿De qué te ríes? —preguntó el caballero negro con curiosidad.

—Recordaba cuando éramos jóvenes e ingenuos.

En esa ocasión fue el caballero negro quien rio.

—Sobre todo tú —respondió provocativo.

—Es cierto, pero tendrás que reconocer que he cambiado.

—Demasiado. Por ejemplo, aún no nos has dicho qué demonios hay en esos documentos que vamos a enterrar.

Jean tardó en responder.

—La ignorancia es el camino hacia la felicidad.

—¡Qué tontería! Si en verdad creyeras eso, no hubieras dilapidado tu vida entre legajos y viejos manuscritos.

Jean tuvo que reconocer que Roger tenía razón. Sabía que además le debía una explicación. Se la había ganado con su fidelidad y su amistad.

—No sé si lo entenderás. Tú no crees en nada.

Lo había dicho sin acritud, como si fuera simplemente un hecho. El caballero negro se volvió hacia él.

—Eso no es cierto. Creo en el amor de Philippa. Creo en que un hombre debe defender sus ideales. Creo en que nadie tiene el derecho a forzar a otro a hacer algo que no desee.

—Pero todas esas creencias provienen de tu interior. En mi caso es diferente. Yo tenía fe.

El silencio se extendió entre ambos mientras el caballero negro parecía evaluar la respuesta.

—¿Significa eso que has perdido tu fe?

—Sí. Eso es lo que dicen esos viejos documentos, que toda esa fe está construida sobre una mentira, sobre la creencia en un Dios que era solo un hombre.

—¿Cambia eso tu creencia en lo que ese hombre hizo o dijo? Incluso si ese hombre no hubiera existido, sus enseñanzas seguirían siendo las mismas. ¿Creías en él o en sus enseñanzas?

Jean meditó la respuesta. Nunca se lo había planteado así. Para él ambas cosas habían sido indisociables. Roger siempre era directo, no se perdía en los recovecos de las cosas.

—No —respondió dándose cuenta de lo que implicaban las palabras de su amigo.

—Entonces nada ha cambiado. Sigue creyendo en lo importante. En su mensaje. En tus principios.

Jean quedó desarmado ante la sencillez del razonamiento de Roger. A su lado, el caballero negro detuvo su montura.

—Es aquí. A partir de este punto continuaremos a pie.

Se introdujeron en fila por una pequeña senda. Jean estaba disfrutando del calor del sol en su cuerpo, del sonido de los animales a su alrededor, de la leve brisa que los acompañaba. Había caminado mucho en su vida, pero nunca había gozado tanto haciéndolo. El caballero negro marchaba en cabeza y, de vez en cuando, se detenía para comprobar alguna marca o algún detalle que para el resto pasaba desapercibido. Avanzaron en silencio hasta que, de pronto, el caballero negro se paró.

—Hemos llegado.

Se había situado sobre una gran piedra plana que recordaba a la lauda de un sepulcro. Parecía un cruce de caminos, pues varias sendas partían de allí en diferentes direcciones.

El caballero negro escogió uno de los senderos y señaló una roca con una pequeña marca que el resto contempló en silencio. Tenía la forma de un pequeño pez.

—Ichtus —dijo Arpaix, y todos se volvieron a mirarla.

El caballero negro apartó la roca, no sin esfuerzo. Después comenzó a retirar la tierra. Los demás permanecían silenciosos como una comitiva fúnebre viendo cómo el cadáver era inhumado.

Jean sacó de su capa los papiros y los colocó en una pequeña caja de madera que Blanche sostenía ante él. Luego la cerró y tomándola en sus manos la metió en el agujero. Después la cubrió con varias telas que tapó con piedras y tierra. Cuando terminó, hizo un gesto al caballero negro, que devolvió la roca a su lugar. Los cinco se quedaron un instante en silencio, cada uno perdido en sus pensamientos.

—Podemos irnos —sentenció Jean.

Durante el camino de vuelta todos se mostraron más locuaces. Roger y Philippa contaron anécdotas y recordaron a Esclarmonde, al abad Arnaldo, a Fray Honorio, al vizconde de Béziers y a tantos otros que habían muerto por descubrir u ocultar aquel secreto, aun sin saber ni siquiera que existía. Rieron con el relato del caballero negro sobre Jean destruyendo la copia de la reliquia frente a las murallas de Toulouse. Lloraron cuando Philippa narró la muerte de Esclarmonde. Poco a poco, el silencio fue regresando. De pronto, Jean escuchó la voz de Arpaix a su lado.

—¿Por qué?

Jean comprendió la pregunta apenas formulada. Hasta hacía poco, ni él mismo había tenido clara la respuesta, pero ahora sabía qué era lo que tenía que hacer.

—El mundo no está preparado para el contenido de esa caja. Ni para encontrar el arca de la alianza. Todavía no.

—¿Y por qué no la has destruido?

Jean miró a Arpaix y sonrió cariñosamente. Aún era joven y tenía mucho que aprender.

—Porque no pierdo la esperanza de que algún día lo esté. Quizá llegue el momento.

Arpaix se alejó en su montura dejando al viejo monje solo con sus pensamientos.

—Quizá —pronunció Jean para sí mismo.

95

Año 2022

Un bosque de alcornoques tiene algo de fantasmal. Los rugosos troncos se retuercen y las ramas crecen enmarañadas. No es fácil orientarse y mucho menos cuando acaba de amanecer y tu única guía es un manuscrito con ocho siglos de antigüedad.

La noche anterior Marta e Iñigo habían regresado al hotel. Se habían despedido del teniente Luque asegurándole que necesitaban unos días de vacaciones. El teniente no pareció sospechar. Marta suponía que haber detenido a Ruth, al Vigía y a quien estaba detrás de él y de la Hermandad Blanca y cuyo nombre no había querido desvelarles, había sido suficiente para él. Ya solos, habían dedicado una buena parte de la noche a interpretar el manuscrito de Jean.

—El cofre de Jesús —había explicado Marta a Iñigo— escondía un mensaje: el lugar donde Jean pensaba ocultar el secreto del arca. Jean sustituyó el contenido por su mensaje, quizá para salvaguardarlo de los musulmanes. Es lógico pensar entonces que Jean escondió todo el contenido del cofre que descubrió en Granada.

—Y tú sabes dónde.

No había sido una pregunta, sino una afirmación. Marta se sintió rejuvenecida, como si el tiempo no hubiese transcurrido desde Silos, desde Asís. Había recuperado su vida y solo quedaba un cabo por atar, y podrían hacerlo lejos de la persecución de la Hermandad Blanca y de la Hermandad Negra. Solo ellos dos.

—Jean incluyó un ichtus, la figura del pez. Ese signo representaba un mensaje que los primeros cristianos usaban para reconocerse. Era el símbolo lógico para que quien hubiera leído su manuscrito, donde solo es mencionado una vez, entendiera el mensaje. Lo encontró el caballero negro aquí, en Sintra, cuando llegó en busca de la ayuda de Fray Honorio y los monjes blancos enviado por el abad de Leyre, Arnaldo. Si conozco bien a Jean, allí, bajo aquel símbolo, está el secreto del arca de la alianza.

Habían dormido unas horas y, antes del amanecer, se habían puesto en marcha. No esperaban encontrar a nadie en el bosque, pero sabían que la búsqueda podía alargarse. Iniciaron el camino desde el Convento dos Capuchos, pero, según transcurría la mañana, comenzaron a desesperarse. ¿Cuánto cambiaba un bosque en ocho siglos? Quizá el claro del bosque donde el caballero negro había encontrado el ichtus estuviera ahora cubierto de maleza.

El sol estaba ya alto en el horizonte cuando Marta vislumbró una zona donde el bosque clareaba. Se acercó sin mucha esperanza. Hacía un rato que se había dado cuenta de que aquello era buscar una aguja en un pajar. Sin embargo, algo aceleró su pulso, como si hubiera tenido un presentimiento.

«Es la necesidad perentoria de no fracasar —se dijo—. Luego, la decepción será mayor».

Cuando llegó al claro supo enseguida que aquel era el

lugar. Había una enorme piedra lisa, una especie de lápida. Recordó que Jean la mencionaba en el manuscrito: el caballero negro se había subido encima y, desde allí, había oteado las pequeñas piedras que marcaban el camino. Marta hizo lo mismo y sintió como si el tiempo se hubiera disuelto y a su lado estuviera el propio caballero negro. Como si un círculo se cerrase, Iñigo se colocó a su lado. Marta no pudo evitar una sonrisa. Iñigo la miró divertido.

—¿Qué sucede?

—Es aquí. Lo hemos encontrado.

Marta explicó a Iñigo lo que, ochos siglos antes, había visto el caballero negro. Ninguno de los dos se percató del hombre que, desde la distancia, los fotografiaba de pie sobre aquella roca.

—Entonces ¿buscamos un pez?

—Así es. Significa Jesucristo, hijo de Dios, Salvador.

Marta bajó de la roca y comenzó a buscar alguna piedra con símbolos. Podían haber desaparecido con el paso del tiempo o los dibujos haberse borrado.

—¡Aquí! —gritó Iñigo de repente—. No es un pez, pero tiene una marca.

Marta se acercó y la contempló. Era una épsilon, uno de los signos, recordó Marta, que el caballero negro había encontrado. Levantó la cabeza intentando hacer un mapa mental tridimensional del lugar. Sin dudarlo, se dirigió hacia el punto donde creía que podía estar el ichtus. Entonces vio una piedra con el pez nítidamente tallado. Junto a él, la marca de cantero de Jean.

Supo de inmediato que había acertado. No era posible que la marca de Jean estuviese allí salvo que él mismo hubiese visitado el lugar y dejado constancia de su paso. ¿Y para qué lo habría hecho si no para indicar el camino?

La piedra era de gran tamaño y necesitaron hacer

fuerza juntos para moverla. Poco a poco, se fue deslizando, hasta dejar a la vista un trozo de tierra que Iñigo comenzó a apartar con las manos. No hizo falta cavar mucho. Apenas unos centímetros por debajo de la superficie, Iñigo encontró resistencia. Algo duro se ocultaba debajo de la capa de tierra. Marta cruzó los dedos mentalmente y esperó con los ojos cerrados, sin atreverse a mirar. Cuando los abrió, Iñigo sostenía un objeto entre las manos. Era una pequeña estauroteca.

—¡Toma! —dijo Iñigo ofreciéndosela—. A ti te corresponde abrirla. Lleva ocho siglos esperando a que lo hagas.

Marta trató de evitar el temblor de sus manos. Sujetó el objeto con la mano izquierda y abrió la tapa con la derecha, que se resistió a su primer intento para ceder después. Marta e Iñigo contemplaron tres pequeños papiros atados con cordeles. Con extremo cuidado, Marta extrajo el primer rollo y notó cómo el cordel se deshacía en sus manos.

—¡Por favor, que no se desintegre!

Desplegó el primer papiro y pudo ver una letra compacta, apretada, que identificó como la de Jean. Leyó lo que estaba escrito y miró a Iñigo.

—¿Y bien?

Marta tardó unos instantes en responder. Estaba asimilando aún lo que había descubierto.

—Está aquí escrito. No me lo puedo creer.

—¿Qué es lo que está escrito?

—El lugar donde está escondido el mayor secreto de la cristiandad. Sé dónde está el arca de la alianza.

Desenrolló el segundo papiro y sus ojos se abrieron de par en par.

—Pero aquí hay algo mucho más increíble.

96

Año 35

El cofre ocupaba el centro de la mesa de una de las criptas del santuario de Taposiris Magna. A su alrededor solo había tres personas.

Oseza contemplaba la escena en un segundo plano, testigo único de lo que iba a suceder. Había sido fiel a su amistad con Jesús y lo seguiría siendo. Se marcharía de Alejandría con ellos. Aún no sabían adónde irían, pero lo más lejos posible.

Jesús miraba el arca con intensidad, como si pudiera ver a través de ella. Sujetaba en sus manos una reliquia, la que se había quedado él cuando había dado las suyas a Santiago y a Magdalena. Tres reliquias que había mandado fabricar para poder abrir el cofre si alguna se perdía. Jesús la colocó en una de las oquedades y se escuchó un leve sonido, pero el arca no se abrió. Acto seguido, se volvió hacia Magdalena.

Ella descolgó de su cuello la llave que había transportado desde Jerusalén y se acercó lentamente al arca. La acarició con suavidad. Estaba distinta a como la había visto la primera vez. Un artesano del templo la había decorado y pintado, haciéndola aún más bella. Colocó la reliquia en su lugar y, tras escucharse de nuevo el mismo sonido, la tapa se elevó de forma perceptible.

Por un instante se hizo el silencio en el salón, hasta que Jesús dio un paso adelante y levantó la tapa. Extrajo un papiro, comprobó su contenido y, satisfecho, lo devolvió a su lugar.

Oseza se aproximó y le tendió otro rollo de papiro.

—Mi legado —dijo Jesús antes de introducirlo en el cofre.

Luego dio un paso atrás, entrelazó las manos y esperó. Entonces fue Magdalena quien dio un paso adelante con un tercer papiro en la mano.

—Mi legado —dijo repitiendo las palabras de Jesús.

«Aquí quedará mi legado —pensó—, mi historia, por si algún día alguien abre el cofre». Se sentía agradecida por que Jesús le hubiera propuesto escribir también su historia. Durante las últimas dos semanas en Taposiris Magna, Magdalena había estado reflexionando mucho sobre qué contar y ahora se sentía satisfecha.

Cerraron el cofre y entre Jesús y Oseza lo levantaron y lo llevaron hasta un pequeño nicho en la cripta. Una vez dentro, lo sellaron con piedra y argamasa.

—Aquí quedará el secreto, para siempre jamás o hasta que alguien digno de conocerlo aparezca —dijo Jesús, más para sí mismo que para sus amigos.

Los tres salieron de la cripta y se acercaron hasta la alberca. Allí lavaron sus manos y recogieron sus hatillos. Abandonaron el templo y emprendieron el camino.

—¿Adónde iremos? —preguntó Magdalena.

Jesús se detuvo, levantó la cabeza hacia el oeste y sonrió.

—Lejos, muy lejos.

97

Año 2022

El avión de EgyptAir aterrizó suavemente en la pista del aeropuerto de El Cairo. Marta miraba por la ventanilla excitada ante la visión de aquel país, cuna de aventureros y portal de entrada a algunas de las más grandes creaciones de la historia de la humanidad, las grandes pirámides, el faro que alumbró el Mediterráneo desde la mítica ciudad de Alejandría, poseedora también de la mayor biblioteca del mundo durante la antigüedad.

Recogieron sus mochilas y se fueron a buscar algún transporte que los llevara a la ciudad. Iban vestidos como dos jóvenes turistas de los que cada año llegan a Egipto en busca de un pasado evocador tratando de pasar desapercibidos. Habían decidido que así se moverían por el país.

Marta miró a Iñigo, que parecía rejuvenecido. Ella también se sentía bien, dispuesta a afrontar lo que sería el final de la aventura. De su cuello colgaba una llave, una de las dos que abría la caja de seguridad de un banco. Allí había dejado depositados los documentos que había encontrado en Sintra. Había preferido no llevarlos con ella, ocultarlos, como una prueba más de todo lo que había sucedido.

Salieron del aeropuerto y tomaron un taxi. Justo antes de adentrarse en el bullicioso tráfico de El Cairo, alguien capturó sus movimientos con una cámara, dejando una prueba gráfica de su llegada a Egipto. El hombre que había sacado la foto miró la pantalla, como acostumbraba a hacer, y asintió satisfecho. Paró otro taxi y le dio la dirección de la estación de autobuses de El Cairo.

Marta e Iñigo compraron dos billetes en un autobús que estaba a punto de partir hacia Sharm el-Sheikh. Estaba atestado de jóvenes europeos y norteamericanos que deseaban disfrutar de uno de los mejores lugares del mundo para practicar el buceo. Por delante les esperaban ocho horas de viaje agotador, polvo del desierto y altas temperaturas. Marta esperaba gozar de un merecido descanso a su llegada, antes de partir de nuevo hacia su última parada. Ocuparon sus lugares en la parte de atrás del autobús sin percatarse del hombre que, con una cámara de fotos colgada de su cuello, ocupaba el suyo delante.

—¿Cuál es el plan?

Marta sonrió. Una de las cosas que le gustaba de Iñigo era que se dejaba llevar. Se había subido a un avión, recorrido cuatro mil kilómetros, cruzado El Cairo y montado a un autobús para atravesar aquel inmenso país. Y solo entonces había lanzado aquella pregunta. Confiaba en ella y disfrutaba del camino y de que ambos lo compartieran.

—Hoy dormiremos en Sharm el-Sheikh. Mañana saldremos temprano hacia Saint Catherine.

Iñigo asintió, aunque aquellos nombres no le decían nada.

—¿Y luego?

—Luego toca andar. Nos dejaremos guiar por Jean.

Fue bastante preciso. Tuvo tiempo de estudiar lo que encontró en el cofre.

—¿Qué haremos si encontramos el arca?

—¿Querrás decir cuando encontremos el arca?

Iñigo rio con una risa clara, relajada. Se le veía feliz. Para él, aquello solo era importante porque lo era para ella.

—Acepto la corrección, pero no desvíes la atención de mi pregunta. Estoy seguro de que ya tienes planeado qué hacer.

—Es un objeto arqueológico. Lo abriremos para ver que contiene y lo entregaremos a las autoridades.

Iñigo frunció el ceño.

—¿Lo abriremos? Ya sabes lo que dice la tradición. Según las Escrituras, quien abra el arca de la alianza morirá. Asesinado por su contenido. Así lo dijo el profeta Ezequiel.

—¿No te creerás esas supercherías? Son cuentos que se inventan para evitar que los ladrones profanen el contenido.

Él suspiró mostrando una fingida desesperación.

—Lo dice la Biblia.

—Sí, y que una mujer puede convertirse en una estatua de sal. Y aún no he visto ninguna.

Iñigo pareció convencido por la explicación, o quizá se dio por vencido en una discusión que sabía que no ganaría.

El autobús inició su recorrido y Marta se entretuvo mirando por la ventana mientras su compañero dormitaba a su lado. A ella también le hubiera gustado dormir, pero la pregunta de Iñigo se lo impedía. La verdad era que no sabía qué haría llegado el momento. Había obviado aquella cuestión porque no quería hacerse ilusiones de encontrar el arca de la alianza. Pero le asaltaba la curiosidad de lo que hallaría dentro si daba con ella. La tradición bíblica no era una fuente históricamente confiable, incluso se contradecía a sí misma. Era un arma poderosa que servía para aniquilar enemigos como con las tablas entregadas por Dios a Moisés o, más aún, con la misma esencia de Dios. Marta sabía que no existían los objetos mágicos, de aquello no tenía duda. Veía más probable que el arca incluyese algún documento antiguo, algún ídolo, en todo caso algo creado por y para los hombres. También sabía que había quien consideraba el arca un objeto mítico, irreal, fruto de la imaginación de los judíos. Eso era lo que Marta hubiese creído en condiciones normales, pero había tenido en sus manos el cofre de Jesús, había seguido el camino trazado por Jean y todas y cada una de las cuestiones habían resultado ser ciertas. ¿Y si era ella la que estaba equivocada? ¿Y si el arca existía?

Tenía dos días por delante para decidir qué haría si de verdad encontraba el arca de la alianza, pero se reconoció a sí misma que sería en aquel momento cuando tendría que tomar la decisión.

El paso de Marta e Iñigo por Sharm el-Sheikh fue efímero. Marta lamentó no tener tiempo de explorar la zona ni de disfrutar de una jornada de buceo en aquel lugar mítico para los amantes de las profundidades. El autobús para Saint Catherine salió temprano y a la hora de comer llegaron a aquella extraña población entre las montañas. Nada más descender del autobús fueron asaltados por guías que les ofrecían excursiones a los lugares de interés cercanos. El más conocido era el monasterio de Saint Catherine, uno de los más antiguos de los que se tenía noticia. Había sido construido donde, según la tradición bíblica, la zarza ardiente se había aparecido a Moisés. No lejos de allí se hallaba la cumbre del monte Sinaí, el lugar en el que Moisés había recibido de Dios las tablas con los diez mandamientos. Aquello no parecía ser una casualidad. ¿Qué mejor escondite para el arca de la alianza que el lugar por donde el pueblo judío había vagado durante cuarenta años?

No disponían de tiempo para visitar el monasterio, su misión era otra, y mucho menos para seguir a los turistas cuyo objetivo en aquella parte del mundo era ver amanecer o atardecer en la cumbre del monte Sinaí. Encontraron acomodo en una pequeña cabaña de piedra situada en una de las callejuelas de la población, cerca de la zona de restaurantes y hoteles.

Sobre la cama de la habitación desplegaron un gran mapa de la península del Sinaí. Marcadas en rojo estaban las cumbres de las dos montañas más altas de la región, el monte Saint Catherine y el monte Sinaí. Marta recordó la traducción de Jean del texto de Jesús: «Entre dos grandes montañas parte un valle. Desde el norte hay que seguir el cauce de un río hasta llegar a una cascada seca». Le señaló a Iñigo la zona a la que aludía el texto. Había dejado sobre el mapa algunas imágenes de satélite sacadas de Google Maps en las que se adivinaba lo que podía ser una cascada seca.

—No lo sé —dijo Iñigo inseguro—. ¿Cuánto ha cambiado el mundo en dos mil años?

—Solo lo sabremos si vamos allí.

Prepararon el material para el día siguiente. Habían traído ropa de montaña y botas de trekking. Según sus cálculos, tardarían dos horas en llegar al lugar a partir del cual tratarían de encontrar alguna señal. Marta ya sabía lo que tenía que buscar: el nudo de Salomón.

—¿Por qué crees que el arca fue ocultada allí?

—Jesús debía de conocer aquella zona. El desierto del Sinaí era paso obligado entre Jerusalén y Alejandría. Además, a Jesús le habría parecido natural esconder el arca y su contenido cerca de donde Moisés la había tenido tanto tiempo. Por último, es un desierto, despoblado, donde la probabilidad de un hallazgo fortuito es muy baja.

Se acostaron temprano y decidieron salir al amanecer, como el resto de los turistas. Se camuflarían así entre ellos y compartirían el inicio del camino.

Cuando las primeras luces del alba apenas se insinuaban en el este, Marta e Iñigo se miraron, ajustaron sus linternas frontales y abrieron la puerta de la habitación. Marta no podía ocultar su nerviosismo, la tensión de la incertidumbre, el deseo de saber, la curiosidad. A su lado, Iñigo parecía más relajado. Su tranquilidad y su capacidad de autocontrol siempre eran motivo de sorpresa para ella. Sabía que para él todo aquello debía de tener importancia. Lo que descubrieran aquel día, si descubrían algo, podía derrumbar alguno de los cimientos sobre los que se había construido su visión del mundo. Aunque quizá también derribara los suyos propios.

Salieron de la cabaña y siguieron los pasos de otros montañeros que conversaban animosamente, ahora que las fuerzas estaban intactas. Se entretuvieron hablando con algunos de ellos para calmar la ansiedad y aparentar una normalidad que no existía.

Pronto comenzaron a caminar avanzando de forma rápida. El terreno era aún llano y sencillo. Poco a poco, dejaron atrás las últimas casas de Saint Catherine y fueron penetrando en el valle. A su izquierda, se alzaba la cumbre del monte Sinaí. El resto de los montañeros miraban a cada instante en aquella dirección, evaluando el esfuerzo que sería necesario y sopesándolo con sus propias fuerzas.

Cuando llevaban casi dos horas de marcha, el camino giró bruscamente a la derecha y comenzó a ascender en dirección a la cumbre. Aquel era el punto donde debían separarse del grupo. Hicieron una pausa para beber agua mientras observaban cómo se iba formando una columna humana y el silencio invadía el lugar, solo perturbado por el sonido de las botas sobre las piedras y la tierra.

Marta miró el valle ante ella. La vegetación era escasa, las rocas se multiplicaban y el lecho del río estaba tan seco que parecía que nunca hubiese corrido agua por él.

Caminaron en silencio, deteniéndose de vez en cuando a consultar el mapa. No se cruzaron con nadie y ninguna construcción humana apareció ante su vista. En aquel valle no había nada. Siguieron el cauce del río, a veces saltando entre rocas, a veces trepando por ellas.

El sol comenzaba a ascender y Marta e Iñigo lo recibieron con alegría aunque apenas se dirigían la palabra, cada uno imbuido en sus propios pensamientos. De pronto, al mirar hacia el fondo del valle Marta vio algo que llamó su atención. Señaló en aquella dirección e Iñigo asintió. Era el cauce seco de una cascada. Habían llegado al punto indicado.

A su izquierda ascendía una pared casi vertical. Se acercaron a ella y la siguieron buscando algún detalle, algún símbolo. El tiempo transcurría deprisa y, a cada rato, ambos se miraban intercambiando gestos de negación que eran respondidos con otros de desánimo. Hasta que, de pronto, Marta lo vio.

Estaba claramente grabado en una roca, a un metro y medio de altura sobre el lecho del río. Un nudo de Salomón. Al principio miró a su alrededor sin comprender. Allí no había nada, ninguna cueva, ningún recoveco, solo una zona donde la pared no era tan vertical.

Iñigo acudió a su lado y observó el nudo de Salomón. Luego examinó la pared y su rostro se iluminó. Trepó por el desnivel seguido por Marta. En algunos tramos se tuvieron que ayudar el uno al otro, pero, poco a poco, la inclinación fue disminuyendo. Cada pocos metros, un nudo de Salomón confirmaba que estaban en el camino correcto. Con cada descubrimiento, el corazón de Marta daba un vuelco y en su mente ya ardía la llama de la excitación.

Finalmente, llegaron a un pequeño descanso plano, donde tomaron aliento. En la pared, un nudo de Salomón de mayor tamaño parecía reposar sobre una roca. Marta ya no tenía dudas de que aquel era el lugar. Levantó la vista hacia el valle, que seguía desierto, y hacia el pico del monte Sinaí, que, a los lejos, parecía el guardián. Iñigo la sacó de su ensimismamiento.

—Ayúdame, a ver si podemos mover esta roca.

Iñigo se apoyó con ambas manos y Marta se colocó a su lado. Empujaron, pero no se movió de su sitio. Él sacó de su mochila una navaja y comenzó a retirar tierra de su alrededor. Volvieron a intentarlo y en esa ocasión la piedra se desplazó unos centímetros. Ambos se miraron esperanzados. Iñigo insistió y comenzaron a desprenderse grandes terrones. Sonrió a Marta.

—Un último esfuerzo.

Iñigo empujó y la roca rodó a un lado, dejando al descubierto un agujero del tamaño suficiente para que entrara una persona. Entonces se apartó.

—Es tu búsqueda.

Marta miró el hueco, encendió su frontal, inspiró profundamente y se introdujo sin pensarlo. En ese momento, mientras trataba de impulsarse hacia el interior, le vino a la cabeza otro instante, dos años antes, cuando había entrado a través de un agujero similar en un muro de una pequeña iglesia a miles de kilómetros del Sinaí. Allí había encontrado un libro que le había cambiado la vida. ¿Qué encontraría esta vez? ¿Cómo influiría en su vida?

La cueva a la que accedió era grande. Olía a lugar cerrado, aunque el ambiente era fresco y seco. Aquello era bueno. Significaba que lo que allí encontrara podía estar bien conservado. En medio de la cueva había un objeto. Descansaba sobre una gran piedra plana y estaba cubierto por una tela que quizá un día había sido blanca.

Marta escuchó el ruido producido por Iñigo al entrar, pero solo tenía ojos para lo que se hallaba ante ella. Cuando este llegó a su lado, ambos se quedaron inmóviles, como si no supiesen qué hacer.

Ella dio un paso adelante, extendió la mano y retiró la tela. Era el arca de la alianza. Había leído decenas de veces la descripción que de ella se hacía en el Antiguo Testamento. Tenía las dos argollas que, según las Escrituras, servían para transportarla. Era de madera y estaba profusamente decorada, aunque no parecía tan lujosa como se decía en los textos. Marta sabía que el paso del tiempo propiciaba exageraciones.

Pasó una mano por la superficie, lisa al contacto, casi pulida. Estaba perdida en sus pensamientos y los dos últimos años de su vida pasaron por su mente. Todo lo que habían vivido, descubierto, investigado, los había llevado hasta allí. Solo quedaba el último paso.

Alzó la mano y abrió la tapa, que le devolvió un chirrido quejoso, pero que no opuso más resistencia. Nada sucedió. No se desencadenó ninguna fuerza poderosa que acabara con ellos. Solo silencio. Ambos avanzaron un paso y miraron en su interior. Dentro solo había una losa de pequeñas dimensiones con un texto tallado en un idioma desconocido para Marta. Sacó su móvil e hizo varias fotos del arca y de su contenido a la débil luz de su frontal. Luego, miró a Iñigo.

—Llevémosla fuera.

Él negó con la cabeza.

—No creo que quepa por el agujero. Quizá deberíamos hacerlo más grande.

Marta asintió e Iñigo salió para trabajar con comodidad. Lo escuchó arrancar pedazos de tierra y piedras. Ella volvió a mirar dentro del arca.

—¿Qué significa este texto? ¿Qué secreto oculta? —se preguntó en voz alta.

Pensó que ya habría tiempo de descubrirlo. Cogió de nuevo su móvil y volvió a fotografiarlo. Luego lo dejó sobre una piedra e introdujo sus manos en el arca. Eran las primeras que lo hacían en dos mil años. Levantó la losa y notó cómo el vello de su cuerpo se erizaba. Observó la piedra por todos los lados, pero no había ninguna otra marca o inscripción.

Al depositar la placa de vuelta en el arca, tuvo la sensación de que algo iba mal. Se detuvo y escuchó el silencio. Aquello era lo que la incomodaba. Ya no se oía a Iñigo trabajar. Tuvo un presentimiento y se lanzó hacia el hueco abierto en la montaña. Ya fuera, parpadeó por la luz del sol y, cuando su vista se acostumbró, se encontró una escena que tardó unos instantes en interpretar.

Varios soldados la apuntaban con sus armas y otros dos retenían a Iñigo contra la pared. Marta iba a protestar cuando dos hombres se adelantaron hacia ella. El primero de ellos, un egipcio vestido con uniforme militar, fue el que habló.

—Señorita Arbide. Están ustedes detenidos por intento de robo y destrucción de patrimonio arqueológico.

—¿Quiénes son ustedes? No hemos destruido nada.

Marta aún no entendía cómo podían haberlos seguido hasta allí.

—Soy el general Malik, responsable de Patrimonio Cultural del Gobierno egipcio.

Señaló al hombre que tenía a su lado, que hizo un gesto con la cabeza antes de presentarse. Era grueso, entrado en años y con un cráneo pulido que brillaba por el sudor del esfuerzo de haber subido hasta allí.

—Yo soy Asim Darwishi —dijo en inglés con un fuerte acento egipcio—, obispo de El Cairo y máximo representante de la Iglesia cristiana en este país.

Marta comprendió de inmediato. Fuerzas poderosas se habían movido en torno a ellos. Habían dejado que ella hiciera el trabajo de llevarlos hasta el arca.

No respondió a ninguno de los hombres. Se volvió hacia Iñigo y le sonrió. Luego introdujo su mano en el bolsillo, tanteó su móvil y pulsó el botón de enviar.

98

Año 2022

La luz del sol iluminaba la bahía tras un amanecer nítido que presagiaba un día claro y soleado. San Sebastián se desperezaba lentamente, como tenía por costumbre.

Marta hacía un rato que estaba despierta. A su lado, Iñigo aún dormía, con el rostro sereno, ajeno a la expectativa que sentía ella.

Aquel iba a ser un día importante. Habían transcurrido cinco días desde que habían hecho el hallazgo arqueológico más importante de la historia de la humanidad. Nada había sucedido que lo acreditara. Sabían que el descubrimiento sería ocultado hasta que estuvieran seguros de que lo que decía aquella tablilla no ponía en duda el *statu quo* de la Iglesia. Y cuando saliera a la luz, si alguna vez sucedía, ellos no serían acreedores de los honores.

Se oyó cómo llamaban al portero automático. Iñigo se despertó y la miró confuso. Ella le sonrió, se levantó y se vistió sin responder a las miradas inquisitivas de Iñigo. Cuando estuvo lista, se volvió hacia él.

—Vístete, tenemos visita.

Marta pulsó el botón de abrir sin preguntar quién era. Escuchó el sonido de la puerta y a alguien subiendo la escalera. Su invitado llegaba al tercer piso en el mismo instante en el que Iñigo se asomó, ya vestido, al pasillo.

—Hola, Mikel —saludó Marta—. Puntual como acordamos. Pasa.

El hombre sonrió con timidez y cruzó el vano de la puerta. Llevaba una cámara de fotos colgando del cuello y el periódico de la mañana bajo el brazo. Tendió la mano a Iñigo.

—Hola. Ya tenía ganas de conocerte.

Este lo miró perplejo.

—Alguien puede explicarme qué sucede.

Para mayor sorpresa de Iñigo, ambos se echaron a reír. El hombre extendió el periódico y le mostró el titular a toda página. Iñigo leyó atónito las palabras impresas: «Descubierta el arca de la alianza».

Inmediatamente debajo los subtítulos añadían: «Secretos, mentiras y asesinatos. Altos cargos de la Iglesia implicados».

Junto al titular, una foto del arca de la alianza, así como imágenes del Vigía y de otro hombre siendo detenidos. Iñigo leyó la noticia con la boca abierta.

—¿Cómo...?

—Será mejor que te sientes.

Los tres se sentaron en el sofá y dejaron el periódico abierto sobre la mesa del salón.

—Todo comenzó antes de tu desaparición. Unas horas antes, Mikel me abordó en la calle. Te hablé de ello. Es el periodista que me hizo aquellas preguntas.

Mikel continuó el relato al ver que Iñigo no reaccionaba.

—Sabía que había sucedido algo que involucraba a Marta y que tenía que ver con el Vaticano. El hecho de que ella estuviera allí cuando el papa apareció muerto me llevó a investigar. Todo era extraño en la información que me iba encontrando, así que decidí abordar a Marta. Sabía que daba palos de ciego y necesitaba confirmar algo de aquella historia, pero ella se negó a responder a mis preguntas.

Iñigo asintió, aunque su gesto denotaba que seguía sin comprender.

—Tras tu desaparición, le llamé —explicó Marta—. Sabía que tenía que ver con las reliquias. Le conté todo lo que había sucedido y urdimos un plan.

—El plan —continuó Mikel— consistía en que yo la seguiría allá donde fuera y documentaría todo para tener pruebas. Marta hizo un gran trabajo. Tenemos fotos, documentos, audios que ella fue grabando y enviando en cada momento.

Iñigo se volvió hacia Marta, pero las palabras parecían no acudir a su boca.

—¿Recuerdas lo que sucedió hace dos años? Encontramos el libro de Jean y la reliquia, pero todo nos fue arrebatado y escondido del mundo. Me prometí que aquello no volvería a pasar.

—Los hemos engañado a todos.

Marta sonrió. Todo había sucedido como ella quería. Miró el periódico.

—Y esto no es todo —dijo Mikel—. Aún tenemos dos bombas guardadas que pronto verán la luz.

—¿Cuáles? —preguntó Iñigo.

—La primera es el contenido del arca de la alianza.

Iñigo frunció el entrecejo.

—Pero... eso no está en nuestro poder.

—No, pero en la cueva saqué fotos de la losa y se las envié a Mikel. Esas imágenes están en manos de varios expertos independientes. Pronto tendremos las traducciones y las publicaremos.

—¿Y la segunda?

Mikel sonrió antes de responder.

—Son los textos encontrados en Sintra. Los hemos mandado traducir. Son textos manuscritos de Jesús y de María Magdalena. Cuentan su historia. Tal como sucedió. Socavarán nuestras creencias y todo cuanto ha sido dado por cierto. Ya nada será igual.

El silencio se extendió por el salón. Fuera de aquellos muros, el tráfico de la ciudad comenzaba a aumentar, ajeno a lo que sucedía en aquel pequeño piso de aquella pequeña ciudad. Fue Iñigo quien lo resumió todo.

—Hemos ganado.

Marta asintió.

—La luz ha ganado. Iluminará hasta el último rincón de la historia.

Nota de autor

No recuerdo quién afirmó que solo hay dos tipos de historias: o bien un forastero llega a la ciudad, o bien alguien se va. En realidad, es una forma interesante de decir que todas las historias son siempre la misma: la de un viaje. Así, la que comenzó con *La luz invisible*, continuó con *El eco de las sombras* y termina ahora con *El roce de la oscuridad* es también una historia de viajes.

Los protagonistas caminan, como Jean, cabalgan, como el caballero negro, o utilizan medios de transporte más modernos, como Marta, pero todos se mueven constantemente. El propio Jean lo piensa en un momento de este tercer libro: «Tenía la sensación de que lo único que había hecho había sido caminar». Más de cien localizaciones, decenas y decenas de monasterios, castillos e iglesias laboriosamente documentados. Todos existieron y ha sido un placer conseguir que los descubráis, devolverlos a la vida, imaginar cómo fueron, cómo son y, espero, cómo serán.

También para mí estas novelas han supuesto un viaje. He tratado de visitar todas y cada una de esas localizaciones, y solo las de Egipto han quedado fuera de mi alcance. Aunque algún día las visitaré. He disfrutado mucho y espero que así se perciba.

Pero este no solo es un viaje físico para los protagonistas, sino también espiritual. Para Jean y para el caballero negro es la historia completa de sus vidas, una que empieza en 1199 y acaba en 1244. Comienzan siendo dos jóvenes (amnésico el primero, aventurero el segundo) y van transformándose en todos los sentidos: físicamente, en sus creencias, en su forma de ser, en su manera de ver el mundo.

Además ha sido un viaje en el tiempo. Comencé a escribir las primeras líneas de *La luz invisible* en el año 2000 y he terminado *El roce de la oscuridad* veintidós años después. Yo mismo he cambiado mucho, en lo que soy, en lo que pienso, en la percepción que tengo del mundo. Miro hacia atrás y no puedo dejar de sentir un cierto orgullo.

Por último, estas novelas son un viaje filosófico. En *La luz invisible* indago sobre la lucha entre la razón y la fe, entre esas dos visiones contrapuestas del mundo y en cómo han ido cambiando a lo largo de la historia de la humanidad. En *El eco de las sombras* me centro en los efectos de la imposición de la fe, en las consecuencias que ha tenido históricamente en cuanto a vidas humanas. Muchas de las escenas más aterradoras que se describen sucedieron en la realidad, no son fruto de mi imaginación, sino de la mente torturada de los que creen que su fe les habilita para todo. En *El roce de la oscuridad* cierro la trilogía profundizando en el importante papel que todos tenemos de interponernos para evitar esas consecuencias, para que las creencias de alguien jamás puedan ser utilizadas contra los demás, para que sigamos avanzando hacia un mundo más libre y justo.

Los que habéis leído las tres novelas sabéis que me gusta explicar por qué aparecen algunos lugares, algunos datos, algunos objetos. Tenía muy claro que Córdoba y Granada (la mezquita y la Alhambra) iban a estar presentes en esta novela. La mezquita es el edificio más asombroso que he tenido oportunidad de visitar. Y la Alhambra despide una magia difícil de igualar. La marca en los leones de la fuente existe, no es invención mía. Yo solo la he transformado un poco.

Montsegur también tenía que jugar un papel importante en esta novela, pues fue donde los cátaros desaparecieron (o quizá no), y las tres novelas han buscado este desenlace. No en vano, Pierre Roger de Mirepoix, el caballero negro, fue en la realidad el capitán que defendió Montsegur en aquella batalla. Necesitaba llevarlo hasta allí y cerrar así el círculo.

Alejandría era la ciudad perfecta para contar la historia de María Magdalena. No hubo mejor ciudad en la Antigüedad para aprender. Su biblioteca, su universidad... La casualidad quiso que dos grandes sabios alejandrinos fueran coetáneos de María Magdalena. Filón de Alejandría era judío y encajaba perfectamente en el papel que yo quería darle. Y Herón, el primer ingeniero, aparece para hacer un pequeño homenaje a todos los ingenieros e ingenieras con los que trabajo cada día en Tecnalia.

Taposiris Magna fue un encuentro afortunado. Buscaba una localización cerca de Alejandría para la parte final del libro cuando me topé con un artículo en el periódico sobre el descubrimiento de un yacimiento arqueológico y lo que podía ser la tumba de Cleopatra. Ahí queda reflejada en la novela, junto a Marco Antonio, lo que me permitió trazar un paralelismo entre ambas historias.

El símbolo que utilizo para llevar a Marta hasta la biblioteca, esa forma descubierta por los monjes medievales para escribir cualquier número entre 1 y 9.999, es parte de un estudio publicado por un matemático inglés, David A. King. Para él debe ser el crédito (bueno, y para el humilde monje que lo inventó).

Hay muchos pequeños detalles en la novela que el lector habrá podido descubrir o no. Esa es la gracia de mis libros. Nadie puede estar seguro de si lo que escribo es inventado (poco), sucedió realmente (mucho) o es una construcción que se sustenta sobre algún pilar de verdad (a veces).

Por último, sé que para algunas personas las novelas de esta serie pueden resultar incómodas, ya que plantean un escenario que contraviene algunos dogmas de su fe, pero son solo relatos creativos que no tratan de suplantar ninguna creencia. Mis libros no están en posesión de la verdad. Ni los míos ni ninguno jamás escrito.

Agradecimientos

Mi primer agradecimiento es para Pablo Álvarez, el alma de Editabundo, y para todo su equipo por haberme ayudado con mis novelas y por todo el ánimo, el buen rollo y el cariño que destiláis. Gracias por el trabajo que habéis hecho estos años con muchos autores nuevos como yo, sin apenas habernos podido ver las caras, en circunstancias difíciles, y por organizar la fiesta de autores de la editorial; fue una gran idea. Me dio la oportunidad de conocer a gente increíble y de compartir con todos ellos un rato maravilloso.

Quiero agradecer también a mis editoras, Carmen Romero y Clara Rasero, por haber contribuido a cumplir un sueño de mi niñez. Sé que no ha sido fácil mantener esta apuesta y publicar estos tres libros, más en una época convulsa marcada por la pandemia. El 14 de marzo de 2020, tres semanas después de que saliera *La luz invisible*, el mundo se paró. Jamás pensé que llegaran a verse publicadas las siguientes dos entregas, pero aquí estamos. Espero poder continuar escribiendo historias que os gusten.

A todas las lectoras y los lectores, conocidos y desconocidos. A los primeros, por preguntarme siempre cuándo saldrá el próximo libro; es la mejor manera de valorar mis novelas. Y a los segundos, por acercaros en las redes, en las presentaciones, en las (pocas) firmas que puedo hacer. Soy una persona que encuentra placer en el trato con otros, que intento leer todo lo que se comenta sobre mi obra, y vuestros mensajes me hacen ver que soy un privilegiado.

A todas las compañeras y compañeros escritores que he conocido a través de sus obras o personalmente. Sois una motivación porque me enseñáis el camino o lo compartís conmigo. Todos sabemos que es un trayecto difícil, lleno de dudas, sobresaltos y a veces incomprensión y frustración, pero nos gusta recorrerlo.

Y a Karmele, por haber comprendido que mi trabajo se iba a llevar una buena parte de mi tiempo y mis novelas, otra.